富士川義之 著

風景の詩学

白水社

H・J・M氏に

目次

I

II

III

I

風景の詩学――ワーズワス『序曲』について

1

イギリス・ロマン派の批評家ウィリアム・ハズリットの代表作『卓上談議』(一八二一―二二年)に「ニコラ・プッサンの風景について」というエッセイが収められている。プッサンの絵《オリオン》や《オーロラ》などを取り上げて、もっぱら古典古代に題材を求めた、この十七世紀フランス画家の特性を鋭い直観と印象、優美な文体でとらえた卓抜なエッセイであるが、そのなかでハズリットは、この神話的風景画の巨匠の高名な絵《アルカディアの羊飼いたち》にふれて、こう述べている。

画中の羊飼いたち、影を落としている樹木の枝と戯れる微風、低い谷間、そして遠くの、どこまでもつづく、陽光のみちあふれた眺望は……未来の時代に向って、過去の時代のことを語りかけている(そして永遠に語りつづけるであろう)。

ハズリットはチャールズ・ラムとともに、ジョン・ラスキンやウォルター・ペイターの印象主義的な絵画批評につらなる、イギリスにおけるロマン派美術批評の創始者の一人であるが、ここには、言うまでもなく、牧歌的なアルカディア風景、詩と絵画、あるいはいわゆる「姉妹芸術《シスター・アーツ》」における伝統的概念である「理想風景」への憧憬が穏やかに喚起されている。

《アルカディアの羊飼い》は、周知のように、ウェルギリウスの哀歌調の『牧歌』のなかで唱われて以来、後世の詩と絵画でしばしば扱われた「アルカディアの墓」ないしは「アルカディアにおける死」の主題による絵画である。だがこれは、中世以来の伝統的主題である memento mori（死の警告）に一見忠実に寄り添うかに見えながら、その主題解釈の面で、ある根本的変化を表明した絵にほかならない。美術史学者エルヴィーン・パノフスキーによる、博識とポエジーが渾然一体となって輝き出ている趣のある論文「われ、また、アルカディアにありき――プッサンと哀歌の伝統」（『視覚芸術の意味』所収、一九五五年）によると、ルネサンス以後広く用いられた墓碑銘 **Et in Arcadia ego** というラテン語句の近代における解釈――「われ、また、アルカディアに生れき（またはありき）」――は、明らかに誤訳に基づくものだという。しかしながら、その誤訳は純然たる無知から生じたのではなく、知覚の様態を一変させる根本的な認識の転換に由来する、と述べる。そしてパノフスキーは鮮やかな博引傍証によってそうした解釈の変容を明らかにするのである。

すなわちこの墓碑銘における「われ」とは、もともと、同じ主題を扱ったプッサン以前のルネサンス絵画に見られるごとく、墓石の上に置かれた言葉を発する髑髏、つまり擬人化された「死」にほかならなかった。アルカディアにもまた、死が存在するという警告である。ところがプッサンの絵は、碑銘の字句をまったく変えずに、鑑賞者のほうで「われ」を「墓」（「死」）ではなく、「亡きアルカディアの羊飼い」

と結びつけて解釈するようにほとんど強制している。こうしてこの句全体の発語者は、いまは亡きアルカディアの羊飼いと解釈されるようになった。従ってこの一句が喚起するのは、死に脅かされる現在の幸福ではなく、「過去において享受され、それ以後は永遠に到達不可能な、しかし永久に記憶のなかに生きつづける無上の幸福――死によって終りを告げた在りし日の幸福――の追憶の幻影」(土岐恒二氏訳)と見なされることになる、とパノフスキーは言う。

プッサンの絵に端を発し、その碑銘の明白な誤訳によって静かな追憶の瞑想や「理想風景」を新たに喚起するようになった「アルカディアの墓」という概念は、一方では重苦しく憂鬱な、他方では限りなく憧憬的な、トマス・グレイの名詩「墓畔での哀歌」において絶頂に達する哀歌的情緒へと変容していく。パノフスキーは言及していないが、「墓畔での哀歌」の口絵として描かれた十八世紀イギリスの画家リチャード・ベントリーの絵(これは必ずしもグレイの原詩の情緒や雰囲気を正確に再現したものではない)において、墓石の上にはまだ髑髏が置かれているが、Et in Arcadia ego という句から死の観念が完全に追放され、それが時間的に遠い至福と美のユートピアを喚起するようになる過程が、一言で言えば、ネオクラシシズムからロマンティシズムにいたる道程ということになるだろう。

墓碑銘を Et ego in Arcadia vixi (われ、また、アルカディアに生れき) と解釈している、先に引いたハズリットのプッサン論の一節は、むろん、こうした顕著な知的感受性の歴史の価値転倒の文脈内でとらえることができる。興味深いのは、十八世紀イギリス随一の人気を得た風景画家リチャード・ウィルソンによる、単なる添景としての墓碑の描かれたカンパーニャ風景あたりからおそらく一般的になったのだろうが、ハズリットの視線もまた、死んだ仲間の墓をのぞき込む羊飼いたちや墓碑のみに集中してはいない、ということである。批評家の眼差しは、明らかに、墓石や羊飼いたちの背後にのびやかに拡がる穏やかな自然の風景、そして窮極的には、いっさいの事物がその堅固な固有の輪郭を消失し、そのなかに溶け込んでいるような雰囲気を作り上げている、遠方の、どこまでも無限につづく地平線、そしてその彼方の光の空間に向けられている。この無限の光の空間は、フィリップ・ソレルス(「プッサンを読む」『公園』所収、一九六〇年)に倣って、「思い出あるいは思い出された想像力に特有の、とも言えそうな半光、それとなく、しかし明確に自らを問いただす光に満ちた影、あるいは影に満ちた光」(岩崎力氏訳)の空間と呼べるかもしれない。なぜならハズリットは、プッサンの風景のなかに、空間化された時間を見出しているからだ。あるいは、空間のなかから時間に由来するもの、つまり内的距離を見出し、とらえているからだ。

これはプッサン以来の近代における価値転倒によって見出されたロマン主義的風景と言ってよかろうが、このような内的距離、あるいは記憶の発見は、ジョルジュ・プーレが『人間的時間の研究』(一九五〇年)の「序論」で指摘したように、「十八世紀の偉大な発見」にほかならない。ここで注目すべきは、記憶の現象への関心(それは取りもなおさず時間と自我への関心でもある)が、風景への関心の増大と切り離しがたく結びついているということである。ハズリットにとって、無限の光の空間は明らかに記憶の世界の無限性と通底しているからだ。地平線が十八世紀以降の詩と絵画の領域ですこぶる重視されるのは、このような背景のもとであると言ってよいが、パノフスキーと並ぶ偉大な美術史学者E・H・ゴンブリッチは、「大空が限界だ」(『イメージと眼』所収、一九八二年)という興味深いエッセイのなかで、地平線の湾曲についてこんなことを述べている。「もしもわたしが正しいとすれば、その湾曲はわれわれが実際に知覚するものではなく、われわれが実際に知覚しないものを表わしている。それは堅固な事物の世界から、われわれが定位を求めて目をそそぐ領域への移向を特徴づけるものである」と。

ロマン主義芸術における重要な特徴の一つは地平線、旅、距離、彼方などが繰り返し隠喩として用いられていることである。このような距離設定は、こと新しく説くまでもなく、距離の彼方への、はるかに遠い地平線の彼方への飛翔という形式をとる。この漠然とした、不分明な距離が、十九世紀詩人たちの憧憬を限りなく掻き立てたのであった——すなわち、理想へと舞い上るシェリーの雲雀の飛翔、テニスンのユリシーズの水平線の彼方への航海、ボードレールの旅への誘いというふうに。ロマン主義的な衝動の中核をなすこうした遠い彼方へのあこがれも、つまるところ、距離の感じさせる美を求めるということにほかなるまいが、そうした憧憬は、ゴンブリッチが言うように、「われわれが実際に知覚しないもの」、「堅固な事物の世界」を超えた領域へと向う情熱によって支えられている。地平線はこうした憧憬を表わす集約的イメージの一つとして受取ることができるが、そのことをハズリットは、「遠くの事物はなぜ喜びを与えるのか」(『卓上談議』所収)と題するエッセイのなかでこう要約する。

情熱は無限の空間の支配者である。そして、遠くの事物が喜びを与えるわけは、それが無限の空間と境界を接し、無限の空間との接触によって形づくられているからだ。

この「無限の空間」は、ハズリットがプッサンのアルカディア風景のなかに見出した無限の光の空間と照応していると思うが、引用箇所は、実は、この印象主義的なジャーナリスト批評家が、かなりユーモラスな口調で語っている、次のような少年時代における素朴で他愛のない経験から導き出した結論の部分にほかならない。すなわち少年ハズリットは雄大な丘陵の見渡せる場所に住み、その頂きが美しい夕陽のなかに溶け込む風景にしばしば魅せられていたが、ある時思い切ってそこに近づいてみる。だが、そこは、遠くからそう見えたような、「異様な形に作り上げられたかすかに光る大気」の塊どころか、「変色した土の巨大でずんぐりした塊」であることがわかり大いに失望する。このエピソードは、アルプス遠景の絵画的な眺めに惹かれて登山を試みたものの、しかし、いざ登ってみると、そこが「奇怪な、恐ろしい、ぞっとするような岩だらけの」場所であることを発見してほうほうのていで逃げ戻り、そのあとジュネーヴ湖にボートを浮べ、遠くに聳えるアルプスの山々を振り返って眺めたときに、その風景を「世界中で最も素晴しい眺望の一つ」として嘆賞できた十八世紀イギリスの文人ジョン・イーヴリンのアルプス旅行中の経験に酷似している、と言ってよい。このように距離の美に魅惑されたハズリットやイーヴリンの態度や感受性は、十八世紀のいわゆるプレロマンティシズム、あるいは最近広汎に使用されつつある用語で言えば、**Picturesque**（絵画的なもの）の時代における顕著な美的傾向を反映している、と見なすこともできようが、十八世紀におけるこのような距離の美の発見の根幹に、絵画的な「理想風景」への強い嗜好が認められることは言うまでもない。

　エリザベス・マナリング『十八世紀イギリスにおけるイタリア的風景』（一九二五年）と、その先駆的な研究書のあとを受けて書かれたクリストファー・ハシイの名著『絵画的なもの』（一九二七年）は今日における「絵画的なもの《ピクチュアレスク》」研究隆盛の基礎を築いた古典的著作であるが、両書によれば、プッサンやその義弟ガスパール・プッサン、それにフランスおよびイタリアの風景画家クロード・ロランやサルヴァトーレ・ローザなど、十七世紀の古典主義的な風景画家たちが繰り返し彼らの風景画のなかに描いた牧歌的なアルカディアの風景美を、現実の自然のなかに熱心に探し求めようとする風潮が、とりわけ十八世紀イギリスにおいてさかんになり、そうした探索のいわば副産物として人びとは距離の美を見出したのだという。二人のプッサンやクロードやサルヴァトーレの風景画の背景としてしばしば描かれ、のちにラスキンが風景論の傑作『近代画家論』（一八四三—六〇年）のなかで、詩的美文をつらねて追憶のノスタルジーを鮮やかに喚起して見せたイタリアのカンパーニャや風景画家でもあったエドワード・リアも魅せられたカラブリア、なかんずくJ・J・ルソーが『告白』のなかで讃美したアルプス、それにイギリスのアルプスと称せられた「湖水地方」が、最も代表的な「理想風景」と見なされるようになり、人びとは競ってそれらの土地へ観光旅行に出かけるようになる。イーヴリンのアルプス登山もそうした観光旅行中のエピソードなのだが、観念史の泰斗マージョリ・ホープ・ニコルソン『暗い山と栄光の山』（一九五九年）が詳述するように、とくに山に対する西欧人の感受性の根本的変化はほとんど劇的とさえ言ってよかろう。手短かに言えば、それまで山は主に恐怖と嫌悪と不毛の対象としてしか見られていなかったのだから。ニコルソン女史の興味深い考察が多くを負っているラスキンは、『近代画家論』で十九世紀を「山の栄光」の時代と呼んだが、最初のアルピニストはまさしく文学や絵画の影響のもとに登場したのである。

　このような「理想風景」嗜好は、旅行ばかりではなく、十八世紀イギリス芸術のほとんど全領域――詩、小説、批評、絵画、建築、造園術など――に滲透しており、これまでに挙げた大陸の画家たちの風景画に触発され、それらを手本とすることが多かったことから、そうした自然観なり芸術観を、当時の美学者たちがPicturesque（絵画的なもの）と呼んだことはすでにかなり知られていると思われる。たとえば「地平線」はきわめて絵画的なもの《ピクチュアレスク》として重視され、一例を挙げると、カントリー・ハウス（上流人士が田舎に持つ広壮な本邸）の建築の際、空を背景とする屋根や煙突の美的な輪郭にまでことさらに配慮がなされるべきだとする、建築上および景観上の細かい指示が徹底していたほどであったという。

　ハズリットは、一面では、このような十八世紀的美的感受性に培われた批評家であるが、こうした絵画的な「理想風景」への憧憬やノスタルジーを、時間的な次元でとらえるとどうなるか。ぼくなりに敷衍して解釈すると、これがハズリットのエッセイ「遠くの事物はなぜ喜びを与えるのか」の中心主題である。

「時間的距離は空間的距離とほとんど同一の効果を与える」と彼は言う。そして幼年時代を回想しながら次のように書く。

ぼくがまだほんの子どもだった頃、父はぼくをよくウォールワスのモンペリエイ・ティー植物園へ連れて行ってくれた。現在そこへ行くことがあるだろうか？　いや、ない。その場所はさびれ、そこの花壇や花壇のへりは取り壊されてしまったからだ。それでは、どうしても、

草のなかの輝きや、花の栄光の時を
取り戻すことができないのだろうか？

ああ、そんなことはない。ぼくは記憶の小箱の錠前を開け、頭脳の番人たちを退かせる。するとそのなかには、幼年時代の散策の場面が、色褪せることなく、また、より新鮮な色合いを帯びて、いまも残っているではないか。まるで夢のなかのように、新たな感覚が、不意にぼくを襲う。より豊かな香、より鮮やかな色彩のかずかずが、躍り出てくる。ぼくの眼は眩惑される。ぼくの心臓は、新たな喜びの荷を負って波打つ。ぼくはふたたび子どもに返ったのだ。ぼくの感覚は、すべて、光沢を帯び、粧しこみ、官能的で、繊細だ。それは砂糖菓子の上衣を身に纏い、よそ行きの服装をしている。紫色の斑点のついた飛燕草の花壇が見える。赤みがかった黄色の背の高いオークの木も。蜜蜂がそのまわりをぶんぶん飛んでいる、金色に固まった、大きな向日葵も。無数の撫子と、強烈に赤い芍薬の花。盛りを過ぎた罌粟の花。甘ずっぱい百合、そして萎れた銀木犀。すべてがきちんと並べられ、おのがじし繁茂している。黄楊《つげ》の木が花壇をふち取っている。砂利道、ペンキの塗られた園亭、菓子屋、べっとり固まったクリーム——ぼくはいま、眼をきらめかせながら、それらを見ていると思う。それ

とも、こうしてそれらの描写をしていたあいだに、それらは消え去ってしまったのだろうか？ そんなことは構わない。それらは、ぼくがそれらについて少しも考えていないときに、ふたたび甦ってくるのだから。花々や植物、緑の芝生、それに郊外地の楽しみについて、あれ以来ぼくが観察してきたことはすべて、ぼくには、「無垢というあの最初の庭」から借り出してきたように——あの記憶の花壇から盗んできた差し枝や継ぎ穂のように思えるのだ。

回想を通じて、瞬時に甦る失われた、幸福な幼年時代のアルカディア。豊かな色彩と芳香にみたされた回想の風景。そうした再生を可能にさせるものは、言うまでもなく、過去との持続の感覚、内的時間の連続性の感覚である。と言うことは、ここで語られているのは、単に過去の事象を思い出し、回想するというよりもむしろ、それをふたたび生き生きと感覚し、そのなかでふたたび生きるという経験、つまり過去の感動をほとんどそのままの形で、現在の瞬間のなかに浮び上らせ、定着させるという一種霊妙な力についてである。別な言葉で言えば、瞬間的なものを通して、瞬間的ではない何ものかを、すなわち自己の根柢に密着していると感じられる永続的な感情を発見するという試み。時間の連続的持続の感覚といい、回想のなかに自己を見出そうとする強い志向性といい、ここには、ある意味では、ドイツ・ロマン派詩人たちと同様（アルベール・ベガン『ロマン的魂と夢』一九三七年参照）、プルーストにはるかに先立って、彼の時間意識や無意志的回想を直観的にとらえ、それらを先取りしている感覚的な経験が、単純素朴ながら、いかにもロマン主義者らしい詩的で喚起的な文体で提示されていると言うこともできよう。確かに、『失われた時を求めて』における「特権的瞬間」につらなっていくような局面が、このエッセイにおけるハズリットの文学的感受性の根柢に認められ、そのことがこの批評家をわれわれに対して問題的たらしめずにはおかないと思われるが、しかし、ソレルスがプッサンをプルーストと結びつけた事例に倣って、ハズリットがプルーストの先駆者だとか、精神的血縁者の一人だとかいうようなことを、いまここでことさらに述べ立てるつもりなどはない。ここではただ、ハズリットの場合、時間の連続性の感覚が、十八世紀的な美的感受性から多分に導き出されていること、そしてそれが永続的なものを記憶のなかに見出そうとするロマン主義的特性と直結しているということを指摘しておけば足りるのである。

2

ハズリットと同時代の大詩人ウィリアム・ワーズワスの自伝的長篇詩『序曲』第一巻に次のような回想の風景が描かれている。少年ワーズワスが危険な崖っぷちにぶらさがって鳥の巣から卵を盗もうとする場面である。

ああ！　縺れ合った草と
つるつるすべる岩のあいだの小さな割れ目に
つかまったままぎごちなく宙に浮いて、
むき出しの岩を肩で押し上げるようにしながら、
吹きすさぶ風にほとんど身を浮せる姿勢で、
鴉の巣の上にぶらさがったとき　ああ！
あの危険な崖っぷちに独りきりでぶらさがっていたあの時、
乾いた甲高い風は、ぼくの耳を突き抜けて、

なんと異様な言葉を発していたことか！　空は大地の空とも
見えず、雲はなんとせわしなく動いていたことか！

ここで語られているのは、『序曲』全篇を特色づけている、断片的な記憶のイメージとして詩人の脳裡の奥底にこびりついたすこぶる印象的な幼少年時代の経験の一つである。こうした鮮烈な経験を回想を通じて一瞬のうちに甦らせることによって、それは単なる感傷的なノスタルジーの対象としてではなく、現在の孤独や耐えがたい精神的空虚感から解放し「生命を甦らせてくれる力」を持つものとして、詩人の疲弊した心に強く訴えてくるようになる。そのような過去の貴重な経験を包含する断片的な記憶のイメージを、彼が“Spots of Time”（時点）と呼んだことはよく知られている。

最近ファクシミリ版が刊行されて比較的容易に読めるようになった、二部構成より成る一七九九年版の草稿は、この長大な詩作品の文字どおり雛型と言ってよいが、その草稿はさまざまな「時点」の記録のみを記載している。『序曲』のテクストについては、一八〇五年版と一八五〇年版という二種類のテクストが広く流布していることは周知の事実だが、ごく簡略に言えば、前者における自然との交感体験を重視する汎神論、アニミズムが、後者では後年の詩人が信仰の対象に選んだキリスト教のドグマにできるだけ関連づけられるような配慮がなされているという重要な異同が認められる（本稿では断りのない限り一八〇五年版に拠る）。それはそれとして、現行のテクストは一七九九年版の草稿をまったく大幅に増補改訂したものである。しかし、厖大な加筆を施してほとんど面目を一新していながらも、これら三つのテクストの中核をなす部分、すなわち「時点」の提示をこの長篇詩の基盤に据えるという詩人の姿勢にはいささかの変化も逡巡も見られない。「時点」は『序曲』といういわば幾重にも円周を描いて膨張する巨大な同心円の不動の中心であり、その主焦点となっているのである。

先に引用した一節は、「時点」の多くがそうであるように、自然と無自覚的に交わっていた幼少年時代の記憶のイメージの一齣であるが、それにしてもワーズワスは、ある意味ではそれほど深刻な意味合いがあるとも思えぬ、このような些細な日常的場面の提示になぜあれほど偏執し、そこにかけがえのない重要な意義を見出そうとするのか。それを探ることはワーズワスの核心に一気に近づくことになると予測できるのだが、ともかく、具体的な詩句に即して、もう一度その場面を読み返してみよう。

少年ワーズワスが危険な崖っぷちにぶらさがって鳥の巣から卵を盗もうとしたことを回想するこの場面が、その行為の危険性について、と言うよりもむしろ、恐いもの知らずの子どもの危険に対する法外な無頓着さ、ないしは無鉄砲な行為がもたらすスリルにみちた快感とか高揚感のたぐいを読者に伝えようとしていることは、一読、明白だろう。「危険な崖っぷち」（"the perilous ridge"）とか、「宙に浮いて」（"Suspended"）とか、「ぶらさがって」（"hung"）といったような少年の置かれた危険な状態を告知する言葉も、行為の危険性を単に強調するだけではなく、自分の身を危険にさらすことに快感を覚えていた経験をも同時に刻み込んでいる。危険な崖っぷちにぶらさがりながらも、結局のところ転落しなかったという至極単純明瞭な、しかし回想に耽る詩人にとっては重要な象徴的意味を持つ事実を、いささか誇らしげに語るというある種の稚気のようなものでさえも、ここには認められよう。しかもその稚気は、自分が超越的な力によって力強く支えられ庇護されていたという詩人の根本的認識と紛れもなく結びついている。その超越的な力は、詩人がそう名づけるように、「自然の存在」とも、「宇宙の叡知と精神」とも、あるいはオールダス・ハクスリーがD・H・ロレンスを評する際に借用した「未知の存在形態」とも呼ぶことができようが、たとえ何と呼ぼうとも、詩人がこういう場面におけるように、絶端まで、すなわち天と地を分つ境界状態へと読者を導くのは、そうした超越的な力の作用を顕示し、それとの緊密な絆、そう言ってよければ、生命的連帯感を強調するためではなかろうか。崖っぷちからぶらさがる子どものイメージは、従って、天と地、生と死、超自然と自然の境界域に、セイレーンの唱声のように、惹きつけられてやまぬという、ワーズワスの詩的想像力の特性にその源泉を持つのである。

それにしてもこの一節中の「大地の空」("a sky／Of earth")というのは奇妙に曖昧な表現ではある。大地と境界を接し、大地の上方に向って無限の拡がりを見せる空、母なる大地とは明白に切り離されたところに存在する空、などというふうには見えないというのが一応の意味であろうが、ここではあたかも空が大地を構成要素とし、大地によって形づくられているかのような夢幻的性質を帯びている。大地はそれ本来の物質的特性を失い、吹きすさぶ「乾いた甲高い風」やせわしなく動く「雲」と同様な、大気の根本元素《エレメント》と化したかのようにさえ見える。「大地の空」という意表をつくこの詩句の含蓄に印象づけられ、それを折にふれて繰り返し反芻するとき、限りなく夢幻的な境地に誘われる思いがするのは、ガストン・バシュラールが『水と夢』(一九四二年)のなかで述べるように、「意識的光景である前に、あらゆる風景は夢幻的《オニリック》経験である」ためなのだろうか。「まず夢のなかで見た風景でなければ、人は美的情熱をもって眺めないものだ」とバシュラールはつづけて言うが、ワーズワスが「自分が見たものは／何か自分の内部にあるもの、夢のようなもの、わたしの心のなかの風景のようなものに／見えてくるのであった」(『序曲』第二巻)と書くとき、『序曲』における風景、とりわけ「時点」として提示された風景が、バシュラールの述べる「夢幻的経験」のなかで見られた風景と重なり合っているように思われるのである。

われわれが青空を初めて見つめるとき、すなわち、単にそれを見るのではなく、それを見つめ経験するとき……ほかならぬ自分自身の思考や感情の世界を見つめているということを了解する人は少い。

アメリカのすぐれた現代詩人ウォレス・スティーヴンズの卓抜な詩的想像力論『必要な天使』(一九五一年)のなかの一節である。難解な観念性のゆえであろうか、わが国では残念ながら知られることの少いスティーヴンズではあるが、彼はあの畏怖すべき紺碧《アジュール》の前に沈黙したステファヌ・マラルメ以後、純粋意識の鏡の比喩としての「青空」に最も深い関心を寄せていた偉大な詩人の一人である。「恐るべき空の鏡をのぞき込め」とスティーヴンスは唱ったが、ワーズワスの「大地の空」もまた、夢想する自分自身の内面に映し出された風景にほかならない。ワーズワスにとって、外界を見つめ経験するということは、そこに自己を投影させる、言い換えれば、外界の内面化、意識化の謂であることは改めて言うまでもないからだ。ポール・ヴァレリーの高名な言葉「人間の特質は意識である」(「覚書と余談」一九一九年)に倣って言うと、詩人の特質は何よりも自意識であることを、おそらくS・T・コウルリッジを除けば、同時代のどの詩人よりも深く感知し、真正面から受けとめていたのがワーズワスである。そこに近代詩人の源流としてのワーズワスの顕著な特性を認めてよいが、その特性が最も緊迫、かつ充実した表現を獲得し、輝かしく顕示されているのは、むろん、『序曲』を措いてほかにはない。そのような自意識的な詩人としてのワーズワスについて、ハズリットがこんな評言を残している。

残念ながらわたしはワーズワス氏についてきわめて満足のいく性格描写をすることなどほとんどできそうにもないが、彼もまた、レンブラントと同様に、無から、すなわち自分自身から何かを作り出し、自分自身という媒体を通して見、最も味気ない主題にさえも自分自身という衣を纏いつかせる才能の持主なのである……彼が最大の、すなわち現代で最も独創的な詩人である理由はひとえに、彼が最大のエゴイストであるためにほかならない（「天才と常識について」『卓上談議』所収）。

ハズリットは、さまざまの愛憎の変転、心理の紆余曲折はあるにもせよ、コウルリッジやトマス・ド・クインシーとともに、ロマン主義時代における最も犀利かつ洞察力に富むワーズワス理解者の一人である。エッセイ集『時代精神』（一八二五年）で彼は、「ワーズワスの天才は〈時代精神〉の純粋な発露である」とワーズワス論を書き出しているが、ここで、ワーズワスを、現代で最も独創的な詩人として挙げる理由が、この詩人が「最大のエゴイスト」であるというのは、十九世紀以前、あるいはそれ以後ですらもほとんど滅多に見られない、いかにもロマン派ならではの特徴を示す評言だと思われる。ハズリット自身もそのことを明瞭に意識していて、別な時代に生れていたならば、ワーズワスは噂も立てられなかっただろうと付け加えている（「ワーズワス氏について」『時代精神』所収）。大層歯切れよくそう述べるハズリット自身も、のちに、ヴァージニア・ウルフから、「彼のエッセイは断固として彼自身である」（『全エッセイ集』第一巻一九六七年）という名誉ある評言を頂戴するが、それはそれとして、ついでに言っておけば、ワーズワスが「無から、すなわち自分自身から何かを作り出し、自分自身という媒体を通して見」る詩人であるという断定は、ハズリットが「現存する最も有能な風景画家」と呼ぶJ・M・W・ターナーについて述べた評言、碩学エドワード・ロックスパイザーが『音楽と絵画——ターナーからシェーンベルクにいたる比較思想研究』（一九七三年）のなかで、「今日の抽象表現主義絵画やミュジークコンクレートに適用できるかもしれない」とすら評したターナー評の一節、「彼の風景画は無の絵画であり、それに非常によく似たものである」（「模倣について」『円卓談議』所収一八一七年、傍点原文）を思わせる。換言すれば、ターナーの風景画は、事物自体を表出しているというよりもむしろ、「事物を通して見られる媒体」、つまり画家自身を表出しているのだと、ハズリットは言っているのである。

ロマン派の詩人や画家にとって、風景は、たとえばレンブラントの自画像よりもいっそう内密で個人的な自画像を描くための、あるいは複雑微妙な内面世界をそこにパリンプセストのように重ね合せるための、きわめて重要な手段となっている。自分自身を長篇詩の主題にすること、つまりイギリスでは最初の果敢な企図である自伝と詩の両ジャンルの合体の企てが、強烈な風景志向を基盤にしているのは、そこに由来する。平たく言えば、文学における風景は、過去や記憶の世界のなかに自我の歴史を見る、すなわち自分自身を見つめるためにその眼を使いすぎているような自意識過剰の内的人間によって発見され定着されたのである。ロマン主義時代における風景への関心の増大が記憶や時間への執着と分ちがたく結びついているのはそのためにほかなるまい。ワーズワスの天才が「〈時代精神〉の純粋な発露である」とハズリットが喝破するゆえんであろう。その点で『序曲』の詩人は、プッサンやクロード等による、このうえもない至福と美のユートピアへの憧憬を喚起する優美壮麗な神話的風景画にはじまり、十八世紀のピクチュアレスクの時代における外的な風景嗜好へとつらなる系譜に徹底した内的変容を施し、文学における風景に革新的な意義を付与したばかりではなく、『失われた時を求めて』のプルーストで絶頂に達する、記憶と時間の文学の流れの淵源に位置する偉大な近代詩人であると思われるのである。

ところで最初の章に掲げた、ハズリットが幼年時代を回想する華麗な文章の冒頭部に、「草のなかの輝きや、花の栄光の時を／取り戻すことができないのだろうか？」という短い詩句が引用されていた。これはむろんワーズワスの高名な詩「不滅性のオード」（正式題は「幼年時代を追想して不滅性の告知を得るオード」一八〇二―〇六年）のなかの一節である。ハズリットは前掲の回想文で、幼年時代の輝きと栄光は、「記憶の小箱の錠前を開け、頭脳の番人たちを退かせる」やいなや、たちどころに生き生きと甦ると言っている。ワーズワスはこのような素朴なオプティミズムとはほとんどまったく無縁な詩人であった。そのことがワーズワスをワーズワスたらしめている何よりのゆえんだが、彼がハズリットのオプティミズムを共有できないのは、過去からの疎外感、過去と現在とのあいだの距離やずれについての鋭い知覚が彼の内面で絶えず葛藤を引き起していたからである。

現在のわたしと
あの過ぎ去った日々とのあいだの空隙は余りにもかけ離れて見えるが、
しかし、それらの日々はいまもわたしの心のなかに変ることなく存在し、
それらの日々を思うとき、時折、わたしは、
二つの意識、現在のわたし自身と
もう一人の存在者を意識しているように思える。

『序曲』第二巻冒頭部より引いた一節である。ワーズワスは言うまでもなく、「二つの意識」、すなわち「現在のわたし」と「過去のわたし」とのあいだに横たわる埋めがたい「空隙」を痛切に自覚し、その自覚を強力な挺子にしながら、認識において現在と過去とがそれぞれの殻の外へと脱出して、互いに連関し透入し合う状態を目指し夢見る。少くともそのような志向性によってこの長篇詩が支えられていることは改めて念を押すまでもない周知の事柄である。「テインターン寺院」（一七九八年）や「ルーシー詩篇」（一九七九年）と同じく、その詩的構造の根柢において、『序曲』のいわばミニアチュア版と言ってよい特質を

示す「不滅性のオード」もまた、そうした自己意識の分裂状態を提示しているが、その分裂状態は世界との、自然との内在的連関の喪失を自覚したときに初めて生じたものである。「不滅性のオード」で詩人は「わたしはかつて見たものを、もはや見ることができない」と喪失の悲哀をこめて唱っているが、彼にとって想像力の働きがすこぶる大きな、詩人としてあるいは人間としてさえもの死命をほとんど制しかねないほどの重要な問題として受けとめられるのは、彼の喪失体験、言い換えれば、世界や自然との内在的連関を絶ち切られたことの痛切な自覚のうえに立って、改めて世界や自然との関係を修復しようとする精神の能力を、それが意味しているからである。「草のなかの輝きや、花の栄光の時」はやはり取り戻さねばならないのだ。

3

それはともかく、一般に自伝が、表面的には、ある時点で自分の過去を振り返り、それを記録として保存しようとする衝動に促されて書かれることは疑いない。その場合、過去の生を全体として幸福と感じるか、それとも不幸と感じるか、正と負のどちら側に力点をより強く置くかによって、生に対する自負に彩られもすれば、悲嘆調を帯びることにもなるだろう。イギリス・ロマン派において、負の側への傾斜が著しいものとしてまず筆頭に挙げることができるのは、六歳の時すでに「人生は終った」という悲痛な意識を持ったことを告白している、ド・クインシーの『自伝的スケッチ集』である。一方、『序曲』は、言うまでもなく、正の側への傾斜を示している。ただし、正の側への傾斜と一口に言っても、それはもちろん現在の幸福を意味してはいない。功成り名を遂げたあとで、現在の幸福の因ってきたるゆえんを、悠々たる口調で、回顧的に物語るといった、人生の成功者の自伝などとはおよそ無縁な立場に立って書かれているからだ。それでは一体何のために、どういう目的で書かれたのか。

　ぼくは確信の感情をすっかり見失ってしまい、
　ついに矛盾憧着に苦悩し、疲れ果て、絶望のうちに、
　道徳の問題を放棄してしまったのだ（第十巻）。

　ここで問題にされている「確信の感情」とは、前後の文脈上では、十八世紀風の分析的理性に対する「確信の感情」ほどのことを意味している。ここには、手短かに言えば、フランス革命の理想への幻滅を経験したあと出会った、『政治的正義』の著者ウィリアム・ゴッドウィンのラディカルな思想の影響下に、精神の窮極的な拠りどころを理性に求めようとしたが、理性によって真であると証明されぬ限り、いっさいのものを自明のこととして認めないという厳格で、徹底した分析的態度が、かえって理性そのものを自縄自縛の状態に追いやり、ついにはあらゆる「道徳の問題」を絶望のうちに放棄するにいたった若きワーズワスの内的苦悩が述べられている。

　この理性による対象の客観的・分析的理解や認識への不信は、倫理・道徳の問題のみにとどまらず、彼の詩作上の反省ともなって現れてくる。十八世紀後半にウィリアム・ギルピンやリチャード・ペイン・ナイトなどの美学者たちの手によって精緻な理論に纏め上げられた「絵画的な《ピクチュアレスク》」芸術観の影響下にあり、ハズリットの『時代精神』によるとプッサンを熱愛していたと言われるワーズワスだが、分析的な理性に対する「確信の感情」を喪失したほぼ同じ頃に、そうした芸術観や自然観から離れていったことが『序曲』のなかに語られている（第十巻）。なぜなら、「絵画的」芸術観や自然観は、「さまざまの規則」によって、

意識の自由な発揚を抑制し、すべてをスタティックな対象として固定することにより事物の本質をその内部から把握することを妨げ、ともすれば「外面的な感覚的陶酔」のみに満足することを人びとに教えるからである。

このいわば魂の暗い夜からワーズワスを脱出せしめたものは、いま改めて指摘するまでもなく、想像力による「内面の主権」(第一三巻)の確立である。『序曲』第一一巻および第一二巻は「想像力、それがいかにしてそこなわれ、また回復されたか」と題されているが、これはそのまま『序曲』全一三巻の中心主題にほかなるまい。この想像力の回復を詩人にもたらす契機となるのが、「時点」という言葉で示された幼少年時代における鮮烈な記憶のイメージであることは言うまでもない。

先に述べたように、一七九九年版の『序曲』の草稿は「時点」の提示のみによって構成されている。ここで伝記的事情に少々ふれると、ワーズワスは、コウルリッジのすすめもあって、一七九八年九月末に妹ドロシーとともに、ドイツ語習得の目的で、北ドイツのハンブルクにまず赴き、ついでその冬はゴスラールで過ごし、翌年五月まで同地に滞在している。暖いストーヴの傍に弱々しく這い寄る、寄るべのない孤独な一匹の冬の蝿の姿に、「緑の夏草」が生え「すいかずら」の垂れさがるイギリスの夏を恋慕する詩人自身を重ね合せながら唱った、ゴスラール滞在中に書かれた短詩「世紀で最も寒い日々の一日にドイツで書かれた詩」が端的に示すように、その年の冬は記録破りの厳寒で、ドロシーの手紙によれば、部屋のなかでも毛皮を何枚も重ね着し、それにくるまって辛うじて寒さをしのいだほどだったという。当然外出することも稀で(もっとも、詩人クロプシュトックには会っているが)、周囲のドイツ人社会からはほとんど孤立したまま、ワーズワスは、ドロシーと一緒に当時コウルリッジに書き送ったある手紙の一節にあるとおり、「自己防衛《セルフ・ディフェンス》のために」憑かれたように多くの詩を書いていく。「ルーシー詩篇」や「詩人の墓碑銘」

などの高名な抒情詩が書かれるほか、ほかならぬ『序曲』の草稿に着手するのもこの時期である。

　この時期、手紙などが明示するように、ワーズワスはかつて味わったことのないほどの激しい疎外感、孤立感に襲われるが、この孤立感が詩人に記憶の源泉へと立ち返らせ、詩人の魂の成長の発端に遡らせるようにと促したことは、一応確認しておいてよい事柄である。このような疎外感、孤立感は、もちろん、単に異国での孤独な生活という外的事情のみにその要因を帰することはできないが、しかし、それが従来から詩人の内部にくすぶっていた喪失感を一気に吹き出させ、それを露呈させる最も有力な引き金になったことは確かだろう。つまり今日風に言えば、「自己同一性の危機《アイデンティティ・クライシス》」に身舞われたということだが、そうした危機は、たとえば、ドイツ旅行のしばらく前に書かれた「ティンターン寺院」で唱われているような、幼少年時代に本能的に知覚していた自然の生命との一体感（「一つの生命」）への確信がゆるぎはじめたことと明らかに関係していると思われる。一七九九年版の草稿においてワーズワスが「時点」の提示のみに集中しているのは、その確信を取り戻し、過去の現在化によって、永続的なものを記憶のイメージのなかに見出そうと願う詩人の志向性が顕示されていると言うべきであろう。「現在のわたし」のアイデンティティが確立されるためには、失われた「過去のわたし」が不可欠であり、「時点」はそういった意味で、それを通して埋れた現在が表面に浮び出る媒体の役割を果していると見ることもできよう。つまり失われた「過去のわたし」、言い換えれば、これは、詩人の自我の意識の枠内に大層呪縛的なイメージの断片として残存する、自分の内なる子どもを、言葉の力を通じて甦らせ、そうした対象化・客体化の操作によって、現在の自分の限界を突き破ろうとする企てではないのか。その場合、「過去のわたし」、あるいは自分の内なる子どもは、詩人の現在の意識と対立するいわばドッペルゲンガー的な反自己意識と考えることができるし、彼が分裂した「二つの意識」をその風景の詩学の根本課題に据えた文学的前提はここにあると言えるのである。

二部構成より成る一七九九年版の草稿を読むと、のちの二種類の長大なテクスト、とりわけその執筆時期が時間的に近い一八〇五年版と比べてみても、いろいろ興味深い事柄が浮び上ってくる。この草稿には、たとえば、ケンブリッジ大学生活やフランス革命の経験、あるいは全篇のクライマックスとも見なせるアルプス旅行やスノードン登山などといったような、のちの、より完成された形姿をととのえる『序曲』において、大層重要な位置を占める場面はむろん見出せない。しかし、ここでは本文批評を試みるつもりはないので、詩的内容上、最も顕著な差異をなしていると思われる例を一つ挙げるにとどめたいのだが、それは、一八〇五年版のテクストには頻繁に見出せる幼少年時代の経験の汎神論的解釈や省察が、草稿にはほとんど欠落しているという事実である。自然との交感体験に超自然的色調を濃厚に添えるために呼び出される「精霊」や「大地の力」、あるいはそれらの超自然的要素の神秘的作用についての哲学的・道徳的瞑想や註釈の大半は、のちに付け加えられたものであり、いわば原《ウル》-「時点」ははなはだ具体的で、リアリスティックな場面のみで構成されている。それゆえ、一八〇五年版におけるような形而上的特質をほとんど欠いているため、それだけいっそう本来の心理的特性が際立って突出していると言ってよいのである。

一八〇五年版では第一一巻に収められているが、草稿第一部に、次のような「時点」の場面が提示されている。われわれの人生には、とりわけくっきりと目立って、過去の豊かな結実を保存している「時点」というものが存在し、些末な雑事や日常の交わりの繰り返しなどによって気が滅入っているようなときでも、われわれの疲弊した心（とくに想像力）はそれによって養われ、生気を回復することができる。そのような貴重な瞬間は、主として、幼少年時代の印象的な経験に由来するようだと述べたあと、しばらくおいてから詩人が描く場面である。

わたしはその場を離れ、
草木のない斜面をふたたび登ると、
丘の下に横たわるむき出しの池や、
丘の頂きの標識塔や、さらに近くには
頭に水がめを載せて、
吹きつける風に　危うい足どりで
道を進む一人の乙女が見えた。それは
実際、ありふれた風景だったが、はぐれた
連れの案内人をあちこち探しまわりながら
あの時、あのむき出しの池や、荒涼とした高台
の上の標識塔や、強風によって衣服を
吹き上げられて困惑しているあの女性を
包み込んでいた、あの幻影のような物寂しさを
描くためには、人間にはまだ知られていない
色彩や言葉を必要とするはずだ。

この草稿よりの引用が明示するように、それは一八〇五年版のテクストの同じ箇所とほとんどまったく

変らない。変更は一、二の句読点の位置や若干の普通名詞の大文字化、字句では「斜面」が「共有地」に直されている程度にとどまる。これはその他の「時点」の場面についても多かれ少かれ当てはまることで、「時点」がどの版の『序曲』でも、その詩的構造の中核を形成する最も重要な要素と見なされていることがわかる。草稿ではこの場面のすぐあとに父の死からうけた影響を語る印象的なエピソードがつづくが、一八〇五年版ではそのエピソードが語り出されるまでにおよそ三十行も、つまり同じ場所を友人たちと後年ふたたび訪れたときの喜ばしい思い出とかその土地の風景が記憶や想像力を発動させる霊妙な作用について、高揚した詩節が加筆されているのである。

この相違はそのままこれら両テクスト全体のそれでもあると言えるが、ワーズワスは、改めて断るまでもなく、草稿には結局満足することなく、全一三巻より成る長大な一八〇五年版の『序曲』を書くにいたる。と言うことはつまり、問題を「時点」についてのみに限れば、詩人の関心は、回想によって甦った風景のなかに無時間の世界を見出し、その世界の栄光を唱うだけではなく、時間的なものと無時間的なものとの対比から生じるモラルの厳しさを示すことに移行していった、と考えられるのだ。一八〇五年版において、過去の体験から道徳的・倫理的な教訓や意味を引き出したり、それに哲学的解釈を施すことが俄然多くなるのはそこに源泉があると言ってよいし、そのような自然哲学者としてのワーズワスがとりわけ人気を得たのは、ヴィクトリア朝時代を措いてほかにはないのである。現代の読者としてのぼく自身の好みを率直に言えば、もちろん、しばしば鼻につく道徳臭や教訓癖や哲学的論弁の冗長さなどのとりわけ目につく部分よりも、「時点」が直接提示された部分にはるかに多くの共感を覚えることは否めない。さらに敢えて蛇足めいた事柄をつけ加えると、二部構成の草稿が、そこに判然と見られる、瞬間のイメージの組合せや結合による詩的創造への明白な志向性を、よりいっそう強化し拡充する方向へと仮に向っていたとするならば、象徴派詩人たちの主要目標であったイメージの自律性への道をもっと早期にイギリスで開拓していたかもしれないし、従ってイマジストの誕生もそれだけ早まっていたかもしれないという、およそ埒もない空想に耽ることもあるのである。しかしながら、ワーズワスは、一七九九年版のテクストを不完全なものとして放棄し、そこに窺われる尖鋭な詩的志向性とは背反する道を歩みはじめる。一八〇五年版の『序曲』は、そういった意味で、イメージの自律性への道と、それとは相反する道徳的・哲学的傾向とが激しくせめぎ合い、拮抗し合っていて、そこに比類ない魅力的な詩的緊張関係を作り上げていると思うが、ちょうどトルストイの『戦争と平和』からそこで開陳される長々しい歴史哲学の部分を排除することが不可能かつ無意味であるのと同様に、『序曲』の場合もすべてを丸ごと受容するほかないのである。瞬間への執着と長大な自伝形式の探求という二つの相矛盾する詩的衝動を共存させようとする『序曲』の企図は、従って、当初から分裂の危機を内包させていたと見ることができるが、その危機意識は、この長篇詩篇において、多くの場合、かなり潜在的であり、時には無自覚的ですらあったと思われる。

それはともかく、いささか脇道にそれたようなので、先ほど掲げた引用詩に戻ることにしよう。

引用したのは、まだ六歳にもならぬ詩人が、連れの案内人から運悪くはぐれ、昔、殺人犯が絞首刑にされた場所に偶然出てしまい、「その場」から不安のあまり大急ぎで立去った直後の場面である。ここでは「むき出しの池」「標識塔」、そして頭に水がめを載せた「乙女」に詩人の意識は固着しているように見える。あるいはそれら三つの「ありふれた風景」がまるで三つのすこぶる鮮明な不動点のように、詩人の脳裡の奥底に記憶のイメージとして付着している、と言うべきかもしれない。

おそらく誰しも覚えがあるように、われわれは、どういうわけか、きわめて些細で一見無意味そうに思われる情景や事物、人びとのちょっとした仕草や表情、あるいは言葉遣いなどをくっきりとイメージとして記憶していることがままあるものである。そのようなイメージを意識の篩にかけて分析や解釈の作業に委ねても必ずしもなぜ鮮明に記憶しているのか、その隠れた意味をつかむことははなはだ困難である。ただ、いつまでも鮮やかな記憶のイメージとして残っているということは、最初の出会いの際に、本能的にか瞬間的にか無意識的にか、その根源的意味をすでに把握してしまっているからではないのか、とも思えるのだ。ワーズワスが「時点」にこだわり、その道徳的、ないしは哲学的意味を執拗に追求するのも、砕いて言うならば、このような普遍的心理経験に根ざすものであって、決して特殊で異常な経験に基づくものではないと考えられる。フランス人女性アンネット・ヴァロンとの恋愛経験を赤裸々に暴いた衝撃的な伝記批評『ワーズワス』(一九三〇年)を書いてもいる、現代の傑出したロマン主義者ハーバート・リードがかつてこんなことを述懐している。

わが幼年時代に見出せる生活の残像《エコー》は余りにも多すぎるので、単なる無意味な偶然の一致として退けることなどできはしない。だが、残像となっているのは、おそらくわたしの意識的生活であり、人生における唯一の真実の経験とは、ういういしい感受性を持って生活していたときの経験なのであろう――それゆえわれわれは、ただ一度きり音を聞き、ただ一度きり色を見、何であれ、一度きり、つまり最初の時だけ、見たり、聞いたり、さわったり、臭いを感じたりするのである。すべての生活はこうした最初の感覚の残像であり、われわれは自分の意識、自分の全精神生活を、これらの基本的な感覚の変形や結合によって築き上げるのだ。しかし、事態はさらに込み入っている。というのも、感覚は色や音や形だけではなく、パターンや雰囲気をもとらえるのだから。そしてこういったものの最初の発見が、その後のわれわれの全存在のより大きなパターンやより微妙な雰囲気を決定するのである

（『無垢の眼』一九三三年）。

まだ六歳にもならぬ詩人が見た「むき出しの池」「標識塔」、そして「乙女」は、リードが洞察するような、「ただ一度きり」見た風景、「人生における唯一の真実の経験」の一つ、あるいはワーズワス自身も「不滅性のオード」のなかで語っているような、「あの最初のかずかずの感動」の一つにほかならないのではないのか。つまり「時点」というのは結局のところ、幼少年期に獲得した「基本的な感覚の変形や結合」によって緊密に構成されていると見るべきなのである。この幻影的な物寂しさを漂わせた風景は、写実性と幻想性の結合を基軸とするその「時点」的性格において、ヤン・フェルメール《デルフト風景》やジョン・コンスタブル《スタウア川のフラットフォード水車場》を想起させるが、現代における記憶と時間の文学の偉大な開拓者の一人ウラジーミル・ナボコフが自己を評した適切な言葉を借用するならば、「失われた幼少年時代への異常肥大の感覚」（『記憶よ、語れ』）の持主であるワーズワスにして初めて、他のロマン主義者に先がけてそうしたことを可能ならしめたと言えるだろう。フェルメールやコンスタブルと同じく、一見何の変哲もない、普通の風景のなかに、深い感情をそそぎ込み、日常性を超えたいわば深層の現実を探りあてようとする詩人の姿勢は、明らかに、ペイターの「ヴィジョン」やG・M・ホプキンズの「インスケープ」からジェイムズ・ジョイスの「エピファニー」などへと連綿とつづく特権的な瞬間に収斂するロマン主義美学の起点を指し示しているのである。

直接ワーズワスについて語ってはいないが、ハーバート・リードの文章は、たとえば自然に離れがたく帰依するためには、「たった一度の春」と触れ合う体験を持てば十分なのだと唱ったR・M・リルケの『ドゥイノの悲歌』の一節を思い起させるとともに、とりわけこのロマン派詩人の詩的感受性の起源を鮮やかに照射しているような趣があって大層示唆的である（ワーズワスとリルケについては、エリザベス・シューエル『オルフェウスの声』一九六〇年参照）。先に引いた詩節における「荒涼とした高台／の上の標識塔や、強風によって衣服を／吹き上げられて困惑しているあの女性を／包み込んでいた、あの幻影のような物寂しさ」は、リード風に言えば、失われた「最初の感覚の残像」とも呼ぶことができる。「幻影のような物寂しさ」の起源はそこにあり、それは既知の「色彩や言葉」では到底把握不可能な感情、すなわち内的距離のもたらす癒しがたい悲哀《グリーフ》の感情となるのである。それは「人間性の静かな、悲しい音楽」（"The still, sad music of humanity"「ティンターン寺院」の一節）とも響き合っているが、そこに、ハズリットのワーズワス評を再度借りれば、「無から、すなわち自分自身から何かを作り出し、自分自身という媒体を通して見」ざるを得ない、近代詩人の宿業を感じるのは果してぼくだけであろうか。

4

ところで、先に言及した「不滅性のオード」第九節冒頭部に、あらまし、次のようなことが唱われている。幼少年期に経験される生への歓喜はうつろいゆく時間の流れのなかでたちまちのうちに色褪せ失われていき、「天与の自由」を享受していた子どもも大人になれば否応なく「燃えさし」と化してしまう。だが、その「燃えさし」のなかにも「何かあるもの」が確かに生き残っている。それは幼少年期とともにあった「歓喜や自由」などではない。それらはいつしか失われていくものであり、失われたものを徒らに愛惜するのは感傷癖にほかならない。「何かあるもの」とは長い時の試練を経ても消失することのない永続的な感情であり、自分が「感謝と讃美の歌」を捧げるのは、単なる失われた時のためにではなく、

感覚や外界の事物に対する
あの執拗な疑惑、それらがわれわれより脱落し、
消失することに対してなのだ（傍点原文）

と唱う。この謎めいた一節に関して、ワーズワスがイザベラ・フェンウィックに与えた名高い説明は、この詩人の自意識の基本的様態、ひいてはその詩的感受性の特質を露呈させていてやはり注目に値しよう。

わたしはしばしば外界の事物が外的な実在性を持っているようには思えなかった。そして自分の眼に映るものすべてと交感したが、それらはわたし自身の精神的本性から分離したものではなく、それに固有なものなのであった。学校へ行く途中、幾度も壁や木にしっかりとつかまって、こうした唯心論的深淵から自分自身を現実へと呼び戻すことがあった。その当時、わたしはそうした一連の過程を恐れていた。

これは説明というよりもむしろ、率直な自己告白と見るべきであろうが、この種の告白をワーズワスは折にふれてしていたようで、たとえばある友人は、詩人と一緒に散歩をした折に詩人から次のような忘れがたい話を聞いたと回想している。「自分の外部に何かが存在していることを確かめるためには、抵抗するものを押しのけねばならないような時期がわたしの生涯にはあった。わたしは自分自身の心をそれほどに確信していたのだ。つまりそれ以外のすべてのものが脱落し、思念のなかへと消失するのである。」
このような放心癖を持つワーズワスにとって、外界の事物、事象に対する不信や疑惑にはすこぶる根深

いものがあり、それら自体の存在（「外的な実在性」）をほとんど拒否しているほどである。従って「それらがわれわれより脱落し／消失する」こと、すなわち事物や事象がそのなまなましい「外的な実在性」を失い、完全に意識の圏内に取り込まれ徹底的に内面化されることによって初めて、それらは詩的リアリティを獲得することになる。この詩人が過去の貴重な経験を繰り返し反芻し瞑想することを通じて、それをふたたび経験するという志向性を明示するのは、そのような内的必然性に促されて、と思われるし、事物や事象について新たな感覚的経験を許すまいとし、次第に孤独や孤立感を深め、頑迷な保守的傾向に陥っていくのも、窮極的には、そうした詩人の心的固着性に由来するとも言えるかもしれない。

ワーズワスが自己の詩作過程について述べた高名な言葉がある――「詩は力強い感情が自然にあふれ出たものであるとわたしは前に言った。詩は心の平静さのなかにあって回想された情緒に起源を持つ。一種の反作用によって平静さが徐々に消えるまでその情緒が瞑想されると、瞑想の対象となる以前にあった情緒に似たもう一つの情緒が徐々に生み出され、実際に心のなかに存在するようになる」（一八〇〇年版『抒情民謡集』への序文）。ここでは要するに詩は感情の直接的表現であってはならない、と詩人は言っているのである。つまり詩は「情緒」そのものではなく、それが「瞑想の対象」になることを経て生み出される「もう一つの情緒」、「回想された情緒」を相手にするのだと言う。そうしたいわば反自己意識的ないしは反自我的な「情緒」が「力強い感情」となって自然にあふれ出たものが詩にほかならないのだ、と述べているのである。その語句のみ単独に抽出されることが多かったために、従来しばしば誤解されがちであった「詩は力強い感情が自然にあふれ出たもの」という定義は、詩において表現と体験とは直接的に何らの媒介もなく一致すべきであるという、または詩は自我の無限定な自己主張であるという悪しき俗流ロマン主義神話を創り出すのに貢献してきたが、これはもちろん、かなり晦渋ではあるが、ワーズワスの批評文の具体的な文脈のなかで読めば、まったく誤解の余地のない言葉であると言ってよい。

その点で興味深いのは、ワーズワスが同時代の作家サー・ウォルター・スコットにスコットランド旅行中に会った折のエピソードである。スコットはいつも手帳を携帯し、さまざまの直接的印象をそれに書き記していたが、一緒に散歩をしてその様子を見たワーズワスはこう言ったという。自然についての印象は長い時間を経てその本質や真実のみが心のなかに刻み込まれたときに初めて文章にすべきなのだ、と。このエピソードは現代にもしばしば見出せる、自然に対する二つの代表的な姿勢を明示していて興味深いが、ごく大まかに言うと、スコットのは小説家一般に、ワーズワスのは詩人一般によく見受けられる姿勢ではないかと思う。これら二つの姿勢を一言で言えば、観察か瞑想か、とも要約できるであろうが、因みにスコット的な観察とワーズワス的な瞑想との統合を意図したのが、『近代画家論』の著者ラスキンである。

ところでいま挙げたワーズワスによる詩の定義は、ある意味ではT・S・エリオットの「客観的相関物」やナボコフの「美的至福」すらをも想起させる、いわば古典主義寄りのロマン派詩の定義と言ってもよい性質を示している。ロマン主義は古典主義の伝統を破壊しそれに取って代ったが、しかし敢えて言うならば、単なる自我意識の発揚のみではなく、そういう自我意識の枠の外へ超え出ることをも明確に企図していたこと一つを例に取ってみても、ロマン主義の真の革命性・独創性は、不特定な遠い未来に、より高次な古典主義的形態へと到達することを最終理念にしていたことにあるのではなかろうか。サンボリスムからモダニズムにいたる道程はそうした古典主義的形態の実現に向っているというふうにとらえることはできないものだろうか。二十年ほど前まではきわめて支配的だった、ロマン主義と現代とを断絶の相のもとでのみ眺めるという視点だけではなく、連続の相においても見るという複眼の思考が、現在何よりも要求されることは言うまでもないからである。反ロマン主義者を標榜し、事実、反ロマン主義的な文学傾向を広めるのに最大の寄与を果したエリオットが、今日、ロマン派批評との緊密な関連性を重要な研究課題とされるような事態をかつて誰が予測し得ただろうか。

それはそれとして、ワーズワスによる詩の定義は、もちろん、彼の詩のすべてに当てはまるとは言えないが、しかし、それは、自己の情緒を記憶の世界のなかからふたたび呼び起すことによって、それを対象化し、一種の内在的な「物」としてすら見るという、この詩人の詩的習癖を明示していて興味深い。だが、彼にあっては、フェンウィックへの告白が明瞭に語るように、事物は主体の意識からかけ離れた純然たる客体ではなく、また、主体が客体を客観的に知るということでもなく、ヴァルター・ベンヤミン風に言えば、「主体のうちにおける、一つの内在的連関」と言ってよいだろう。ベンヤミンは『ドイツ・ロマン主義における芸術批評の概念』（一九一九年）のなかでこう言っている。

自己認識の外部での認識、すなわち客体の認識はいかにして可能であるか？　ロマン主義的思惟の原理にしたがえば、そのようなものはじつは不可能である。自己認識のないところには、どのような認識もまったく存在せず、自己認識があるところでは、主体－客体－相関は、もし欲するならば廃棄されている。つまり、客体という相関概念をもたぬ主体があたえられている。（中略）人間のうちにおける反省の度の高まりは、むしろ、自己自身によって認識されることと、他者によって認識されることとのあいだの境界を物において廃棄し、かくして反省の媒質のなかで物と認識する存在者とが相互のうちへかよいあうのである。両者は反省のたんに相対的な単位である。それゆえじつは、主体による客体の認識というようなものは存在しない。あらゆる認識は、絶対者のうちにおける、あるいはもしそう言いたければ、主体のうちにおける、ひとつの内在的連関である。客体という術語は、認識におけるある関係を言いあらわすものではなく、むしろ関係の欠如を言いあらわしており、いずれにせよ、認識関係があかるみに出てくるとき、その意味を失うものである（大峯顕氏訳）。

『ドイツ・ロマン主義』は、『ドイツ悲劇の根源』（一九二八年）とともに、概して経験主義に依拠しがちな英米系の文学批評には滅多に見出せぬ思弁性にみちみちた難解な批評書だが、しかし、比較的わかりやすい引用箇所に示された深遠な認識、恐るべき洞察力は、これまた英米系の文学批評には滅多に認められぬ、比類ないたぐいのものと思われる。一つだけ註釈を付け加えると、ここで言及されている「絶対者」とは、ベンヤミンによれば、自我を絶対者とするのではなく、そういう自我意識の殻を打ち破って外へ超え出ることを意味し、フリードリヒ・シュレーゲルはこの「絶対者」を「反自我《ゲーゲン・イヒ》」とか「原自我《ウル・イヒ》」とか「汝《ドゥ》」とも名づけていたという。訳者大峯氏は「解説」のなかでこう述べている。「初期のシュレーゲルは、このような絶対者を〈芸術〉**Kunst** とよんでいる。芸術の立場とはロマン主義においては、自我を絶対者とする立場ではなく、そういう自我意識の枠の外へ超え出た立場である。それは自我の自己主張ではなく、自我の立場からの解放である。自我の立場そのものが、もっと広い立場、一種の創造的な無から見られるといってもよい。」

芸術とは自我の直接的表現ではなく、「自我の立場からの解放」、すなわち「一種の創造的な無」から見られるものであるというシュレーゲルやベンヤミンの考察は、当然のことながら、自我ないしは自己意識をいわば「媒体」として把握するという認識を基盤にしている。これはワーズワスが「無から何かを作り出し、自分自身という媒体を通して見」る詩人であるとか、ターナーの風景画は「無の絵画」であり、「事物を通して見られる媒体」、すなわち画家自身を表出しているといった、第二章でふれたハズリットの評言を想起させないだろうか。コウルリッジを中心にして、イギリス・ロマン主義の時代は、「われらがドイツ人のいとこたち」（「十九世紀と二十世紀における英独関係」という副題を持つイギリスのドイツ文学者ジョン・マンダーの著書の標題）ととりわけ親密な文化的関係を結び、当時のドイツ哲学や文学や批評から多くの影響を受けていた（たとえばコウルリッジとシェリング、キーツとゲーテなど）。また、コウルリッジがそのシェイクスピア講演のなかでA・W・シュレーゲルから剽窃したとしてハズリットが批難し、二人のあいだに激しい応酬のあったことなどはかなりよく知られているが、そうした英独の影響関係についてはなはだ疎いぼくとしては、ここでは、ハズリットの評言がシュレーゲルの芸術観のある局面といささかの類縁性を持っていることを指摘するのみにとどめなければならない。

ところで、ワーズワスの言う「二つの意識」は、両者のあいだに横たわる埋めがたい「空隙」に対する鋭い、想像的な知覚から生じたものであった。詩作過程について述べた高名な言葉からも明瞭に知られるとおり、この詩人の詩的想像力はこの「空隙」、すなわち内的距離を意識化することによって活潑に発動しはじめる。その際、ドッペルゲンガー的な「過去のわたし」ないし過去の経験や印象（記憶のイメージ）は、瞑想や想起作用において、「主体のうちにおける、一つの内在的連関」にほかならぬ物として見られ、生気あふれる人間というよりもむしろ、動きを欠いた、スタティックで抽象的な、一種活人画風の事物イメージとして提示されることが少くない。第三章で扱った「時点」における「むき出しの池」「標識塔」、頭に水がめを載せた「乙女」はその顕著な例の一つであるし、ほかにも代表例を挙げると、「決意と独立」における「蛭取りの老人」は巨岩、不動の海の獣に化したかのようである。また、花やすみれにたとえられた、早世する自然児ルーシーは、死後文字どおり事物化されて、「岩や、石や、木々とともに／日ごとの地球の回転につれてぐるぐる回る」のである。つまり人間も自然の事物と同列化して眺められ、人間に対して、ある種の物質的不動性や静寂さや冷やかさといった事物の属性が付与される。事物も人間も、あの「幻影のような物寂しさ」をつねに纏いつかせているゆえんでもあろう。

これはなぜなのか。一口で言えば、ワーズワスは、第一に、人間と事物を距てる境界を突き崩して、認識において人間と事物が相互滲透し合うことを重要な詩的前提にしていたということと、第二に、そのような相互滲透は自然の事物の背後に超越的なものの存在の把握を願望する宗教的衝動を有力な動因にしていたということ、さらに第三には、外界はそれを超越できたとき、つまり意識化、内面化の操作を施されることによって初めて意味を持つという立場に立つ詩人であったからだと考えられる。

単なる自然詩人としてではなく、外界の事物の世界に十分拮抗し得るだけの内面世界を築き上げた詩人として、ワーズワスを共感的に理解したのは、ハズリット以後では、ペイターである（「ワーズワス」『鑑賞集』所収、一八八九年参照）。桂冠詩人として一八五〇年に死んだワーズワスの死後、この詩人解釈において多大な影響力を及ぼしたのは、ヴィクトリア朝時代の支配的な批評家マシュー・アーノルドと反アーノルド派の高名な学者A・C・ブラッドレーである。しかし、アーノルドによる自然詩人ワーズワス像も、ブラッドレーによる崇高性の詩人ワーズワス像も、今日では、随分と色褪せて見え、むしろ、始源的・異教的な自然宗教詩人としてワーズワスをとらえ、些細な事物（「低い壁」「緑の土手」「墓石」）の発する「声」を詩的言語のなかに封じ込めることによってそれらを崇高化し、そうすることを通じて外界の内面への無際限な滲透を抑制し、内面の主権を確立したとするペイターによるワーズワス理解のほうが、現在、いわゆる「解体批評」の強力な推進者の一人で、コスモポリタンな視野の持主である学者批評家ジェフリー・ハートマンの画期的な名著『ワーズワスの詩』（一九六四年）に代表される現象学的方法を駆使したワーズワス批評に通じる局面もあって、はるかに現代性にあふれていると言えるのではないかと思う。

ペイターはワーズワスのアニミズムに注目しているが、それは『序曲』では、言うまでもなく、「時点」の場面に最も集中的に見出せる。いったいに幼少年期における鮮烈な印象を扱ったそれらの場面は、無気味な夜の自然や死者に対する原始的不安や恐怖感、あるいは自分のやましい行為への罪の意識などに濃く彩られている場合が多く、ハズリットの回想する甘美な黄金時代としての幼少年時代とはまったく趣を異にしていることは明らかである。ワーズワスの幼少年期は確かに一種のアルカディアであるにしても、そこには、プッサン以来追放されるのが常態だった死の影が明らかに濃く落ちている。つまりワーズワスの場合、「われ、また、アルカディアにありき」は、二重の意味、すなわち死の観念をにじませた本来の意味と至福のユートピアという後世の意味とを同時に包含していると見ることができるのである。そのことはこの詩人が一貫して示す墓碑銘への深い関心（ハートマンはワーズワスはギリシア風の警句的碑銘詩の伝統と十八世紀自然詩の伝統を結びつけた詩人と見ている。「ワーズワス、碑銘詩、およびロマン派自然詩」『フォルマリズムを超えて』所収、一九七〇年参照）からも探っていくことができそうだが、ここでは、それはひとまず措くことにする。そして『序曲』第一巻の次の箇所を読んでみたい。

5

月が出ていた。湖は灰白色の山々に
囲まれてきらきら輝いていた。岸から離れ、
調子をつけてオールを漕ぎはじめると、
小さなボートは足を早めながらも、
威厳のある歩どりで歩く男さながらに

滑り出した。これは確かに盗みの行為だが
後ろめたい快感でもあった。ボートは
山びこの声を聞きながら進みつづけた。
両側には、渦巻く小さな波紋が後に残り、
それが月光のなかでのんびりと輝き、
やがてそのすべてが、きらめく一条の光となって
溶けていった。岩だらけの峰が、
柳の木の下の洞窟の上に見えて来ると、
腕前のある漕ぎ手が得意げに漕ぐのにふさわしく、
いまやわたしは、その峨々たる山頂を、
その背後に星々と灰色の空しか見えぬ
天地の境界線を
凝視するのであった。
まるで妖精のボートのようだった。勢いよく
わたしはオールを静かな湖のなかに突っ込んだ。
そして一漕ぎして身をもち上げたとき、ボートは
白鳥のように、水中を進んでいた。
そのときまで天地の境界線となっていた、
あの岩だらけの峰の背後から、今度は巨大な断崖が

まるで自らの意志の力に駆り立てられたかのように、
その頭をぐいと起した。わたしは漕ぎに漕いだ、
すると、背丈をいっそう増しながら、その巨大な断崖は
わたしと星々とのあいだに立ちはだかり、
緩慢な動作で、生き物のように、
わたしのあとを追って来た。わたしは震える両手で向きを
変え、静まり返った湖水を、こそこそと
またもとの柳の木のある洞窟まで戻ったのだった。
そこの沼地に、小舟を乗りすてて、わたしは
牧草地を抜けて家路についた、
深刻かつ神妙な思いに耽りながら。その光景を
見たあと、何日ものあいだ、わたしの頭は
未知の存在形態に対する
漠として不明瞭な感覚のせいで動揺していた。以来、わたしの心
のなかには、孤独というべきか、空虚というべきか、
一つの暗黒が生じてしまい、毎日見馴れた
事物の形も、樹木や海や空のイメージも、
あるいは緑の野原の色彩とてない、
およそ生きている人間のようでもない

力強い巨大な姿をしたものが、
昼間、ゆっくりとわたしの心のなかを動いたり、
夜の夢をかき乱したりするのだった。

『序曲』全篇を通じて、この種の「力強い巨大な姿をしたもの」が、自然の背後から、あるいは人間の姿さえをも借りてしばしば出現することは、この長篇詩の読者には、こと新しく述べ立てるまでもない周知の事柄であろう。だが、一応念のために確認しておくと、それらはたとえば第二章で引用した危険な崖っぷちにぶらさがって鳥の巣から卵を盗むあの印象的な場面の直前、つまり罠にかかった鳥を略奪したあとで、「低い息遣いの音」が背後から迫って来たり、「得体の知れないものの動き」や「足音」を少年が本能的に感じ取る場面だとか、痩せこけた長身の「月の光で口が亡者のように蒼白い」廃兵（第四巻）とか、「恐怖の亡霊の形相」をした水死人（第五巻）や「別世界から警告しているかのような」ロンドンで見た盲目の乞食（第七巻）だとかいった姿を借りて出現する。これらはすべて「時点」を構成する重要場面であるが、それらの幻想的な場面において、不安、恐怖、罪悪感、そして死の影がほとんどつねに見出せることはやはり注目に値しよう。「時点」が単なる美しく甘美な楽園風景であろうはずもないことはそのことからも明白だし、それは大抵の大人が喪失してしまっている、子どもの感じるなまなましい原初的な恐怖感、あるいはフロイトの言う「無気味なもの」への感情反応の強さを示す風景となっているのである。このようなきわめて非合理的な心的反応は、フロイトの指摘するとおり、大人の知的・合理的判断のなかでは見棄てられてしまっている、「アニミズム的心理活動の残滓」と言ってよかろうが、これは言うまでもなく、自然の事物に生命を知覚し、人間の生命を自然の一部と見る一種神秘的な感覚である。フロイトに

よれば、われわれすべてはそれぞれの個人的発展段階で、「原始人のアニミズムに相当する一時期を通過している」（「無気味なもの」参照）ということになるが、ワーズワスの場合肝要なのは、すでにペイターが夙に明察しているように、この神秘的な感覚こそが「ワーズワスの詩の美点であり、活動原理」（傍点原文。『ルネサンス』の序文）になっている、ということにほかならないのである。

　活動原理、つまりアニミズム的思考や感覚がワーズワスの詩を活気づけている基盤となっているということだが、いま挙げた「無気味なもの」の描写がとりわけ印象深い一番重大な理由は、子どもが不安や恐怖感などを通して、大人には通常とらえきれないものを直感的につかんでいる始源的な心的状態を提示しているからである。しかもそういう神秘的能力を持っていた自分のなかの内なる子どもに、ワーズワスが執拗に執着し、それを詩的創造の足場に据えているからでもある。言い換えれば、そのようないわば異次元に属する子どもは大人の記憶のなかに、そして窮極的には詩的言語のなかに甦るのだと言ってよい。近代における無垢な幼児神話はそのような喪失体験を持つ大人によって創り出されたものにほかならないが、一見逆説めいた「子どもは大人の父である」というこの詩人の高名な命題が意味を持ち得るのは、このような認識論的な場においてであると言ってよい。子どもへの関心が現在各方面で高まっているが、失われた子どもへの回帰が、強烈な風景志向や内面の探求や記憶の発見ということと不即不離に結びついていたワーズワスを考察することは、そのまま、近代の起源を探ることに明らかに通じているのである。

　それはそれとして、先ほど掲げた引用詩中の次の一節

Work'd with a dim and undetermin'd sense
　　　　my brain

Of unknown modes of being
（わたしの頭は
未知の存在形態に対する
漠として不明瞭な感覚のせいで動揺していた）

に、批評家ウィリアム・エンプソンが思いがけない角度から実に鋭い批評的洞察を加えている。

二行目の行末の休止から、ここには、彼（詩人）が単にこうした未知の形態に対する「感情」を抱いたばかりではなく、それをある程度は理解できる新しい「感覚《センス》」のようなものを何か得たのだという ことが——つまり新しい種類の感覚の働きが彼の心中に生じたのだということが暗示されている（傍点原文。「『序曲』における感覚」『複合語の構造』所収、一九五一年）。

エンプソンは、ここで、行末の空白部分、つまりいわば白い空間が、ちょうど音楽における休止と同じように、潜在的な意味を濃密に孕んだ空間として作用していること、さらにそうした作用を意図的に活用することによって、子どもが普通の日常的感覚や感情とは異る、始源的、アニミズム的感覚の持主であったことを、詩人が暗示していると指摘するのである。この事例に限らず、“sense”が行末に置かれている場合が多いことを観察したのもエンプソンであるが、“sensibility”（感受性）という十八世紀的含蓄を持つ言葉の使用を拒否し、自然に対する新しい感覚の働きや能力を強調するロマン派詩人ワーズワスを、言語学的アプローチによってとらえたこの批評は、一語一語にこだわりその外的および内的な言語作用に注目するという、いかにも『曖昧さの七つの型』の批評家ならではの天才的な閃きに支えられた傑作であると思う（このエッセイに強く触発されて『序曲』における空白の効果を同様な言語学的立場から解明した好エッセイにクリストファー・リックス「ワーズワス――詩行からの純粋な有機的歓び」があることを付記しておく）。

ここで注目したいのは、「未知の存在形態」とか「力強い巨大な姿をしたもの」が、先ほどの引用詩の明示するように、「天地の境界線」から立ち現れるということである。同様に、無気味な者たちも、水面下や道の曲り角からいきなり姿を現す。つまりそれがどのようなものであれ、境界線を超えると他界の「未知なるもの」が呼び起されるのである。これは、むろん、現実と幻想を分つ境域でもあるが、第二章で崖っぷちからぶらさがる子どものイメージについて述べたとおり、ワーズワスはこうした境域の存在に対して大層鋭敏な詩人である。崖っぷちからぶらさがる子どものイメージは、その意味で、つねに境界の内側に踏みとどまり、その向う側に決して跳躍しようとはしない、境界線上にいわば宙吊りの状態でいることを好むこの詩人の想像力の様態が鮮やかに形象化されていて印象深い。

それにしてもワーズワスが境界に拘泥するのはなぜなのか。鳥の卵を盗もうとした少年はこの世ならぬ風景を見つめ、その風景の言葉（「乾いた甲高い風は、ぼくの耳を突き抜けて、／なんと異様な言葉を発していたことか！」）を聞く。月夜にボートを盗んで湖に漕ぎ出した少年は、「天地の境界線」から現れた「力強い巨大な姿をしたもの」に追いかけられる恐怖感に襲われる。あるいは「決意と独立」の「蛭取りの老人」は、人間であると同時に「巨岩」や「海の獣」でもあるというように、自然と超自然の境界上に生息し、それら双方の性質を具備している。こういった境界イメージは『序曲』はむろんのこと、ワーズワスの詩の随所に見出すことができるが、このようないわば境界志向とも言うべきものの根柢には、度重なる放心体験にもかかわらず、あるいはそれゆえにこそと言うべきかもしれないが、『序曲』にも危機的瞬間として何度か語られているように、外界の事物からまったく分離して自己増殖的にそれ自体のみの世界を創り上げてしまう想像力の自律性に対するひそかな恐れが認められるように思われる。つまりワーズワスにとって、想像力とは、登校の途中で壁や木につかまって外界の事物の実在性を確かめたように、おそらくなかば以上は彼自身の本性に逆らって、自然の事物に繫留されそれに触発されて活動せねばならぬものであったのである。この詩人が観察を重視するのはそこに由来すると思うが、そのようなワーズワスの想像力の特性を、同時代にはっきりと見抜いていたのはウィリアム・ブレイクである。「少年期と青年期に想像力を呼び起し強化する際に自然の事物が与えた影響」と題する、のちに一八〇五年版の『序曲』第一巻に多少改訂されて挿入された詩について、ブレイクはこういう註を付している。

自然の事物はつねに、そしていまも、わたしの内なる想像力を弱め、鈍くし、抹殺する。ワーズワスは知るべきだが、彼が価値あると書いているものは自然のなかに見出すことなどできない（「ウィリアム・ワーズワス『詩集』への註解」『マージナリア』所収、一八二六年）。

また、「詩の創作に必要不可欠な力は、第一に、観察と記述である」（「『詩集』への序文」）と書くワーズワスに対して、ブレイクはこう応酬する。「二つの力のみが詩人を作る。すなわち、神的なヴィジョンである想像力が」と。さらにまた、「想像力は世界や人間についてではない、また、自然人としての人間から生じるのでもない神的なヴィジョンであって、それはただ霊的な人間からのみ生じる。想像力は記憶とは何らの関係もない」と、ブレイクは書いている。ワーズワスは自然を愛したから「無神論者」であるというブレイクの批判が出てくるのは、このような想像力観の根源的な対立に由来すると言ってよかろうが、ワーズワスもまた、ブレイク的な神話創造を、科学と同様な「巨大な抽象」の源泉と見なし、私的神話を拒否する姿勢を堅持していく。これは単に両詩人にとどまることなく、両詩人を源流とする、現代においても依然として認められる英米詩における根源的対立と見ることもできようが、周知のとおり、最近では、とりわけアメリカにおいて、ブレイク復活が著しい。ハートマンは、ミルトン、ブレイク、シェリー、そして『幻想録』のイェイツへとつづく神話創造の系譜に、ワーズワスが批判した「巨大な抽象」衝動と極度の幻想性への明白な傾斜を見出し、そこに目下隆盛をきわめる「解体批評」の淵源があることを語っている（『ロンドン・レヴュー・オブ・ブックス』第四巻一九号一九八二年参照）が、ワーズワスにもむろん、「抽象」衝動や「幻想性」は存在する。だが、それらは、結局のところ、根強い経験主義に由来するものであり、歴史を過激に否定する超歴史主義者ブレイクとは異り、中期以後は道徳哲学を強調することによって、紛れもなく十九世紀的な歴史主義へと結びついていく。そしてそのようなワーズワスの根本的姿勢は、過去に経験した具体的な自然の事物についての心的イメージを最も不可欠な起動力とするという彼の想像力の特性に端を発していると見るべきではないかと思うのである。

この詩人が自然の事物を凝視することによって、過去の自然体験を甦らせようと通常試みるのはそのためだと言ってよい。しかし、過去と現在の風景が重なり合うことはごく稀にしか起らない。両者はやはり微妙に、ないしは大幅に異るのがつねである。このずれが詩人のうちに絶えず葛藤を引き起し、瞑想と反省の泥沼に詩人を落ち込ませる。自然に接して得られる美的感情や官能的経験を直接的に、生き生きと絵画的に表現することを目指したキーツに代表される若い世代の詩人たちの批判の的になるのがこのような沈思の詩人ワーズワスであることは言うまでもなかろう。そしてこの沈思の詩人は原初的感情の回復を求めてひたすら歩くのである。

『序曲』のなかには「歩く」、あるいは「大自然とともに歩く」といった表現がしばしば見られる（最も頻繁に見られるのはもちろんドロシー・ワーズワスの『日記』である）。事実、ド・クインシーは、ワーズワスは生涯のうちに、「一七万五千マイルから一八万マイル」は軽く歩いたであろうと述べている（『湖水地方詩人たちの回想』一八三九年）。この詩人にとって、散歩は「アルコールや他のすべての刺戟物」の代用になっていたと、阿片吸飲の常習者であったド・クインシーは言っているが、キロ数に直すと、最大限三三万三千キロというのだから、現在と比べて歩く機会のはるかに多かった当時であるとはいえ、これはやはり尋常とは言えないだろう。ワーズワスはまるで突然身体のなかに無意志的記憶が呼び醒まされることを期待していたかのようにひたすら歩くが、この歩く行為は、自然の事物につねに密着することを欲するいかにもワーズワスらしいエピソードではないかと思う。さらに敢えて言うならば、たとえば『序曲』に用いられた無韻詩（ブランク・ヴァース）と歩くリズムとのあいだに何らかの関連性を辿ることさえできるのではないか、とも想像されるのである。それに第一、自伝形式で書かれた『序曲』では人生を旅にたとえる隠喩が頻出するし、この長篇詩自体を書くことがそのまま内面への旅になっているではないか。

6

歩くと言えば、『序曲』第二巻にこんな一節が見出せる。

強風が吹いても嵐のときでも、
また星明りの夜に静かな大空の下を
わたしはよく一人歩きをしたものだ。そんな時、

それが何であるにせよ、聞える音のなかに
世俗に汚されぬ形やイメージによって
高尚な気分を吹き込まれるような力を感じた。
そして岩の下によく立って、わたしは
大昔からの大地の霊妙な言語や、
遠くの風のなかにかすかに宿る音に
耳を澄したものだった。こうしてわたしは
幻想を創る力を思い切り飲み干したのである。

詩人はこうして「大自然とともに歩き」ながら「大昔からの大地の霊妙な言語」、つまりは風景の言葉にいちずに耳を傾け、それを読み解こうと試みる。いま読み解くと書いたが、注目されるのは、ワーズワスが自然を一種の書物になぞらえていることである。しかもそこに書かれた言語を読み、かつ理解する能力を大半の大人が失っていると見る。つまり子どもと大人を距てる距離は、この詩人にとって、言語的な距離でもあるのである。

梟の鳴き真似の特技を持つウインダーミアの少年のエピソード（第五巻）は、そういった点で、大層示唆的である。と言うのも、この少年は自然の発する言語を直観的に読み取り、そうしたいわば自然言語を通じて自然と交感するからである。これは崖っぷちにぶらさがった少年ワーズワスが自然の発する「異様な言葉」を聞くあの時点の場面と著しい類縁性を持っているが、ウインダーミアの少年は早世し、その墓の前に佇む詩人は少年の死の象徴的意味について瞑想に耽る。つまり夭逝した少年のなかにかつての自分自身を見出すのだが、これは「現在のわたし」と「過去のわたし」とのあいだに横たわる言語的な空隙を詩人が鋭く自覚せざるを得ないことを明示している、と受取ることができよう。その自覚から「自然言語」と「人間性の言語」というワーズワスの高名なロマン主義的区分が生じることは疑いないが、この詩人にとって、その重要な課題は、「自然言語」を取り戻すこと、しかもそれは大人に所属する「人間性の言語」を通じて回復しなければならない、ということに尽きるのである。

この「自然言語」はアニミズム的言語と言い直しても差支えなかろうが、自然の事物と自己を感覚的に同一のレヴェルでとらえているこれら二人の少年は、たとえば「とりわけ十月の風が」(『一八篇の詩』所収、一九三四年)を書いた現代詩人ディラン・トマスを想起させる。

ぼくの気ぜわしい心臓は語るときにふるえ
音節の血を流し　その言葉を涸れさせる。

また、言葉の塔に閉じこめられているぼくは
木々のように歩きながら　地平線上に記録するのだ
女たちの言葉の形を　そしてまた
公園のなかで星の身振りをした子供たちの行列を
ある言葉は　母音を持つ橅の木から作らせてくれ
ある言葉は　櫟の木から　お前に調べを告げる
茨の多い多くの州の根っこから

ある言葉は　水の演説から作らせてくれ。

この詩は、全体として、冬のイメージによって示される有限な生のなかにあって、自然と人間との直接的な交感から生れた情動的体験を言葉で唱わねばならぬ詩人の苦悩を述べているが、彼にとって、言語は、精神と肉体と自然の事物のすべてを同時に記述するものでなくてはならない。つまり事物をじかに把握した、もの言う自然の言語（「母音を持つ樵の木」「檞の木の言葉」「水の演説」）でとらえなくてはならないのである。従って、言葉を血と見なすことを好む詩人としてのトマスの務めは、言語を通じて、言葉が血であり（「音節の血」）、その血はまた、「木の葉、井戸、ダム、泉水、貝殻、こだま、虹、オリーブ、鐘、神託、悲しみの血」でもあることを証明することにほかならなくなる。事物をつねに分析的理性の立場から見る限り人はこのような言語観を持つことはできない。

詩人ワーズワスを襲った苦悩は、このような事物観、言語観にもはや見放されているという強烈な自覚に根ざしたものではないのか。しかし、その自覚にもかかわらず、事物との一体化や自然言語を求めてやまないところから、永遠の子どもであるアニミズムの詩人トマスとは異る、振幅の大きなワーズワスの精神的苦悩が生じてくるのではあるまいか。十九世紀フランスの彫刻家P・J・ダヴィッド・ダンジェは、同時代のドイツの偉大な風景画家カスパール・ダーフィト・フリードリヒが「新しいジャンル――すなわち風景の悲劇を創造した」と言っているが（ヨーロッパ・ロマン主義における視覚芸術の重要性を広汎な視野から主に扱ったヒュー・オナーの啓発的な著書『ロマンティシズム』一九七九年参照）、この「風景の悲劇」という言葉は、そのまま、ワーズワスにも当てはめることができるように思われる。

真の「自然感情」とは近代になって初めて展開されるにいたり、ロマン主義から導き出されたものという皮相な見解を斥け、深い「自然感情」はすでに未開の時代の諸宗教において開示されていたとしたあと、ゲオルク・ジンメルは「風景の哲学」(『橋と扉』所収、一九五七年)のなかでこう述べている。

> ただ「風景」という特殊な形象に対する感覚はずっと遅れて育ってきたものであり、しかもその理由は、風景を創造するためにはかの全自然の統一的感情からの分離が必要とされたというところにあるのである。内的・外的な存在形式を個別化すること、根源的な被縛性・結合性を解消して自立的存在形態へと分化すること――こうした中世以後の世界の強力な公式によってはじめてわれわれは自然から風景を切りとって見ることができるようになったのである(生松敬三氏訳)。

これは重要な指摘である。「全自然の統一的感情」から分離し、「自然から風景を切りとって見ることができるようになった」のは、ペイターやリルケによれば、レオナルド・ダ・ヴィンチの《モナ・リザ》の背景をなしている風景とともにはじまるということになる。すなわち彼らは「夢や幻想の風景ではなく、遠く人里離れた場所、厖大な時間のなかから奇蹟的な巧緻《フィネス》で選び出された時間の風景」(『ルネサンス』)、あるいは「まったく風景でありながら、しかもまったく告白であり、自己の声であるような風景」(「風景について」)にその起源を直観しているのだが、彼らはもちろん、《モナ・リザ》の風景についてばかりではなく、彼らがそのなかに深く浸っていたロマン主義的風景についても語っているのである。

『序曲』の世界は、言うまでもなく、「全自然の統一的感情」、すなわち「すべての事物のうちに、一個の生命を見てとったり」「事物が一つの歌を歌う」(第二巻)のを聞いたりしていた過去の幼少年時代から疎外されているという自覚を通じて、詩人が風景を発見し創造することが可能になる、という基本的構造によって支えられている。つまりワーズワスにおける風景とは、自然そのものではなく、自然についての記憶であり、対象化された異次元の自然にほかならないということだ。言い換えれば、夢が夢として見えてくるのは、夢の世界から疎外されたときであるように、風景が風景として見えてくるのは、統一的な自然の世界の圏外にあるという意識を持つことによって、ということになる。しかもその失われた「全自然の統一的感情」への憧憬や共感が強烈であればあるほど、表現行為を通じて、ふたたび自然の内部で生きようとするエクスタティックな渇望が増大するのは自明の理であろう。それゆえにこそ、ナボコフ流の「失われた幼少年時代への異常肥大の感覚」の錬磨を通じて、この詩人は過去の現在化という文学史上画期的な視座を獲得することになるが、そのような視座の獲得によって、風景の創造がそのまま内面世界の確立への道をひらく、ということを可能にしたのである。主体と客体、意識と無意識、現在と過去とのあいだの距離を一挙に埋めるとされる想像力の働きがすこぶる重視され、崇高な調子を帯びて鼓吹されるのは、この意味で、当然の帰結である。

だが、その距離は果して埋められるのだろうか。ワーズワスは、『序曲』のなかの哲学的論弁のより目立つ多くの箇所において、主体と客体との融合とか、精神と事物との合致とかいったようなことをさかんに強調しているが、これはもちろん空疎な観念的立言である。と言うよりもむしろ、想像力の問題が言語の問題にほかならぬことを故意に無視したうえでの立言と評したほうがより正確かもしれない。なぜなら、ワーズワスは、一方ではそのような「幸福な関係」が生じるのは、言語という媒体の内部においてのみであり、従って、そうした関係は現実には生じ得ないことを知悉していた詩人だからである。この詩人が癒しがたい悲哀《グリーフ》の感情をつねに内面にかかえ込んでいる窮極の理由はそこに求められると思われる。

「未知の存在形態」に対する異様なほどに鋭敏な感覚の持主であることからも知られるように、ワーズワスは「不在のもの」に絶えず取り憑かれていた詩人である。詩人とは「不在のものがあたかも存在するかのように、不在のものに他のどんな人たちよりも影響されやすい性向の持主」（『抒情民謡集』への序文」参照）という規定は、ワーズワス自身の自己規定としても正確だと思うが、「不在のもの」を存在させるのは、詩人にとって、言葉の力を措いてほかにはない。しかし、繰り返しになるが、この詩人は、「自然言語」の完璧さに比して、「人間性の言語」、あるいは「詩的言語」の不完全性をつねに意識していた。つまり言語への不信がこの詩人には深く刻み込まれていたということである。ことは想像力の自律性、詩的言語の自律性の問題に関わるが、ワーズワスは、ブレイクのように、具体的な自然の事物からまったく離脱して、「不在のもの」を存在させることにある種の恐れや懸念を感じ取っていた。だからこそ境界を超えることを躊躇するのだし、境界イメージに執着するゆえんだとも思えるのである。彼の幻想はいわば境界線上の幻想とも称すべきたぐいのものなのだ。

しかし、彼は境界を超えることができないのだろうか。それと気づかぬうちに「すでにアルプスを越えてしまっていた」第六巻の場面や、なかんずく第一三巻「終結部」における、この長篇詩全体のクライマックスと言ってよい北ウェールズの「スノードン登山」の長大な場面は、彼が境界線を超えた数少い事例として挙げることができる。その全文を掲げないとほとんど意味がないので、ここでは引用を差し控えることにするが、ブルックナーの後期シンフォニー群やフリードリヒの風景画《霧の海を見おろす旅人》などを連想させる「スノードン登山」は、ワーズワスが境界を超えて想像力の自律性への道を瞥見した危機的瞬間として、すでに、ハートマンの『ワーズワスの詩』のなかで委細を尽して論じられている。最近のワーズワス批評に「アポカリプス」という言葉がしばしば見受けられるのは、この卓抜な批評書の影響と推測されるが、ハートマンによれば、ワーズワスがスノードン山頂で経験したのは、大自然の存在に十分拮抗し得るだけの力を想像力の世界が具備していること、しかも想像力は自然を離れてそれのみで独立した言語宇宙を築き上げることができるという啓示であるという。そのような危機的瞬間をアポカリプスと呼ぶのだが、天啓にも似た啓示を得ながらも、ワーズワスは、結局、アポカリプスを回避し、想像力の自律性が切りひらく世界を垣間見ることのみで終ってしまう。そこにロマン派詩人の限界を見ることは容易だが、しかし、「不在のもの」の創造にあたって、言葉よりも経験を、あるいは事物の実在性を優先させる姿勢は、われわれが失って久しい重要な特質ではなかろうか。そういった点で、ワーズワスは、窮極のところ、言葉の風景よりも風景の言葉により多くの力点を置く詩学を築き上げた詩人と言うべきであると思う。

そのような姿勢を自ら選び取ることによって、ワーズワスは、事物の実在感、存在感を、ひいては生命との交流を感じさせ、われわれの内部の稀薄になった生命を呼び醒ますきっかけを与えてくれる。断るまでもなく、事物は人間とは無関係に存在している。だが、そうした事物の生命に感応することはたとえ反時代的であろうとも、きわめて人間的な能力と言えないだろうか。『序曲』は、そのような意味で、文学における風景に革新的な意義を付与するとともに、以後の近代詩の歩みを透視し、そこで開示されるさまざまの要素を胎児のように孕んでもいる長篇詩なのである。

隠喩としての音楽——ペイターの風景

1

ウォルター・ペイターの「すべての芸術は絶えず音楽の状態にあこがれる」(傍点原文)は、ヴェルレーヌの「何よりもまず音楽を」とともに、十九世紀末の文学風土において、ほとんど標語のように高名になった一句である。出典はむろん一八七三年に初版が刊行されたものの一八八八年版に初めて収録された『ルネサンス』中の白眉「ジョルジョーネ派」で、この場合の音楽とは、ペイターに倣ってとりあえず一言で言えば、内容と形式の完璧な調和を意味する隠喩であることは言うまでもない。

この芸術上の理想、内容と形式とのこうした完璧な一致を最も完全に実現しているのは、音楽芸術である。音楽の最高の瞬間においては、目的と手段、形式と内容、主題と表現とのあいだには区別など存在しない。それらは互いに他に帰属し、完全に滲透し合っている。従ってすべての芸術は音楽に、あるいはその完璧な瞬間における状態に絶えずあこがれる傾向があると考えられよう。それゆえに完成された芸術の真実の型や基準は、詩よりもむしろ音楽に見出されるのである。個々の芸術にはそれぞれ他に伝達不能な要素や、他に移すことのできないような印象や、「想像的理性」に到達するための独自の様式がそなわっているけれども、それはそれとして、諸芸術は音楽の法則または原理、つまり音楽のみが完全に実現できるような状態を目指して絶えず努力していると言ってよいだろう。そして審美批評の重要な任務の一つは、新旧を問わず、芸術作品を扱う際に、個々の作品がこうした意味において、どの程度まで音楽的な法則に接近しているかを判断することにつきるのである。

音楽を最高の芸術と見るその考え方において、ペイターの音楽が、フランスの象徴派詩人たちの夢見た音楽と微妙に響き合っていることは否みがたいだろう。事実、引用した一節の前半部（「それらは」ではじまる文の末尾まで）は、最近の研究（ドナルド・L・ヒル編『ルネサンス』への詳細な註釈〔一九八〇年〕参照）によれば、ボードレールの「リヒャルト・ヴァーグナーと『タンホイザー』のパリ公演」（一八六一年）およびそこに引照されたヴァーグナーの「音楽書簡」（一八六〇年）からの直接的影響の痕跡が認められるという。とりわけ「音楽書簡」の一節「律動の配列と韻の（ほとんど音楽的な）装飾は詩人にとって、感情をいわば呪術によってとりこにし、そしてこれを意のままに支配するような威力を、詩句に、文章に、保証する手段である。詩人にとって本質的なこの傾向は、詩人をその芸術の限界、音楽が直接これに接する限界にまで導いてゆくものであり、従って、詩人の最も完全な作品とは、その窮極の完成において一個の完璧な音楽であるような作品であるべきだろう」（阿部良雄氏訳）などは、確かに、詩と音楽の類縁性への洞察において、その音楽観を形成するにあたり、ペイターに影響を与えたと見ることも可能である。また、『タンホイザー』のパリ公演におけるすさまじい異様な熱気を伝える評論において、ボードレールがヴァーグナーの楽劇を熱烈に支持し、以後、象徴派詩人たちにとって、ヴァーグナーをほとんど新しい音楽の同義語に等しい存在とする契機を作ったことはよく知られているとおりである。だが、一応理念は理念として、ペイターの音楽のなかに、いわば崇高な喧騒と官能的陶酔にみちみちたヴァーグナーの激烈な音楽を実際に聞きとることが可能だろうか。あるいはまた、それは、ボードレールの音楽の神秘的照応の世界からもかなり隔っているように思われる。言い換えれば、ペイターの音楽は、たとえボードレールやヴァーグナーの音楽の理念に触発されたことがあるにもせよ、彼らの音楽にはほとんど見出せぬそれ独自の顕著な特性をそなえている、ということである。つまりありていに言えば、ペイターの音楽は音楽自体とはあまり関係のない性質を呈しているのではないのか。言葉遣いはある程度似通っていても、音楽を最高の芸術とするその考え方の内実において、ペイターは詩と音楽の領域でそれぞれ偉大な革新を成し遂げた二人のきわめて尖鋭な芸術家に比べると、革新的な音楽への情熱に燃えるというよりもむしろ、文学や絵画に描かれる風景を可能な限り音楽の状態に近づけることを夢見るロマン主義者の面影をより鮮明に示していると思えるからである。つまり彼の音楽は、キーツの「耳に聞えぬ音楽」(「ギリシアの壺に寄せるオード」)、自分の内部から湧き上ってくる心理的な沈黙の音楽により近いと言ってよいかもしれない。

だがそれにしても、ペイターはなぜ音楽を至高の芸術と見なすのか。文学や絵画や建築などはつねに音楽の後塵を拝していなければならないのか。しかし、音楽が他の諸芸術よりも絶えず上位に置かれるべきだとするこのような音楽至上主義は、現在から見れば、言うまでもなくいささか牽強付会の感がなきにしもあらずだが、ヴァーグナー熱に浮かされ、「何よりもまず音楽を」の掛け声に熱烈に唱和していた世紀末の文学者たちにとって、あるいは音楽批評家でもあったパウンドや「詩の音楽」を書いたエリオットのようなモダニストたちにとってさえも、疑う余地のない、ほとんど自明のことであったと推察されるのだ。

こうした音楽への憧憬はもちろんペイターの言う「異るものへの憧憬《アンデルス・シュトレーベン》」の発露にほかなるまいが、これは言うまでもなく、文学や絵画に音楽的要素を、音楽に絵画的ないしは文学的要素を認めるなどというように、芸術表現を単一のジャンルの枠内でのみとらえるというのではなく、共感覚的に照応し合い、互いに滲透し合うというダイナミックな相互関係のうちで把握するというロマン主義的想像力に深く根ざしている。ジャンルを問わず、共感覚的発想や表現がきわめて重視されるのはそこに由来すると思われるし、音楽への憧憬が、十九世紀諸芸術を活気づかせそれを力強く支えていた最も重要な基盤の一つとなっていたこと、さらにその伝統がモダニズム芸術において新たな開花を見たことは、やはり、特筆に値すると言ってよい。さらにまた、現代のように、ともすれば既成のジャンルの枠組みのなかでのみ思考する分業化の傾向の目につきがちな時代にあっては、ひとりペイターのみにとどまらず、既成のジャンルの枠組みを突き崩して重層的な要素から成る表現を追求することに多大な熱意を示したロマン主義的・象徴主義的な想像力のありようは改めて注目してよいのではなかろうか。ジャンルという枠組みが硬直化すると、われわれの発想や表現は狭い、貧弱なものに堕しがちであることは言うまでもないことなのだから。

興味深いのは、音楽を至高芸術と見なすロマン主義的観念を痛烈に批判し、音楽と他の芸術のあいだに簡単に優劣をつけるのは困難だと主張したのが、ほかならぬ音楽批評家たちであったということである。ペイターも重要な一役を買った、音楽関係者以外の人たちによる音楽への異様な、ほとんど法外なと言ってもよいような熱狂をたしなめる意図もあったのだろうが、とにかく、高名な反ヴァーグナーの徒であるオーストリアの音楽批評家ハンスリックは『音楽美について』（一八五四年）のなかで「音楽言語」というロマン主義的観念に強く反撥し、「音楽の内容がダイナミックな音響のパターン以外のなにものでもない」ことを主張することによって、当時すでに蔓延していた音楽を神聖視する見方を粉砕しようと試みたし、ほぼ六十年近くもイギリスの音楽界に君臨していた音楽批評家アーネスト・ニューマンは「ウォルター・ペイターと音楽」(ロビン・グレイ編『音楽研究』所収、一九〇五年)のなかで、内容と形式の一致という音楽についてのペイターの考え方を誤謬だと指摘する。また、そのニューマンが「緒言」を書いている同じくイギリスの音楽批評家R・W・S・メンドルは好著『音楽の魂』(一九五〇年)のなかで、音楽が「普遍」を扱うことができるがゆえに他の芸術よりも優れているという考え方を広めたとしてペイターを批判する。そんなことを言い出せば、音楽では他の芸術のように「個別」のリアリスティックな再現が不可能だという弱点があるではないか、と言うのである(ついでに言えば、こうした弱点を持っていればこそ、たとえばイタリア・オペラのヴェリズモの試みやビールの銘柄まで即座に聴き手にわかるような写実的描写に基づく音楽を作曲するべきだというリヒャルト・シュトラウスの主張が生れるのだろう)。あるいはまた、現存するイギリス最大の作曲家マイケル・テイペットは、明らかに音楽至上主義を脱却した立場から、ペイターの一句の一部を標題に用いたエッセイ「音楽の状態に向って」(『天使たちの音楽』所収、一九八〇年)のなかでこう言っている。

芸術作品はイメージである。これらのイメージはさまざまの内的感情の世界を把握することに基づいている(原註スザンヌ・K・ランガー『感情と形式』一九五三年参照)。この意味におけるさまざまの感情とは情緒、直観、判断や価値づけを含むものである。これらの感情は、従って、一般に科学的探求から除外されているように思われがちである……時間的にも空間的にもわれわれの外側に拡がった自然の事物を観察する際に用いられる言語から、時間や空間(少くともある種の心的状態における)が、それとはまったく異るふうに知覚されるさまざまの内的感情の世界を論じたり記述したりするために用いられる言語へと移行するのは容易なことではない。そのような企てがうまくいった場合でさえも、記述にはつねに紙一重の隔りがある。芸術作品にほかならぬイメージは、内的感情の世界を客観的に直接的に表現する唯一の手段なのだ。もしも芸術が言語であるとすれば、それはこの内的感情の世界のみに関わる言語なのである。

こうしてテイペットは「内的感情の世界のみに関わる言語」としての音楽についての考察を進めていくのだが、尖鋭な四つのシンフォニーや文学と音楽の結婚を目指した祝祭的なオペラ『真夏の結婚』(一九五二年)の作曲家のこの見解には、紛れもなくロマン主義の影が落ちている。その特性はもちろん、音楽に「自己表現的機能」があることを否定したハンスリックではなく、ペイターへと直接導いていくのである。

2

高名な「『ルネサンス』の結論」をはじめとして、その批評作品、あるいは短篇集『架空の人物画像』(一八八七年)などの随所に示されているように、ペイターは言語による事物の意識化、内面化という操作に取り憑かれていた。しかもその操作を印象主義という批評方法にまで高めたことは周知の事実である。外界の事物、事象は、絶えずおびただしくわれわれの心に侵入して来る。だが、それらの事物についていったん反省しはじめると、事物は反省の影響を受けて消滅してしまう。換言すれば、「それぞれの事物は、それを観察する人間の心のなかで、一群の印象——色とか、香とか、感触とか——に解体される」のである。これは自然の事物がすべて「光と色」に解体されることを発見した後期のターナーを幾分想起させるが、『『ルネサンス』の結論」でペイターは、これにつづいて、次のように述べている。

そしてもしもわれわれがこの世界について、言語が事物に帯びさせるその堅固さにおいてでなく、不安定で、うつろいやすく、矛盾だらけの印象、つまり燃え上りはするのだが、それらをわれわれが意識するとともに消え去るかずかずの印象によって、この世界についての反省をつづけるならば、その世界は実際よりもさらに縮小され、観察の全領域は、個人の精神という狭い部屋のなかでいじけて小さくなる。先に一群の印象というふうに纏めておいた経験だが、それはわれわれめいめいにとって、個性という例の厚い壁によって囲まれており、これを通してかつて真実の声がわれわれの耳に届いたことはなく、またわれわれの声が、われわれの外部にあるとただ推測し得るようなものへと伝えられたこともない。すなわちこれらの印象の一つ一つは、孤立した状態における個人の印象であり、各人の精神は、独房の囚人のように、それぞれ自分の世界の夢をはぐくんでいる。分析をさらにもう一歩進めるならば、われわれ一人一人に対して、経験の縮小化にほかならぬこれらの印象は、絶えずわれわれのもとを離れていくということを確信させる。つまりそれらの印象の一つ一つが時間によって制約を受けていること、また時間が無限に分割可能であるのと同様、それらの印象もまた無限に分割可能だということを確信させるのである。印象がリアルであるのはただ一瞬のみであって、その瞬間を把握しようと試みているあいだにそれはもう過ぎ去り、その瞬間は現在あると言うよりもむしろ、過去にあったと言うほうがつねに真実かもしれないだろう。われわれの生活においてリアルであるものは、流動しつつ絶えずその形を変えている、そうした震える一房の髪毛のようなもの、そのなかに意味をそなえ、多かれ少かれ束の間の面影を伝えるものなのだが、過ぎ去ったこうした瞬間についての、ただ一つの鮮やかな印象のみに限られているのである。この流動、すなわち印象とか、イメージとか、感覚とかの変移と分離――われわれ自身という存在のあの絶えざる消失、あの奇妙な、不断の構成と解体でもって分析は終るのである。

ここでは、外界の事物がいったん観察者の感覚と意識の篩にかけられると、それは印象となって精神のなかに定着されること、すなわち事物が唯我化されてもとの変化しやすい流動的な形態を失って縮小されるさまが語られている。このような印象は、しかしながら、「孤立した状態における個人の印象」にすぎないし、「経験の縮小化」にほかならない。しかし、印象がリアルであるのはただ一瞬のあいだのみであることに意識を研ぎすますことにより、すべてが相対的な世界にあって、既成の価値尺度や認識体系にとらわれぬ、あるいは死の意識から自由な、印象の内在的価値を高めることが可能だとするのである。すなわちロマン派美学の極限をいくペイターの余りにも有名な結語「激しい、宝石のような焔で絶えず燃えている恍惚状態《エクスタシー》」の瞬間の熱烈な讃美が、このようにして書きつけられてゆくのである。そういう特権的瞬間において、人は「独房の囚人」のような内的意識の呪縛から解放されることができるし、しかもそうした瞬間は、日常のありふれた事物や風景や気分や身振りや表情などのうちに見出される、とするのである。

この瞬間の美学が刹那主義的・享楽主義的な危険思想としてヴィクトリア朝期の道徳家たちから激しい非難を浴びせられる一方、世紀末のデカダンスの風潮をいやがうえにも煽り立てたことは言うまでもなく文学史の常識だが、そういう歴史上で果した役割は一応別にしても、ここで問題にしている「音楽」との関連のうえでも、これはやはり見すごせない美学と思われる。と言うのも、ペイターの音楽は、音楽自体というよりも内面と外界との完璧な調和ということを意味しており、そのような状態が達成されるのは何よりもまず特権的瞬間において、と考えられるからである。

　そのことはひとまず措くとして、いま引用した一節のなかに「個人の精神」を「狭い部屋」にたとえる箇所があった。観察の対象となる外界の事物はすべて観察者の内面へと還元され、実際よりは縮小されて「狭い部屋」のなかに定着されるというあの一節である。また、各人の精神は「独房の囚人のように、それぞれ自分の世界の夢をはぐくんでいる」という一節もあった。「狭い部屋」にせよ、「独房」にせよ、それらは要するに閉ざされた内的意識そのものの正確な隠喩にほかならないが、この隠喩はもちろん精神、ないしは内面世界のみが唯一の確実な拠り所たり得るとするペイターの基本的認識を明確に形象化したものである。つまり時間も、空間も、あるいは何もかもいっさいが内的意識に転移されることによって初めてリアリティを獲得する、とされるのだ。そのとき外界はことごとく消滅し、ほとんど存在することすら許されない。

　このような唯我的な意識の隠喩としての部屋は、十九世紀文学においてかなり頻繁に見受けられる隠喩の一つであるが、ペイターの場合特徴的なのは、たとえば恐るべき「呪いの部屋」に閉じこもり、奇怪な阿片夢に果しなく溺れるポーの短篇「リジーア」の主人公などとは異り、狂気や死に濃く隈取られるというようなことが少いことである。あれほど内的意識に執しながらも、狂気や死にいたる病いとしての意識にほとんど侵されていない、あるいは侵蝕されていてもそれを人知れず克服するすべを心得ているかのようなのだ。とにかく病的とか異常性といった印象を与えることはきわめて稀である。と言っても、閉ざされた内的意識を偏愛するこの作家が、言葉の通常の意味で健全であるはずもない。そのことは否めないと思うが、強いて言えば、この審美主義作家は病いとしての意識の自覚と無自覚とのあいだの薄明の中間地帯を揺れ動き、そこに絶えず宙吊りの状態にあったのではなかろうか。その何よりの証しは、彼が書いたどの物語についても言える、人物や事件のとらえ方、処理の方法の、良く言えばつつましやかで温柔な、悪く言えばいささか微温的にすぎる性格とか、あるいはまた、内面の位相の複雑微妙に屈折した襞を明確に把握することをほとんど妨げ、その所在を曖昧にぼかし、朦朧化する効果をしばしば呈する優雅典麗な美文調に求めることができると思われるのである。しかし、このような特性を発揮することを通じて、ペイターは、魂の純一な状態、あるいは純粋な憧憬を、他の作家たちの追随をほとんど許さぬほど見事に、鮮明に描いて見せている。たとえばスピノザを暗示する瞑想生活への純粋なあこがれにとらわれるセバスティアン・ファン・ストルクや、「琴をたずさえたアポロンをドイツへ迎えること」、すなわちフランスやイタリアや古代ギリシアの文明の光への限りない熱情を顕示するローゼンモルトのカール大公のように。

ところでフランドル生れの「艶なる宴の画家」と謳われたロココの画家アントワーヌ・ヴァトーの生涯の肖像を、彼の唯一の弟子の姉の視点から描いた日記体の短篇「宮廷画家の寵児」のなかに、こんな一節がある。

> 彼（ヴァトー）はわたしたちのために、自分が考案した新型の、しかもそれに似つかわしい覆いを張った脈掛椅子と、色づけしたクラヴサンをパリから送ってくれるだろう。わが家の古い銀の燭台は、炉棚の上でふさわしく見える。淡い色の風変りな花々が、ここかしこの小さな隙間をなまめかしく埋めているが、あたかもそれは、遠い昔の訪問者たちが残していった花束の亡霊が、かつての持主たちの死を悲しんで、かくも色褪せたもののように見える。というのは、こうしたすべての装いは、その形の斬新さにもかかわらず、新しいものであるというよりは、実際のところ、過ぎ去った時代の

さらに優美な装飾の最後の名残りのようであるからだ。だがしかし、壁だけは叫んでいるように見える――いや、叫んでいるのではなくて、わたしたちがこれまでに聞いたこともないような、またこれから先もここで耳にすることはなさそうな、すばらしく軽妙な音楽と会話を、壁はやさしく聞かせているように見える。アントワーヌ自身のことを言えば、彼は上手に話すけれども口数は少ない。じじつ彼は、自分の〝新しいスタイル〟は本当は過去の時代のもの、彼自身のここヴァランシェンヌにおける過去の時代のものだ、とわたしたちに断言しているのだが、そのころ彼は石工の子として長時間働きながら、雇われているあちこちの家の壁を、空想のなかで、この繊細優雅な装飾で作りかえていたのだ――思うに、この装飾は一曲の〝室内楽〟のようなものであって、部分と部分がたがいに呼応しあう一方で、あまりに鋭い調子のものは、白と淡い赤、そして小さな金色のタッチの、ほのかな調和のなかにはいりこむことは許されない。とはいうもの、これらいっさいがまたたいへん快適だ、ということも認めなければならない(菅野昭正氏訳)。

ここに美しい綴織のように精細に描かれた室内風景には音楽が静かに鳴っている。ヴァトーの手になる壁の「繊細優雅な装飾」が「軽妙な音楽」を鳴り響かせ、それは「一曲の〝室内楽〟」のようだとされる。この音楽はむろん「耳に聞えぬ音楽」、内的調和の隠喩としての音楽である。室内の壁の装飾のうちに室内楽の音を聞きとるというのは、言うまでもなく事物の内面的でひそかな関係を読みとり、そこに照応と類似とを直観する想像力の働きによるものである。ペイターはこのような想像力の働きを何よりも重視する。聞えるはずのない軽妙な音楽が聞えはじめるのは、この想像力が完全に作用するときを措いてほかにはないと言ってよい。

内界と外界が精妙に交響し合い、同一の豊かなリズムと音程を共有していることの隠喩として「イオルス琴」がコウルリッジをはじめ、ロマン派詩人たちに愛好されたことはよく知られている。つまりすべてが内的意識に転移され、外界の堅固な輪郭が消失するとき、ポーが「アッシャー館の崩壊」のエピグラフとして掲げたド・ベランジェの一句「彼の心は吊るされたリュート／触れればたちまち鳴り響く」と同じく、そこにはあたかも瞬時のうちに共鳴し、絶妙な音を奏でる楽器のようなものを抱え込んだ内的自我のみが残ることになる。だが、繰り返しになるが、ペイターにとって、閉ざされた内的意識は、ポーの場合のように呪われた「地獄」ではなく、「恍惚状態《エクスタシー》」をもたらす共鳴板のようなものなのだ。おそらく生来の穏やかな気質やおっとりとした性向もかなり有力に作用しているに違いないが、ペイターの音楽は、ヴァトーの優美な装飾壁の奏する軽妙な音楽のように、おしなべて、温雅で縹緲としていて、牧歌的な美しさと憂愁をたたえているように思われる。ポーの音楽のような病的な神経過敏さ、興奮性は、ペイターのそれには明らかにおよそ似つかわしくないのである。そのような美妙な音楽の鳴る室内風景は、明らかに、一群のすこぶる洗練された貴族的なペイター愛好家たち——ヴァーノン・リー、バーナード・ベレンソン、パーシィ・ラボック（とりわけ自伝『アーラム』一九二二年）、マリオ・プラーツ、サシェヴェレル・シットウェル、ケネス・クラーク、ハロルド・アクトン（とりわけ『トスカーナのヴィラ』一九七三年）など——によって受け継がれていく。なかんずくルキーノ・ヴィスコンティ監督作品『家族の肖像』における室内風景を視覚的に連想させもするプラーツの『生の家』（一九五八年）は、自己の半生を語りながら、ペイターや「家具の哲学」「ランダーの別荘」のポーに紛れもなくつらなる、優美華麗な家具および装飾芸術論として注目に値する。

それはともかく、室内風景への眼差しは、当然のことながら、建築自体へも向けられるが、建築と言えば、これもまた音楽と深く結びついている。すなわち建築は視覚化された音楽に、あるいはスタール夫人がヨーロッパじゅうに広めた言葉で言えば、「凍った音楽」（ヒュー・オナー『ロマンティシズム』参照）になぞらえられるのである。

たとえば、古代ギリシアの神ディオニュソスが主人公ドニに変身して中世のフランス中部のゴシック風な町オーセール（「フランス随一の美しい町」と記されている）に姿を現す物語「ドニ・ローセロワ」では、「人間の魂の全域を表現できるような音楽のための楽器」、すなわち異教とキリスト教の香を奇妙に混ぜ合せた「パイプ・オルガン」の製作に携わるドニの音楽の「旋法」の変化が、オーセールの司教館の綴織に描かれた壮麗なサン＝テティエンヌ大聖堂の様式に反映していることが示される。また、「ドニ・ローセロワ」と同工異曲の「ピカルディのアポロ」は、同じく中世フランスのピカルディに、ギリシア神話の太陽神アポロが美青年アポリオンとして再来し、謹直な副修道院長サン＝ジャンを眩惑する物語だが、そこで語られる修道院の大納屋は、異教的な享楽とキリスト教的禁欲を微妙に混淆させたアポリオンの音楽が目に見える建築へと変容したものである。「これといって目につくほどの装飾もないのに、それはあたかも上階で重い根と茎とが優美に花開き、優美であると同様に雄勁な軒蛇腹と柱頭としなやかなアーチ曲線において花開き、俄にすっくと聳え立ったかのようである。たちまちのうちに、つなぎ梁と棰とが組み合わさって石材の中に塡り、その暗い、乾燥した、広やかな空間は今日に至るまで安全に封じこめられた。たんに耳に聞えるだけの音楽が、ひとつの芸術のさまざまな活動において、たしかにある重要な役割を果たし、その最良の事例において（われわれの知るとおり）一種の視覚化された音楽となりえたのである」（「ピカルディのアポロ」土岐恒二氏訳）。

このように室内風景や建築は、ロマン主義者における自然に代って、過去を保存する宝庫として文学的に注目されるようになるが、それらはまた「すべての芸術は絶えず音楽の状態にあこがれる」という一句とも密接に関わっていると言える。そしてここでふたたび「ジョルジョーネ派」に戻らねばならない。

3

「ジョルジョーネ派」のなかでペイターは、理想的な詩とは内容と形式との差異が最小限度にとどめられているものだと言い、なかでも抒情詩を最も高級かつ完璧な詩の形式と見なしている。そしてこう語る。

そういう詩の完璧さ自体は、しばしばある程度まで単なる主題のある種の抑制、または曖昧さのせいであるように見え、その結果、たとえばウィリアム・ブレイクの最も想像力に富んだ詩作品の幾つかや、またしばしばシェイクスピアの歌においては、言葉の意味が悟性によって明瞭に辿ることのできないような経路を通じてわれわれに伝えられるのだが、とりわけ『尺には尺を』のマリアナの例の歌では、この劇全体の迫力と詩が、しばしのあいだ本物の音楽の旋律と化しているように思われる。

『尺には尺を』はペイターの最も愛好するシェイクスピア劇である。彼は三篇のシェイクスピア論、すなわち「『恋の骨折り損』論」、ホーフマンスタール「シェイクスピアの国王と大公」に影響を与えた「シェイクスピアの英国国王たち」、それに「『尺には尺を』論」（いずれも『鑑賞集』所収）を書いている。それらの論述に共通する際立った特色を一言で述べれば、シェイクスピア劇を演劇としてよりもむしろ一種の詩として見る立場の強調である。これは演劇を詩、とりわけ抒情詩として読み換えることによって演劇的要素を否認しようとするロマン主義的衝動に深く根ざすシェイクスピア観と言えよう。ロマン主義者は劇的行動の複雑なからくりや仕組よりもむしろ内的感情や思考の世界、心理状態を探求し洞察することに深い関心を示した。そうした内的省察への傾斜はヴィクトリア朝時代においてブラウニングを最大の開拓者とする劇的独白という形式への嗜好を生み出すにいたるが、一般に劇的行動よりも孤独な瞑想に、猥雑な劇場の舞台よりも純粋な心の舞台により大きな力点が置かれることになる。こうしてシェイクスピア劇は十九世紀において詩、さらには小説へと変形され読み換えられていくのだが（この問題については、ピーター・コンラッド『ヴィクトリア朝の宝庫』一九七三年および『ロマンティック・オペラと文学形式』〔邦訳題『オペラを読む』〕一九七七年が大層示唆的）、その場合重要なのは、詩や小説として再解釈されていくシェイクスピアが音楽を最も重要な範型とし、音楽的志向を明示する音楽的詩人ないしは小説家として把握されていることである。「肝腎なのはシェイクスピアの音楽である」と言ったのはホーフマンスタール（「シェイクスピアの国王と大公」）だが、十九世紀の芸術家たちは音楽を範型にすることによって、厳格な古典主義的規則や約束事の呪縛から脱却し、いわば知の組み換えを全面的に行なったと見ることができよう。劇作家としてではなく、抒情詩人や一種の小説家として扱われたシェイクスピアの変容に着目し、その変容の独特な仕組や構造のなかにロマン主義、ひいては十九世紀全体の特質を探る試みは、コンラッドの啓発的な二冊の批評書が明示するように、豊かな実を結ぶことが十分に推測されるのだが、いま引用した「ジョルジョーネ派」の一節は、ペイターのシェイクスピアを知るうえで不可欠の箇所であると思う。だが、「マリアナの例の歌」とは何なのか。それは言うまでもなく『尺には尺を』第四幕第一場に見出される少年の歌である。

甘い嘘をついたあの唇を

とり戻そうとは思わぬが、
暁に朝の光と見えたあの瞳を
とり戻そうとは思わぬが、
わたしの捧げた接吻《くちづけ》だけは
わたしにかえしてくださいな、
空しく朽ちた愛のしるしの
接吻だけはかえしてくださいな（平井正穂氏訳）。

マリアナは婚約者アンジェロに裏切られ、首都ヴィーンから遠く離れた田舎の「堀に囲まれた農場」で一人暮しをする若い女性である。これは孤独な彼女の心中をなかば思いやり、なかば茶化しながら歌った歌。もちろん彼女は歌う少年をすぐさま追いやり、この農場での場面はほとんどあっけなく終るが、しかし、その素気なさ、簡潔性がかえって豊かな暗示性にみち、想像力を刺戟するかのようである。ペイターは「『尺には尺を』論」のなかでこう書いている。

真ん中で不意に途切れるのだが、シェイクスピアの、あるいはシェイクスピア派*の最も美しい歌の一つを歌う少年の声のみが聞える、失意の恋人が長く、物憂い、心みたされぬ日々を過ごす堀に囲まれた農場は、この作品で垣間見られる多くの快い場所――町の外の野原、アンジェロの庭園付きの邸宅、神聖な泉――のなかでも最も快い場所となっている。遠回しながらもそれはわれわれの時代の詩のうちで最も完璧な創作詩二篇に示唆を与えた。それらの詩もまた絵のなかの絵となっているが、それらはより不明瞭な輪郭を持ちいっそうわびしい雰囲気を漂わせている。そこには、類似してはいるもののより規模の大きな原作の場合と同様な情熱、同様な悪行、同様な愛情の持続、同様な死への哀願がある。もっとも、柔弱となり、いっそう夢の風景のような気分に移し変えられているのだけれども。

*(原註) フレッチャーが、『残虐な兄弟』のなかで、その残りの部分を示している。

ここで言及されている「創作詩二篇」とは「堀に囲まれた農場」に住むマリアナに示唆されて作られたテニスンの抒情詩「マリアナ」(『詩集、主に抒情的なもの』所収、一八三〇年)と「南のマリアナ」(『詩集』所収、一八三三年)にほかならない。原作ではほとんど道具に等しい扱いしか受けていない脇役のマリアナが、ペイターやテニスンにとっては、主役たち以上に想像力を掻き立てられる女性であるのは、やはり注目に値すると言ってよい。しかも二人の着目するのが「堀に囲まれた農場」という一句、言い直せば、男に捨てられた若い女性の心的状態と正確に対応する風景である、ということである。とりわけ全七連で構成されるテニスンの「マリアナ」は、箇条書き風に述べると、一、夕暮、朝、真夜中、灰色の曙光、月の入りに向う夜、「蝙蝠たちの飛び回った」直後の最後の薄明り、そして遅い午後というように、各連ごとにおそろしく緩慢に進行する一日の循環と関連性のあるイメージが用いられ、それらのイメージを通じてマリアナの一日におけるさまざまの不安定な心的状態が提示されていること。二、眠りと夢に関する多くの言及を通じて、不眠症で神経過敏なマリアナの目に映る農場が夢のような風景であることを告げていること。三、見慣れぬ、異様な風景に変容した日常の属目の提示を通じてマリアナの感覚の錯乱を暗示することなどを重要な特性としている。そして第六連までの各連の最後の四行は呪術的にこう繰り返される。「彼女はただこう言った、〝わたしの生活は寂しい、と／あの方はおいでにならない〟、と彼女は言った。／〝うんざりだわ、うんざりだわ／死んだほうがましだわ！〟、と彼女は言った」('She only said, "My life is dreary,/He cometh not," she said;/She said, "I am aweary, aweary,/I would that I were dead!"')。ただし「わたしの生活」という詩句は一、四、六連のみ、二、五連では「夜」、三連では「昼」が用いられているが、この単調で物憂げなリフレインはもちろんもっぱら音楽的効果を挙げるためである。最終連ではこう語られる。

屋根の上の雀のさえずり、
　ゆっくりとかちかち鳴る時計の音、そして
遠くで誘い招く風に合せて
　ポプラの木の立てる音が、すべて、
彼女の感覚を混乱させた。しかし、彼女が呪ったのは
　埃だらけの陽光が
部屋を斜めに横切る時刻、そして昼が
西の木陰のほうへと傾いていく時刻。
　それから彼女は言った、「とっても寂しい」と、
　あの方はおいでにならないだろう、と彼女は言った。
彼女は泣いた、「うんざりだわ、うんざりだわ、
　ああ神様、死んだほうがましだわ！」

感覚の錯乱状態に陥ったマリアナを描出するこの第七連は、第六連ともども、明らかにこの抒情詩のクライマックスを形づくっている。しかし詩人は、「雀のさえずり」「時計の音」「ポプラの木の立てる音」といった三つの音が異様な錯乱音に聞える恐怖を暗示したのちに、論理的には不明確な接続詞を媒介として聴覚的イメージから視覚的イメージの提示へとふたたび立戻り、恋人が訪れるのをむなしく待ちわびる昼間の長い、実に緩慢に時を刻むように思われる、「埃だらけの陽光が／部屋を斜めに横切る時刻、そして昼が／西の木陰のほうへと傾いていく時刻」が彼女にとって最も呪わしい、耐えがたい責苦の時間であることを告げてこの詩を締めくくるのである。

この詩における「堀に囲まれた農場」風景が、周囲から孤立して自閉的となったマリアナの心的状態のいわば「客観的相関物」となっていることを最初に指摘したのは、テニスンの友人で二十二歳で夭逝したためのちにこの詩人の転機を画した長詩『イン・メモリアル』（一八五〇年）で追憶されるアーサー・ハラムである。このハラムがキーツの影響のもとに二十歳で書いたテニスン論（正確にはテニスンの詩集についての書評）は、たとえばすでにイェイツがフランス象徴派詩人たちを解く鍵として注目しているが、このエッセイをワーズワスの『抒情民謡集』への序文」やエリオットの「伝統と個人的才能」と同様の重要な価値を持つ、いわばイギリス風の象徴主義宣言として再解釈したのが、当時まだ英文学者だったマーシャル・マクルーハンの「テニスンと絵画的《ピクチユアレスク》な詩」（一九五一年）である。これはテニスンがハラムの死後変貌しないで仮にハラムの美学の示唆する方向へと展開しつづけていたならば、このヴィクトリア朝詩人はイギリスのポー、ないしはマラルメになり得ていたかもしれない（ついでに言うと、この二人の詩人がともにテニスンに関心を示していることは興味深い）ということを、「マリアナ」を例に挙げながら、広汎な視野に立って、鮮やかに分析して見せたいかにも切り口の鋭いエッセイである。

こと、また私の思考が作者を信頼しきってまるで何かの啓示をむかえるように彼の言葉をむかえようとしたこと、そうした両面から、本のなかの風景は——私がいるコンブレーの土地、そしてとりわけ私たちの庭、祖母に軽蔑された庭師のあまりにもきちんとしすぎた空想の所産であるゆかしさのない庭、そうしたものから私がえられなかった印象である本のなかの風景は——研究され深められなくてはならない「自然」そのものの真の一部分であるように私には思われたのであった(井上究一郎氏訳)。

ここには、自然の風景を読みとることと「本のなかの風景」への関心とが共存している、と言うよりもむしろ、プルーストの主人公が、風景の言葉よりも言葉の風景、つまり実際の自然からは得られないような印象をもたらす言葉の風景について語るさまが示されている。このような言葉のありようのなかに風景を、ひいては自己を見出すという姿勢は、たとえばワーズワスのように、風景の言葉を読みかつ聞きとることに専念し、言葉のみで風景を構築するという意識の窮極的な否認、すなわち言葉の自律性に対する懐疑精神に支えられていた詩人には、やはり、ほとんど見られないと言ってよかろう。そして風景とは何よりもまず言語の問題であり、言語の内面化にほかならぬことを信じていたペイターもまた、プルーストと同様に、精緻きわまる言葉の織物を織り上げることによって、繊細優雅ないわば言葉による風景画を作っていく。それはたとえばターナーが幾点かの習作で描いたこともある、オーセールの町の絵画的風景美であったり、夏の夜に干し草や野花の匂いが漂って来るオックスフォードの牧草地(「エメラルド・アスワート」)であったり、イギリス人にとって真の自然の風景であり、真の故郷であるとされるサリー州とケント州の一部(「家の中の子供」)の緑なす自然であったりするのである。さらにまた「すべての芸術は絶えず音楽の状態にあこがれる」と書いたすぐあとの一節で、この抽象的な言葉の意味は実例を考慮すれば明白となると述べて挙げた箇所、すなわち「たとえばわれわれが現実の風景に、丘の端で不意に途切れた長い白い道を見るとする」ではじまる雅趣に富む文章であったりするのである。その一節の最後にこんな綴織にも似た言葉の風景が精緻に織り合されている。

ヴェネツィアの風景は、その素材の状態において、色がどぎつく、目ざわりなほどの輪郭の鮮明さを多分に帯びている。しかし、ヴェネツィア派の巨匠たちは、それらを大して重荷としていないことを示している。彼らはアルプスの背景から、寒色と穏やかな線より成る、ある種の抽象的な要素のみを確保するにとどめ、この風景の細部、たとえば吹きさらしの茶褐色の小塔、麦藁色の畑、森の唐草模様などを、ただ画中の男女に当然伴奏すべき音楽の調べのようなものとして使用し、われわれにある種の風景の霊、あるいはその精髄のみを――すなわち純粋理性、もしくはなかば想像的な記憶により描かれた土地を提示するのである。

このような言葉による風景画はもちろん、「弦のない楽器を前にして想像力のなかに音楽を求め」ようとする志向性によって明確に支えられている。そうした志向性がヴェネツィア派の精神を完全に代表している画家としてのジョルジョーネを考察させるにいたるのだが、ただぼくにとって「ジョルジョーネ派」とは、ジョルジョーネというルネサンス画家への歴史的関心から発するのではなく、彼の絵画への興味に促されてということですらもなく、ペイターの音楽へのあこがれが、最も完璧な形で、いちずではあるが狂熱とは縁遠い、物静かな観照の姿勢を保つことのうちに、すこぶる魅力的な言葉の風景を通じて開示されるということを指摘するだけで十分なのである。

II

コラージュの風景——『詩章』のために

1

「芸術の試金石はその正確さにある。」

これは、一九一三年に発表された「真摯な芸術家」のなかの一句である。エズラ・パウンドが、言葉の正確な定義、フローベール風の **le mot juste**（唯一無二の言葉）に、大層心を寄せていた詩人であることは、すでに知られている。もちろん、この一句もいかにもパウンドらしい率直で真摯な詩的信条の披瀝なのだが、言葉の正確さということへの関心に、彼が取り憑かれるようになったのは、主としてフォード・マドックス・ヘファー（フォード）の手引きにより、フローベールに精通するようになる、比較的初期の、いわゆるイマジスト時代以前まで遡ることができるだろう。また、「韻文における散文の伝統」（一九一四年）という、のちにT・S・エリオットやエドマンド・ウィルソンによって、より洗練された形に纏め上げられた、詩と散文の接近について論じた先駆的なエッセイで、パウンドは、散文に対するきわめて鋭利な感覚の持主としてヘファーを絶賛し、詩のなかに散文的な明晰さや正確さ、装飾のなさを持ち込むべきだとするヘファーの主張を全面的に支持し、さらにこんな意見を書きつけている。

ワーズワスは余りにも日常語にこだわりすぎていたため、「唯一無二の言葉《ル・モ・ジュスト》」について考えるひまなどたえてなかったのだ。

これは厳密に言うと、ヘファーの評言なのだが、もちろんパウンド自身の率直な意見表明でもあることは言うまでもない。ワーズワスが「唯一無二の言葉」について考えるひまなどたえてなかったかどうか、それはひとまず措くとして、ここで目につくのはやはり、フローベール的な「唯一無二の言葉」への関心の有無が、散文のみにとどまらず、詩に対する価値評価の、唯一絶対とは言わぬまでも、すこぶる重要な基準として受取られていることである。このようなフローベールの散文を規範にすべしというヘファーやパウンドの詩的信条も、今日から見れば、フランス象徴主義の洗礼を受けて新たな胎動を活溌に示しはじめた一九一〇年前後における、反ロマン主義的な傾向の顕著であった一部の文学風士の、ある意味では当然の反映とも必然の成行きとも見えるだろう。だが、ヘファーは一応別にしても、パウンドの場合、そうした革新の意気のみなぎる文学風士から受けた単なる一時的な影響などということを超えて、「唯一無二の言葉」への詩人の関心が、イマジスト時代から、モーバリーという仮面を借りて「彼の貞節なペーネロペイアはフローベールだった」と唱った時期を経て、ついに未完に終った、と言うよりもむしろ、未完に終らざるを得ない運命にあった、二万五千行に及ぶ、全百十七篇から成る『詩章』にいたるまで、繰り返し、一貫して認められるということ、これは彼自身の詩業の根本に深く関わる幾つかの局面を明示している点で、やはり注目に値するかと思われる。

この方面に関しては、すでに、現代最大のパウンド学者ヒュー・ケナー、それに閨秀作家クリスティン・ブルック＝ローズのすぐれた論考（『エズラ・パウンドの詩』と『エズラ・パウンドのZBC』）があって委曲を尽しているが、ぼくはここでそれを祖述しようとするつもりはない。ここではただ「唯一無二の言葉」ということをめぐって、ぼくが感じたある素朴な疑問から出発してみようと思う。

疑問とはこうである。言うまでもなく、フローベールにとって、「唯一無二の言葉」とは、彫琢に彫琢を重ねた、一語たりともゆるがせにしない、正確な言葉の使用を意味していた。そこに見られるのは、言葉の用法に習熟し、それを自在に駆使できるよう驚くべき努力と精進を重ねることこそ真摯な芸術家の責務であり、作品の完璧性を保証する唯一の方途だとする鞏固な信念である。『書簡集』の随処からきこえてくるあのおそるべき苦吟の声こそ、『ボヴァリー夫人』や『感情教育』におけるような、芸術的完成度の高さと成熟とをもたらしたのである。しかし、ひるがえってパウンドの詩作品に接するとき、間然するところのない言語構築や作品の完璧性を目指すといった、フローベール的な完全主義者の姿勢がそこに見出せるだろうか。同じくフローベールを師とするジョイスと比べても、そうした姿勢において、パウンドのほうがはるかに師に背いているという印象を与えられるのは、やはり否めまいと思われる。パウンドの初期の有名な短詩「少女」について、エリオットは「言葉の使い方があまり完璧でない」という不満を漏らしたが、この不満が「少女」のみならず、『詩章』にいたる彼のほとんどすべての詩作品に適用できることは、今日ではもはや周知の事柄に属する。ではなぜあれほどまでに「唯一無二の言葉」に執着するのか。それはあくまでも単なる詩作上の理念にすぎないのか。これがぼくの疑問である。

「唯一無二の言葉」と一口に言っても、「中国詩章」や「アダムズ詩章」における孔子的な「正名」（チョン・ミン）とこれとの同一視に明らかなとおり、パウンドにとって、それは、文学の領域のみに限定されることなく、広く政治、経済、宗教、道徳、化学等、つまり文化全般の理念に関わっている。この理念は、彼独特の言語観を支えているいわば原拠となっている考え方だが、ここではフローベール的な意味での「唯一無二の言葉」を彼がどう受けとめているか、それをまず探ってみたい。

2

フローベールの追随者たちは、正確な提示ということに取り組んでいる。彼らはしばしば正確な提示ということに没頭しすぎているため、強烈さ、選択、それに集中度を無視している（傍点筆者）。

一九一四年に『エゴイスト』誌上に発表され、現在はエリオット編『パウンド文学論集』に収められている「『ダブリンの市民』とジェイムズ・ジョイス氏」という書評の一節である。言葉の正確な提示こそ芸術の試金石だとするフローベール詩学の基本を忠実に受け継ぎながらも、パウンドが必ずしもそれに対して盲従一辺倒でなかったことは、わざわざ『ヒュー・セルウィン・モーバリー』という顕著な例をもち出すまでもなく、この一節からも鮮やかに読み取れる。ここで「正確な提示」のなかば対立概念として出されている「強烈さ」、「選択」、それに「集中度」ということをぼくなりに敷衍して解釈すればこういうことになるだろう。つまり、初期のパウンドの詩学に照らして言えば、事物や心理経験の客観的で、ある意味では科学的に正確な提示やら、精細きわまる描写やら再現やらにうつつを抜かすあまり、しばしば表現上生気を欠いて徒らに形骸化に陥っていたフローベールのエピゴーネンに対して、事物や心理経験、とりわけ強烈な美的印象、あるいは彼の頻用する言葉を借りて言えば、「エクスタシー」の精髄そのものを、直接的に、集中的に、鋭く簡潔に提示することの重要性をここで示唆しているということになるだろう。

言葉を換えて言うなら、「強烈さ」といい、「選択」といい、「集中度」といい、ある意味でこれは、抒情の詩学の提言にほかならないとも言える。抒情と言っても、パウンドにとってのそれは、つねに乾いた知的な認識に付随しており、詩人の周囲を取り巻くすべての事物に対して安易な感情移入を行ない、事物との感傷的な自己同一化から生ずる、悪しき意味でのロマン派詩的、またはヴィクトリア朝詩的な抒情とはおよそ無縁な、透明で硬質な、知性の抒情である。無縁であるばかりか、「スノードロップの花が許しを乞う」などといった、ラスキンのいわゆる「感傷的虚偽《パセティック・ファラシー》」を断固として却けたのがパウンドであることは、いまこと新しく述べるまでもあるまい。

パウンドが鬼面人を威す、斬新奇抜な前衛詩人と言うよりもむしろ、今日から見ていささか古風な趣をそなえた抒情詩人として出発したこと、それはやはりここで改めて確認しておくべき重要な事柄だと思われる。彼が早くから試みていた古英詩や中世プロヴァンス詩、唐詩や発句、あるいはカヴァルカンティやダンテなどへの接近も、新しい抒情の美を発明しようとする志向をあからさまに見せたものと言ってよい。早くも一九〇八年に、『書簡集』の冒頭に収められた、ウィリアム・カーロス・ウィリアムズ宛の手紙のなかで、二十三歳の新進詩人は、詩における「抒情的要素」を強調しているし、一九一〇年に刊行された画期的な批評作品『ロマンス語文学の精神』のなかでは、『神曲』を一種の「抒情詩」としてとらえることすら実行している。「偉大な芸術は、エクスタシーを現出させる、あるいは創造するためにある」（『ロマンス語文学の精神』）というパウンド一流の颯爽たる断言が端的に示しているように、この詩人にとって、「唯一無二の言葉」への関心は、何よりもまず、エクスタシーの瞬間を完璧に提示するための詩的言語の形成や確立にあった。それは取りも直さず、新しい抒情の美の発明にほかならないのだが、そうした新しい抒情の美の輝きは、一見脈絡のさだかでない、未完成な断片の集積のなかに、不意打ち的に、唐突として現れる。

木がわたしの両手に入った、
樹液がわたしの両腕にのぼった、
木がわたしの胸に生えた――
下のほうへ、
枝が腕のようにわたしから生える。

おまえは木なのだ、
おまえは苔なのだ、
おまえは風にそよぐすみれなのだ。
――随分背は高いが、おまえは子供なのだ、
でも、こんなことはみんな世間には愚にもつかぬ考えなのだ。

言うまでもなく、ごく初期の、詞華集向きの一篇「少女」の全文である。この作品が、アポロに追われて月桂樹に化したというダフネ神話を下敷にしていることは誰の目にも明らかだが、ここで目につくのは、やはり、第一節と第二節とのあいだに置かれた微妙な落差というか転調というか、最終詩行に明示さ

れているような、一種にがにがしい感情に裏打ちされた認識の表明である。

一見きわめて単純な様相を呈している詩作品ではあるが、その語り手は二通りに考えられるだろう。つまり、第一節と第二節の語り手を別と見るか、それとも同一と見るかということである。ぼくは後者、すなわち現代のダフネの劇的独白と解したい。第一節の語り手をダフネ、第二節のそれをアポロ＝パウンドと解することも可能だが、それでは肝腎のダフネの恍惚たる幻想経験が提示するアイロニックな意味合いがぼやけ、容易に焦点を結ばない憾みが残る。というのも、この詩の力点は、明らかに、神話的な幻想経験と現実とのあいだの落差の上に置かれているからだ。それゆえ、第二節で四度繰り返される「おまえ」は、少女ダフネの自分に対する呼びかけと受取っておきたい。「おまえは苔なのだ／おまえは風にそよぐすみれなのだ」（"Moss you are／you are violets with wind above them"）という第二節の詩句は、ワーズワスのルーシー詩篇の一つ、「彼女は人里離れて住んでいた」のなかに見出せる単純可憐なイメージ「苔むす石のかたわらのすみれ」（"A violet by a mossy stone"）を明らかに反響させているが、それにつづく最後の二行は、第一節におけるような神話的な幻想経験、あるいは変身の瞬間が、現実の世界にとってまったく無力で愚にもつかぬ考えであるという少女のアイロニックな認識を明示している。さらに言えば、この二行が、ダフネという現代少女のブラウニング風な劇的独白を通じて、神話の現代化という困難な企てに取り組むパウンドの、現代詩人としての複雑な立場をも暗示していることはいまさら贅言を要しまい。

しかしそれにしても、冒頭三行における、「入った」（has entered）、「のぼった」（has ascended）、「生えた」（has grown）という現在完了形の繰り返しは、少女の身に突如として襲いかかった変身の瞬間の息ずまるような、強烈な情動的経験を、たたみかけるように、少女の荒々しい息遣いや切迫した気分をそのままに伝えるような鮮烈な効果を発揮していて印象的である。もちろん、この変身の瞬間が、「木」によって象徴化されたアポロ（または恋人）との性的経験の瞬間でもあることは明白である。

エリオットは、いかにも俊敏な批評家らしい鋭い直観と行き届いた理解力を見せながら、この詩に対してこんな評語を書きつけている。「この作品における《感性》は、最上の意味で独創的である」と。確かに、ここに鮮やかに浮彫りにされた詩的感性の動きは、一九一二年というこの詩が発表された、いまだにヴィクトリア朝詩的な趣味の残映のもとに低迷していた時代を思い合せてみるとき、やはり掛け値なしに新しく、独創的ですらあったと言えるだろう。これをぼくなりに言い直せば、新しい抒情の美の発明ということになるかと思うが、それは、詩人の周囲を取り巻くすべての事物に対して燃えるように激しい、束の間の持続を保つ感情の状態を投射し、すべてをその感情の炎で包み込んでしまおうとするロマン派的な抒情詩一般とは、すこぶる性質を異にする抒情である。緊張し、昂揚した心的状態の短い持続を唱う点では変りがないにしても、その特権的な心的状態が必ずしもストレートに詩人自身のそれと結びつくとは限らない。むしろそうした感情の自然生成的《スポンテイニアス》な記述を厳しく否定し、ダフネならダフネという仮面《ペルソナ》を借りて自己の、ともすれば放恣で無統制に走りがちな感情や情念を対象化、あるいは遠隔化して見せているというのが際立ったその特徴である。従ってそこに現出する抒情は、眺める対象への惑溺や情念のとどまるところを知らぬ排泄といったたぐいの語り口から生じるのではなく、決して冷やかすぎるというわけでもないのだが、ほどよく抑制された、対象への一定の知的認識によって支えられた硬質で透明な抒情ということになる。この種の抒情の原理は、多かれ少かれ、現代詩人一般に作用しているのだが、初期のパウンドの場合、一言で言えば古典ギリシア・ローマの抒情詩的な意味での古典主義的な抒情がそこに認められる。しかも、すぐれた古典ギリシア・ローマ抒情詩の多くがそうであったように、そこにはある種の快楽主義的な感覚の動きが感じられる。この感覚の動きが、事物との一体化、事物への感情移入という行為のすみずみまで滲透し、それに独特の鮮烈さや爽やかな美の輝きを与える要因となっている。

パウンドの魅力は、つまるところ、この抒情の魅力につきるとぼくは思う。幽暗な晦渋の森に深く覆われ、いまなお巨大な闇に閉ざされている感のするあの『詩章』の発する一種異様な、エキゾティックな魅力も、窮極のところ、その闇黒を貫いて時折閃光のように鮮やかにきらめく、抒情の魅力に多くを負うているのではあるまいか。

光が洞窟へ入った。イオ！　イオ！
光が洞窟のなかへ降りた、
目もあやな輝き！
熊手を頼りにぼくはこれらの丘に入った。
草がぼくの肉体から生え、
根が語り合っているのがきこえるようにと、
微風がぼくの葉に触れ爽やかだ、
分れた大枝が風に揺れている。
西風はその大枝に、東風は
アーモンドの枝にさらに光を送っているのか？
この扉からぼくは丘へ入った。

『詩章』第四七篇の一節である。ここで語られているのはオデュッセウスの恍惚たる官能的経験である。冒頭で二度繰り返して発せられる「イオ！　イオ！」はギリシア語で、主として劇的な抒情詩のなかにしばしば挿入される感嘆詞である。とくに神々の名（たとえばバッコス）を添えて、加護を求める際に呼びかけられる、エレウシス密儀における祈禱の文句だが、たまたまイタリア語の一人称の代名詞でもある。

パウンドがこの言葉の音韻的な響きだけでなく、その意味の重層性をきわめて意識的に計算し、活用していることは、「入った」(「光は入った」(The light has entered)／「ぼくは入った」(have I entered)）という並列構文の巧妙な反復を通じて、「光」と「イオ！」を直接連結させていることからも明らかである。こうして光が「ぼく」になり、「洞窟」や「丘」は自然であると同時に女性の肉体となり、「熊手」はオデュッセウスの男性器、「扉」は秘儀参入の扉であり、女性の肉体の入口ともなる。

その類縁性に対してたびたび機械的な指摘や言及がなされるばかりなのだが、「少女」を『モーバリー』中の次のようなかなりアイロニックな一節、

「樹皮のなかに腿を持つダフネは
ぼくのほうへ彼女の葉の手をひろげる」——
主観的に。

と結びつけるくらいなら、いっそのことほぼ三十年以上もの歳月をへだてて書かれた、第四七篇のこの部分とじかにつなげて読むほうが、パウンドの詩的感性の働きや様態の一貫性が、はるかによくつかめるの

ではないかと思う。この肉感的とさえ言えるなまなましい、しかしそれでいて爽やかな印象を与える官能の讃歌にくっきりと鮮明に刻印されている特性は、現在完了形の反復によって清新な効果を挙げている変身の瞬間のすこぶる官能的な現出にせよ、あるいは創造にせよ、「少女」のそれと明らかに同質のものだからである。

エレウシス密儀的な豊饒祭儀への神秘的な参入をも暗示しているこの目くるめく性的エクスタシーは、むろん、「草」とか「根」とか「微風」といった具体的な自然、もっと言うならば、自然と人間をふかぶかとそのふところに包み込んで無限に流動し、永遠に存在しつづける宇宙の運行、パウンドはこれを自然の「過程《プロセス》」と呼んでいるのだが、たとえ瞬時にせよ、そうした時間を超越した「過程」との完全な宥和や合体によって成就されたものにほかならない。このあとの詩節に明示されているように、そのときオデュッセウスは、死と再生と豊饒をつかさどる植物神アドーニスに変身し、神話的時間のなかに一気に突入する。

3

この自然との同化、もしくは合体感によって現前するエクスタシーの瞬間は、『詩章』のいたるところにちりばめられていて、譬えて言えば、夜空にきらめく星座のような趣を呈している。『詩章』では、永遠への志向を表わすこの種の感覚的、官能的な詩句が、その詩的世界の基盤を形成しており、そのような永遠、または楽園志向から発する光をゆるやかに増幅させてゆく過程が、そのまま『詩章』の辿る過程となっている。しかもこの志向は、『詩章』の展開とともに、ネオ・プラトニズム的な光やそれと同一視される表意文字「明」への関心と次第に歩調を合せ、一種独特な倫理的、形而上的色調をこれに添えることになる。とりわけこのことは、ピサ強制収容所での生活を契機として書かれ、いわば『詩章』全篇の縮図、ないしは小宇宙とも見なせる、いわば天国篇にあたる「ピサ詩章」(第七四篇から第八四篇まで)において、最も目につく特徴となっているが、この特徴は『フィネガンズ・ウェイク』のジョイスにも『四つの四重奏』のエリオットにも見出せぬ、モダニズム詩が辿り着いた一つの極点を示すものではなかろうか。「ピサ詩章」はぼくにとって、何よりもまず、そのような永遠志向に貫かれた、輝かしい詩的達成を成し遂げた作品として映るのである。

ところで断片のうちに永遠をとらえるというのは、イマジズム時代以来、いやそれ以前にすらもはっきりと認められるパウンドの形而上的な認識だが、その認識はちょうど磁場のような役割を果していて、すべてはこれに吸引されてしまう。たとえば、「ピサ詩章」の冒頭を飾る二六ページにも及ぶ長大な第七四篇の次のような一節には、永遠と日常とは絶対的に対立し合うものでなく、日常の断片のなかにこそ永遠を見出すという意識のありよう、または持ち方が肝要だとする、詩的出発以来基本的には少しも変化していない彼の形而上的な認識のいわば精髄が、ひときわ簡明に、鮮やかに提示されている。

楽園ハ人工的ナモノデハナク

明らかに断片的ナモノダ

それは断片のなかにのみ存在する　たとえば、

思いがけなくすばらしいソーセージや、薄荷の香のなかに、

ここで明らかにされているいかにもパウンドの面目躍如たる感覚的、即物的経験の形而上的な認識こそ

が、本質的には短詩志向型の彼の詩作品の基底に横たわり、それを内部から鞏固に支えているものである。従って収容所内に拘留された詩人の眼前をよぎり、絶えず移り変る自然の風物にせよ、事物にせよ、あるいは人物にせよ、すべてがこの認識の磁場のまわりに吸い寄せられ、それを媒介として永遠が日常の世界のなかへ無差別に滲透し、ごくありふれた日常生活の断片すらも、非日常的な透明な輝きに包まれることにもなるのだと思う。

またボードレール風の「人工楽園」が否定されているが、「楽園ハ人工的ナモノデハナイ」(Le Paradis n'est pas artificiel)という詩句は、「ピサ詩章」のなかで幾度も繰り返されていて、ある種のライトモチーフを形づくっている。パウンドが、ボードレール風の「人工楽園」を阿片吸飲による不健康な白日夢というふうに考えていたことは、他の箇所からも容易に知られるし、また象徴主義詩法への彼の批判の根柢にある考え方でもあるのだが、それは、具体的な事物の一つ一つに絶えず密着し、いちいちの経験のもたらす生き生きとした感覚的な印象の瞬間につねに執着していればこそ、あるいはそういう方向へと感覚がいつも向うような習練を日頃から人知れず積んでいればこそ、「人工楽園」の呈する観念や夢想の世界の抽象の白々しさ、不安定さ、不健康さがいやでも目にとまるということだろう、と思われる。

たとえば次に引用する「詩章」第八三篇の一節で、パウンドは、すべての事物の象徴化を企てる象徴主義詩人としてのイェイツを戯画的に扱っているが、それはこういうことだとぼくは思う。つまり、どんな事物であれ、それに自己の観念や夢想を投影させ、それを何かの象徴としてしまうイェイツの詩精神の様態を、事物の正確な観察やら識別やらをまず第一に心がける自分のそれとひきくらべた上で、それに対する批判を表明したのだと。実際、パウンドにあっては、自己を事物と同化し、合体させることはあっても、イェイツのように、事物を自己に引きつけ、それを自己の内的風景と照応させ、それを自己の観念や夢想で染め上げ、それらの象徴と化してしまうということはない。従って、たとえば白鳥なら白鳥を取り上げる場合でも、それはあくまでも事物としての個別性や堅固な輪郭を失うことはなく、イェイツ的な白鳥のように、白鳥であるというよりも他の何かの象徴やエンブレムであるというような事態が起ることはまずないのである。つまり次の一節は、そうしたイェイツ的、あるいは一般に象徴主義詩人的な事物認識を要約的に述べたものであると解することができる。

　楽園ハ人工的ナモノデハナイ
そしてアンクル・ウィリアムはノートル・ダム寺院のまわりをぶらついて
何であれ探し求めた
　　　　ノートル・ダム寺院のなかに佇んで
そこの象徴を嘆賞した
サン・テティエンヌのバシリカや
　　　　サンタ・マリア・ディ・ミラッコリの
あの彫像、人魚たちがいるというのに

「アンクル・ウィリアム」とは言うまでもなくイェイツの愛称だが、両詩人における事物認識の相違は、このほかにも、たとえば、ロマン派詩人への関心の相違、すなわちブレイクやシェリーに傾倒したイェイツとワーズワスを除けば彼らに対してほとんどまったく無関心な態度をとり、不感症であったパウンドのあいだの際立った対照によってもある程度裏づけることもできよう。

それはともかく、可能な限り個々の事物に即し、その精髄（Quiditas）をとらえるというパウンドの感性の働きは、『詩章』のいたるところに見出され、いささか奇異にきこえるかもしれないが、ある意味で彼は、自然詩人とさえ言えるのである。

海鳥が翼の関節を伸ばして
　岩間や砂のくぼみで飛沫《しぶき》を立てる
低い砂丘の傍の波打ちぎわで
陽光を背にうけた激しい潮の流れのなかでガラスのように光る波、
　宵の明星の青白い光、
灰色の波がしら、
　波、葡萄の果肉の色……（『詩章』第二篇）
大空には淡い澄んだ曙光がみち、
町々は丘陵に並んでいる、
そして美しい脚の女神が
樫の林を背に、そこを動いている
緑の斜面では、白い猟犬たちが
　　女神のまわりで跳びはねている。
そこから河口のほうへ、夕暮まで、
なだらかな水がわたしの前を流れていく、

そして木々は水のなかに生え、
静寂のなかから大理石の幹が突き出している
宮殿の傍を通り過ぎ、
静寂のなかで、
陽光ではない光がいまや輝く
緑玉髄色に、
そして水は澄んだ緑と澄んだ青色をしている。
ずっと向うの、琥珀色の大きな崖のあたりまで。（『詩章』第一七篇）

こんな例をいちいち拾い上げているとほとんど際限がないと思えるほどに、『詩章』にはこの種の感覚的、即物的な自然描写がみちあふれている。そこからひときわ鮮明に、くっきりと浮び上ってくるのは、たとえ神話や歴史の世界からの引用や引喩に支えられている数多い場合でも、外界の事物一つ一つの存在の手ざわりの確かさ、輪郭の堅牢さである。と言うことは、パウンドが、外界の事物はそれぞれそれ特有の独立性や自律性を保ち、それを維持する限りにおいてのみ意味があるとする姿勢を一貫して堅持していることの証しにほかなるまい。この詩人が事物の正確な観察や識別を強調するのも、こういった根本的な事物認識に由来するためと思われる。このことはまず確認しておかねばならない彼の詩法の重要な特性である。さらに詩人が、早くから事物の全体よりもその精髄や部分に心を寄せ、事物の抽象的、概念的、あるいは感傷的把握を厳しく否認していたことは、一九一一年から一二年にかけて発表され、久しく入手不能であったが最近ウィリアム・クックソン編『パウンド散文選一九〇九—一九六五』（一九七三年）に収録されて読めるようになった長文のエッセイ「ぼくはオシリスの手足を集める」で力説されている「輝く細部の方法」からも明瞭に知られる。しかもこの「輝く細部の方法」は、「詩章」第七四篇で、全体も特殊から知られるというアリストテレスの認識論を引き合いに出しながら述べられるパウンドの愛用語「十分な特殊の集まり」と紛れもなく照応していて、彼の事物認識の一貫性を明示している。

こうした事物認識が彼の言語観に反映されるのは至極当然のことであるが、折あるごとに強調される言葉の正確な定義、あるいは例の「唯一無二の言葉」にしても、それは何よりもまず、事物の正確な再現表出ということを意味していると言ってよい。その種の言語観は、さまざまな変奏を与えられながら、彼の主要な散文のあちこちに明確に刻み込まれているが、「カヴァルカンティ論」における次の一節は、その最も典型的な例の一つである。

もしもある用語《ターム》がある特定の事物を意味するようにならなければ、またもしも、その差異がどれほど小さかろうとも、相反する事物を統一するすべての試みが明確に放棄されるならば、いっさいの形而上的思考は腐ったスープのようになってしまう。口当りのよい用語法《ターミノロジー》は曖昧な中名辞の無限の連続にすぎない。

パウンドにとって用語法とは、クリスティン・ブルック＝ローズが精細に分析したように、「唯一無二の言葉」だけでなく、リズム、音の響き、イメージ、表意文字、絵文字すらをも含んでいて、それは何はさておき、ある特定の事物を模倣し、それを意味するようになる必要があるということである。しかもその事物とは、単に外界の事物のみにとどまらず、感情や行動、抽象的な観念や知覚様式さえをも包容するきわめて幅広い、内界と外界のほとんどすべてを包括する概念でもある。そのことにブルック＝ローズは注意を促しているが、これは重要な指摘であり、言葉と物に関わる詩人パウンドの特性を見事にとらえていると思われる。そしてこの思考様式の根幹には、たとえばあの発句的な短詩「地下鉄の駅にて」（「群集のなかのこれらの顔また顔の亡霊／濡れた、黒枝の上の花びらたち」）において大層鮮やかに提示されているように、相反する事物を統一する隠喩的思考が存在することは言うまでもない。

　パウンドの言葉を借りれば、「事物をつねに他の何かの事物によって定義する」（『ゴオディエ＝ジャレスカ』）という修辞学や修辞学的思考を却け、事物の正確な模倣による即物的思考を唱道し、それを精密に反映している彼の言語観は、『詩章』が書き進められるにつれて次第に、孔子的な「正名」（チョン・ミン）やネオ・プラトニズム的な「聖霊アルイハ完璧ナ言葉。誠実サ」（「詩章」第七四篇）とも結びつけられ、倫理的ないしは神秘主義的な色合いをいっそう深めていくのだが、それはまた、中国辺境雲南省に居住するチベット－ビルマ系の民族、納西（ナキ）族または麽些（モッソ）族によって信仰されている土俗的な儀式とさえも連結されている。その儀式、つまりムアン・ポーの儀式への言及が幾度か見出せるのは、「王座」（「第九六篇から第一〇八篇まで）と遺作となった「下書きと断片」（第一一〇篇から第一一七篇まで）のなかであるが、たとえば「詩章」第一〇四篇にはこう記されている。

ムアン・ポーの儀式なくして
リアリティはない

パウンドがこの儀式のことを知ったのは、F・W・バラーというヴィクトリア朝時代の中国へのイギリス人宣教師による英訳『聖祖実録』とチベット民族学者J・F・ロックの論文「ムアン・ポーの儀式または納西族により行なわれている天への生け贄」からのようだが、ぼくがたまたま手に入れた中国民俗学会発行（一九七〇年）の李霜燦著『麽些族的故事』(*Studies in Mo-So Tribal Stories* by Li Lin Tsan)という中国語と英語で書かれた研究書によると、その儀式はおおよそ次のようである。

それはおよそ九日間にわたってとり行なわれる新年祭で、生け贄を捧げて天と地の恵みを祈る儀式である。「ムアン・ポー」(**Muan bpo**) はもちろん英語音訳だが、納西族または麽些族においてそれはそれは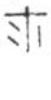という象形文字で表わされ「天祭」を意味している（第一個字是天、象天空籠罩四野之状　第二個字是画祭木之形）。祭木之形）。面白いのは、そしてパウンドが最も興味をそそられたと思われるのは、この天祭の儀式の際に、祭壇に捧げられる生け贄の事物名が変化することである。生け贄には牛、豚、鶏、さらに米や卵さえもしばしば使用されるのだが、儀式の際、たとえば牛《ムー》は「彎角《クワ・グー》」、米《ツワ》は「蟻卵《ツワ・ワ・ク》」というふうに変えられる。これは明らかに隠喩的思考が機能していることを指し示しており、隠喩は事物を変え、隠喩は変身であるとするパウンドの言語観の支柱をなす部分と一致している。

この隠喩的思考様式が、『詩章』において最も顕著に見られる特性の一つ、すなわちさまざまな人物たち――神話的人物から実在の人物まで――が変幻自在にめまぐるしく移り変り、相互に滲透し合って、神話的人物が実在化され、また逆に実在の人物が神話化されるといった変身の手法の中核にあることはすでによく知られている。「比類ない変身の伝統がわれわれに教えていることは、事物はいつまでも同じ状態のままではないということである。それは素早い分析不能の過程を経て別の事物になる」とパウンドは「確認」（一九一五年）というエッセイのなかで述べているが、絶え間なく流動し、変転をつづける事物を、その変化の瞬間瞬間の相において正確にとらえ、これを正しく再現表出すること、これが彼の「唯一無二の言葉」への強烈な関心の底辺に位置しているものと言って差支えない。従って彼が隠喩的思考にほとんど全幅の信頼を寄せ、それに多く依拠するのも、それが正常に機能するとき現れる詩的言語のなかに、ちょうど天祭の儀式における牛と彎角、米と蟻卵の関係のように、日常言語とは別箇の、それ独自のリアリティの所在を確認していたためにほかならないと思われるのである。

4

周知のように、パウンドはフェノロサを通じて漢字という表意文字に強く惹かれ、一九三六年にはフェノロサの遺稿『詩の媒体としての漢字』をみずから編集して出版している。漢字へのパウンドの関心の寄せ方には、われわれの目にはいささか酔狂とも風変りな熱狂とも映る局面があるのだが、興味深いのは、フェノロサとパウンドがともに、漢字を一種の絵文字として眺め、漢字の象形性のなかに異質な事物の結合を発見していることである。たとえば「明」は太陽と月、「信」は人と言葉、「梅」にいたっては木と女性のゆがんだ乳房という具合に字解されていてわれわれの意表をつく。もちろん、こうした字解が、漢字の象形性のそもそもの由来と学問的にほとんど無関係であることは断るまでもないが、個々の漢字の構成要素に着目し、その各要素の結合によって一つの漢字が成立すると考えるフェノロサやパウンドの見方には、相反する事物を結合し、それを一瞬のうちに感覚的に統一し、ある一つの視覚的なイメージ、パウンドの有名な用語で言えば「フェノペイア」(視覚的な想像力にイメージを鋳込んだもの)として提示するという隠喩的思考が認められはなはだ興味深い(因みにフェノロサは隠喩とは「自然を顕現するもの」と呼んでいる)。

こうした漢字の象形性への関心が、S・T・コウルリッジに端を発し、I・A・リチャーズやケネス・

バークにいたるいわば正統的な隠喩的思考についての考え方の伝統のなかでどういう位置を占めるのか詳らかにしないが、それはともかく、注目に値するのは、フェノロサやパウンドが漢字の形象のなかに一種混沌とした、原初的な自然の存在を見て取っていることである。『詩の媒体としての漢字』のなかで、フェノロサがこんなことを述べている。

芸術と詩が扱うのは具体的な自然であって、ばらばらな「細部」の系列ではない。というのも、そんな系列など存在しないからだ。詩が散文よりもすぐれている理由は、それが言葉という同一の羅針盤に導かれながらもより具体的な真実を与えてくれるからだ。詩における主要な装置である隠喩は、自然と言語双方の実質となる。原始民族が無意識に行なっていたことを意識的に行なうのは詩のみである。言語を取り扱う文学者、とりわけ詩人の重要な仕事は、古代人の進路に沿って感じ直してみることにある。

この最後の文章にパウンドはこんな脚註を付している。「詩人は本物の隠喩、すなわち偽の、あるいは装飾的な隠喩とは正反対の、解釈的な隠喩、もしくはイメージの方向に沿って新たな進路を開拓しなくてはならない。」当然のことと言えば当然のことであるが、フェノロサとパウンドの発言は軌を一にしている。つまり、詩的言語の精髄である隠喩は具体的な自然、とりわけ原始の混沌を感じさせる自然をそのなかに含みこんだ隠喩でなくてはならないということだが、彼らが漢字の象形性に惹かれたのも、そうした自然がそこに具現されていると知覚したためであることはもはや繰り返すまでもないだろう。

それと同時に見逃してはならないのは、フェノロサとともに、パウンドが、漢字を静止的な、固定したイメージとしてではなく、動くイメージとしてとらえていることである。異質な事物同士の火花を散らすような瞬間的で、ダイナミックな結合を漢字に見出すパウンドにとって、そこに現前する視覚的イメージが動的な性質を帯びて見えることは、われわれにとっていささか意表をつかれる思いはするものの、考えてみれば当り前の話ではある。一言で言えばそれは、「行為化された観念」というパウンドの愛用語によって、たとえばほんの一例を挙げると、フェノロサの漢字論へ寄せた「前書き」のなかで、彼が、C・K・オグデンのいわゆる「ベイシック・イングリッシュ」に対してある種の共感を示しながらも、表意文字的な知識の導入によって初めて英語のような表音文字言語すらも、その動的な様態において正しく把握することが可能だとする見解などをもとにある程度の説明もつく問題ではある。しかし、この指向性が単にイマジズムの原点となっているばかりか、『詩章』全体にくまなく放射する一つの重要な波源となっていることはやはり瞠目するに値しよう。

それはそれとして、パウンドにとって観念さえも事物であることを考え合わせてみるとき、そこにはヘラクレイトス風の万物流転の原理が事物認識の前提にあることが知られ（『詩章』を通じて一貫して目につく水や風の流動性のイメージの頻用がそのことを最もよく例証している）、その点で彼は、ある意味では、ヘラクレイトス哲学に親炙したウォルター・ペイター（特に『ルネサンス』の結論）の現代における継承者としての一面を明示しているとも言える。ついでに言えば、正確な自然観察といい、全体と不調和なほどの細部の強調といい、感覚的な印象の瞬間への著しい傾斜などといい、パウンドは、ラファエル前派の詩人や画家たち、なかんずくカヴァルカンティやダンテに対する興味を喚起させられ、彼が「わが父であり母である」（『パウンド翻訳集』への序文）と呼ぶD・G・ロセッティの影響を強く受けていたことを指摘しておいてもよいだろう。また詩人・批評家ドナルド・デイヴィはパウンドとラスキンの類縁性を強調しているが（『彫刻家としての詩人』一九六四年）、この前衛詩人が十九世紀という時代と必ずしも断絶していないところで仕事をするというか、十九世紀の文学的遺産を鮮やかに変容させることに心をくだいて来た点に、ぼくなどはとりわけ興味をそそられるのである。

絶えず流動し、一瞬も停滞することなく移り変る事物の与える強烈な印象を定着させる方法としてパウンドが、ペイターの場合にそうであったように、瞬間の美学を彼の創造行為の中枢に据えたことは、ペイター流に言えば、つねに「激しい、宝石のような焰で燃えていること」、つまり瞬間的に得られるエクスタシーの状態を維持し、短い瞬間の燃焼にすべてをゆだねる感性の志向性の明瞭な発現にほかならないのだが、その志向性はペイターのように、内へ内へと向う精神の螺旋状の運動が、いっさいの日常の場から切り離された、一種抽象的な静止状態にある空間のなかにひっそりと固定化されるということはない。内へ内へと進んでゆく求心的な動きが見られるだけでなく、この運動が反転して遠心的に外へ向うことによって、内と外とのあいだにある種の可逆現象が生じ、そこに閉ざされた空間から開かれた空間へと一本の通路が張りわたされ、しかもその二つの空間を同時に包み込む一つの広大な、茫洋たる無定形の楕円状の空間が作られる。それが『詩章』の空間である。

それは比較を絶する前人未到の巨大な詩的空間である。内から外へ、また外から内へと絶えず活潑に動く精神の可逆運動が異様な膨張を起し、法外な、茫漠たる世界のなかを悠然と漂いつづけるような浮遊感に読者を誘い込む空間である。そのような空間を作り出す、あるいは結果的にそういう空間として提出せざるを得なかった要因は、何はともあれ、パウンドの歴史意識のなかに求めねばならない。

彼はギリシア時代以来の、あるいは孔子時代以来の西洋と東洋の文化伝統の価値の果敢な、ある意味で傍若無人な再評価を企て、それに新たな生命の息吹きを吹き込もうとした詩人である。しかもたとえば、

「ドニ・ローセロワ」や「ピカルディのアポロ」などの作品におけるように、歴史に関わらぬ神話的な原型人物への多大な関心にもかかわらず、十九世紀の歴史哲学の呪縛から窮極的には脱出できなかったペイターとは異り、十九世紀的な連続、継起的な時間の観念を否定し、共時的な方法によって歴史を提示するということ、これがパウンドの歴史意識の要諦であり、核心であることはこと新しく述べ立てるまでもあるまい。彼はかつて「われわれに必要なものは、テオクリトスとイェイツを一つの天秤にかけるような文学的な学識である」(『ロマンス語文学の精神』)と語ったことがあるが、歴史の脈絡を離れて普遍的な場から過去の文学や歴史を眺めるというこの強烈な意志こそ、すべてを並置する方法、つまりおびただしい数にのぼる百科全書的な引用や引喩の正確な合成によって作品を構成していく彼の詩的営為の一大原動力となっているものにほかならないと言える。

このような発想が二十世紀文学のさまざまな局面においてしばしば顕示される重要な特性であることは、テオクリトスとイェイツを並置するパウンドに、たとえば『エル・シッド』全篇に対して、ウェルギリウスの『牧歌』のなかの一つの形容詞、もしくはヘラクレイトスの一つの金言を対置させ、そこに現前する壮麗な文学空間を夢見るボルヘスを照応させてみればただちに了解できることである。その点で『詩章』第一篇に登場して以来、全篇の中心人物として提示されるオデュッセウスは、『荒地』におけるティレシアスと並んで、ボルヘス流に言えば「不死の人」ということになるであろうか。

この並置の方法は、もちろん、異質な事物の衝突、ないしは混和によって生れる統一的なイメージへの希求を基軸とするパウンドの隠喩的思考の最も大がかりな形での現出にほかなるまいが、きわめて知的な操作の螺旋運動が最終的に到達する、あるいは到達への身ぶりを見せるのは、時間に関わらぬ特権的な状態である。それは一瞬の閃光と化して垣間見える永遠の世界、もしくは神話的な楽園風景である。「ピサ詩章』、なかんずく第八〇篇以下の詩篇において、それはアフロディーテに具現されるギリシア的豊饒と、太陽に象徴されるアポロ的明澄、それに孔子的な秩序と調和の世界、そしてこの三つを統合するものとしての自然の「過程《プロセス》」（パウンドは『大学』に見える「道《タオ》」をこう訳した）との融合、もしくは融合への願望となって顕われ、『詩章』全篇における楽園幻想の頂点を形づくっている。むろんこの楽園幻想は、現代文明が滅亡への道を進んでいるのは宇宙的な永遠の意識とも言うべき自然の「過程」との調和を現代人が忘失しているためだとする、あるいは古代人の進路に沿って感じ直してみるべきだというパウンドの強い倫理的な精神の志向から発しており、彼が諸悪の根源と考える現代の高利貨文明の「反自然《コントラ・ナツラム》」な行為を激越な調子で糾問するのもそのためであることはここで贅言を要しまい（彼が「ベン」という愛称で呼ぶムソリーニへの接近も、高利貨文明打倒という局面を著しく呈している。因みに彼はムソリーニをプラトン的な、または孔子的な意味での哲人政治家と見なしていた）。

この自然の「過程」との融合・調和の夢想は、たとえば記憶が「噴水」にたとえられ、現在と過去を弁証法的に統一する記憶の動的な作用によって、ばらばらの断片的なイメージの集積が瞬間的に一つの中心となるイメージ（「鉄粉のなかの薔薇」）となって輝き出ることを唱った「詩章」第七四篇の終結部や、第七九篇の有名な「リュンクスの歌」や、第八三篇における、パウンド自身そう呼んでいるのだが、アラビア語に由来するという atasal（神との一致）の瞬間などのように、抒情の昂揚と奔出となって定着されている。

水たまりの上に九月の太陽がある
ヨリイッソウ透明ナ事物タチ

太陽神の娘たちが青い芽をふく柳から霧をとりのぞく。
泰山の下には麓は見えない
　見えるのはただ水《ウドール》の輝きばかり 水《ウドール》
ポプラの先端が光輝のなかに浮んでいる
ただ防禦柵の柱のみが立つばかり

　ほんの一例を挙げるにとどめるが、たとえばこの第八三篇の一節には無時間的と言ってもいい、一種不可思議な、永遠の光彩に包まれた、いわばどこにもない風景の展望が鮮やかに繰りひろげられている。もちろんこの展望は、日常の自然を媒介として、それとの直接的な知覚上の関わり合いを基盤にして生じたものである。しかし、詩人の眼差しは、日常の風景を再現する方向に向けられてはいない。それを媒介としてというか、一種の跳躍台として利用することによって、詩人は一挙に過去の神話や歴史に彩られた非日常的な世界、いま、ここにはない世界の風景を透視する。現実の風景のかなたに詩人の眼差しはつねに向けられるのである。そしてその世界の輪郭や形状を鮮明なイメージとして浮び上らせようとする。

　つまり詩人は過去の人びとの見た目を通して日常の風景を眺めているのである。詩人の詩的感受性が過去の文学、神話、歴史によって規定されているということを示そうとしているのだ。そして厖大な引用や引喩はそうした詩人の志向性と緊密に結びついているということを、ここで確認しておかねばならない。だからこそ間断なく流動し、変転をつづける事物の背後に流れる悠久の時間の感触をたたえた位相を同時に見て取る詩人の眼力によって、すべてが透明な光輝を帯び、それに覆われることにもなるのだと思う。言い換えれば、東西両文明の高次元での融合を激しく夢見るパウンドの志向が、百科全書的な該博な知識の披瀝を通じての両文明の統一とか同時性とかいった、かけ声だけは勇壮だがその内実は安閑とした傍観者的な意見表明の次元にとどまることなく、まさしく彼自身にとってかけがえのないヴィジョンそのものと化すとき、このようなコラージュの風景が浮び上るのである。

このヴィジョンの光が事物のすみずみまで滲透することによって、風景は堅牢な輪郭をそなえたまま、それゆえともすれば外界の手ざわりを喪いがちな人工楽園の喚起する象徴や抽象の世界によって隠蔽されることはないまま、永遠から発する光に貫かれて透明化し、その透明化を通じて時間の埒外に誘い出されたような、日常の現実とは別次元の世界の風景、詩のなかにしか存在しない風景へと変容していく。それは、具体的な事物の重みや手応えを十分に保ちながらも、それをつき抜け、一瞬の閃光となって垣間見える一種のアルカディア、楽園風景である。しかもこの透明な風景は、その詩的出発以来ほとんど変ることなく維持されて来たパウンドの純一な魂の状態、彼が偏愛したカヴァルカンティのある詩の言葉を借りれば、diaphan（透明性）の状態の持続の異様に昂められた抒情の瞬間として定着される。まさしくそれゆえに、この抒情の瞬間は、かずかずの不透明な膜に覆われ、百科全書的な世界を異様に膨張させつつ展開する、フローベール的な美学から出発しながらも窮極的にはそれとは縁遠い地平において成立している未完結の作品『詩章』全篇を貫いて走る一条の強烈な閃光たり得ているのである。そこに『詩章』の最大の魅力がある。

音楽と神話——パウンドを中心に

1

日常生活のさまざまな局面で誰しも体験的に感じ取っているに違いないが、騒音は現代文明を特徴づける、ますます顕著な兆候となっている。われわれは多かれ少かれ騒音に囲まれて生活しているが、それがとくに都市生活において、しばしばのっぴきならぬ様相を呈していることは周知のとおりである。騒音は現代の機能中心主義的な都市文明が生み出したいわば鬼子であり、その鬼子は騒音公害という形で親に反抗し復讐しているとさえ言えるだろう。試みに『広辞苑』を引くと、騒音とは「さわがしくやかましい音。また、或る目的にとって不必要な音、障害になる音」とある。つまり騒音は耳に不快な、無秩序で混乱した変調音、音楽用語で言うなら非楽音、ということになる。これと対立する音は、言うまでもなく、楽音、ノイズに対するトーンである。耳に聞えるものすべてを仮に音と定義できるとすれば、音はノイズかトーン、あるいはその二つの混合体ということになるだろう。同じく辞書的な定義によると、トーンとは要するに規則正しい振動を創り出す音叉や楽器の出す音の類のことをいう。

とはつまり、日常生活において、トーンよりもノイズのほうがより一般的で身近な音だということである。言い換えれば、トーンがあるまとまりを持つ、美的にととのえられ人為的に加工された音であるのに対して、ノイズは未加工の原始状態の音ということになる。そのようなごく大まかな定義に従うと、ノイズは必ずしも「さわがしくやかましい」不快感のみを一方的に与える、いわゆる騒音とばかりは言えなくなる。アメリカの音楽学者ジークムント・レヴァリーは、本のページを繰る音も、息づかいの音も、足音も、小川のせせらぎも、鳥の啼声もノイズであると言っている。つまり美的・芸術的に整序されたトーンの洗練性とは対比的に、ノイズは、そういうトーン体系の秩序を突き崩す、ある種のバーバリズムや原始性をつねに内在させている、ということである。

ノイズ、あるいは騒音は、音響学をはじめとして、生理学、心理学、社会学、都市工学、音楽学などの領域で近年ますます問題視されているようだが、それはノイズが、単に科学的な調査や研究の対象としてばかりではなく、現代文明の諸相と広汎な関わり合いを持つ現象として広く注目されているためにほかなるまい。それはそれとして、このノイズを積極的に取り込み、それを芸術化する必要性を強く主張した芸術の分野がある。言うまでもなく、現代音楽の世界である。

ロマン主義音楽において絶頂に達した堅固なトーン体系の秩序に反逆し、それを暴力的に破壊する、無調主義や十二音技法を今世紀初頭に発明して新しい秩序を打ちたてたシェーンベルク、そして大胆きわまるリズム構造を導入したストラヴィンスキーとともに、真に革命的な現代音楽、音楽のモダニズムがはじまることは言うまでもなかろう。シェーンベルクやストラヴィンスキーの音楽革命は、トーン体系に基づく十九世紀音楽を聞き慣れた耳には、破壊と反逆をこととするバーバリックな騒音に聞えたに相違あるまい。新時代に即応した音楽を、という、こうした変革への過激な志向は、前衛作曲家たちばかりではなく、時代の新風に敏感な他の分野の芸術家たちにも次第に影響を及ぼしていくことになる。つまり彼らのあとにつづこうとした音楽家以外の、たとえば詩人では、エズラ・パウンドがシェーンベルク、あるいはストラヴィンスキーの音楽を「水平音楽《ホリソンタル・ミュージック》」と呼んで、彼らの革新的な音楽を早くから熱烈に支持していた。そのことは従来あまり注目されていないが、ここで一言つけ加えておくと、まだほとんどまったく手つかずの状態と言ってよいが、パウンドはすぐれた美術批評家であるとともに、はなはだ異色の音楽批評家・理論家（その厖大な音楽批評が一九七七年に一巻に纒められた）でもあり、また、J・J・ルソー作曲のオペラ『村の占い師』にしばしばたとえられることもあるのだが、ヴィヨンの詩に基づくオペラ『遺言』を作曲し、一九二六年にパリで初演もしている。そしてこのオペラ作曲の際に、オーケストレーションなど主に技術的な面で積極的に援助したのが、パウンドがストラヴィンスキーの直系とする、ポーランド系アメリカ人のピアニスト・作曲家で、自作のピアノ曲をピストルで演奏してパリで物議をかもしたこともある、ジョージ・アンタイルである。

パウンドがアンタイルと初めて出会ったのは一九二三年、パリにおいてであるが、早くも翌年には『ジョージ・アンタイルとハーモニー論』を出版するなどして、当時アンタイルの親友だった同じくアメリカの作曲家・音楽批評家ヴァージル・トムソン（「アンタイル、ジョイス、パウンド」『ヴァージル・トムソン読本』所収、一九八一年）によれば、「この大胆で、傲慢で、自信家の音楽的天才に」詩人はすっかり傾倒したのであった。そしてこの風変りな前衛作曲家の協力のもとに自作のオペラ『遺言』の上演にこぎつけるのだが、このオペラはやはり素人風の随分と奇妙なものであったらしい。アンタイル自身も音楽家ルソーとの類縁性や詩人の「中世的な知性」などを認めてはいるものの音楽としての価値についてはいまひとつ判断を留保している感があるし、アンタイルほど詩人と交際のなかったヴァージル・トムソンなどはもっと率直な観察と意見を書き記している。すなわち「その楽音はまったく音楽家の音楽ではなかった。もっとも、それはトマス・キャンピオン以来の、詩人による最良の音楽と言ってよいかもしれないのだが。音楽の内部に言葉を持ち込むことに深く関わっているわたしのような人間にとって、それは紛れもなくサティの『ソクラテス』と親近性を持っていた」と（ついでに言うなら、このオペラは一九七二年にアメリカのファンタジー・レコード会社によって録音された）。パウンドとアンタイルの交友がつづいたのは一九三〇年頃までのかなり短い期間のみで、アンタイルがパリを離れ、ハリウッドで映画音楽の作曲家に転身する時分にはすっかり疎遠になるのだが、一九一〇年代における彫刻家ゴオディィエ・ジャレスカの影響と同様、この作曲家の影響は一考に値するのではないかと思われる。

ところでパウンドの言う「水平音楽」とは、印象主義風の「雰囲気的な」音楽から決定的に断絶した、明確で機械的なリズムと強烈な音の輪郭を持つ音楽を指す。さらにこの詩人の見解によれば、「水平音楽」はかつてアラブ人やトゥルバドゥールたち（アルノー・ダニエルやフェデイ）によってさかんに作られていたという。しかし、「私見によれば、水平的なことのさまざまな美点は、詩と音楽という二つの芸術が徐々に分離するにつれて、音楽（そして詩のリズム）から消失したのである」（『ジョージ・アンタイルとハーモニー論』）。つまり歴史上の長い空白期間のあとに、現代において、シェーンベルクやストラヴィンスキー、あるいはサティやアンタイルとともに、「水平音楽」が大々的に復活したというわけであるが、注目すべきは、この「水平音楽」が「機械」と深く関わった音楽とされていることである。「機械は音楽的である」とパウンドは言う。そして「ジョージ・アンタイル論」のなかでこう語る。

音楽は機械の美質を表現するのに最もふさわしい芸術であると、ぼくは思う。機械はいまや生活の一部であり、人間がそれについて何か感じるべきだということは当然である。この新しい認識素材を処理できないとすれば、芸術にはいささか迫力が欠けてしまうことになるだろう。

これは結局のところ、新しい音楽が、現代の機械文明の必然的な産物である騒音を、果敢にそのなかに取り入れていることに対する、パウンドなりの確認であり共感にほかなるまいが、現代社会におけるダイナミックな要素を取り上げてそれを力強く動的に表現することを最初に目指したのは、言うまでもなくイタリアの詩人マリネッティを中心とする未来派の芸術である。パウンドはこのマリネッティの作品に親炙していたし、また、『騒音芸術』という未来派音楽のマニフェストを一九一三年に発表し、作曲にあたって機械砲、サイレン、汽笛等を用い、反トーン体系的な騒音のオーケストラを創造する実験を行なった同じくイタリアの作曲家ルッソロ、あるいは未来派音楽の影響のもとに都市の騒音を大幅に導入したバレエ『パラード』(一九一七年)の作曲家サティにも多大な関心を寄せていた。パウンドのこの発言は、一九一〇年代後半から二〇年代前半にかけて、彼が未来派芸術に最も接近していた時期のものであるが、とにかく芸術上の新奇な実験なら何でも飛びつき、それを貪欲に吸収しようとしたこの詩人の好奇心の旺盛さ、知的エネルギーのすさまじさは尋常ではない。この時期には、また一方では、ウィンダム・ルイスを通じて、キュービズムやヴォーティシズム(渦巻主義)といった、新しい絵画運動と深く関わっているのだが、単に流行の新意匠を鵜の目鷹の目で追うというのではなく、本質を直観的に把握し、それを自己の詩作に進んで取り込んでいる点で、パウンドはやはり単なる軽薄な新しがり屋や情報収集家ではない、時代の要請する新しさの本質を鋭く見抜く卓抜な眼力の持主だったと言わねばならない。この詩人が繰り返し叫んだ「一新せよ」(Make It New)という標語は、必ずしも威勢がいいだけの放恣なかけ声ではないのである。

「機械の教訓は正確さということであるが、それは造型美術家や文学者たちにとって貴重である」とパウンドは言う。彼は「正確さ」、とりわけ「言葉の正確さ」に生涯を通じて取り憑かれていた詩人である。そのことは一九一三年発表のエッセイ「真摯な芸術家」のなかの「芸術の試金石はその正確さにある」という一句に端的に示されているような、フローベール風の「唯一無二の言葉《ル・モ・ジュスト》」への強烈な関心からも容易に知られるが（この問題については「コラージュの風景――『詩章』のために」参照）、機械の「正確さ」とフローベール風の「正確さ」に対する関心とが同居しているところに、現代の感受性の変革者としてのパウンドのまことに比類ない独自性があることは疑うべくもないだろう。では、そうした「正確さ」を希求する根本的志向とは何なのか。それは別なエッセイ（「『ダブリンの市民』とジェイムズ・ジョイス氏」）で明示されているように、すべての芸術は「強烈さ」「選択」「集中度」を基本とすべきだという信条である。この信条はむろん、イメージは単なる詩の装飾ではなく、詩的言語そのものであり、さらに「〈イメージ〉は知的・情緒的複合体を一瞬のうちに提示するもの」という初期のイマジズム時代の抒情の詩学の根柢にありそれを鞏固に支えているものだが、この詩学はこの詩人の長い詩的経歴を通じて基本的にはほとんど変ることなく維持されている、と見てよいだろう。

パウンドが一時イマジズム運動の中心人物としてそれに熱中しながらも、静止したイメージの提示のみに傾きがちだという、イマジズム詩の本質的な弱点、限界をいち早く察知し、一九一五年には主導権をエミー・ローエルに譲ってその運動から離れ、渦巻主義《ヴォーティシズム》を提唱するウィンダム・ルイスと手を結んでイメージのダイナミックな要素を強調したことはよく知られている。このイメージのダイナミズムの強調は当然のことながら、ともすれば閉鎖性の傾向を帯びがちな、スタティックで小粒なイマジズム詩では達成できなかったさまざまな企図を一気に促進させることになる。第一に挙げるべきは、従来の詩的トーン体系では不純で不快で異質なものとして無視されるか斥けられていた、いわばノイズとしての詩的表現に深く関与するようになる、ということである（フローベールに開眼させるなど、初期のパウンドに大きな感化を与えたフォード・マドックス・ヘファーは、『回想と印象』のなかで、パウンド、ロレンス、エリオット等の新進たちが都市の騒音をさらに増加させたと言っている）。ところで、イマジズム詩を書いていた時期までのパウンドの新しさには、今日から見ると、ニュー・モードの衣装の破れ目からすり切れた古着の裾がはみ出している、といった趣がしばしば見受けられるのに対して、イマジズム以後ではそういうことも滅多にない。イマジズム詩と、一九一七年頃より少しずつ発表されはじめる、畢生の大作『詩章』のあいだには少くとも表面的にはほとんど越えがたい断絶があると見えるほど、『詩章』は詩として断然新しいし、すこぶる現代的なのである。

その新しさは一口で言うなら、過去と現在を共時的に把握するというめざましい視点の発明、手法の開拓によってもたらされている。政治への関心を問われたとき、「わたしは文体のみに興味がある」と答えたのはジョイスだが、パウンドもまた、「人間の誠実さをはかる試金石としての手法をわたしは信じる」（「一つの回顧」）と断言する。R・P・ブラックマーが annus mirabilis（驚異の年）と呼んだ一九二二年、つまり『荒地』と『ユリシーズ』が発表された年に絶頂に達する英米のモダニズム文学の新しさは、何よりもまず革新的な手法の発明に多くを負っているといってよいが、この手法の発明が音楽や絵画に起った革命、さらには映画によって触発された部分が多いことはやはり注目に値すると思う。「一九一〇年十二月、あるいはその頃を境にして人間性は変った」というヴァージニア・ウルフの例の高名な発言にしても、一九一〇年にロンドンで開催されたフランス後期印象派展に即して語られていて、絵画上の革命がようやく文学の世界にも及んで来て、新しい視点、新しい手法の開発を促している、ということを何よりも意味しているのである。音楽、絵画、彫刻、そしてのちには、最初は「低劣な芸術」として認めていなかった映画にも多大な関心を示したパウンドだが、そのような関心の背後に一貫して明白に認められるのは、それらの新芸術のなかにはっきりと打ち出された斬新な現代的視点や手法を文学の領域に移植し、それと等価なものを創造するためにはどうすればよいか、という強烈な問題意識であった、と思われる。そしてその問題意識は、それらの前衛芸術の多くがそうであるように、現代文明の中心地である都市、とりわけメトロポリスにおける経験を直接の母胎としていっそう深化していくのである。

2

モダニズム文学は都市の、メトロポリスの文学である。と言っても、もちろん、メトロポリスと文学の結びつきには古い歴史があり、言うまでもなくモダニズム文学のみがその独自性を優越的に誇示し得る、というわけでは必ずしもない。英文学の領域で言うと、たとえばロンドン大火を重要な題材とするドライデンの『驚異の年』から、ポープやジョンソンの時代を経て、ロンドンの街頭をあてどもなく彷徨する、「偏執者の仮面をかぶったような、もしくはしばしば、亡霊たちの行列のように見える」群集の孤独を描いたド・クインシーやガス灯に煌々と照らされた夜の大都会を好んで克明に活写したディケンズ、あるいは「強者は鉄の忍耐のための新たな力を／弱者は新たな恐怖をそこから吸収し、すべての者が、昔からの絶望の／新たな保証と確認をそこに認める」、「恐ろしい夜の都市」としてのロンドンに戦慄するジェイムズ・トムソンや、大都会の享楽や暗黒面を偏愛した世紀末の文学者たち、といった具合に、メトロポリスと文学の結びつきは深く、その例はほとんど枚挙にいとまがない、と言って差支えないほどである。そのような歴史を一応踏まえたうえで、モダニズム文学とメトロポリスの結びつきを見るとき、おそらく最も目を惹くのは、都市経験がほとんど未曽有なほどの規模で、広汎にわたって、新しい視点や手法や形式の創造を促し、誘発している、ということではないかと思われる。モダニズム文学の斬新さは、何はさておき、視点上の、手法上の、形式上の革命によってもたらされているからだ。その文学革命はロマン主義者が夢や風景や記憶を表現対象に選び取ることによって、内面世界の探求を可能にする視点を獲得したことに匹敵する、と言うよりもむしろ、現代人の知的感受性の変革に大幅に寄与した点で、それをはるかに凌駕するものであった、と言っていいかもしれない。その最高の成果は、都市を単なる背景や枠組として描くのではなく、都市そのものを中心に据え、それをいわば主人公として提示した小説『ユリシーズ』であろうが、物質文明の飛躍的な発達によるさまざまな矛盾や軋轢の、いわば不協和音的な要素をそのなかに絶えず濃密にかかえ込んでいる都市における新しい多様な、錯綜した経験を盛り込むのにふさわしい形式の探求こそが、ひとりジョイスに限らず、パウンドやエリオットの主要目標となっていたこと、そのことはいくら強調しても強調しすぎにはなるまいと思う。

一九二一年に文芸誌『ダイアル』に発表されたコクトーの『詩集――一九一七―一九二〇』への書評のなかで、コクトーは都会的な知性の詩、つまり都市の多様性・多元性を映し出した詩を書いたとしたあと、パウンドはこう述べている。

村の生活は物語的である。そこに三週間もいれば、革命の時分にはどんなだったとか、ル・コント氏がいつどうしたか、などといったようなことはみんなわかる。都市では、視覚的印象が次々に生じ、重なり合い、横断し合う。それは「映画的」なのだ。

村の生活は「物語的」であり、都市生活は「映画的」であるというのは随分面白い表現だと思う。パウンドは思いがけぬ直観同士を強引に結びつけたり、飛躍的な連想の糸を素早く機敏に呼び寄せることにかけては、ほとんど天才的と言ってもよい手腕を発揮した詩人である。そのことを思い合せると、この「物語的」と「映画的」という対比関係は、言うまでもなく、新旧の芸術のあいだのそれに重ね合せてとらえられている、と見なすことも十分可能だろう。「映画的」というのはもちろん、モンタージュ手法における断片の並列的提示を指すが、これは明らかに、彼がイマジズム時代に俳句にヒントを得て主張した重置の方法、すなわちたとえばその時代を代表する名詩の一つで、先にふれたド・クインシーの都市経験を俳句的な表現で凝縮して見せた趣もある「地下鉄の駅で」(「群集のなかのこれらの顔また顔の亡霊。／濡れた、黒枝の上の花びらたち」)に明示されているように、何らかの叙述と、それとは直接論理的関係のないイメージとを並置する方法への関心と呼応し合っている。と言うよりもむしろ、「映画的」手法のなかに重置の方法の妥当性を再確認したと見るべきだが、それはさておき、ここで興味深いのは、「映画的」なのが都会的で現代的であるのに対し、「物語的」であるのは田舎的で時代遅れだと言わんばかりの口調である。

この書評が書かれたほぼ三年前の一九一八年に、パウンドは進行中の作品『詩章』の意図についてイェイツに訊かれたとき、以下のように答えているが、それは「物語的」ということに関してこの詩人の立場の基本を明確にしている点ですこぶる示唆的であると思う。「ぼくは詩章を百篇書きたい。そしてそれが完成すれば、おそらくバッハのフーガのようになるだろう。これにはプロットもなければ、事件の年代記風の記録も、話の論理もない。あるのはただ二つの主題だけ。つまりホメーロスから借用した冥府下りと、オウィディウスの『変身譚』だけ、ということである。さらにそれに混ぜ合された中世や近代の歴史上の人物だけということになる。」

これは紛れもなく「物語的」要素をことごとく斥け、それを完全に駆逐した場所に、『詩章』の世界が築かれることを簡明に述べた一種の詩的宣言である。だが、それにしても、百篇より成る長篇詩を延々と書きついでいくにあたり、ホメーロス風の「冥府下り」とオウィディウス風の「変身」という二つの主題のみを、詩作という航行の羅針盤とするというのは、当時はおろか、何をどう書いても許容され得るような現在の非戒律的な詩的状況のなかにあってさえも、やはり、余人の追随をほとんどまったく許さぬ、大胆きわまる選択だった、と言わざるを得ないだろう。しかも完成のあかつきに、全篇は「バッハのフーガ」のようになるだろうと、詩人は語る。詩人の構想のなかで、この長篇詩の全体像は最初から音楽への類推を通じてはっきりと把握されていた。そのことを語るこの発言には、詩人の音楽への情熱の深さを思うとき、単なる気まぐれな思いつきとして軽く片づけることのできぬ真摯な響きがこもっているようにきこえるのである。しかも近代の作曲家のうちで、バッハは、モーツァルトやヴィヴァルディ（因みに詩人は一九三〇年代後半のイタリアで楽譜の収集・整理および愛人のヴァイオリニスト、オルガ・ラッジの演奏活動などを通じて、この作曲家の復活に多大な貢献をなした）と並んで、いや彼ら以上に、詩人にとって重要な存在であったのである。現代音楽の祖としても、ロマン派音楽の情緒過多性と対立する彼のいわゆる「パターン音楽」の代表的な作曲家としても。また、『ユリシーズ』の「セイレーン」の挿話を「フーガ」として書いたとするジョイス（この偉大な作家もまた音楽好きであった）を批判し、その挿話の結尾は「フーガの性質に反する」とも述べているほどなのだ（ジョイス宛の一九一九年六月十日付けの手紙参照）。

このように見てくると、「バッハのフーガ」という音楽用語に託したパウンドの思いは決して軽くはないと思われるのだが、さて実際に、『詩章』は果してフーガなのかどうか、ということになると、結論など簡単には出そうにもない。ただフーガとは「二つの主題（ときには二つ或は三つの主題）が、各声部或は各楽器に定期的な規律的な模倣反復を行ないつつ、特定な調的法則を守って成る楽曲である」という、きわめて簡明正確な定義（『音楽辞典　楽語篇』）に一応従うと、こういうこともある程度言えるのではなかろうか。また、そのことを改めて確認しておけば十分ではないかとも思うのである。つまりパウンドにとって、フーガとは、神話的な「冥府下り」と「変身」という二つの主題を展開していくうえで詩作上の恰好の範型になったのではないか、と。事実『詩章』では、二つの主題が各詩章で定期的・規律的に模倣反復を行ないつつ螺旋状に進行していくことを大きな特徴としているし、さらにまた、フーガは、必ずしもクライマックスに到達することなく、技法的にはどこででも終ることが可能であるが、そうした特徴的な形式は、「それゆえに」という連結詞に導かれて各詩章がいわば絵巻物風に徐々に果てしなく繰りひろげられていく『詩章』全体の未完結性の構造との類縁性を指摘できるのではあるまいか。そう言えば、「セイレーン」の挿話の終結部にパウンドが不満を持ったのは、それが「終れり」という文字どおり終結の言葉で結ばれているためでもあった。フーガへの関心の根抵には言うまでもなく「物語的」要素の排除という強烈な欲望が蠢いているが、「物語的」方法に代ってここで前面に押し出されるのが、パウンドに多くを学んだエリオットの用語で言えば、「神話的方法」ということになる。

神話の意識的な使用によって、現代と古代とのあいだに「一つの持続的平行」を置き、神話を現代の位相のもとに転置しようと企てるこの「神話的方法」は余りにも知られすぎていて、いまさらこと新しく引き合いに出すのもいささかはばかられるような気がしないでもないが、ただこの方法が「物語的」要素との訣別を意図して書かれていることはやはり改めて確認しておいてもいいだろう。つまりエリオットが『ユリシーズ』のなかに見出したように、神話世界と現代生活とが複雑微妙に照応し合い、相互に滲透し合うことをその方法は明確な意図としているわけなのだから、当然のこととして連続的・継起的な時間の観念は否定され、それを最も重要な枢軸とする「物語的」要素やプロットは解体し、その存在根拠を失ってしまうことになるからだ。さらにまた、この「神話的方法」を実際に作品内に定着させるにあたって手法上で大きな示唆を与えたのが、文学外の諸芸術、ことに音楽と映画ではなかったか、と思われるのである。

ぼくにとってその音楽〔ストラヴィンスキー『春の祭典』〕は非常にすばらしいものに思えた——とにかくそれに添えられていたバレエには見られぬ現代的特性を持つものとして、強く印象に残ったのだ。その効果たるや、最も卓抜な同時代の解説者による解説付きの『ユリシーズ』のようであった……その音楽の精神は現代的であり、バレエの精神は原始的な祭典である。バレエがその土台に据えている〈植物祭の儀式〉は、その音楽にもかかわらず、原始文化の見せ物《ページェント》にとどまっている。『金枝篇』やそれと同類の作品を読んだことのある人には興味深いが、興味深いという以上にはほとんど出ていないのだから。芸術においては相互滲透と変容がなされるべきである。『金枝篇』でさえも次の二つのやり方で読むことができる。つまり面白い神話の収集としてか、あるいは現代人の心にも存続する、あの消滅した原始人の心を啓示するものとしてか、である。『春の祭典』のすべてにおいて（ただし音楽を除いて）、現在の感覚がないことに気づかされる。ストラヴィンスキーの音楽が永続的なものか短命なのかどうか、ぼくにはわからない。しかし、その音楽は、踊りのステップのリズムを、自動車の警笛のけたたましい音や、機械類の騒々しい音や、車輪のきしる音や、鉄や鋼《はがね》を打ちつける音や、地下鉄の轟音や、さらには現代生活の他の野蛮な叫び声と化しているように思われる。しかもこれらのどう仕様もない騒音が音楽と化しているのである。

一九二一年九月に『ダイアル』誌上に発表された「ロンドン便り」の後半の全文で、筆者はもちろんエリオット。エリオットが『春の祭典』に初めて接したのは二一年夏のことだが、幾度も会場に足を運び、彼が「ピカソ以来最大の成功」を収めたとするストラヴィンスキーの音楽にひどく熱狂していたらしい。熱狂のあまり、この音楽を嘲笑する隣席の聴衆たちをステッキの先端でこづく、という場面もあったようである。その熱狂ぶりの一端はこの「ロンドン便り」の短い一文からも明瞭に察知できるが、少からぬ興味をそそられるのは、エリオットのストラヴィンスキー体験の時期である。ここで伝記的な事実に少し立ち入ると、この小文が発表された二一年九月下旬に、詩人の精神的変調を心配する妻のはからいで、彼はロンドンの専門医の診察を受けるが、その結果に満足できず、十一月にはジュリアン・ハクスリーの口添えで「心理的な病い専門」のスイスの医者から治療を受けるためにローザンヌに行っている。そして一カ月あまりのローザンヌでの療養生活のあと、十二月中旬にエリオットは弟宛に「随分よくなってきたので、ある詩に取りかかっています」と書き送るほど回復する。「ある詩」が『荒地』であることは確実で、彼が閲読してもらう目的でその草稿をパウンドに手渡すのは、翌年一月、ロンドンへの帰途立ち寄ったパリにおいてである（ヴァレリー・エリオット『荒地』草稿への「序文」）。

つまりエリオットのストラヴィンスキー体験は、『荒地』に着手するほとんど直前の出来事、ということになる。ほんの数人のエリオット学者が断片的に、いささかおざなりにこの事実に短く言及しているのみだが、その長篇詩を、詩人の「精神的変調」や性的不能や同性愛的嗜好に引き寄せて伝記的に読むという最近流行の解釈が、「心理的病い」克服の意図のもとにこの詩が書かれたという紋切型解釈に収束しつつある現在、衝撃的な現代詩『荒地』成立にあたって、ストラヴィンスキー体験が重要な触媒、ないしは跳躍台の役割の一つを果していることは、もっと注目されてよいと思う。何よりも「ロンドン便り」の短文自体が『荒地』の方法について明瞭に語っているからだ。

エリオットはさきほどの引用文で、『春の祭典』を『ユリシーズ』や『金枝篇』と関連づけてとらえている。『春の祭典』の音楽は『ユリシーズ』（もっとも、この小説の全容が明らかにされるのは『荒地』執筆以後であり、エリオットが当時読んでいたのは、最もフレイザー的な色調の濃い「プロテウス」など数章に限られる）の最もすぐれた同時代の解説であるとされている。また、〈植物祭の儀式〉を中心とするバレエが「原始文化の見せ物」となっているのと同様に、『金枝篇』は単なる「面白い神話の収集」としても読めるのだが、しかしやはり、「現代人の心にも存続する、あの消滅した原始人の心を啓示するもの」として読まねばその神話研究の革新的意義は薄れるのではないか、と示唆する。さらにこの短文で一貫して強調されるのは、『春の祭典』の音楽の、従ってそれと並置された『ユリシーズ』と『金枝篇』の貴重な現代的特性、ということである。

つまりエリオットは、ストラヴィンスキーとジョイスとフレイザーのなかに、神話や秘儀を媒介として、過去と現在、古代と現代とを重置する視点、視座を見出しているのである。このような複眼的な視点の確立こそが、すべてを並置する方法、つまり神話や伝説や古典からの断片的な引用や引喩のコラージュによって構成されている、また、そうしたコラージュ構成を重要な武器として現代都市の荒廃ぶりを批評する作品、『荒地』の成立を可能にしていることは言うまでもなかろう。また、断片を並置するこの方法は、キュービスト風の合成法や映画のモンタージュ手法と視覚的な類縁性を持っているが、聴覚的イメージの類推で言えば、明らかにノイズ、あるいは騒音と深い結縁を示している。エリオットはストラヴィンスキーの音楽が大都会の「どう仕様もない騒音」を「音楽」に化していることに感嘆しているが、『荒地』

で実現されているのも、つまるところ、それ自体のみではほとんど無意味な引用や引喩の断片を数珠のようにつなぎ合せることによって、それらを「詩」に化している、と見ることができるからである。「ジャグ・ジャグ」から「ダッタ」や「シャンティ」にいたる、単なる擬声語から引用句の内在化まで、あるいはリルの騒々しい饒舌をはじめとする作中人物たちの不協和音的な声のかずかず、さらにそれぞれの作者の個性を消され、いわばオブジェとしての無表情な声を持つ古典作品からの断片的な引用といった具合に、『荒地』全体は言うなれば声のオーケストレーションと化してしまっている。

しかし、その声はすべて、彼が尊敬していた『使者たち』のヘンリー・ジェイムズや『闇の奥』のジョゼフ・コンラッド（エリオットもパウンドも詩よりも散文から多くを学ぶべきだとの考えていた）の語りの手法からおそらく学び取ったであろうと思われる、ティレシアスという視点的人物の意識のなかで継起する声にほかならないのである。つまり意識の遠隔化によって演奏される、人間的な体臭を欠いた、人間というよりもいわば一種の記号の発する抽象的な声の、もしくは「どう仕様もない騒音」としての分裂した散乱する意識から漏れる多元的な声のオーケストレーション。『荒地』を読むということは、まず何よりも、めまぐるしく交錯するこの多声的なオーケストレーションに身をゆだねることであって、そこに、規範としてのヨーロッパ精神自体が発する声、しかもある種の権威を帯びた声を読み取りすぎることは控えねばならないと思われる。

3

ところで、ジョイス、パウンド、エリオットの三人ともに、さまざまな微妙なニュアンスの違いはあるにしろ、現代生活を自分の意識のなかに組み入れるための大きな枠組として神話を活用した。その組み込み方は、機械文明の騒音と植物祭の儀式とを重層的に表現したストラヴィンスキーの音楽的試みと基本的には一致しているが、ニーチェが『悲劇の誕生』で解明したように、神話と音楽はもともと密接な血縁関係にある。ニーチェと言うと、ただちにヴァーグナーが想起されるが、『ニーベルングの指環』という、神話と音楽の結合の巨大な範例を引き合いに出さなくとも、モンテヴェルディの『オルフェオ』や『ウリッセの帰郷』からストラヴィンスキーの『オイディプス王』などにいたるまで、神話と音楽の結びつきは、少くとも近代以降、文学の場合に劣らず濃く、本質的である。それはそれとして、この三人の文学者がいずれも音楽にはなみなみならぬ関心を寄せていたこと（周知のとおり、『ユリシーズ』の神話的方法の成立はヴァーグナーの楽劇に影響された部分が多い）、そのことと彼らの神話への接近とが互いに交響し合っていることには、それなりの必然性が認められるように思われるのだ。

現代と古代とのあいだに「一つの持続的平行」を置くとか、「現代人の心にも存続する、あの消滅した原始人の心を啓示するもの」とか、一口に言っても、それを成就する道は言うまでもなく嶮難をきわめている。『ユリシーズ』、『金枝篇』、さらに『春の祭典』にエリオットが見出したのは、その難事業に見事な成功を収めた、真に「現代的特性」を持つ稀有な例、ということになる。だが、『荒地』について言えば、それは虚空にあてどもなく浮遊し散乱する意識の声（ナボコフの言う「虚空で奏でられるヴァイオリン」）が窮極的には神の救いを求める声のなかに吸収され収斂してゆくという構造を露呈させていて、キリスト教的観念の手応えを確かに印象づけはするものの、たとえば『春の祭典』のように、バーバリックな不協和音の暴力的な使用を通じての、原始的心性の啓示、といった特性はかなり稀薄とさえ言えるのである。

では、パウンドの場合はどうか。彼もまたストラヴィンスキーを熱愛し、『春の祭典』などのイギリス初演に接し、「ぼくがこれまでに聴いた作曲家のうちで、ストラヴィンスキーは、ぼく自身の仕事の面でいろいろと学び取ることができる唯一の現存する音楽家である」と発言しているのだが、それはともかく、一九一五年に発表された、「アーノルド・ドルメッチ論」の冒頭部に、こんな一節がある。

原初の神話はある人間がまったく「馬鹿げた行為《ノンセンス》」に足を踏み入れたとき、すなわち、大層なまなましく打ち消しがたい、ある思いがけぬ経験がその人間にふりかかり、それを他人に話して嘘つき呼ばわりをされたときに生れたのだ。その結果、いろいろつらい目にあったあと、自分が「木に変身した」と言ったときの意味を誰も理解してくれないことを知ったとき、その人間は一つの神話を——つまり一個の芸術作品を——自分自身の感情をもとに編み上げた一つの非個性的な、あるいは客観的な物語を作ったのだ。自分で言葉にし得る一番手っ取り早い等価物として。

少くとも神話的経験について言うなら、これはエリオットの『ユリシーズ』、秩序、神話」など以上に、感覚的理解の点で、はるかに深い洞察を示した文章だと、ぼくには思われる。これはまるでパウンドの初期の短詩「木」や「少女」の解説として書かれたかのように見える言葉だが、ここには、「わたしは木である」というような古代的な変身、ないしは同化の感覚も、その当の古代においてすでに不信の眼差しを向けられていたということ、しかしながら、そうした不信の徒に囲まれながらも、自分が味わった強烈な情動的経験を唯一の支えにして、「一つの非個性的な、あるいは客観的な物語」としての神話を形成していくところに、最初の芸術家の誕生を見るという見解が示されている。しかもそれと同時にこれが、神話の現代化というきわめて困難な企てに取り組む、現代詩人としてのパウンド自身の姿勢をも明らかにする言明であることは容易に察知できるだろう。

要するに、パウンドにとって肝要な問題とは、「わたしは木である」というような古代的な変身の感覚を、その内部においてとらえ、内側から語るためにはどうすればよいのか、ということに尽きると言ってよい。言い直せば、「わたしは木である」ということを、単なる観念的な認識として外側から明晰に、怜悧に、知的に把握するのみにとどまらず、その認識の感覚化を通じて、たとえ瞬時にもせよ、文字どおり神話的な生を生きる、あるいはそれを垣間見させるためにはどうすればよいのか、ということである。エリオットに欠けているのは、その是非は別にして、こうした神話の内在的・根源的把握であったように思われる。『異神を追って』で神話を厳しく批判し、キリスト教的ドグマへと急速に傾斜していったゆえんである。

ここでパウンドが企図したことをごくかいつまんで言うなら、自然との同化の感覚を現代的手法で提示することによって、神話的な生、とくに変身の神話を活性化する、ということになる。その企図が最も果敢に、奔放自在に押し進められているのは、もちろん、『詩章』の世界である。いまは『詩章』についてふれる余裕はないが、先に掲げた引用文が、アーノルド・ドルメッチという、イギリスの中世・ルネサンスの音楽研究家で、『十七世紀および十八世紀音楽の解釈』(一九一五年)という、バロック音楽の演奏復活に画期的な寄与を果した名著で知られ、自身古楽器の制作者・演奏家でもあった人物に捧げられていることは注目していいと思う。

この短いエッセイは「ぼくはパンを見たことがある」という、かなり風変りな、しかし至極真面目な調子の表現で書き出されていて、さらにその有様はこんなふうだったと語られる(因みにパウンドはドルメッチを「パンの神」と呼んでいた)。

ぼくは、その内部で正確さから正確さへと進行する、不可解な沁みわたるような音楽を聞いた。それからこもったような笑声のような別の音楽を聞いた。そのとき上を見上げると、森の生物の眼のような二つの眼が、茶褐色の木製の筒越しに、ぼくをじっと見つめているのが見えた。それから誰かがこう言った。そう、昔、わたしが森のなかで弦楽器《フィドル》を演奏していたとき、雀蜂の巣のなかに足を踏み入れたこともあったけな、と。

これは古楽器で演奏するドルメッチの音楽を聞いたときのパウンドの幻想である。この幻想が意味深いのは、古雅な音楽を通じて、閃光のように鮮やかにきらめきながら顕現する神話的な生に、詩人が紛れもなく触れているからである。音楽がパンを呼び出す、また、パンが音楽を呼び出す、という、音楽と神話のこの幸福な諧和は、ニーチェが音楽の不協和音について述べた表現を借りると、「聞くことを欲しながら、同時に聞くことを超えてあこがれる」(『悲劇の誕生』)という詩人の魂がさし招いた状態であることは疑いない。そして「聞くことを超えてあこがれる」というこの特徴こそが、パウンドをして、「すべての芸術は絶えず音楽の状態にあこがれる」というペイターの命題を、『ユリシーズ』から『フィネガンズ・ウェイク』へと文学の音楽化の傾向をさらに激烈に強めてゆくジョイスとともに、二十世紀文学において、最も野放図に大がかりな形で展開させた根源的衝動なのではないか、という印象を与えずにはいないのである。その作品世界(ことに『詩章』)がいかに不協和音にみちみちているにもせよ、このような音楽の状態への憧憬を通じて、神話的な生、あるいは聖なるものが顕現されるということ、そのことは、ともすれば知性偏重の奇嬌で難解な前衛詩人として見られがちなパウンドの場合、積極的に確認されてよい貴重な特性だと思われる。

言葉と物——アメリカ現代詩瞥見

1

自然詩、あるいは風景詩という詩のジャンルが英米詩の表舞台から姿を消してすでに久しい。そのありさまはちょうど、ロンドンの霧やヒースの荒野や太平洋、あるいは貴族の狩猟や農民の畑仕事などの情景描写が十九世紀ヨーロッパの偉大な長篇小説の重要な構成要素であり、単にプロット展開を彩る背景や道具立てのみにとどまることなく、小説創造に不可欠な基本成分であったことを、現代小説の多くがほとんど忘れかけているのに似ている。自然詩ないし風景詩という呼称も、今日では、おおむねのところ、もっぱら歴史的遺産として、つまり十八世紀中葉から十九世紀後半にいたる、とりわけイギリスにおいては、リチャード・ウィルソンからコンスタブルやターナーにいたる風景画の未曽有の隆盛とほぼ歩調を合せてすこぶる支配的な役割を果した、一群のロマン主義的な詩に対して用いられるのが普通である。あるいは、もっと時代を下って、そうしたロマン主義的な詩の系譜につらなる、と言うよりもむしろ、その末端に位置する、地方的・保守的で、尖鋭な詩的感覚や斬新な問題意識を著しく欠いた、たとえばいわゆる

「ジョージ朝詩人たち」から現代イギリスの郷土色の濃い一部の詩人のような、身近な自然観察を得意とする、マイナーな抒情詩人たちのつつましやかな、古めかしい道徳的教訓をにじませることの多い抒情詩や田園詩の類、あるいは現代アメリカ詩について言うなら、ロバート・フロストなどの詩に言及する際に、辛うじて思い出されるのが関のやまといったところであろう。

自然や風景への圧倒的な関心が新たな詩的創造の源泉となり、革新的な風景画への道を大きく切り拓いていったロマン主義時代とは異り、「ジョージ朝詩人」と鋭く対立するものとして自らを"Moderns"と呼んだ英米の現代詩人たちの意識においては、十九世紀風の因襲的な自然詩や風景詩がおよそ時代遅れの、とくにその過剰で華美な詩的装飾や修辞法や古めかしい詩語やもってまわった雅語の使用などの点で、ほとんど唾棄すべき対象ですらあったことは言うまでもない。つまり同時代の小説に風景描写がみちみちていたことに対する倦厭や反動が今世紀に起ったのと同じように、かつてのみずみずしい生気や活力を失ってマンネリズムに堕した自然詩や風景詩を打破しこれを覆すさまざまな試みが、現代詩の表舞台から、そうした詩のジャンルが一掃されたような印象を与える主因となっていることは確かだろう。そのことは否みようのない事実だし、徒らに時計の針を逆向きにまわすつもりなど毛頭ないのだが、ただ、十九世紀詩と現代詩とのあいだの埋めがたい断絶や非連続性を強調しすぎるあまり、ややもすると、英米のモダニズム詩人たちが、自然や風景までもほとんど無視していたというふうないささか極端な印象を与えがちであるのはやはり再考を要するのではなかろうか。確かにワーズワスやキーツやシェリーやテニスンのような自然詩や風景詩を書かなかったにもせよ、英米のモダニズム詩人たち——イェイツも、ロレンスも、パウンドも、オーデンも、スティーヴンズも、ウィリアムズも、ムーアも、カミングズも——自然に対する人間の感受性や態度や認識のあり方の変化を如実に示す、ちょうどピカソやブラックやクレーやカンディンスキーの風景画が十九世紀の風景画とは根本的な面でまったく異るのと同じく、彼ら独特の新しい自然認識、事物認識に基づく詩を多く書いたのではなかったか。それらを単純に、また不用意に、自然詩とか風景詩という従来の用語で呼ぶことはむろん大いにためらわれるが、ロマン派からジョージ朝にいたる伝統的な自然詩や風景詩とは性質を異にする、いわば自然詩ならざる自然詩、風景詩ならざる風景詩が書かれたのではなかったか。とりわけこのことはモダニズムからポスト・モダニズムにいたる、アメリカ現代詩においてかなり頻繁に見出せる顕著な特徴の一つであり、しかもそれはイギリス現代詩には余り見出せね、アメリカ現代詩の貴重な魅力を形づくっていると思われるのである。現代詩の特性は必ずしも引用や引喩の技法、断片の並置、ポリフォニー的手法、劇的独白、タイポグラフィーの使用、メロディックな旋律の否定等といった、目につきやすい、いかにも前衛風な局面にのみ帰着できる、というわけでもないだろう。

アメリカの現代詩人たちにおける新しい自然認識、事物認識と一口に言っても、それは個々の詩人たちによってそれぞれはなはだしい、あるいは複雑微妙な差異を示していることは言うまでもないが、ただ、この六、七十年間のアメリカの現代詩を、自然認識、事物認識という一点に絞ってこれを眺めた場合、現代詩の出発点とすることに衆目の一致するとおり、今世紀初頭(一九〇八年から一七年まで)のイマジズム運動がほとんど決定的と言ってよい役割を果したことは否むべくもなかろう。イマジズム運動自体は短命であったし、一時その中心人物として精力的に活動したエズラ・パウンドなどはいち早くこれに見切りをつけて、詩だけではなく絵画や彫刻との連動性を主張するいわゆるヴォーティシズム(渦巻主義)に走ったが、しかし、イメージを装飾として用いることを断固として拒否し、提示の正確さと内的凝縮の芸術の実現を目指したイマジストの信条を、この詩人が以後の屈折した詩的展開においても決して忘れなかったことは、彼の読者には、すでに明白な事柄だろう。また、あれほど鳴り物入りで宣伝されながらも、今日、イマジズム詩で読むに値するものは少いという、ある意味では致命的な欠陥をそなえているにもかかわらず、イマジズム運動がアメリカ現代詩の展開に他に類例のないほどの広汎な影響力を及ぼしたのは、パウンドの言葉を借りれば、それが何よりも「文体上の運動」であり、「創作よりも批評の方面の運動」であったためだと考えられる。つまりイマジズムは（と言ってもそれは、パウンドに主導されていた時期のそれであって、彼が離脱したあとの、エミー・ローエルに率いられていた、彼が「エミージズム」と揶揄した頃のそれではない）、新しい詩学の確立にエネルギーの大半をつぎ込むことによって、詩的感受性の変革を促すことを最大の目標にしていた、ということである。イマジスト運動を回顧したり、現在の詩的信条などを簡明率直に吐露したエッセイ「ある回想」（一九一八年）のなかで、新しい詩についての抱負を語りながら、パウンドはこう述べている。

> 二十世紀詩、つまり今後十年ほどのあいだに書かれるのが見たいとぼくが期待しているような詩について言えば、それは、ぼくが思うには、詩的なたわ言に逆らって進むだろうし、ますます引き締まった健全なものになるだろうし、ヒューリット氏のいわゆる「骨髄に徹するもの」になるだろう、ということだ。それは可能な限りみかげ石に似た堅固なものとなるだろうし、詩の力はその真実のなかに、その解釈力（もちろん、詩的な力はつねにそれに依存しているのだが）のなかに存在するようになるだろう。つまりこれからの詩は修辞的《レトリカル》な騒音や美辞麗句によって力強く見せかけるようなことなどしないだろうということだ。ショックやショックを与える表現を不可能にするような装飾的な形容

詞も、今後はずっと少くなるだろう。少くともぼく自身のために、詩とは厳しく簡潔で、直接的で、感情的なうわすべりのないものであってほしいと願っているのだから。

これが新しい詩学の要点である。あるいは少くとも、イマジストとしてのパウンドの詩学の基本を形成している信条である。この信条は、何よりもまず、世紀末詩的な空疎な修辞や過剰な装飾を葬り去ることを重要な支柱としているが、その理由は、修辞や装飾過多が自然や事物、またはあらゆる人間的な感情や情緒や思考などの本質や精髄を正確に把握することを妨げ、それらについて虚偽の印象を伝えるからであるとされる。つまり一言でいえば、修辞や装飾は「〈物〉をじかに扱う」ことを不可能にするからだと言う。

「主観客観を問わず、〈物〉をじかに扱う」というのは、パウンドがH・Dやリチャード・オールディングトンとともにイマジストの三つの信条のうち、その第一に掲げた提言である。因みに他の二つを挙げると、「提示に役立たぬ言葉を絶対に使わぬこと」および「リズムに関して。メトロノームによらないで、音楽の楽句によって作詩すること」である。事物についての抽象的・概念的な説明や陳述ではなく、具体的なイメージの提示に重点を置くというのは、言うまでもなく、イマジズム詩にはじまる現代詩の基本事項である。あるいは、詩のなかにあらゆる種類の感情の局面を提示するための、メロディックな旋律とは別箇の、音楽的リズムを持ち込むということもまた同様である。「〈物〉をじかに扱う」ということは、こうした「提示」や「リズム」の問題と緊密に関連し合っているのだが、アメリカ現代詩の展開は、ある意味では、パウンドのこの提言に対して、それぞれの詩人の立場から独自の註釈を施すことから成り立っているような、敢えて言えばそういう局面を示しているように思われる。

こういうパウンドの信条は、直接・間接の影響ということを超えて、自然や無生物等に人間的な属性や感情を法外に付与するあまり、事物の本性についての真実を伝えないという意味で「感傷的虚偽《パセティック・ファラシー》」という造語を案出したジョン・ラスキンを思わせるが、実際、最近再評価されつつあるこのヴィクトリア朝の巨人は「感傷的虚偽」ということを何よりも詩的言語の問題として把握していて、少くともその点ではパウンドやエリオットに直結していくような詩的感性の持主と言ってよい。ラスキンはこうした「感傷的虚偽」が近代詩だけではなく、近代絵画の分野にまで及んでいる、と言うよりもむしろ、そういう虚偽の表現を生み出す近代精神自体の病患としてこれを掌握しているのだが、たとえば砕ける海の大波の状態を「気まぐれに怠惰に」と形容したキーツの長詩『エンディミオーン』の一節を取り上げて、それを近代的な自然描写法の見事な、だが不健全な典型と評したあと、こう書き添えている。

ホメーロスならそのような言葉を決して書きつけはしなかっただろうし、決して思いつきもしなかっただろう。彼は波が、どのような状態になろうとも、終始、依然として塩水にしかすぎないし、塩水は気まぐれにも怠惰にもなり得ないという厳粛な事実をどうしても見失うことができなかったのだ(『近代画家論』第三巻)。

ここでラスキンは、波を正確に把握するためにはそれを塩水として見なければならない、などというようなことを語っているのではない。自然は人間にとって本来疎遠なものであり、本質的に異質な存在であって、安易な感情移入によって把握できるものではないとする認識を語っているのである。さらに、ダンテが『神曲』地獄篇で、冥府の川《アケローン》の岸辺より落ちる亡霊を「枝より舞い落ちる枯葉のごとく」と形容した点にふれて、まるでイマジストを想起させるように、こう語る。「ダンテは軽く、弱々しく、受動的で、飄々として飛散していく亡霊の苦痛を、きわめて完璧なイメージで提示しているが、しかも、これは亡霊で、あれは枯葉であるという明瞭な知覚を一瞬も失わずにいて、一方を他方と混同などしていない」（傍点原文）。こういう明確な認識がラスキンをして、ホメーロスやダンテにおけるような自然描写や自然提示の機能の再発見へと向わせるのだが、パウンドもまた、彼が「プロヴァンス文化の最高の表現は、この詩人の作品のなかに見出せる」という讃辞を呈したアルノー・ダニエルの詩に言及しながら、『ロマンス語文学の精神』のなかにこう書きとめる。「大方のプロヴァンス詩では、自然がしかるべき場所に、すなわち詩的展開の背景とか、情調《ムード》の解釈として、言い換えれば、詩の情調《ムード》を表わすための等式のようなもの、あるいは〈共感による隠喩〉としてあることにわれわれは気づく」と。

いささかぎごちない晦渋な言い回しだが、パウンドの言わんとすることは、要するに、ラスキンのダンテ解釈と同じく、プロヴァンス詩では、詩の情調《ムード》を具体化し、客観化したものとして自然が提示され、そのように提示された自然を通して、詩の情調《ムード》が喚起される、ということである。これはエリオットがのちに「客観的相関物」という用語を用いてより巧妙に纏め上げ広く知られるようになる見解だが、「感傷的虚偽」を排除し、事物を事物として可能な限り正確に言葉で把握するという志向は、パウンド一人に限らず、アメリカのモダニズム詩の出発点にある、そしてポスト・モダニズム以降の現代詩をも好むと好まざるとにかかわらず規定している（それゆえに、たとえばセオドー・レトキの詩「蘭」のように、意図的に「感傷的虚偽」の表現を用いて、一種の知覚上の錯乱効果を提示しようとする場合も生じる）、いわば一種の詩的戒律に等しいものとなっていること、そのことは英米の現代詩に関心を持つ読者として注目せずにはいられないし、従ってほかならぬその点の追求を小論の目的としたいのである。だが、それにしても、言葉で「〈物〉をじかに扱う」というのはどういうことなのか。そもそも言葉は物になり得るものなのか。そういった事柄をさらに解明するために、イマジスト時代のパウンドをいましばらく扱うことにしたい。

2

一九一一年にパウンドはパリを訪れた。短い滞在だったが、前年秋に面識を得、一足遅れてやって来たイェイツとともにノートルダム寺院やヴェルサイユ宮殿を見物したり、セザンヌの絵に感嘆したり、ドビュッシー晩年の大作『聖セバスチャンの殉教』の初演を聴いたりしながら過ごし、後年（一九二一年―二四年）における長期滞在を誘う有力な機縁の一つとなったことが十分に推察され得るパリ旅行ではあった。最もイマジズム的な詩として知られる高名な「地下鉄の駅で」の着想を得たのは、ほかでもない、この短い滞在中のことである。その折の経験を詩人は回想風に書きとめているのだが、余りにも名高い逸話であるとはいえ、これはイマジズムが何よりも文体上の革新――それは取りも直さず言葉と物との関係についての新しい視点の開発にも通じている――であったことを鮮やかに明示している点で、ここで改めて注目してみたい。

ラ・コンコルド駅で地下鉄《メトロ》の電車を降りた詩人は――

不意に美しい顔を眼にした。それから二人の顔、次いで美しい子供の顔、さらにもう一人の美しい女を見た。そしてその日一日中、これが自分にとってどういう意味を持ったかを表わす言葉を見つけようとした。だがぼくには、あの不意打ち的な情緒にふさわしい、あるいはそれと同様に美しい言葉を何も見つけることができなかった……

一見して明らかなとおり、ここではパウンドが偶然に出会った一瞬の光景、束の間の強烈な印象が語られている。いささか唐突にきこえるかもしれないが、その語り口には、野山をさまよい歩いている途中で、おびただしい数の黄水仙の群に思いがけなく遭遇し、心浮きたつ喜びを覚えながらも、しかしその眺めが「どういう富」を自分にもたらしたかを知るのは、それがのちに「内なる眼」にふたたび鮮明に映し出されたときであることを唱った、ワーズワスの短詩「ぼくは雲のようにさまよい歩いていた」を幾らか想起させるところがある。不意打ち的に出会った黄水仙のイメージに焦点を合せそれを拡大して見せた、英詩の読者ならおそらく誰しも熟知しているに違いないその高名な抒情詩は、ある意味では、イマジズム詩の原型とも見える趣を呈しているからだ。しかし、強烈な情緒的・印象的経験を反芻しそれを原形のまま保存しつづけようとするワーズワスの志向性とは異り、パウンドは、経験の保持よりも変容に、再現よりも変形に、重点を移している。先に引用した一節につづけて、詩人は「美しい顔」を見た日の夜、言葉を探しあぐねながら通りを歩いているとき、不意に表現を、だが言葉ではなく言葉の等価物を、つまりカンディンスキー風の「小さな色彩の斑点」を見つけたことを語っている。そのあと三十行の詩を書くが緊張度が足りぬと感じたためにそれを破棄し、半年後にその半分の詩を書くがこれもまた同様な理由で放棄する。そして一年後に、荒木田守武の発句「落花枝にかへると見れば胡蝶かな」("The fallen blossom flies back to its branch:/A butterfly") を念頭に置きながら、次のような「発句風の文章」を書いたと語っている。

濡れた、黒枝の上の花びらたち

The apparition of these faces in the crowd;

Petals on a wet, black bough.

亡霊として見られた地下鉄《メトロ》駅構内の群集たち。その亡霊たちの顔また顔が陽光の射し込まぬ地下の暗闇のなかで濡れて微光を放つ黒枝の上の白い花びらと重置されている。

ここでは生命ある植物と無機的な機械の世界とが対比されているが、その対比効果が生ずるためには、標題「地下鉄の駅で」(“In a Station of Metro”)をこの作品の一部として読むことがやはり不可欠である。また、詩人が見る亡霊としての群集は、一幅のスタティックで絵画的なイメージとして完結し自足しているわけではない。そういう次元を超えて神話的・文学的連想を読者に呼び起すある一定の拡がりを持っている。少くともそのような契機を内に孕んでいる。すでに多くの評家が指摘しているとおり、この短詩の群集は、オデュッセウスやオルフェウスやペルセポネーが冥府で見た群集、あるいはダンテが地獄下りの際に出会った死人の長い行列、さらにはボードレールのパリやエリオットのロンドンに徘徊する亡霊じみた群集とすら結びつけることが可能だろう。あるいは『詩章』の読者ならこれを、その長篇詩の巻頭を占めるオデュッセウスの冥府下りの場面と関連づけるかもしれない。パウンド自身がこの詩について述べた言葉、「ある一定の思考の水脈のなかに流れ込まない限り、この詩は無意味だ」は、このような拡がりと連想を導き出す文脈内において妥当性を持ち得るのだと思う。さらにつづけて敢えて言うなら、一つのイメージが他のイメージを喚起し、しかもそうした喚起の方式が連鎖状につながっていくことを示唆している点で、この詩は『詩章』と根本的にほとんど同一構造をそなえているように思われる(ちょうど黄水仙の詩が、過去の至福な体験を現在化する過程を表現している点で、構造的には、ワーズワス畢生の大作『序曲』のいわば雛型となっているように)。

「地下鉄の駅で」にいささかこだわりすぎているかとも思う。だが、詩は印象の忠実な再現ではなく、印象を何らかの事物のイメージに仮託して喚起させる(説明するのではない)ことにあるという、パウンドにとっての啓示的な認識を、この高名な短詩ほど鮮やかに伝えている例はほかには見当らないのだ。それに何はさておき、これは、初めて一読して以来、小粒ながらも不思議な魅惑をいつもぼくに感じさせている詩にほかならないのである。

ところで、この短詩に付したコメントのなかでパウンドは「この種の詩においては、外的で客観的な事物が内的で主観的な事物へと変容したり、急激に移行したりする、まさにその正確な瞬間を記録しようとしているのだ」と言っている。事物の変容、事物の内面化についてのこうした詩人自身による明確な認識は、言うまでもなく個々の事物を超えてさらに彼方にあるもの(非現実的なイメージ)を喚起させたいとする願望によって支えられている。もちろん詩は認識によってのみ作られるものではないが、しかし、イメージ同士を思いがけない新奇な形で結合させるダイナミックな力やエネルギーを働かせることによって、さまざまなイメージをほとんど無限の連鎖状に呼び起すという画期的な詩的方式を新たに確立したことこそ、イマジストとしてのパウンドの最大の革新であり功績であると言っても差支えないだろう。ジョイスやロレンスをも含みこむ非常に広汎な新詩運動であったにもかかわらず、最近再評価されつつあるH・Dをおそらく唯一の例外として、イマジズム即パウンドとすら呼んでもいっこうにかまわないのはそのためだし、この詩人による顕著な中世主義も中国嗜好(これらは十九世紀後半以降かなり広く行き渡っていて、決してパウンドの独創とは言えない)も、そうした詩法の確立のために何よりもまず奉仕したのである。

さらに言うならば、「地下鉄の駅で」は、その後の英米の現代詩の展開においてすこぶる支配的な役割を果している二つの傾向をも明らかに先取りしていると思われる。すなわちリアリティは「具体」や「個別」のなかに存在するのであって、「抽象」や「一般性」のうちにはない、従って経験の直接性・具象性がすこぶる重視されるという傾向と、もう一つは、物を提示することが詩の目的である、なぜなら具体的な物自体を通じて真実が啓示されるからだと見なされ、そのために詩人は物の背後に隠れようとする衝動をしばしば顕示する、という傾向である。

初期の重要なエッセイ「ぼくはオシリスの手足を集める」のなかで、パウンドは、詩が「現代生活の活力ある部分」となるのは、詩が「物に接近してふたたび生きるようになる」ときであると言っている。さらに修辞や無用の装飾的表現から逃れる唯一の途は「物の美」の発明を通じて、とも述べている。このようにイマジストとしてのパウンドは、詩というものは説明的・論証的になったら堕落であり、何よりもまず「物」をじかに提示すべきことを再三にわたり強調しているのだが、こうした詩的教義が、思考や観念はそのようにして提示された「物」のなかに探られ求められるべきだとする見解を内包していることは言うまでもないだろう。つまり詩人が伝えたい思考や観念さらには真実が、提示された「物」を通じて喚起され、「物」のなかに見出されるものだとするならば、「物」の直接的・瞬間的な把握を妨げる合理的説明や論証といった手続きは不必要な抽象観念として当然のことながら排除される、ということである。

これはパウンドのみに限らない、現代英米詩人たちの多くに認められる際立った特性の一つであると思うが、彼らは一連の思考を統合する「物」を提示することに深く関わり、しかも「物」は多くの場合イメージの別名と言うか、イメージと重ね合せてとらえられることになる。そしてこのようなイメージとしての物を重視するにあたり、たとえば「詩は造型美術と同じように事物をじかに提示することができるようになるべきだ」と説くパウンドの発言(『ゴオディエ・ジャレスカ』)が端的に示すように、詩における事物は造型美術におけるそれと同様な手ざわりの確かさ、存在感を持つことをしばしば要求されるのである。こうした事物の具体性への強い執着、事物の状態へと詩を向わせるという詩人たちの強烈な志向性は、巨視的に見れば、神の死とキリスト教の衰退、そしてその結果、とりわけ英米のモダニストたちにしばしば見出されるような、瞬間的啓示、つまり「いま、ここに」の瞬間の美学または「直接的ヴィジョン」(ジェフリー・ハートマンの書名)の強調ということと緊密な関連性の糸でつながれていると言えるだろう。日常的現実が一挙に「神聖な、もしくは永遠の世界」へと変容する「魔術的瞬間、ないしは変身の瞬間」にパウンドが折にふれて言及するのも、そうした背景のもとに置いて見るべきことと思われるし、何よりも「地下鉄の駅で」が、事物の変容を通じて、のちに『詩章』においてすこぶる大がかりな形で展開されるオウィディウス的な変身の瞬間の雛型を鮮やかに浮き上らせているのである。

ところで、わずか二行より成るこの短詩を完成するまでに一年間も費やしたという逸話はやはり大層示唆的である。というのも、この高名な逸話は、蛭取りの老人を山間で見かけてからほぼ二年後に、その老人を地霊であると同時に孤立した芸術家の象徴として定着させた詩「決意と独立」を書いたワーズワスの場合と同じく、直接的経験と言語表現とのギャップに苦慮する詩人の姿を垣間見せてくれるからだ。そしてこの経験と言語のギャップ、乖離ということは、言うまでもなく言葉と物とのあいだの不安定な関係を色濃く反映しているのである。

ここでいささか唐突ながら、イマジスト時代のパウンドから一気に一九六〇年代に飛んで、六六年に事故のため惜しくも四十歳で生涯を閉じたアメリカの詩人フランク・オハラの詩「ぼくはなぜ画家ではないのか」("Why I am not a Painter")を取り上げてみよう。

3

ぼくは画家ではない、ぼくは詩人だ。
なぜかって？　ぼくはむしろ画家に
なりたかったと思うが、画家ではない。ところで、
たとえば、マイク・ゴールドバーグが
絵を描きはじめる。ぼくは立寄る。
「坐って一杯飲めよ」と、彼が
言う。ぼくは飲む。ぼくらは飲む。ぼくは
見上げる。「**イワシ**が描いてあるじゃない」
「うん、あそこには何か必要だったもんでね」
「そう」、ぼくは立去り日にちが経ち
また立寄る。絵は
進行中だ、ぼくは立去り、日にちが
経つ。ぼくは立寄る。絵は
仕上っていた。「**イワシ**はどうしたの？」
あとに残っているのはただ
文字だけだ、「あれはもうたくさんだ」と、マイクが言う。
だがぼくは？　ある日ぼくはある色について

考えている。オレンジ。一行書いてみる
オレンジについて。じきに
一ページ全部が言葉で埋まるが、詩にはならない。
それからもう一ページも。さらにもっとたくさんの、
オレンジについてではない、言葉が
当然費やされる、オレンジが何と始末に負えぬかについて
そして生命も。日にちが経つ。それは
散文でも書かれる、ぼくは本物の詩人だ。ぼくの詩は
仕上るが　やはりオレンジの名を
挙げてはいない。それは十二篇の詩だ、ぼくは
それを**オレンジ**と名づける。そしてある日画廊で
ぼくは**イワシ**という題のマイクの絵を見る。

オハラの詩は面白い。面白いと言ってはちょっと語弊があるかもしれないが、しかし、すこぶる簡潔で、直接的で、しばしば即興的ですらある、だがそれでいて必ずしもナイーヴでノンシャラントな姿勢を売物にしているだけではない、随分したたかでしかも優しい知性とユーモアの持主であることを窺わせる、人をくったようなその独特な記述法は、やはり、思わず面白いとでも評したくなるような現代的な斬新さにみちた感覚を示していると思う。現在、『ニューヨーカー』で詩の時評を担当しているヘレン・ヴェンドラー（現代英米詩に精通するジャーナリスト批評家として、R・P・ブラックマーやランダル・ジャレルの跡を

つぐ存在と言ってよい）は、オハラの詩に比べると、ビート詩人「ギンズバークすらも堅苦《フォーマル》しく見える」と書いたことがあるが、自己の日常的経験の断片をまるでポラロイド・カメラで次々にとりまくり、あっという間に詩として差出すというふうな、スナップ写真的な趣のある無頼派オハラの詩は、むろん露出不足やピンボケなども目につくことが相当あって、必ずしもどの詩もいつも成功しているとは到底言いがたいだろう。しかし、どんな失敗作もキラリと光る一行をほとんどつねに含んでいるし、とりわけ内界と外界に詩人の焦点がピタリと定まったときに見せる奔放な詩的言語のスピード感は、たとえば「ニューヨークの12時20分金曜日／パリ祭の三日後だ、そう／一九五九年の……」ではじまる記述詩の傑作「レディーが死んだ日」などにおけるように、比類ない、疾走の魅力とでもいったものを持っている。同じ「ニューヨーク派」の詩人でも、たとえば友人でライヴァルでもあった、現在英語で書く最大の詩人と目されているジョン・アシュベリーのように、事物が最終的には詩人の中心的ヴィジョンのなかに有機的に統合されていくのとは異り、オハラは事物は事物として、あるいは自己の日常的経験の断片さえも、まるでさまざまの事物の断片ででもあるかのように一見ひどく無造作に、ぶっきらぼうに投げ出すようにして素早く記述してゆく。彼の詩を読むと、即物的観察、印象、記憶、会話などのシャッターがほとんど絶え間なく押されているような疾走感があるし、しかもそこには快走に伴うみずみずしい生命感の躍動や爽やかさやユーモラスな調子だけではなく、幾ばくかの軽薄さやうわすべりや感傷癖をも糖衣のように纏いつかせている場合が必ずしも少くないことに気づかされる。オハラの詩が面白いと言うのは、結局のところ、そういう、どちらかと言えばマイナス面をも含んだうえでの判断に基づくのである。

　このような特性と当然大いに関連し合っているのだが、このユニークな詩人は、事物を、あるいは経験を、たとえそれら自体はどんなに断片的で非連続的で無機的であろうとも、時間の流れのなかである種の有機的なつながりや連鎖を有するものとして把握し、認識しているように思われる。あるいは少くとも詩人の意識はそのような志向性をほとんどつねに示している。つまりオハラの詩は時間の流れに沿って書かれてゆくという特性を著しくそなえているのである。彼の詩が時間を最も重要な主題の一つとしているのは、そのことと決して無関係ではあるまい。

ラリー・リヴァースやウィレム・デ・クーニング等の画家たちとの親密な交友や、グレース・ハーティガンやジャスパー・ジョーンズたちとのいわゆる「ポエム・ペインティング」の試みなどから、彼はしばしば絵画的な詩人と呼ばれているようだが(ヴェンドラー女史は彼をクレーと比較している)、感覚的、即物的な事物把握という面で抽象絵画から影響を受けたことは歴然としているにもしろ彼の実際の詩では絵画的な空間性の把握や提示ということをあまり感じさせない。むしろシュルレアリスムや、パウンドや、ウィリアムズや、W・H・オーデンなどの詩的影響のほうを強く感じさせてしまう。言葉を換えて言えばオハラは、「そして詩ハ絵画ノゴトクニ《ウト・ピクトゥラ・ポエーシス》が彼女の名前である」と題する、詩集『ハウスボートの日々』(一九七七年)所収のアシュベリーによる、「ポエム・ペインティング」をめぐる印象的な詩が示唆しているように、詩の言葉は結局のところ絵具ではないし、また、詩は絵画にはなり得ないことを、抽象絵画への詩の接近ということをたびたび主張していたにもかかわらず、知悉していた詩人だということである。あるいは、「健全な状態において言語は物を提示する。言語は物に非常に接近し、その結果二つはまったく同一になる」という、一九二〇年代におけるエリオットの見解(「スウィンバーン論」)に代表されるような、今日でも依然として根強く安易に信じられているような、言葉は物になり得るといった、ユートピア的な言語観、事物観に対して根本的には大層懐疑的な詩人であるということである。

先に引用した短詩「ぼくはなぜ画家ではないのか」は字面上のやさしさ、単純明快さ、そこはかとなく漂うユーモアにもかかわらず、言葉で物を扱うことの困難さについての形而上的認識が、絵画の場合のそれと並置されながら、いっさいの不要な言葉や感傷的な思い入れを斥けた、切りつめられるだけ切りつめたはなはだ直截で無造作な言語表現で鮮やかに定着されていて印象深い。これは明らかに事物を言葉で扱うことの「始末の負えなさ」、事物の生命に言葉を用いて接近しこれを正確に掌握することの困難さ、言葉で詩の世界を作り上げる際にまぎれ込む偶然性と即興性、一言で言えば詩を書くことにしばしば付きまとう一種の寄る辺なさの感覚を少しも深刻ぶらずに見事に表出した詩であると思う。

オハラはこの短詩のなかで詩人と画家をほとんど等価に見なしているが、実生活でも、この詩人はニューヨークの現代美術館につとめ、そこで多くの前衛画家たちと交流し、長文エッセイ『ジャクソン・ポロック』などを発表するだけではなく、現代美術評論家としても知られ、「詩人と画家とのあいだの友好関係の最初の確かな証拠」（ドーア・アシュトン『ニューヨーク派』）と評されたほどの抽象絵画への熱中ぶりを示していた。詩人による現代美術への接近と言うと、今世紀のアメリカには、ガートルード・スタインやパウンド以来一つの伝統が存在していると見ることができるが、オハラや美術雑誌の編集者をつとめているアシュベリーの擡頭が、アカデミズムに依拠する、とりわけニュー・クリティシズム派系統の詩人たちが優勢だった五十年代以降の詩的状況を覆し、新風を捲き起したことはしばしば指摘されるとおりである。オハラやアシュベリーたちによる絵画への傾倒、熱中ぶりが、詩作にあたって、彼らに多くの影響を与えたことは確かに疑うべくもないが、しかし、重なり合い、親縁性を示す部分があるにもせよ、詩と絵画は、言うまでもなく、異質面を多分に持ち合せている、決定的に位相の異る芸術である。もちろん、オハラもアシュベリーもそのことを十分に知悉しているし、それゆえにこそ、彼らの詩は絵画の状態へのあこがれを示すのだと思われる。絵画の状態とは、言い換えれば、個別と具体によって確実に支えられた非言語的表現の謂にほかなるまい。

抽象ないしは非具象絵画ですらもやはり個別的なのである。そのような絵画に描かれた青い円は確かにほかならぬその青い円に違いないし、それ以外の青い円ではない。それは「青い円」という言葉とは似て非なるものである。「青い円」という言葉は、存在するすべての青い円に適用可能なのだから。また一方では、ある種のタイプの詩を「うんざりするほど抽象的」だと評して具体的な知覚に基づく、意味内容をより多く伝えるたぐいの詩のほうを好むことがあるかもしれないが、そのような区別を文字どおりに受取ることなどできない。〈抽象絵画〉から類推される〈抽象文学〉なるものはあり得ないのだ。なぜなら、すべての文学が一般的なものであるのと同じく、すべての文学は抽象的なものなのだから（傍点原文）。

これはイギリスの学者批評家P・N・ファーバンク『イメージという言葉についての考察』（一九七〇年）から引いた一節である。ファーバンクは、今日では、もっぱらE・M・フォースターの伝記作者として知られているが、これは今世紀における英米の詩や批評において頻繁に使用されるイメージという言葉をいろいろな角度から掘り下げ、歴史的・文化的なコンテクストのなかに置いてその実体を究めようとした啓発的な論考である。ドナルド・デイヴィ『明確なエネルギー』（一九五五年）とフランク・カーモード『ロマン派のイメージ』（一九五七年）という、五十年代以降のイギリスを代表する二人の批評家の主著の影響下に書かれたものであることが歴然としていて、そのせいも多少あるのか、ファーバンクのイメージ論はイギリスでも従来あまり注目されていないようだが、イメージという言葉の歴史的、文学的、社会的、心理学的含蓄を主として英米の現代詩や現代批評を材料にして根源から解き明かしている点で、いまなおその独自の価値を失っていないと思われる。

ファーバンクは文学はすべて一般的で抽象的であり、抽象絵画に対応するような抽象文学なるものは存在し得ないと言う。これはあまりにも自明すぎる指摘で、かえっていささか意表をつかれる思いがするが、言うまでもなく文学は具体的な言葉で作られる。しかし、その具体的な言葉、たとえば「青い円」にしても、絵画表現における「青い円」とは根本的に異質である。オハラの短詩における「オレンジ」と「いわし」は、そういう根本的な異質性を示唆しているとも受取れるが、異質性についての知覚を鋭く研ぎすましているからこそ、この詩人は、抽象絵画におけるような直接性と即興性を詩のなかに積極的に持ち込むことを希求しているのだとも言えるだろう。だが、絵画とは異る時間芸術である詩の領域では、直接性も即興性も絵画的な空間性を剝奪されて時間の圏内に組み込まれてしまう。これは言語表現における宿命と言ってよいだろうが、時間の流れに沿って書くことによって、オハラは経験の直接性や即興性を可能な限り浮き上らせようと試みている、と見ることができるように思われる。これを別な角度から言い直せば、この詩において詩人は、抽象的で一般的な言語と具体的で独自な瞬間瞬間より成る経験とのあいだに横たわるギャップについての認識を提示している、と言うこともできるだろう。彼の詩の多くがスナップ写真の合成めいたものである大きな理由は、経験の瞬間性に能う限り忠実であろうとする根本的姿勢に深く根ざしていると思われるからである。この点に関連して、ドナルド・デイヴィは、『明確なエネルギー』のなかで、言葉を物に可能な限り近づけようと欲することは、厳密には、T・E・ヒュームやアーネスト・フェノロサやヒュー・ケナーたちが攻撃している「抽象」の例にほかならず、「物」は経験から抽出されるにすぎないのだと語り、経験のうちにこそ「具体」があると、いかにもイギリス的な経験主義者らしい発言をしている。デイヴィのこの発言は、イメージ重視に傾くロマン主義・象徴主義以来の詩学に抗して、詩のなかに十八世紀英詩的な論述的・論弁的要素を回復させたいとする主張に由来しており、批評的戦略としての局面も目につきはするものの、言葉と物をめぐる鋭い洞察はやはり注目に値するが、しかし、経験にではなく「物」のうちにこそ「具体」が存在し、具体的な「物」を通じて真実が啓示されるという詩的教義が大層支配的であるのがイマジズム以来のアメリカ詩ではないのか。この経験の再現から物の提示へという力点の移動は、たとえば先に言及したワーズワスの短詩「ぼくは雲のようにさまよい歩いていた」からパウンドの「地下鉄の駅で」への歴史的推移に大まかに対応していると敢えて言えば言えようが、現代において、いわば自然詩ならざる自然詩、風景詩ならざる風景詩が書かれているとすれば、それは多くの場合、言葉と物をめぐるさまざまな関係を考察し測定するという認識の詩としての性質を著しく帯びているように思われる。ウォレス・スティーヴンズの最後の詩集『岩』に収められた「山の代りをした詩」（"The Poem that Took the Place of a Mountain"）と題する短詩はその一例である。

4

そこに、一語一語が、
山の代りをした詩があった。

彼はその山の酸素を吸った、
詩集が机の埃のなかに裏返しに横たわっていたときでも。

それは彼に思い出させた　自分の進む方向に
辿り着けるある場所が必要だったことを、

自分がどんなふうに松の木を再構成し、
岩を移し変え雲間を用心して歩いたかを、

良い景色を探し求めながら、
その場所で彼は説明しがたい完璧さのなかで完璧となるだろう。

彼の不正確さがその方向にじりじりと進ませた眺め、
その眺めをついに発見させるだろう正確な岩、

そこに彼は横たわり、海を見下ろしながら、
ユニークで孤独な自分の家を認めることができるだろう。

これは一種の風景詩、あるいは風景詩についての風景詩であろう。ここでは、自然の事物――この場合は「山」だが――に言語で限りなく接近してゆき、ついにはその二つが完璧に重なり合う、いわば言語による「理想風景」が夢見られている。つまり言葉が物となる完璧な至福の状態。

注目したいのは、その至福の状態が達成されるためには、現実の山自体が想像力によって変容を蒙らね

ばならない、ということである。松の木は「再構成」され、岩は「移し変え」られねばならないのだ。この短詩における「彼」は詩人自身と受取ってもよかろうが、そうすると「彼」は以前に「山」について書いた自分の詩を読み返しながら、詩作に耽っていたときの意図や方法や詩的閃きなどを想起し、しかもその想起の内容を新たな詩作の題材に選ぶことによって、過去の詩作経験を追体験している、と読み取ることができよう。従ってこの詩では、想像力による変容が二重に働いていることになる。この詩が徹底した詩についての詩になっているのはそこに由来するし、この詩のなかの自然の事物が詩集のページの上にのみ存在し得る事物であることを明らかにしているゆえんでもあると思う。そのとき事物は自然のなまなましさを失い、一種スタティックな、感覚化された観念としての事物として定着されることになる。つまり「山の代りをした詩」という標題は言葉が築き上げる世界、現実の「山」よりも強烈なリアリティを持つ言葉で創造された「山」という意味合いを持つのである。また、言語による「理想風景」は可能態として、イデアとしての状態として語るしかないと、この詩は告げているが、そこには、外界の本質的な疎遠性についての詩人の明確な認識が紛れもなく深く刻み込まれていると言ってよいだろう。

スティーヴンズはすこぶる難解な詩人である。彼の詩はロマン主義風の瞑想詩や哲学詩の系譜に属していて、必ずしも抒情的なものを本質にしていない。従って抒情的なものを詩と見なす人びとにはともすれば敬遠されがちであるが、詩的想像力についての透徹した認識によって支えられた彼の数多い詩は、荒削りな「レッドスキン」的な逞しさと自意識的で「ペールフェイス」的な洗練さを無造作に共存させていて、きわめて倫理的・道徳的な傾向からペイターの美学を連想させるすこぶる唯美的・芸術至上主義的な姿勢にいたる幅広い詩的振幅を示している。そこがぼくには何よりも魅力的に感じられるのだが、彼ほど想像力について、リアリティについて、フィクションについて、自然の世界について、執拗に考察し、形而上的に追求していった英米の現代詩人はほかにいないし、彼の影響を受けたA・R・アモンズ、オハラ、アシュベリー、チャールズ・トムリンソンなどの詩人たちが第一に注目したのは、そのような哲学的・瞑想的な詩人としてのスティーヴンズにほかならないのである。ぼく自身は三、四年前に前衛画家デイヴィッド・ホックニーによるエッチング付きの版本で『青いギターを持つ男』（ピカソの同名の絵を主題とした長篇詩）を再読してスティーヴンズの魅力に開眼したばかりなので、この詩人について何も言う資格はないと感じている。ただ、フェイバー版の『スティーヴンズ全詩集』を最初から少しずつ読んでいるうちに、この詩人における自然の事物の世界の重要性に否応なく気づかされたということだけは述べておきたい。従って当然のことながら、本稿では、詩人のそうした側面についてしかふれることができないのである。

彼の詩の読者には周知のごとく、『足踏みオルガン』（一九二三年）の春から『夏への移向』（一九四七年）の夏へ、さらにまた『秋のオーロラ』（一九五〇年）の秋から最後の『岩』（一九五四年）の冬までという具合に、四季のサイクルで象徴されているのが、スティーヴンズの世界と言ってよい。その世界は形而上的観念の華麗さにみちみちている世界だが、それは先にちょっとふれた外界の本質的な疎遠性についての詩人の明確な認識を核心部として花開き豊かな結実をもたらしているのである。では、その認識とは何か。たとえば第一詩集『足踏みオルガン』に収められた高名な詩「雪男《スノーマン》」にその一端が窺えよう。

人は冬の心を持たねばならない
雪でおおわれた松の木々の
枝や霜を見るためには。

そして寒さのなかに長くいなければならない
氷でぎざぎざになった杜松を見たり、
遠く一月の太陽に光る

ざらざらした唐檜を見つめながら、しかも
風の音や、僅かな葉ずれの音に
何のみじめさも考えないためには、

それは同じ風の吹きまくる
土地の音だ
その風は同じ荒寥たる場所に吹いている

聴く者にとっては。彼は雪のなかで耳をすます、
そして無にほかならぬ彼自身が見つめるのは
そこにはない無やそこにある無。

この短詩は非人称の「人」(one)ではじまっているが、それは最終行の「聴く者」(the Listener)と同一視してよかろう。そしてこの「聴く者」がこの詩の標題の「雪男」にほかならないのである。語り手は冬景色を見るためには、しかもそこに人間的な「みじめさ」を持ち込まないためには、「人は冬の心を

持たねばならない」(“One must have a mind of winter”)と語る。そして「冬の心」を持つということは、つまるところ、「無」(“nothing”)になることだと言う。

言い換えれば、この詩においてスティーヴンズは、自然を自然自体の眼で純粋に見ることができるとすればどうなるか、その可能性を観念的に追求している、と考えることもできる(ハロルド・ブルームはこの詩における「見る」という動詞に着目し、受動的な“regard”から能動的な“behold”への移向がそのまま「雪男」になるプロセスを表わしていると指摘している。ここでは仮に「見る」と「見つめる」と訳して区別してみた。『ウォレス・スティーヴンズわれらが風土の詩』参照)。つまりこの「雪男」は冬景色を見つめながらラスキン的な「感傷的虚偽」にまったく陥っていない、理想的な観察者の極致を具現化した存在と考えることができるのである。そうした状態に到達するためには、すなわち自然界をあるがままに眺め、それと一体化し、それが「無」であることを感知するためには、人は存在することをやめて「無」にならねばならないと、この詩は語っている。「無」とはもちろん死を包摂する一つの虚構《フイクシヨン》にほかなるまい。

冬景色を見つめる詩人にとって、それが彼の内面に次々に掻き立てるさまざまの感情や思考や言葉やイメージなどがリアルに感じられるのは当然である。しかし、この詩はそういう人間的属性のいっさいが外界の風景のなかには本来ないことを冷く言い放っている。ちょうどチェーホフの『三人姉妹』でマーシャが「それでも意味は?」と問いかけるのに対して、トゥーゼンバッハが「意味……ほら雪がふってゐます。どんな意味があります?」(湯浅芳子氏訳)と答えるように。だがそれにもかかわらず、詩人は感情や思考や言葉やイメージなどを通じてしか具体的自然を、つまり「そこにある無」を観察できないし、いわんやそれを把握し表現化することができないという立場に置かれている。煎じ詰めて言えば、この詩は、ただそこに単に存在するだけの、いかなる意味をもまったく欠いた、非人間的な風景を前にした詩人の、こうした苦境やジレンマを明らかに反映していると思われるのである。ここにはロマン主義的な自然への同化や融合の観念を純理的に追求していくならば、窮極的には死にいたらざるを得ないという認識が判然と窺えて印象深いが、そのような認識は言うまでもなく言葉と物との乖離についての意識を鋭く研ぎすますことによって得られたものである。その乖離を、アシュベリーは「花びん」という短詩の第二連で

花々とのすべての接触は禁じられている
All contact with the flowers is forbidden

という衝撃的な一行で提示しているし、また、アモンズは「モーション」のなかで、「コトバは／モノではない／それは／モノを／組立てたり／モノに付ける付け札だ／コトバはいかなる意味でもモノに／似ていない……」と述べて、言葉は「音」にのみ似ていると述べている。

これでは言葉と物との乖離はまったく絶対的なものにしか見えかねないだろう。確かに純理的にはそのとおりだと思う。しかし、詩は言うまでもなく哲学や言語学ではない。なるほどアメリカ現代詩には、ベケットほどではないにしても、そうした乖離についての省察を正面から扱った認識詩が数多く見出せるが、しかし、言葉と物とのあいだの不安定な関係についての認識を深めながらも、なおかつ、その乖離を絶対的なものでないように見せようとする詩人による必死の虚構構築への努力が、すぐれた感動的な詩の多くを生み出して来たと言えるのではなかろうか。「日曜日の朝」や「秋のオーロラ」のスティーヴンズがそうだし、『ハウスボートの日々』のアシュベリーもまたそうである。

そうした努力はさまざまの角度からとらえることが可能であろうが、その根源に認められる最も顕著な

特徴は、やはり、事物や出来事を初めて見たり起ったもののように記述し描こうとする詩的情熱である。見なれた対象を新鮮なものとして知覚する過程そのものが大層重視されるのはそのためで、対象を見きわめようとする情熱の激しさ、奔放さにおいて、アメリカ現代詩は保守的でつつましやかなイギリス現代詩をはるかに凌駕しているし、だからこそ第二次大戦以後にそれまではほとんど目につかなかったイギリス詩へのアメリカ詩の影響という現象が顕著になりはじめるのである。第一に挙げるべきその要因はアメリカ現代詩人がイマジズムの方法を正当に取り扱い消化したことと、エマソンやホイットマンだけではなく、イギリス・ロマン派の詩の読みを深めそこから多くの養分を吸収していることにある（とくにスティーヴンズやアシュベリーの場合、目下アメリカで隆盛ないわゆる「解体批評」の担い手たち――ブルーム、ハートマン、ヒリス・ミラー、ポール・ド・マン――の場合と同じく、イギリス・ロマン派との緊密な関連性は到底見逃せない）と言ってもよかろうが、イマジズム以来対象についての独特な知覚を創造することをすこぶる強調している点で、すべてとは決して言いがたいにもせよ、ある種の前衛的なアメリカ詩は、ヴィクトル・シクロフスキーが『散文の理論』で展開した「異化《オストラネーニエ》」ないしは「非日常化」の視点を明確に打ち出しているのではないかと思えるのである。

「異化」の手法に注目することで、フランスおよびロシアの象徴主義の本質を見事に浮き上らせた好著にジェイムズ・L・キューゲル『象徴詩における異化の手法』（邦訳題『象徴詩と変化の手法』）がすでにあるが、未曽有の活況を呈したアメリカ現代詩についても、パウンドやウィリアムズやスティーヴンズからオハラやアシュベリーにいたる詩の流れを、小論で述べた言葉と物についての関係と密接に絡ませながら、「異化」の手法の観点から眺めるならば好結果が生じ得るのではないかと、少くともぼくには思われる。

それはそれとして、伝統の重圧に喘ぐイギリス現代詩には余り見出せないのだが、「地下鉄の駅で」から「雪男」にいたる若干の例が示すように、事物を初めて見たもののように記述すること、一言で言うならば、それこそが「〈物〉をじかに扱う」ことを主張したイマジストとしてのパウンド以来のアメリカ詩に新鮮さと活力をつねに与えつづけてきた原動力にほかならないのではないのか。そのような志向性は、とりわけ、動物や植物を扱った数多くの詩のなかに容易に窺えると思うのだが、ここでついでに言えば、自然や風景を扱った詩が現代詩に比較的少いような印象を与えがちであるのは、現代詩において、そういう詩は、動植物を扱った詩のなかに同化・吸収されていると見ることができるのではないのか。また、現代詩では、フローラ志向型が支配的であった十九世紀詩に比べると、どちらかと言えばファウナ志向型が優勢ではないのか、ということである。詳論は他日を期したいが、とにかくマリアン・ムーアの「魚」や「猫」、スティーヴンズの「黒むく鳥」、レトキの「蘭」やシルヴィア・プラスの「罌粟」にしても、従来にはない新しい視点から把握されていて、異化の手法を通じて、自然の生命を喚起させることに目ざましい成果を挙げているが、それは、正確な自然観察を重視し、具体的な事物の一つ一つに絶えず密着し、即物的経験のもたらす印象や認識や形而上学につねに執着する志向性を著しく示すアメリカ現代詩ならではのすぐれた、注目すべき成果と思われる。

Ⅲ

モナ・リザのあと――詩と散文のあいだ

1

W・B・イェイツが一九三六年に編纂した『オックスフォード近代詩集一八九二―一九三五』の巻頭に、ウォルター・ペイターの「レオナルド・ダ・ヴィンチ」(『ルネサンス』所収)から採られた、モナ・リザに関する有名な一節が掲げられている。

彼女は自分の座を取り囲む岩よりも年老いている。
吸血鬼のように、
何度も死んで、
墓の秘密を知った。
真珠採りの海女《あま》となって深海に潜り、
その没落の日の雰囲気をいつも漂わせている。

東洋の商人と珍奇な織物の交易もした。
レダとして
トロイのヘレンの母であり、
また、聖アンナとして
マリアの母であった。
そしてこれらすべては、彼女にとって琴と笛の音にすぎなかった。
彼女はただ生きるのだ、
変化する顔の輪郭をつくり、
瞼や手に色合いを添える
しなやかさのなかで。

ここには、ある意味では、T・S・エリオットの「ティレシアス」やボルヘスの「不死の人」をただちに連想させるようなモナ・リザが提示されていて興味深い。事実、イェイツは、ペイターを「個人が何でもないような詩や哲学」、たとえばエズラ・パウンドの『詩章』におけるような個性化の原理がことごとく消滅した流動の世界の予見者であると鋭く洞察しているのだが、この一節は言うまでもなく、もとは散文で書かれている。だが、この件りは自由詩形で提示してこそ「その革命的な重要性」を示すことができると考える編者イェイツは、もともと散文であるものを、自由詩に改変して、つまり詩のリズムを保持する改行を施して掲載したのである。そしてその詞華集への「序文」に、イェイツはこう書き添えている。「ペイターは一つの文ごとに一枚の原稿用紙をあて、そのリズムを分離したり分析したりすることを習慣にしていた」と。

散文の美というのはもっぱら「歩行者的」というわけではないだろう。散文は、最上のできを示している、キケロやミシュレやニューマンの場合のように、一つ一つの音節に音楽的価値を与えているリズムにいたるまで、さまざまな種類の詩の魅力のすべてを、大いに発揮するものであるだろう。

この高名なエッセイ『文体論』の一節には、散文を詩と不連続の相においてではなく、連続の相において見ることにより、その美をいっそう高めることが可能だとする、詩と散文に関するペイターの基本的立場が明快に語られている。つまりペイターは、詩と散文のあいだに余り厳格で機械的な区分を設けるべきではない、また、いかにも詩らしい詩のなかにも散文的な思考や論理構造が潜在するのと同様に、散文のなかにも詩的な要素を積極的に取り込み、韻文とほとんど等価な美を実現すべきことを、このエッセイで説いているのである。詩と同じように、散文も詩的リズムや韻律を持つべきだとされるのはその当然の帰結と見ることができるが、実際の執筆にあたって、一文ごとに原稿用紙を変えるという、詩における毎行の改行によって生ずる空白の効果を意識的に狙い、散文をあたかも詩のように書く工夫が凝らされることになるのはそこに由来しよう。いろいろな面で、ペイターの弟子と言ってよい学者批評家ジョージ・セインツベリーは、『イギリス散文のリズムの歴史』(一九一二年)のなかで、「モナ・リザ」の文体の精密な韻律分析を行なっているが、その一節を自由詩として提示したイェイツの実験的試みは、もちろん、セインツベリーの分析が明らかにした結論、すなわちこれは単なる散文ではなく、自由詩であり、また、自由詩の一部としての散文詩であるという認識を実地に移し、改行を施して一篇の自由詩として掲げたものであることは明白である。

先ほどの引用文でペイターが名前を挙げているキケロなどの最上の散文が、作者たちの意図とは別箇に、結果的には「さまざまな種類の詩の魅力のすべて」を多分に発散させているのに比して、ペイターは最初からきわめて自覚的・意図的に、散文を詩の条件に接近させることを企てている。こうした企図を「革命的な重要性」を持つものとしてイェイツは把握するのだが、ペイターをして、そのように、詩と散文の接近を果敢に図らせた背景として、韻文と散文を厳しく分離するフランスとは異り、イギリスではとくにロマン派以後、韻文と散文の区別をできるだけゆるやかに、柔軟に考えようとする主潮が存在していたことを言い添えておかねばならない。たとえばほんの二例のみ挙げると——ペイターも『文体論』のなかで言及しているワーズワスは、『『抒情民謡集』への序文』(一八〇〇年)で、韻文と散文のあいだには、韻律を除いて、本質的な違いはないし、またあり得ない、ということを述べている。さらにシェリーは、「いわゆる散文と韻文の区別など、正確に考えるならば、容認できない」として、「韻律を持つ言語」と「韻律を持たぬ言語」に二分する必要性を提起し、その文章が諧調とリズムに富み、韻文的要素をうちに含んでいるという理由で、思想界の革新者(プラトン、ベーコン)や偉大な歴史家(ヘロドトス、プルタルコス、リヴィウス)を詩人と呼ぶのである(「詩の擁護」一八四〇年)。

このように韻文と散文のあいだにことさらな区別を設けないとき、韻文対散文という従来の因襲的な対立概念は、たとえばワーズワスの場合のように、詩と科学というもっと文明論的な奥行きと拡がりを持つ対比に置き換えられてしまう。と言うことはつまり、ワーズワスやシェリーをはじめとするロマン派詩人にとって、詩的言語の内部での細かな区分はさしたる関心の対象とはならず、要するに詩とはほとんど文学の別名となっていて、散文の精華をうちに含み込んだ、一種総合文学的な含蓄さえ持つものとされるのである。だからこそ、ワーズワス『序曲』、バイロン『ドン・ジュアン』、ブラウニング『指環と本』というような韻文で書かれた長篇詩がそのなかにしばしば散文を混在させ、一種の韻文小説としての特性を帯びることにもなるし、また、他方では、ド・クインシーやペイターの散文のように、それ独自のリズムと韻律を持つ、韻文に近い、いわゆる想像的散文の実現が企てられることにもなる、という事態が生じるのだと思う。こうした詩と散文の緊密な相互滲透は、ロマン派以後現代にいたるまで、ほとんど枚挙にいとまがないほど試みられていて、そのことに鈍感な詩人や小説家に一流の者はいないとさえ断言してよいが、これには英語の生理が多分に作用していると思われる。

短いがすこぶる啓発的な「ヴァレリー論」(『わが読書』所収、一九七三年)のなかで、英語とフランス語を比較対照させながら、W・H・オーデンがこんなことを述べている。知的で、論理的な秩序や構成力に支えられたフランス語に比べると、英語は「無秩序な素人の言語」のように見えるが、まさにこの「無秩序《アナキー》」こそが英語に限りない柔軟性を与え、新しい生き生きとした詩的構造を生み出す原動力になっているのだ、と。さらにオーデンは、もしもヴァレリーが英語で詩作していたなら、あれほど早く詩的経歴を閉じることはなかったのではないかと示唆する。こう述べるとき、オーデンは必ずしも詭弁を弄しているわけではなく、ロマン派以降とりわけ顕著になってゆく詩と散文の接近の趨勢を踏まえて、その趨勢が根本的には、「無秩序な素人の言語」としての英語の生理によって突き動かされた結果によるところが多いのだという、イギリスの現代詩人としてはごく当り前のまっとうな認識を披瀝しているにすぎないのである。少くともそう見てよいほど、その功罪は別として、原理よりも生理を、観念よりも現実を、ほとんどつねに優先させるのがイギリスであり、フランスの象徴主義者たちのように、詩と散文、あるいは詩的言語と日常言語を厳しく峻別するという事態が支配的になるはずもないことは確かだと言ってよい。

詩と散文の峻別という、象徴主義以降のフランスの主導的な詩の原理を、歩行と舞踏の違いで比喩的に説明したのはヴァレリーである。つまりこのいかにもフランス的な詩人批評家にとっては、ある明確で具体的な対象に向って進み、その対象に到達することを主要目標とする水平的・時間的な歩行＝散文に対して、舞踏＝詩の場合には、そういう目標などはなく、舞踏という非日常的な行為自体が重視され、たとえ目標があるとしても、それは、きわめて観念的な、いわば非在の対象であり、一種無時間的なエクスタシーであり、遊戯であり、存在の統一性であるということになり、舞踏の垂直的・超時間的な自律性が歩行の日常性・時間性につねに優先されることになる。このような詩と散文の明快な区別は、一方ではいわゆる純粋詩を、他方では両者の対立の緩衝装置としての散文詩を、もっぱらフランスで生み出させる根本要因となっていると推量されるが、イギリスの場合、ヴァレリーの比喩を借りて言うなら、詩も散文も、歩行であると同時に舞踏であり、ただそれぞれの形式の内実において大小さまざまな差異を示すという、はなはだ複合的な性格を濃密にそなえている、と言うことができるように思われる。

詩と散文の相互滲透が通常の状態であれば、両者が互いに分離し、対立関係にあるという局面において把握されがちなフランスのように、両者を結合していわゆる散文詩を創造しようとする内的必然性や欲求をどうしても欠いてしまうことになる。分かれてもいないものを結びつけることなどできるはずもないからだ。散文詩がイギリスに根づかぬ主因は窮極的にはそこに由来すると見てよいのではなかろうか。

2

エリオットはそのエッセイ「散文と韻文」（一九二一年）のなかでこんなことを語っている。

もしも散文詩というようなものがあるとすれば、それは言葉の美しさだけの詩ではない。「言葉の美しさ」が純粋な音の美しさだったことは、文学においておそらく一度もないだろう。ぼくは純粋な音の美しさというものがあるかどうか疑う。ペイターが散文でやろうとしたことは、スウィンバーンが韻文でしばしばやることによく似ている。つまりリズムの美しさと、文学的連想とに同じくらい依りかかって、漠然とした感情を呼び起すのだ。「これは世の終りにある者の頭であり、瞼はいささか物憂げである。」〈ラ・ジョコンダ〉についてのこの一節全体を『伝道之書』の最後の章と比べて見るがよい。正確な言及による直接の暗示と、曖昧模糊とした文学的連想の装飾めいた暗示との違いがわかる。ツルゲーネフの『猟人日記』には、翻訳で読んでも、サー・トマス・ブラウンやウォルター・ペイターの作品全部よりも多くの本物の詩がある。

エリオットは、『チャップブック』誌の「散文詩特集」に寄せたこのエッセイで、「散文詩」という言葉に次のような理由で反対する。すなわち、その言葉の背後にあるらしい「詩」と「散文」との厳重な区別を認められないからだし、また、そのような区別が前提にないとすれば、散文詩とは意味のない、無用の言葉になるからである。そして「散文を書くことも、韻文を書くこととまったく同じくらい芸術であり得る」という単純な事柄のみを認めるべきだと言う。

いわゆる「散文詩」に関するエリオットのこうした考え方の基本は、この詩人のみにとどまらず、おそらく、イェイツも、パウンドも、ロレンスも、あるいはオーデンも容易に受入れたであろうが、そこに、散文と韻文のあいだに本質的な差異を認めぬ、イギリスにおけるロマン主義的伝統の根強さの一面を垣間見ることができるにもせよ、ここで眼を惹くのは、エリオットがペイターの「ラ・ジョコンダ」、つまり例の「モナ・リザ」の美文を、悪しき詩的散文の典型として、また一種の「散文詩」として痛烈な批判を加えていることである。エリオットの「モナ・リザ」批判は、要するに、その散文が、「リズムの美しさと文学的連想」とに依拠するあまり、正確さではなく、曖昧模糊とした印象を喚起するのみの音楽的な美文に終っている、ということに尽きると思う。あるいは、このペイター批判のすぐ前の箇所で、ミルトン、テニスン、サー・トマス・ブラウンの文体批判（これは明らかにペイター批判に直結している）の際に用いられている言葉を借りれば、「モナ・リザ」の散文は、「言葉が事物から切りはなされ、それ自体の存在を主張」していて、「内容を離れて文体の魅力のみが生きのこっている」似非詩的な危険な装飾的散文ということになるだろう。

このような批判の背景には、たとえばイェイツが『オックスフォード近代詩集』への「序文」のなかで、「モナ・リザ」の散文にふれながらした指摘、すなわち「その支配力が余りにも大きすぎたものだから、当時から今日にいたるまで、ヨーロッパじゅうの人びとが、このレオナルドの傑作を、まるでちやほやされすぎた女性を避けるように、避けている」という事情が多分に作用していることは否めないだろうと思う。「モナ・リザ」のように、とりわけ一世を風靡した散文の場合、そういう具体的事情をまったく考慮することなく、以前にしばしば見受けられたように、エリオットの批判的見解にただ盲目的に追随し、その尻馬に乗ってわけもなく唱和するのは軽率の謗りを免れないが、それはそれとして、興味深いのは、ペイターの散文の文体を「危険な誘惑」として斥けるエリオットも、その「革命的な重要性」を強調するイェイツも、「モナ・リザ」熱から遠く隔った今日の時点から眺めるとき、同じ楯の両面のように見える、ということである。つまりペイターの詩的散文はそれだけ強烈な呪縛力を具備していたということで、若いエリオットの場合にはそれに反撥、晩年のイェイツの場合には悠然たる回顧調でその文学的意義を再確認するという形で、それぞれ、その呪縛力に対する反応を明確にしているにほかならぬと思うのである。

エリオットは装飾過多の無内容な美文として「モナ・リザ」の散文を否認する。そして内容のある簡潔で正確な文体を持つ『伝道之書』やランスロット・アンドルーズやジョン・ダンやツルゲーネフの散文を賞揚し、そこに「本物の詩」を見出す。これをぼくなりに敷衍して言えば、エリオットは、ペイターの散文が、ふたたびヴァレリーの比喩を借りるなら、「舞踏」の状態のみを目指していて、「歩行」の要素を排除することから成立していることに、疑惑と警戒の眼差しを向けている、ということではないかと思う。先に引用した「文体論」の一節で、ペイターは「散文の美というのはもっぱら〈歩行者的〉ということではないだろう」と述べて、自分が目指すのは散文の詩化ということであると明言している。「舞踏」という言葉を実際に用いてはいないけれども、「モナ・リザ」の作者の窮極の目標が、ヴァレリー的な「舞踏」の状態の達成にあることは誰の目にも明らかだろう。と言うことはつまり、ペイターにとって、少くとも原理的には、散文と韻文の一体化、一元化が理想である。散文と韻文の相互交流ではなく、散文即韻文の世界、と言うよりもむしろ、散文とも韻文ともつかぬ一種独特な音楽的文体によって定着される詩の世界。その世界への志向が、とりわけ「モナ・リザ」の部分に顕著に認められることは否定しがたいことと思うが、これは散文と韻文の本質的な相違を容認しないロマン派以来の文学意識の一つの極点であることは明白である。

ところで、ペイターは「歩行者的」な散文を排除しようと試みたが、その試みは、エリオット的文脈で言えば、「現実」を排除することに等しい、ということになる。エッセイ「散文と韻文」の最後の結論で、エリオットは「疑惑と警戒の眼で見なければならないのは散文のモナ・リザたちであり」と言い、さらに「この散文は現実から一体何をつかみ取っただろうか、そしてそれを詩の威厳にまで高めただろうか」という、挑発的な問いかけでこのエッセイを締めくくっている。つまりエリオットはペイターのなかに現実逃避の姿勢を嗅ぎとっているのである。『ルネサンス』の作者が現実からの逃避者であったと一方的にきめつけることは、木のみを見て敢えて森を見まいとする態度のあらわれだと思うが、少くともそのように見たいという事実は、要するに、ペイターの文体では、現代のような複雑な現実の把握、あるいは「形而上派の詩人たち」（一九二一年）の高名な言葉で言うなら、「精神と感情の様態の言語的等値」を企てることが不可能であるという認識の表明にほかならない、と思われる。これは首肯するに足る認識であると言ってよい。このような認識は、いわゆる「ケルト的薄明」に沈潜していた世紀末詩人としての姿勢からの脱却を企図し、現実に立ち向う荒々しい姿勢を、思想的にも、文体的にも、顕著に打ち出す中期以後のイェイツの場合にも、おおよそのところ、共有されていると見てよいが、その一方では、十九世紀後半以降、散文が詩に対して優位な地位を占め、詩が散文に脅かされているという自覚が象徴派詩の浅薄な模倣に耽溺する世紀末詩人をして、イェイツが指摘するように、「詩から詩でないものをことごとく浄化しなければならない」（『オックスフォード近代詩集』への「序文」）という姿勢をとらせるにいたる。だが、同じく世紀末詩人であり批評家でもあったアーサー・シモンズは、次第に優勢になっていく「散文の時代」に抗して、「舞台の理論」（『芝居、演技、そして音楽』所収、一九〇三年）のなかでこう語る。

> 詩の時代は終ったとか、未来の重要な形式は散文にあるに違いないとかいうことがしばしば言われている。それは生れつき詩的でない連中のこねる「屁理屈」なのだ。それは今後はもう音楽がなくなるだろうとか、恋愛など時代遅れだとか言うようなものである。形式は変るが、本質は変らない。ホイットマンは散文ではなく、精神のより広大な領域を包含するような詩への道を指し示しているので

ある。

ここには、イェイツが指摘するような、詩の純化の方向に突き進もうとする柔弱な世紀末詩人的ではない、ある意味ではたとえば長篇詩『詩章』におけるパウンドに直結するような、詩についてのたくましい基本的認識が簡明に語られている。シモンズが憤然として斥けている、「詩の時代」終焉説は、エーリヒ・ヘラー（「散文の時代における詩人——ヘーゲル『美学』とリルケ『ドゥイノの悲歌』」一九八一年）によれば、ヘーゲルに起源を持つが、それはともかく、このエッセイが書かれてからおよそ三十数年後に、「今日では、散文の技法が韻文の技法を吸収しかけているように見える」という意見を開陳したエドマンド・ウィルソンの名エッセイ「韻文は滅びゆく技法か?」において、新たな装いのもとに再提出されることになる。だが、『ユリシーズ』や『フィネガンズ・ウェイク』のなかにはっきりと現れた文学的志向を讃美するという明白な意図のもとに書かれたそのエッセイを読めば、ウィルソンの見解が決して単なる「屁理屈」でないことは疑問の余地がないだろう。つまりシモンズがいくらやっきになって「詩の時代」終焉説に異議を唱えようとも、その後の時代の歩みは、紛れもなく、詩の優位性を完全にくつがえす方向へと進んでいるのではないのか。つまりヘーゲルの言う「散文の時代」がますます進行するという事態を迎えているのではないのか。言い換えれば、ウィルソンが指摘するように、詩と散文の相互滲透が著しく、散文と韻文の技法が、ほとんど見分けがつかぬくらいに混ざり合った作品が続出する、ということである。詩も小説も、従来のように自己の固有の領分を保持することが不可能になりつつあるのである。小説の伝統的形式はその役割を終えたとして、エリオットは『ユリシーズ』を小説ではなく、「散文」と呼ぶし、また、ウィルソンは『フィネガンズ・ウェイク』を、「散文とも韻文とも規定することのできない作品」と見なす。さらにエリオットが「詩によって訓練された感受性の持主のみがその真価を十分に認めることができる」とする、ジューナ・バーンズ『夜の森』、ヘンリー・ミラー『北回帰線』、ロレンス・ダレル『黒い本』といった、現代小説に概して冷淡な反応しか示さぬこの詩人の賞讃する一連の散文作品が書かれることになる（ペイターとエリオットとミラーの影響の跡が歴然としている『黒い本』の散文の韻律分析は、すでにG・S・フレイザーによって行なわれている）。たとえば試みに『北回帰線』（一九三四年）のなかから任意に引いた次の一節を読んでみよう。

ぼくは薬包のように世の中からはじき出されてきた。濃霧が沈殿し、大地は凍った脂で汚れている。ぼくは都市が生暖かい肉体から取り出されたばかりの心臓のように鼓動しているのを感じ取ることができる。ホテルの窓は化膿し、燃焼中の化学薬品からのような耐えがたい、つんとする臭気を放っている。セーヌ川を覗き込むと泥と荒廃とが見える。街頭は溺れ、男も女も窒息死し、橋は家々に蔽われ、家々は愛の屠殺場である。一人の男がアコーディオンを紐で腹に縛りつけ、壁を背にして立っている。彼の両手は手首のところで切断されているが、アコーディオンは彼の義足のあいだで蛇入れの袋のようにのたうち回っている。宇宙は縮小した。それは、ほんの一ブロックほどの長さとなり、星もなく木もなく川もない。ここに住む人びとは死んだ。彼らは、他の人びとが夢のなかで腰をおろす椅子を作る。街路の真ん中には車輪が一つ。その車輪の轂《こしき》に絞首台が取付けてある。死者たちが気が狂ったようにその絞首台の上に登ろうとしている。しかし車輪の回転が余りにも速すぎるので……

初期のミラーの作品中のいたるところに見出せるのだが、これもまた、日常的な現実の描写が突如として夢や幻想に急転回し、めまぐるしく移り変る一種とらえがたい混沌のなかへと一挙に突き落されるような、そうした眩暈に読者が襲われる例の一つである。夢とも幻想ともつかぬ奇怪な情景が語り手の脳裡でとめどもなく自己増殖し、現実のパリの風景や人間はその過程で途方もない、日常的な思考のレヴェルでは到底理解できないような形にデフォルメされてとらえられているが、そのためにかえって、ありきたりの写実的な描写や叙述からは得られぬ、現代都市の荒廃ぶりとそこにうごめく生ける屍のごとき人間たちのグロテスクな姿が、全体として鮮明に印象づけられるような効果を挙げている。なるほどこの部分は確かに散文で書かれているには違いないけれども、そこから得られるものは、もちろん、たとえば物語中のエピソードが喚起する小説的興趣などと言ったものではなく、ある種の現代詩を読んだときの経験に近い。事情は『暗い春』や『南回帰線』の場合も同様である。と言うのも、初期のミラーの作品は、散文で書かれ、一応小説としての外観を呈してはいるが、その根柢には、散文における詩的機能の働きの利用による現実変容への志向が明瞭に窺えるからである。

　こうした詩的志向性を極限までさらに押し進めるならば、小説は散文で書かねばならぬとする慣習に逆らって、散文よりははるかに形式上束縛を受けるはずの不自由な韻文で小説を書くという、きわめて実験的な試みがなされる、といったことも起り得る。これは言うまでもなく才能ある野心的な前衛作家にして初めて可能な企図である。二年前に小説家としては不遇のうちに他界したイギリス作家フィリップ・トインビー（歴史家アーノルド・トインビーの息子）の韻文による連作小説がそれで、第一作『道化師、あるいは別辞』（一九六一年）から第四作『湖からの眺め』（一九六八年）にいたる諸作品は、ほぼ無韻詩《ブランク・ヴァース》の形式で書かれていて、しかも紛れもなく内的独白の手法による小説世界を形づくっているのである。散文を用いた部分も幾らか見出せる第一作からほんの一例を挙げると——

わたしは知っている、真実の過去は回復できないということを、
正確に伝えられないということを。
わたしはきみにさまざまな可能性、
夢や作り事、空想や思索の結果のみを述べよう。
歳月によって豊かにされ、記憶という酵母菌の
働きによって成熟した過去を述べよう。
わたしはある瞬間におけるある男の世界を述べよう。
それ以上のことを誰も述べなかったし、誰も述べることなどできはしない。
われわれは知っている！　知っている！
知っている、過去は決して取戻せないということを。

この連作は、作者自身と同じく名門に生れた老人の回想を中心に展開するが、作者は明らかに、十九世紀的な韻文小説の骨法を現代の視点からとらえ直し、それを活用しようと試みている。とりわけワーズワス『序曲』とブラウニング『指環と本』を作者が念頭に置いていたことはおそらく確実だが、ワーズワスからプルーストにいたる「失われた時を求めて」の主題を共有するこの連作（その点でこれは時期的にほぼ併行して書きつがれていったアントニー・ポウエルの長大な連作小説『時間の音楽』に近い作品だ）において、語り手のとりとめのない、不安定な意識の動きを掬い取ろうとするのに、濃密で昂揚した韻文の使用が、作者の意図どおり、多大な効果を挙げていることはやはり見逃せないと思われる。トインビーは韻文で小説を書くというすこぶる大胆な、ある意味では反時代的な企てに従事するわけだが、これは詩と

小説の境界状態の踏査と開発を目指すロマン派以来の一つの帰結であり、極限を明示していると言って差支えあるまい。

一方、詩の分野においても、散文を大幅に導入することによって、シモンズがホイットマンの革新的な自由詩について述べた「精神のより広大な領域を包含するような詩への道」を模索する試みがさまざまな形でなされる。たとえばパウンドは「韻文における散文の伝統」を強調し、「詩は散文と同じくらい的確に書かれねばならない」として、詩人よりも、スタンダール、フローベール、モーパッサンといった、フランス作家を範例として、散文の技法を詩のなかに積極的に取り入れていく。また、『荒地』の詩人エリオットが、ヘンリー・ジェイムズやコンラッドの小説技法から多くを学んだことは周知のとおりである。つまりパウンドやエリオットは、詩が散文に脅かされているという世紀末以来の現状認識を逆手に取って、詩から非詩的な要素を追放するというのではなく、逆に脅威の対象である散文的要素を果敢に詩のなかに同化することを通じて、詩の危機を乗り越えて、詩の革新を成し遂げるのである。彼らにとって、英詩の革新とは、詩を散文化することであって、散文を詩化することではなかったのだ。エリオットが散文のモナ・リザたちに激しく反撥したゆえんである。

『荒地』や『詩章』は確かに、詩は韻文で書かれるべきだとする伝統主義的立場からすれば、詩ではないということになるかもしれない。だが、既成の形式内に閉じこもることなく、エリオットの言う「現実」をより多く吸収し導入しようとするその企図において、また、そのポリフォニックな脱領域的な形式において、それらの長篇詩はまごうかたなく、現代にふさわしい、現代が要求する詩にほかならないのである。そういった特性を最も顕著に示している点で、『詩章』は、『荒地』とともに、いや、『荒地』以上に、驚くべき振幅の広さを持つ詩作品であると思われる。

ここではたとえば、十五世紀イタリア、リミニの領主・傭兵隊長シギスムンド・マラテスタの波瀾にみちた生活が語られ（『詩章』第八篇―第一一篇）、ヴェネツィア共和国との戦闘とか、マラテスタが彼の愛人でのちに夫人となったイソッタ・デリ・アッチのために建立した異教的な壮麗な寺院《テンピオ》のこととか、さらに寺院建立に携った建築家が設計図や建材や運搬費などについて領主に報告する手紙とか、幼い彼の息子が小馬に興じているさまを書き送った後見人の手紙とか、建築の進行状況を伝える彼の秘書の手紙とか、あるいは厳しい対立関係にあった教皇ピウス二世が、マラテスタを模した人形を二体、サン＝ピエトロ大聖堂の階段の上で焼かせ、聖職者にはあるまじき悪態をついたとかいったような興味深い歴史上の事象や挿話が断片的に提示される。歴史上の人物の手紙や言葉をさかんに詩のなかに挿入するのはパウンドの特徴で、第三代アメリカ大統領トマス・ジェファーソンの手紙や孔子や孟子の言葉など、おびただしい数にのぼる人びとが『詩章』のなかに引用という形で取り込まれる。そのなかには歴史上の人物だけでなく、パウンドが実際に接したさまざまな人たち――詩人仲間からピサ収容所長や囚人にいたるまで――が含まれていて、現実と虚構の境界を意図的に曖昧にすることによって、一挙に詩的世界を拡大しようとする。これは詩形式そのものを危うい場所にまで追いつめることによって、拡散と断片化のさらに進む現代世界の奇怪な感触を詩人の意図とは別になまなましく浮き上らせるような結果をもたらしていると思われる。さらにまた、ジョイスに匹敵するすさまじいスカトロジーの奔出もある（『詩章』第一四篇―第一五篇）。のちにエリオットが『異神を求めて』のなかで、「パウンドの地獄には威厳というものがない」と批判したいわゆる「地獄篇」で、一九一九年から二〇年にかけてのロンドンの醜悪な場景を、イギリス人の心性の腐敗堕落の象徴として眺めた場面である。そこには「尻の穴から群衆に向って演説している」政治家たち、「放屁する悪徳の宣教家たち」、「黒いゴキブリで一杯のコンドームを振っている」聖職者たちが登場し、痛烈な諷刺の毒が塗り込まれている。

パウンドは、このように、本来は小説をはじめとする散文の領域に属するさまざまな要素を詩のなかに果敢に取り込み、現代における詩的創造の領域を途方もなく押し拡げ、詩と散文の境界領域に作品を成立させるという偉業を達成するのである。いわゆる純粋詩などが、英米のモダニズム詩においてほとんど問題視されないのは、パウンドの壮大な実験に代表されるような散文的要素の詩への濃密な滲透が、ほとんど他に類例を見ないほど広汎にわたって行なわれているためにほかなるまい。

こうした詩と散文の接近という試みが、いわゆる散文詩という狭いジャンルのみに収斂していくことなく、既成の文学形式を打ちこわして、文学の未来の可能性を果敢に切りひらいていく強烈な志向性を導き出しているところに、まさしく「文学革命」の名に値する貴重な特性が認められると思う。この「文学革命」は、韻文と韻文の本質的な区別を容認しないとする、ロマン主義以来の伝統を継承しながら、それに内的な変容を施すことによってもたらされている。まさにシモンズが言うように、「形式は変るが、本質は変らない」のだ。そしてしばしばある種の反面教師として扱われたにもせよ、そのように扱われることを通じて、散文のモナ・リザが、英米のモダニズム文学において、空前の規模での詩と散文の接近を誘発する有力な引き金の一つとなっていることは、やはり、改めて注目に値すると思われる。

とにかく、詩で散文の領域をおかしたり、散文で詩の条件に近づこうとする実験的な企ては、単に散文詩という一ジャンルのみにとどめるべきではない文学創造の根本課題ではあるまいか。今日、詩と小説の分野での中心的課題は通底し合っていることが多く、この二つのジャンルが互いに背を向け合うことなどもはや時代錯誤もはなはだしいと思うのだが、いかがであろうか。

極限のトポグラフィ――『ワット』について

I who am so good at topography……*The Unnamable*

1

サミュエル・ベケットの小説『ワット』（一九五三年）は、その並外れた奇態さ、その驚くべき奇作性によってよく知られている。これは無や非在、あるいは世界の不可解性を合理的手段で掌握せんとして挫折する主人公ワットを扱った作品だが、それが奇作であるゆえんは、そういった主題の特異性のためだけでは必ずしもない。と言うよりもむしろ、そうした主題を追求する際の異常なほどに徹底した作者の懐疑精神とすさまじい論理的粘着力（「論理実証主義」的と呼ぶこともできよう）に由来すると思われる。ここではこの奇作を、単に奇作であるがゆえにではなく、何よりもまず一篇の小説として読んでみたいのだが、見方によっては精神分裂病的にさえ見える、恐るべき妄執を濃密にまつわりつかせたその奇妙な文体にまず注目したい。

この小説は駅へ向う途中のワットが三人の市民に目撃される日常的場景からはじまる。町はどうやらダブリンらしいのだが、判然とは描かれていない。三人は「ばかでかい赤っ鼻」をしたワットに好奇心を揺き立てられ、いろいろと噂をする。「たぶん大学出」「旅ばかりしていて住所不定」「少し頭がおかしいのかもしれない」「あんなにおとなしくて、あんなに害のない人間はまたといないくらい」などという具合に。しかし、肝腎の「国籍とか、家族とか、生れた場所とか、宗教とか、職業とか、暮しかたとか、特徴とか」いったような具体的事実は皆目わからない。ワットの行先についても、当然のことながら話題になるが、これまたまったく不明である。駅に現れたワットは、ホームでミルク缶を運んでいた赤帽にぶつかって、したたかに悪態をつかれたあと、やっと汽車に乗り込む。車室のなかでは「信仰における便秘症のための霊的浣腸」と題する論文を発表した「有閑の士」につかまって話を吹きかけられるが、ひと言も聞こうとはしない。「彼の耳に他のいくつかの声が、理解できぬことを歌ったり、叫んだり、陳述したり、ささやいたりしていた」（高橋康也氏訳、以下同じ）からである。汽車を降りたワットは、月光に照されながら歩きはじめるが、彼の歩きかたは、一度読んだら忘れられないほど珍妙無類のものである。

> ワットがたとえば真東へ進むときの歩きかたはこうであった。まず上半身をできるだけ北へ向け、同時に右脚をできるだけ南へほうり出す、つぎに上半身をできるだけ南へ向け、同時に左脚をできるだけ北へほうり出す、つぎにふたたび上半身をできるだけ北へ向けて、右脚をできるだけ南へほうり出し、つぎにふたたび上半身をできるだけ南に向けて、左脚をできるだけ北にほうり出す、といった調子で、何回も何回も、目ざすところに到着して腰をおろすことができるまで、これを繰り返すのである。そこで、いまも彼は、まず片方の脚に重みをかけ、つぎにもう片方の脚に重みをかけながら、やみくもに急いでいる緩歩類動物《ターディグレイド》といった格好で、一直線に進んで行った。このようなとき、彼の膝は曲がらなかった。曲げようと思えば、曲がらないわけではなかった。あとでたぶんわかるであろう

が、その気になれば、ワットの膝ほどよく曲がる膝はないくらいなのであり、彼の膝にはべつになんの異状もなかった。しかし外を歩くときは、なぜかさだかならぬ理由によって、彼の膝は曲がらなかった。にもかかわらず、彼の脚は、踵《かかと》も土踏まずももろともに、ぺたりと地面の上に落ち、つぎに人跡未踏の空中をめざして、明らかに嫌悪の情をこめて、地面を去るのであった。両腕はというと、左右相等しい宙ぶらりん状態で、揺れ動くままになっていた。

これは語り手（のちに狂人サムと判明する）が述べるように、明らかに「綱渡り芸人」的な歩きかたを思わせる。つまり人形芝居ないしはサーカス芸人的な歩きかた。あるいはその大層機械的な規則性から見ても、ロボットか何かの人造人間のそれすらをも連想させる。ついでに言えば、歩くワットは、ガイ・ダヴェンポート（実験的な短篇集『タートリン！』や『ダ・ヴィンチの自転車』、評論集『想像力の地理学』などによって最近とみに注目されているアメリカの学者・作家）が、ヒュー・ケナーの『ストイックな喜劇役者たち――フローベール、ジョイス、ベケット』（一九六二年）に付した挿絵において鮮やかな手際で視覚化されていて一見に値しよう。それはともかく、歩行法の詳細が次々に目録づくり風に列挙されればされるほど、それはとらえどころのない、不透明きわまる、一般的・抽象的性質を帯びて見えてくるようになる。しかもそれでいてこれはほかならぬワットの歩きかたに違いないという、紛れもない個別性・独自性の刻印を明瞭に刻み込んでもいるのだ。語り手はまるで歩くワットをスローモーション撮影でとらえて精密に分析し、解明し、その歩きかたのすべてを、科学的に正確に厳密に列挙するという法外な情熱に取り憑かれているかのようである。

注目すべき学者批評家ヒュー・ケナーは、先に挙げた刺戟的な著書のなかで、こうした目録づくりないし一覧表作成的な文体の技法は、『ユリシーズ』第一七章「イタケー」挿話に由来すると言っている。たとえばレオポルド・ブルームが家へ入ろうとして鍵を忘れたことに気づいたあとの場面。

ブルームの結論は？

一つの策。矮小な塀に両足をのせて彼は地下室への柵を乗りこえ、帽子を頭にしっかり押しつけてから柵の下部の格子目を二つ握りしめ、体を徐々に五フィート九インチ半の身長だけ下げて庭の敷石から二フィート十インチまで接近させ、柵を手放して自分の体を空間で自由に運動させるとともにしゃがみこんで墜落の衝撃に備えた（丸谷・永川・高松氏共訳）。

ケナーによれば、ジョイスは、中くらいの背丈の男が外傷を受けることなく、エクルズ・ストリート七番地で、こんなふうに柵を飛び越すことが実際に可能かどうかを叔母に手紙で確かめてから、この一節を書いたという。こうして虚構の人物たるブルームの虚構の行為が現実による裏づけを持ち、エクルズ・ストリート七番地の現実が虚構のなかに組み込まれるのである。こういう現実還元の操作が『ユリシーズ』全体の主要な特色であるとは必ずしも言えないと思うが、しかし、少くともこの一節で、ジョイスが、ブルームの行為が現実世界において不自然に見えることを嫌ったことだけは確かだろう。言い換えれば、対象を正確に写し出すという言語の機能に、ジョイスはここでとりあえず依存するのである。念入りな確認の手紙を書き送ったように、現実の地形や場所の復元が何よりも彼の意図であったことは明白なのだから。

だが、ベケットの場合は違う。確かにワットの歩きかたは真面目な好奇心の対象となり、可能な限り精密を期して観察され、その一挙手一投足が微に入り細を穿って記録されるが、しかし、これは通常の意味での再現とか復元というものだろうか。先にぼくは、ワットの歩行法が「綱渡り芸人」的であり、人形芝居ないしはサーカス芸人、ないしはロボットさえをも連想させると書いた。これはベケットのほとんどすべての主人公たちに共通する独特な歩きかたと言ってよかろうが、ここに認められるのは、「綱渡り芸人」などの滑稽な歩行法を単純に復元して見せるというよりもむしろ、言葉が言葉を自動的・自己増殖的に生み出し、言葉に対応するのは非言語的な事物や事象の世界ではなく、あくまでも言葉でしかないという事態ではなかろうか。つまり書物のページの上にしか存在しない歩きかた。

ぼくはもちろん、ワットの歩きかたについての記述を、この小説の後の部分に頻繁に見出せる、無味乾燥な順列組合せや対称《シンメトリ》への妄執や目録づくりの集積の場面と結びつけ、それらを念頭に置いて言っているのである。たとえば、ノット氏の食事の給仕の方法についての十二の可能性とか、氏の食べ残しを犬に与える方法についてとか、犬の飼い主リンチ家の近親結婚的家系についてとか、魚屋の女とワットの愛撫の体位についてとか、延々とパチンコ玉のように吐き出される五人の審査員たち同士の決して見交すことのない視線についての記述とか、また、ノット氏の足について「彼はときには左右それぞれに半靴下を、または片足に半靴下、片足に長靴下を、または長靴を、または短靴を、またはスリッパを、または半靴下および長靴を……」などといった、およそコミュニケーションということを無視した、狂おしいばかりの単調な順列組合せが果しなくつづく場面を、である。こういう場面でのワットは自動人形、または言語機械ないしはコンピューターすらをも想起させるが、ベケットは単なる酔狂から書きつづっているのでは必ずしもない。ここには紛れもなく、言語はもはや世界を写す鏡としてあるのではなく、言語と世界とは互いに絶望的に分離しているという作者の苛烈な認識が刻印されているからである。そのような場面においてワットはどのような場所に身をさらすのか。それを探るためには、われわれもまたワットとともにノット氏邸のなかへ入らねばならない。

2

歩くワットがついに辿り着くのはノット氏邸である。と言うことは、彼は最初から自分の行先を知っていたことになる。手短かに言えば、彼は召使いとしてノット氏に仕えるためにやって来たのである。この邸には常時二人の召使いがいて、一人は一階で働き、ノット氏の料理をつくったり汚れ水を捨てたりする。もう一人の受持ちは二階で、ノット氏と起居をともにし、身のまわりを世話する。不特定の期間が経過してやがて新しい召使いが到着すると、一階で働いていた召使いは二階に移り、二階で働いていた召使いはノット氏邸を立去らねばならない。こうしてノット氏邸でのワットの奇妙な生活がはじまる。主人と召使いという関係は、『聖書』はむろんのこと、ピカレスク小説からP・G・ウッドハウスまで文学史上でたびたび取り上げられる関係だが、しかし、ワットがなぜノット氏邸に召使いとして働きにやって来たのか、そもそも主人のノット氏とは何者なのか、といったような小説的基本設定ははなはだ不明確で、曖昧なヴェールに覆われたままである。

この難解な小説の中心的な場所《トポス》は、もちろん、ノット氏邸である。前作『マーフィー』(一九三八年)において、主人公マーフィーは、自分の精神は「一個の道具としてではなく、一つの場所として働く」と言い、その作品では主人公の「精神のなかへの退却」が語られていた。つまり小世界としての精神が小説を支える最も重要な場所として機能していたのだが、ノット氏邸でのワットの滞在はマーフィー的な「精神のなかへの退却」とほぼ対応していて、それをさらにいちだんと過激化したものと受取ることができる。外界から隔絶し、不可解な非合理の世界を開示する小説的な場としてのノット氏邸は、言うまでもなく精神、あるいは内面世界の隠喩となっているからである。しかもその内面世界は、たとえばポーのアッシャー館と同じく、幽霊屋敷に似ている。もっともアッシャー館とは異り、ノット氏邸では言語的疎外を受けることが主人公に不安と戦慄を与えるのだけれども。さらに敢えて言えば、主人公が邸に乗り込んで合理的手段のすべてを駆使してノット氏という非合理を解明しようと企てるこの小説の基本構造は、その深層部において、幽霊・怪物・悪魔などを退治する英雄の物語《ロマンス》の陰画としての性質を幾らかそなえているようにも思われる。

悪魔祓いに失敗するワットが仮借ないまでに言語的疎外を経験するのは、言語幽霊屋敷とでも言うべきノット氏邸滞在の初期における唯一の主要な出来事である調律師のゴール親子の訪問を機縁としている。つまり音楽室での彼らの作業に立会い、二人の会話を確かに耳にしていながら、親子が立去ったあと、その出来事がいっさいの意味を失っていくという恐るべき経験をするのである。こうしてたちまちのうちに、音楽室でのゴール親子の情景は、ワットにとって、

ピアノの調律とか、曖昧な家族関係ないし職業関係とか、多少とも理解可能な意見交換とか、そういったことを意味するものではなくなって……単に、光と物体との対話、静止と運動との対話、沈黙と音との対話、そして対話と対話との対話の一例にほかならぬものとなった

のである。

「外的な意味のこのような脆弱化」に襲われたあと、ワットは急速にいっさいの意味論的基盤を喪失してゆく。彼を取り囲むすべての事物は名づけられることを拒み、言葉によって定式化されることを拒絶し

いるように思える。だからノット氏の溲瓶を見ても思い浮べても、それは溲瓶に似ているが溲瓶ではないということが、すなわち「真の溲瓶の本質から髪の毛一本ほど隔たっているということが」ワットを限りなく苦しめるのである。

言葉と物の乖離についてのこうした苦悩はもちろん決してベケットのみにとどまるわけではない。現代ではホーフマンスタールのシャンドス卿もいれば、サルトルのロカンタンもいる。いやそれどころか、これはプラトンの対話篇『クラチュロス』まで起源を遡ることのできる古い歴史を持つ言語との戦いである。「物の名は本来的に正しくその物を言い表わしている」とするクラチュロスと、「物の名はすべて社会的慣習によるものであって、物と名の自然的合致などはあり得ない」とするヘルモゲネース。ソクラテスの弟子であるこの二人の論争を契機として展開するこの対話篇は、西欧における言語についての反省の二つの主要方向を明示しているが、少くとも文学の領域で、この二つが密接に絡み合いながら以前には見られないほど対立を先鋭化していくのは、やはり、言語の崩壊という危機に直面しはじめるロマン主義以降と言ってよいだろう。

エリザベス・シューエルは『詩の構造』(一九五一年)のなかで、ロマン主義以後の言語の崩壊に対処する代表的な反応を二つ挙げている。一つは混沌としていて豊かな現実の滲透に関する意識を受入れて、濃密で過剰な意味を言語に充塡することにより、その指示的性格を弱めるという企て。これはランボーの反応である。もう一つは言語から外的な意味の夾雑物を剝奪し、純粋な非指示的言語構築物を築き上げようとする試み。これはマラルメの反応である。ランボーは正確できわめて感覚的なイメージ群の濃密な集積を提示することによって、読者を、豊饒な言語的混沌のなかへと突き落す。マラルメはむしろ、言語から指示的性格を奪い取り、言語をしてただあるといういう不可能事を夢見るのである。この二つの極端な言語への対処法は、いずれも伝達手段としての言語を排除していて、二人の詩人にとって、ゆきつくところは「沈黙」であると、シューエルは言う。

言うまでもなく、ベケットはヘルモゲネースとマラルメの種族に属している。彼が誰よりも「沈黙」の作家であることは周知のとおりだが、彼の沈黙は「ワット」の不毛な饒舌を経ることによって初めて可能となった。つまり『ワット』には後年のベケットの沈黙の起源があると言ってよいのである。

意味の観念の崩壊に直面し、言葉と物を隔てる深淵をのぞき込んだヘルモゲネースの徒ワットは、ノット氏の正体を探求するという試みも失敗に帰し、滞在の最後には、綴字、語順、文の順序を倒置した支離滅裂な「逆さ言葉」を語りはじめ、彼の言語崩壊は極点に達してしまう。すなわち「ワットの話しかたは彼の歩きかたと同じ、つまり後から前へ」になるのである。滞在の初期にはまだ意味論的支えを求め、「無」を拒否し、それに耐えることができなかったワットだが、最後には、「無が起った」ということを受入れ、それに耐え、それを好むことさえできるようになる。こうして「無について語るためにはどうしてもそれが有であるかのように語らねばならない」という虚構《フィクション》への信頼を放棄するにいたるのだ。人間的に不可欠なものとしての虚構に対する不信を表明するワットにとって、沈黙はもはや不可避的と言うべきである。そしてその沈黙が言語崩壊だけでなく、精神の崩壊をも包み込んでいることは言うまでもなかろう。つまり言語崩壊と精神の崩壊が一体化した現象として見られているということだが、その状態はワットについてよく言われる悲惨とか悲劇とかいうようなことでは決してない、とぼくは思う。ワットは興味深い主人公とは思うが、とくに感動的とは思えない。感動的と思われぬ主人公に悲惨や悲劇を感じることは不可能である。従って、ほとんど言語機械に等しい主人公が饒舌を止めて沈黙に陥るとき、そこに感じられるのは不毛であり、むなしさである。あるいは無気味さと言ってよいかもしれない。その無気味さは、精神病院の庭で、ワットとサムが鼠をつかまえてはその肉親に食わせてやり、彼らが「神に一番近づくのはこういうときである」と述べる際の無気味さに明らかに通じている。

3

ところでワットは、あるとき、二階の召使いアースキンの部屋の壁に釘で吊してある一枚の不思議な絵に注目する。それは「最下端の部分で中断されている円と、その右手後方にある一つの点」の絵である。円周は黒く、点は青く描かれている。画家が何を表わそうとしたのかを考えているうちに、ワットはその絵が「ある円とその中心ではないある中心が、無限の空間と無限の時間のなかを、それぞれある中心とその円を求めているのだ」ということに思いあたり、深く心を動かされる。目には押えがたい涙があふれるほどだ（これはこの小説中でワットが感動する唯一の場面である）。そのあと彼は、この絵を逆さまにしたり、左右に倒して眺めてみるが、壁にかかっているときほど気に入らない。おそらくその理由は円の切れ目が下にないからだと思う。そして――

われわれはどん底から入るのだ、とワットは言った、そしてわれわれはどん底から出て行くのだ、これがどんな意味かは知っちゃいないが、と。そして画家も似たようなことを感じていたにちがいない、というのはその円は、普通の円のようにぐるぐる回転することなく、その切れ目を永久にじっと下にして、白い空を不動の姿勢で進んでいたからである。そこでワットは絵を、もとの位置のまま、壁の釘にかけ直した。

円の切れ目が下にあるからこそ、円と中心は互いに求め合い、中心が円のなかに落着くということも稀には起るに違いない、そのときわれわれは「どん底」から入り、また「どん底」から出て行くのだ、とワットは言う。この「どん底」が不完全な円の最下端の「切れ目」であることは明らかであろう。

ベケットは現代絵画の讃美者である。カンディンスキー、マチス、モンドリアン、クレーはもちろんのこと、タル・コート、アンドレ・マッソン、ブラム・ヴァン・ヴェルデのような広汎には知られていない前衛画家についても詳しく、彼らについて語ったインタビュー「三つの対話」もあるほどだ。いま引き合いに出した円と点のみからなる絵も、名前を挙げた前衛画家たちのいずれかの絵であると言ってもあながち不当だとは言えまい。また『ワット』では、アースキンの奇妙な絵のほかに、精神病院に入ったワットが、庭で、そこの仲間であり語り手のサムから「ボッシュ作と伝えられるキリスト像」に酷似していることを注目される。これはむろんベケットのほとんどすべての主人公に見出せるキリスト幻想のイメージであるが、例の奇妙な絵とは直接の関係はない。関連があると思われるのは、むしろ、ワットの着任と入れ違いにノット氏邸を立去るアルセーヌの次の言葉である。この前任者はワットに向って邸に自分が到着した際の喜びを語り、やっとのことで自分がいるべき「秘密の場所」に落着いたことを知ったと述べる。そしてその恍惚感をこう語る。

調和のこの感覚、この予感は疑うべからざるものです。彼の外側のものすべてが彼となる。つまり花々は彼という花々となり——彼みずからが彼を囲む花々なんです——、空は彼という空となり——彼みずからが彼を見下す空なんです——、踏まれる大地が踏む大地となり、そしてすべてが彼の谺《こだま》となる、そんな調和がもうそこまで来ているという感覚、つまり一言でいえば、円周にしがみついて過したあまたの退屈な歳月ののち、ついに自分自身の中心に落着いたという感覚（傍点筆者）。

この述懐を含むアルセーヌの告白部分はこの小説で最も美しい散文で書かれていると感じられるが、引用箇所は明らかに、アースキンの絵やその絵を眺めて感動するワットと関わり合っていると思われる。その点で、と言うよりもむしろ、この小説の基本構造において、これはすこぶる重要な位置を占める一節ではなかろうか。

アルセーヌが脱線的語りを駆使しながら述べるところによると、苦悶と嫌悪ののちに、彼はノット氏邸で「あることに集中しないということが最高の価値と意味を持つ行為であるような状況」を見出し、「語りえぬもの、または口にすべからざるもの、と呼ばれているものを語ろうとする試みはすべて挫折するべく定められている、失敗するように運命づけられている」ということを認識する。言うまでもないことだが、ワットはアルセーヌの忠告を受入れることができない。彼はイカロスよろしくまったく知的節度を失い、限界のうちにつつましくとどまることができず、忠告に逆らって、「無を有であるかのように」執拗に、あるいは果敢に語りつづけることによってついに錯乱と狂気に見舞われる。もちろん、彼はアルセーヌの恍惚、至福感とはおよそ無縁な人間である。

それにしても、アルセーヌの恍惚感とは一体何か。一言で言えば、それは事物の内面化を通して得られたものにほかならない。つまり花々や空や大地が、そしてすべての事物が自分の「谺」となり、内面化されるときの調和の感覚。客体が主体となり、主体が客体となる瞬間。これは紛れもなく、ロマン主義から象徴主義を経てモダニズムにいたるヨーロッパ文学の大動脈に認められる最も重要な志向性の一つであると言わねばならない。とりわけモダニズム文学（とくに詩）においては、簡略に言えば、内面化された事物を提示すること、あるいは言葉を物の状態に近づけることが、その詩学の根幹を形づくっている。こと新しく述べ立てるまでもなく、言語が抽象的・概念的性質を固有に持つのに対し、われわれの経験は個別的で、容易には抽象化・概念化することのできぬさまざまな具体的な瞬間から成っている。極言すれば、言語と経験とのギャップはほとんど絶対的なものと言ってよい。しかしながら、そのギャップが決して絶対的ではないように見せようとするかずかずの試みがロマン主義以後の詩の世界を豊饒にして来たとも言えるし、多くのすぐれた感動的な詩を生み出したとも言えるのである。つまり詩人たちは言語をより抽象的で概念的ではなく見せるような詩法の開拓を押し進めていったのではないのか。一例を挙げる。「この種の詩においては、外的で客観的な事物が内的で主観的な事物へと変容したり、急激に移行したりする、まさにその正確な瞬間を記録しようとしているのだ。」

　こう述べたのはエズラ・パウンド（「地下鉄の駅で」について）である。このような事物への志向はむろんパウンドのみにとどまることなく、英米のモダニズム詩人たちに顕著に認められるが、その背景には、物を提示することによって、物の背後に隠れようとする詩人の衝動の詩法化とでもいった特徴が明らかに見出せると思われる。その代表例がT・S・エリオットの「客観的相関物」であることは改めて念を押すまでもないが、ヒュー・ケナーはパウンドについてこういう指摘をしている。あらゆることは「物の並置または個々の物の集積」を通じて言うことが可能だとするフローベールの発見を、パウンドは「過去八十年間の知的に重要な転倒」と見なしていた（『エズラ・パウンドの詩』）、と。パウンド批評において先駆的役割を果したばかりではなく今日なお新鮮さを失っていないこの著書を若いケナーが発表したのは一九五一年のことだが、当時この批評家はカナダのトロント大学英文科講師であった。その頃の同大学には言うまでもなくノースロップ・フライ、そしてまだ英文学者であったマーシャル・マクルーハンが勤務していた。主要な著作の邦訳のあるフライはともかく、英文学者としてのマクルーハンはわが国ではあまり知られていない。しかし、ぼくにとってマクルーハンは、何はさておき、十五、六年前に読んで衝撃を受けた二つの論文「テニスンと絵画的《ピクチユアレスク》な詩」と「テニスンとロマン主義的叙事詩」の筆者として存在している。とりわけ前者はテニスンをロマン主義とモダニズムを連結する詩人として再評価するという、当時も、そして現在ですら驚くべき説と言うほかない、文学史的常識を根抵から覆した大胆きわまる論文だが、これが発表されたのが、ケナーの著書と同じく、一九五一年である。と言うのは、先にふれた物の並置によるパウンドの詩法についてのケナーの考え方は、確証はないが、マクルーハンの「テニスンと絵画的な詩」の影響を受けたのではないかと推測されるからだ。おそらくは大学での対話を通じて、と思えるのだが、それは、ケナーのパウンド論がマクルーハンに捧げられているし、おまけに献呈名の下に「彼との得がたい会話の目録」というパウンドの詩句がわざわざ書き添えられているからである。さらにまた、この論文に影響されたドナルド・デイヴィ、フランク・カーモード、クリストファー・リックス、デニス・ドナヒュー、ハロルド・ブルーム等の英米の批評家たち……。

それはともかく、マクルーハンは、フローベールとボードレール以後の偉大な革新は「内的風景、または心象風景」提示の手法の革新であったと言う。そして――

外界の風景において種々雑多な物が並置されているように、心象風景においてもさまざまな物や経験の並置が、体系的論述によってでは決して与えられないような事柄を編制する、正確で音楽的な手段となっている。風景は、論理的に明確な表現の連結を欠いたまま、存在においては統一されているが認識的思考においては統一されていないようなさまざまの経験を提示する手段となっている。統語法《シンタックス》は、テニスンの「マリアナ」の場合のように、音楽となる。

こうした心象風景提示の技法は、真のリアリティは「個物」のうちにあって「抽象」のうちにはない、「経験」のうちにあって「論述」や「認識的思考」のうちにはないとする、唯名論的な信念によって明確に支えられている。言い換えれば、これは言葉と物のあいだに横たわる深淵を絶対的ではないように見せる試みである。だからこそ詩は事物の状態に限りなくあこがれるという事態が生じるのだと思う。象徴主義以後の詩的風土において音楽が最高の芸術としてこのうえもない憧憬の対象となるのは、このような認識論的な場においてであると、ここではひとまず言っておこう（小論「隠喩としての音楽」参照）。

4

アルセーヌの恍惚感は、こうした「心象風景」への志向性を継承することによって生じたものだと思われる。しかし、ワットはそうすることを拒絶する。彼にとっては、アルセーヌ的な特権的瞬間など存在せず、すべては相対化されて無意味となる。例の奇妙な絵にしても、それは結局のところ「ある系列中の一項目」であると見なされ、抽象的論理の限りを尽しての他の一連の、すさまじいばかりの妄執に取り憑かれた探求と同様、言葉と図形のゲームにすぎないと受取られてしまう。彼はごく稀に垣間見ることができたノット氏の姿について、こう言っている。それは「いわば、ガラスに映った姿、それも鏡ではなく、ただのガラス、朝ならば東の窓ガラス、夕方ならば西の窓ガラスに映った姿であった」と。

この比喩を敷衍すれば、ワットは長いあいだガラスに気づかずに窓の外を眺めていて、あるとき突然ガラスの存在に気づきはじめた人に似ている、と言ってよいかもしれない。そのときから言語がコミュニケーションの媒体であるとは考え得なくなり、言語の透明性は消え失せてしまう。ノット氏とはつまるところそうした言語の不透明性、あるいは非在の「不可解さ、凍りついた不変性」の隠喩なのではないのか。ロマン派以来の事物の内面化を基軸とする瞬間の美学、あるいは言語による内面化の効力の徹底した否認を表わしているのではあるまいか。しかもワットにとっては、アルセーヌのように、中心が円のなかに落着くことは到底あり得ない。従ってアースキンの絵の不完全な円がワットの自閉症的で不毛な探求の軌跡を、そして円の外にある点が不可解なノット氏およびその世界を象徴すると仮に見ることができるならば、その絵は明らかにこの小説の隠喩となっている、と言うこともできるだろう。

もう一つ注目すべきなのは、この小説における風景描写である。一例を挙げると——

彼は西の地平線に目をやった。彼はそもそもこれを見にやって来たのだったが、いまではほとんど見ずにいたのである。もうすっかり暗くなっていた。そう、いま西の空は東の空と同じようだった、その東の空は南の空と同じようだった、その南の空は北の空と同じようだった。

これはきわめてベケット的な風景描写である。「彼」とは冒頭部に登場する三人の市民たちのうちの一人である傴僂《せむし》の老人ハケット氏で、彼は市民の一人からワットに似ていることを指摘されるし、自分でもそれを意識している。それにしてもこれを通常の意味での風景描写とは言いがたいだろうが、この小説における極度に乏しい風景描写（それもジョイス風に提示された冒頭部と終結部における市民たちの登場場面にほとんど集中していることは興味深い）は、何よりもまず、対象を無意味たらしめるように機能していると思えるのである。後年のベケット作品における、外界の事物を完全に解体し消滅させようとする志向性の発端をここに見て取ることができようが、これは言うまでもなく、リアリズム小説風の描写の徹底的な破壊を目指すものである。ベケットにとって、あらかじめ存在する客観的対象を再現することなどはあり得ないからだ。それに第一、ワットは、ハケット氏やアルセーヌとは異り、自然を激しく憎悪している。月と太陽を彼は嫌悪してやまないし、自然を避けるばかりか、自然に対して意味を付与することをかたくなに拒否する。ワット氏邸では外界や自然は徹底的に排除されるのである。

不定期間の勤めを終えて、新たに到着したミックスと交替し、ワットがついにノット氏邸を立去る場面はこう書かれている。

それは珍しく明るい夜だった。月は満月からかけ離れてもいなかった、一日か二日したら満月になるだろう、それから欠けはじめ、やがて空にかかったその姿は、詩人たちが鎌にたとえた形に、いわゆる三日月形になることだろう。その他の天体も、大部分ははるかかなたに位置していたとは言え、ワットの上に、また心にミックスへの非礼を悔いながら足を進める彼のまわりの庭園の美しい風景の上に、光を注いでいた。その光はまことに明るく、まことに清らかで、まことにしっとりとして、まことに純白であったので、ワットは胸が悪くなるほどだった。

おそらくこれはサルトルの『嘔吐』や描写による事物の破壊や事物の消滅を目指すロブ＝グリエなどの企てを予知している。すぐれた批評家でもあるメアリー・マッカーシーは「プロット」や「性格描写」などの喪失とともに、二十世紀小説は「風景描写」をも追放したと言っているが（「二つの人間性の特徴について」）、ベケットの作品は、小説のなかから風景を剝奪する傾向にある現代小説の領域において、明らかに最も過激で仮借ない性質をそなえていると言ってよい。後期の作品と比べると微温的ながら、『ワット』という小説にそういう性質が明確に刻み込まれていることは繰り返すまでもないが、それは、ワットが、事物の内面化によるアルセーヌの恍惚感を拒絶して、ノット氏のいる「場所」、すなわち「その不可解さ、その凍りついた不変性」に狂おしいばかりに執着するという、この小説の基本構造に深く根ざしていると思われる。「無を言うための、どこへも到達しないための、散文の巨大な消費」(A・アルヴァレズ)という評言になかば追従したいほど意図的に作られたすさまじい言語的混乱と崩壊の世界ではあるが、しかし、この途方もなく奇態な小説を抜きにして現代の、またはいわゆるポスト・モダニズムの小説を語ることはできない。『ワット』は自意識的な小説の極限、あるいはその「どん底」のトポグラフィを明示しているからである。

批評性と物語――ポスト・モダニズムの小説

1

現代は文学におけるポスト・モダニズムの時代であるという。そこでポスト・モダニズムの文学の基本的特性を探り出し、それを手短かに概説することが、ここで与えられた課題である。

それにしても、ポスト・モダニズム文学とは何か。その用語は、現代の前衛文学が依然としてモダニズム文学との関連性の基軸に沿って自己規定していかざるを得ないことを示唆しているように見える。もちろん、両文学を截然と識別し、そのあいだに厳密な時代区分を設けることなどおよそ不可能だし、また、文学的に言って、余り意味のあることとも思えないが、細かな点ではさまざまの異論はあり得ようけれど、文学上のポスト・モダニズムの時代は、ジョイスやウルフが世を去り、ベケット、ボルヘス、ナボコフたちが本格的な執筆活動を開始する一九四〇年代以降、現在まで、と一応見なしても差支えないだろう。

モダニストたちのように、新文学運動を積極的に興したり、特定の文学グループや流派を形成することはほとんど例外的であるにもせよ、ポスト・モダニズムの文学が文学の新しい可能性を切りひらき、どんなに多彩な成果を挙げたか、それは翻訳などを通じて、わが国の読書界にもすでにかなりよく知られていると思う。その成果をここで文学史的な観点から客観的に見さだめたり、過不足なく説明したりしようとは思わない。ここでは、従って、文学史的に正確で公平な俯瞰図を作り上げることなどは初めから論外として、偏りはあるかもしれないが、何らかの愛着や興味を感じる作家たちを中心に、ポスト・モダニズムの小説に視点を据えて、そこに共通する重要な特徴の幾つかを探ってみたいと思っている。

ポスト・モダニズムの小説の基本的特性を手短かに概括することはむろん容易ではない。しかしそれでも、どんなに控え目に言っても、幾つかの際立った共通の特徴が見出せることは疑うべくもなかろう。文学に対する、時として息苦しすぎると思わせるほどの、きわめて自意識的、反省的、批評的感性や姿勢がすこぶる目につくということ、これが第一に挙げるべき重要な特徴である。つまり文学を書くという行為についての自意識過剰。これはもちろん、『ドン・キホーテ』や『トリストラム・シャンディ』に遡る、いや、もっと古い起源さえ持つ特徴であるが、しかし、極言すれば、現代の前衛作家ほど、小説を書くことについてみずから問わずにはいられないという性癖、敢えて言えば宿痾に執念深く取り憑かれているのは、やはり、文学史上未曾有なことではあるまいか。

社会的ないしは人間的現実の再現に向う十九世紀的なリアリズム文学観を拒否し、過去の文学の意識化、反省化という作業に集中し、いわゆる日常的現実とは別箇の、言語構築物としての世界を提示し、そこにリアリティを見出す傾向を著しく示すのが、ポスト・モダニズムの作家たちである。つまりたとえば、「〈現実〉は真の芸術の主題でも対象でもないし、真の芸術は共同体的な眼によって知覚された月並みな〈現実〉とはまったく無関係な、それ自体の特別なリアリティを創造するのだという基本的事実」（ナボコフ『青白い炎』）を明らかにするという傾向。その傾向は言うまでもなく、文学から文学を創り上げる、あるいは文学作品は他の文学作品との緊密な相互関連性において成立するという、モダニズム文学の根柢に存在する最も重要な基本的認識の一つを積極的に受継ぎ、それをより精密に、より過激に原理化・方式化することに依拠している。そしてその論理的帰結、すなわち文学は他の文学を模倣する、しかもその模倣は作者の役割を模倣する作者によって行なわれるという地点にまで到達している。いわゆる「メタ・フィクション」の隆盛である。

それにしても、これはどういう現代状況を反映したものなのか。敢えて単純化して言えば、現代人は他人の問題を他人の言葉でしか追求できない、あるいはまた、原理的には自分の問題、自分の言葉というものは存在し得ないという、尖鋭な認識に支えられた文学行為であるのだろうか。なまなましい現代の事象を扱うポスト・モダニズム文学論は、最終的には、作品の外の世界に出て、その世界を照射する一種の現代文化論の方向に進むべき必然性を持っていると思われるのだが、ここではその方向に問題を拡げることは控えたいと思う。

それはともあれ、モダニズム文学のなかに明白に認められるインター・テクスチュアリティへの志向性をいっそう顕在化させ、それに批評的明察を与えるばかりか、その明察が他作家に甚大な影響を与えている作家に、言うまでもなくボルヘスがいる。『『ドン・キホーテ』の著者ピエール・メナール」や「バベルの図書館」をはじめとする、一種独特の形而上的悪夢にも似た小宇宙を築き上げた、短篇とも綺譚とも寓話ともエッセイともつかぬ形而上的・哲学的・文学的作品のなかで、このアルゼンチン作家が繰り返しつぶやくように語るのは、要するに文学作品同士の有機的関連性についての過激な認識である。たとえば、彼の「バーナード・ショーに関する（に向けての）覚書」のなかにこんな一節がある。哲学や芸術の枯渇についての不安や反省や意識過剰はすでに中世時代に認められるとしたあと、哲学や芸術を一種の組み合せ遊戯《ゲーム》と見なしてこれに熱中する人びとは、

一冊の書物が一つの言語構造体、あるいは一連の言語構造体以上のものであることを忘れている。書物とはそれと読者とのあいだに交わされる対話であり、その声に読者が付与する抑揚であり、読者の記憶のなかに残す可変的かつ恒久的なイメージである。この対話は無限につづく……文学を究めつくすことはできない。これにはたった一冊の書物でも究めつくすことはできないという、単純にして十分な理由を挙げておこう。書物は孤立した存在ではない。それは一つの関連性であり、無数の関連性の枢軸である。時代の後先はともかく、一つの文学が別の文学と異るのは、作品《テクスト》の違いというよりも、作品の読み方の違いによるのである（英訳による）。

この短いエッセイは、その標題の示すような具体的なショー論というよりもむしろ、さまざまの芸術的・文学的・哲学的可能性がいずれは消尽し、枯渇し果てるのではないかという、遠く十三世紀スペインの哲学者・神学者ライムンドゥス・ルルスまで遡ることのできる観念を痛烈に論駁した、ボルヘス独特の伝統論である。そのような観念は芸術や文学や哲学を「一種の順列組合せ的なゲーム」の問題に還元することになる。つまり「文学が言葉の代数学にすぎないのなら、組合せを変えさえすれば、誰でも本を作ることができる」ようになるのだから。しかし、文学は機械的な組み合せ遊戯ではない。すべての書物は読者めいめいの想像力や記憶に働きかけ、個々の読者との協同的関係を作り上げることを通じて初めて存在するると言えるからである。従ってそれは読者とともに、つまり読者の人生経験や読書体験に応じて、ある

いはそれが読まれる時代によってつねに異った様相を示すのだし、書物が数多く書かれれば書かれるほど、個人にとっても時代にとっても、過去の書物はよりいっそう複雑な意味を帯び、また、新たな意味を付与されるようになる。だから、過去の書物との親密な対話を通して得られる新しい経験を基盤として、新しい作品が創造される可能性は無限に増大していくのだ、とボルヘスは言う。言い換えれば、ボルヘスにとって、文学伝統とは、「無数の関連性の枢軸」としての無数の書物の集積体としての図書館のイメージで把握されるのである。おびただしく存在する過去の書物は未来の可能性を閉ざしてしまうのではない。それどころか、書物はそれのみで完全に自足し自律することなどは到底不可能で、緊密な相互関連性の連鎖状の集積体としての文学伝統の内部においてのみ存在するという認識を深めることを通じて、創造への新しい展望が切りひらかれ得るとするのである。

これは明らかに、「ホメーロス以来のヨーロッパ文学全体、およびその一部をなしている自国の文学全体が、同時に存在していて、一つの秩序を形成している」という、エリオットの例の余りにも有名な伝統論を連想させる。すなわち「ホメーロス以来のヨーロッパ文学全体」をいわば一冊の書物と見なし、その書物からの数多くの断片的引用を組み合せ、合成するという編集的作業を駆使することによって、断片は断片でありながら、その書物と緊密に結びついている限りにおいて、全体から分離した単なるばらばらの無意味な断片ではあり得ないことを強調した、『荒地』の詩人によるすぐれて二十世紀的な反歴史主義的伝統意識を、とりわけ無数の書物同士のあいだの緊密な相互関連性に力点を置いて変奏したものと見ることができるからである。しかし、現代のような断片的世界でも、ヨーロッパ文学の伝統という全体と結びつく限りにおいて、ただそのときにおいてのみ、それなりの意味と秩序を獲得し、断片ももはや無秩序な断片ではない、ということを力説したエリオットが、次第に伝統を固定した一種権威主義的なものと見なし、ついにはそれを正統的なキリスト教の伝統とすりかえていったのに対して、ボルヘスはあくまでも文学の内部で文学を書くことの形而上的な意味合いを執拗に追求していて、今日では、とりわけアメリカにおいて、このアルゼンチン作家の伝統意識のほうが、たとえばジョン・バースから『影響の不安』や『誤読の地図』のハロルド・ブルームのような、難解なカバラ用語を駆使してロマン派以後の文学の理論的再検討を企てる学者批評家まで、少からぬ影響力を及ぼしていることは周知のとおりであろう。

文学の内部で作品を書くというのは、ロマン主義的な独創性や想像力や個性崇拝の神話を根柢からくつがえし、現実の再現や復元を目指す十九世紀的なリアリズムの方法を完膚ないまでに否定し、消去しようとする、つまり既成のイメージを突き動かし、それを変形せしめる、そういうダイナミックな作用としての文学的エネルギーを重視するモダニストたちによって定着された、一つの支配的な文学様式である。「パロディはゲームである」と語るナボコフの『キング、クィーンそしてジャック』から『ロリータ』や『青白い炎』や『アーダ』にいたる多くの小説がもっぱら依拠するのはそのような文学様式にほかならないし、また、フラン・オブライエン『スウィム・トゥー・バーズにて』、アントニー・バージェス『ナポレオン交響曲』や『アバ・アバ』、ロレンス・ダレル『アフロディテの反逆』や『ムッシュー、あるいは暗黒の王子』、ジョン・ファウルズ『魔術師』や『フランス軍中尉の女』、ジョン・バージャー『G』、あるいはドナルド・バーセルミやガイ・ダヴェンポートやイアン・マッキュアンの諸短篇など、その様式への依存はポスト・モダニズムの小説においてますます洗練された感覚と精妙な意識を研ぎすますことによって保持されている。初版は一九三九年に刊行されたものの、ジョイスやディラン・トマスなど、ごく一部の具眼の士に注目されたにすぎず、その文学的真価がやっと認められはじめたのは六十年代以後である実験小説『スウィム・トゥー・バーズにて』で語り手の学生が友人と交わす小説論のなかで語るよう

に、そのような小説はまさしく、

現代小説は主として引照をこととすべきである。たいていの作家たちは以前に言われたこと――通常、ずっと見事に言われているものだが――を言うことで時間を費やすことができる。

ということを、苦渋と倒錯と愉悦を綯いまぜにした一種微妙かつ複雑な表情を浮べながら実践しているという印象を免れがたいのである。

引照をこととし、以前に言われたこと、しかもずっと見事に言われたことを言うことで時間を費やす。これはもちろん紛れもない反リアリズム小説論であるが、オブライエン再評価に寄与した作家・批評家ジョン・ウェインの適切な評言を借りれば、「成熟しきった実験的作品」である、いかにもアイルランド的な『トリストラム・シャンディ』風の脱線の伝統を受継ぐこの奇態な小説がしばしば明示するように、オブライエンは、『荒地』や『ユリシーズ』が開拓した編集的方法、あるいは寄せ集め細工技法をふんだんに活用すると同時に、それをさらにいちだんと洗練化、精密化する志向性を明示している。これはひとりオブライエンのみに限らず、ポスト・モダニズムの作家たちに一様に認められる志向性と言ってよいが、そこから導き出される最も目につく特徴は、小説を書くことについて書くという、「メタフィクション」形式がすっかり定着したことだろう。この形式は、ナボコフやオブライエンやダレルのような前衛作家たちばかりではなく、たとえば『慰める者たち』のミュリエル・スパーク、『ブラック・プリンス』のアイリス・マードックのような、どちらかと言えば反前衛的傾向（と言っても、彼女たちを単純にリアリズム作家とは規定できない。そこに現代作家を扱う際の困難さ、単純な二分法に依存することの危険性がある）

を持つ作家たちも盛んに活用していて、現代においていささか氾濫ぎみと言ってよいのだが、こういう形式に対する一般的嗜好は、言うまでもなく、多かれ少かれ、小説を書くことに対する作者たちの自意識過剰を明白に反映している。『スウィム・トゥー・バーズにて』はその極端な例を示す実験的作品の一つなのだが、そこでは、一種入れ子構造めいた三重枠が大層巧妙に嵌め込まれていて、ごく手短かに言うと、トレリスという作家を主人公とする小説を書こうとする語り手、その小説のなかで自分自身の小説を書く構想を練るトレリス、さらにトレリスの睡眠中に、その小説の作中人物たちが作者トレリスを主人公とする小説を書く、といった複雑奇妙な仕掛けになっている。この作品では明らかに、第一の枠組がありふれたリアリズム小説、第二が「小説の小説」形式を開拓したモダニズム小説、そして第三が童話やアイルランド神話の世界というふうに、異る種類のフィクションが作品全体のなかで混合され、ごった混ぜにされている。あてどもなく脱線的に進行する、滑稽な曲芸じみた精緻かつ大胆な語りの工夫によって支えられたこの実験小説は、「小説の小説」ではなく、「小説の小説の小説」ということになるだろう。そしてそのような小説に対するきわめて意識的反省への著しい傾斜は言うまでもなく、小説の虚構性についてのすこぶる明瞭な批評的自覚ということである。

その自覚は、モダニズム以後の作家たちの場合、たとえばボルヘスの幻想的寓話「トレーン、ウクバール、オルビス・テルティウス」のなかの一節、つまり「フィクションの作品はただひとつの筋に基づいており、それが考えられうるかぎりの順列を展開する」（篠田一士氏訳）が明示するように、作品の筋やプロットだけではなく、その技法、文体、言語などが「一種の順列組合せ的なゲーム」として機能するという顕著な傾向を導き出していると思われる。従って、文学から文学を創り上げるということは、それが引用、引照、パロディ、言語遊戯など、いずれの方向に向おうとも、エリオットのような一種権威主義的に措定された文学伝統への帰属意識が稀薄な場合、当然のことながら、過去の文学表現を素材として、「考えられうるかぎりの順列」の問題としてしばしば把握されることにもなるのは必然だろう。現代文学の基底にゲームとしての文学という観念が明確に見出せるのは、窮極的にはそこに由来すると見ることができる。

「現代史という空虚と混乱にみちた広大な展望を支配し、秩序づけ、意味と形とを与える手段」(丸谷才一氏訳)としての「神話的方法」を『ユリシーズ』に認めたエリオットとはまったく対蹠的に、秩序も、意味も、形も、正統的な伝統さえも、どこにも存在しないことを繰り返し語って、現代という絶望的状況を苛烈な文体で描き尽したベケットの場合、順列の問題は、しばしば一見まったく純粋に初等論理学的・初等数学的順列組合せの可能性の問題へと還元される。その例を一つだけ挙げるなら、たとえば奇作『ワット』第三章に頻出する、単調で無意味な、しかし一種独特の滑稽さをたたえた、狂おしいばかりの順列組合せがある。

ノット氏の肉体的特徴ということに重要な点については、ワットは残念ながらほとんどなにも語らなかった。というのは、ノット氏は、ある日、背が高く、太って、青白くて、褐色の髪だと思うと、次の日は痩せて、背が低く、赤ら顔で、金髪であり、また次の日はがっちりして、中背で黄色い顔で、赤毛であり、また次の日は背が低く、太って、青白く、金髪であり、また次の日は中背で、赤ら顔で、痩せて、赤毛であり、また次の日は背が高く、黄色い顔で、褐色の髪で、がっちりしており、また次の日は太って、中背で、赤毛で、青白く、また次の日は背が高く、痩せて、褐色の髪で、赤ら顔であり、また次の日は背が低く、がっちりして、黄色い顔であり……(高橋康也氏訳)

ワットはこのように既知のデータを可能な限り収集し、それらを順列組合せ的に並びかえ、列挙することにひたすら熱中する。こうした順列組合せへの異様な執着は、十六個の小石のしゃぶり方についての順列組合せを蜿々と書きつらねるモロイにせよ、ビスケットを食べる可能な方法は全部で百二十通りもあることを発見して恍惚となるマーフィーにせよ、単なる順列組合せ的な言語遊戯のみではなく、高橋康也氏が指摘するように、悪化の一途をたどる「世界の意味論的崩壊の経験」、つまり物と言葉との繋りの喪失の経験、「あのチャンドス卿的＝ロカンタン的な経験の、もうひとつ先の段階」を顕示するものとして受取れよう。言い換えれば、ロマン派以来の事物の内面化に基づく瞬間の美学がつねに無気味な陰画のように内在させていた言語による内面化への懐疑、ひいては言語崩壊への不安を一挙に顕在化させ、その極限を示すものとして。

ベケットの偉大性は、窮極のところ、この「世界の意味論的崩壊の経験」と従来の文学形式とのあいだの埋めがたい断絶や矛盾を痛烈に意識し、その意識をきわめて独創的な小説言語で定着させたところにあると思うが、単調な初等論理学的順列組合せがもしもその背後にそうした経験なり意識なりを内蔵させていないとするなら、それは言うまでもなく無意味で無秩序な精神分裂病的なたわ言にすぎないことになる。ベケットの小説は現代文学の極北に位置するおそらく空前絶後の実験的作品であろうが、ワットやモロイやマーフィーたちの熱中する純粋で無償な順列組合せは、ある意味では不毛な自意識の無限循環に落ち込んだ現代作家の未来像を戯画化したものとも見える局面を呈している。確かにそれは、現実世界に対して閉ざされた姿勢を保持し、「一種の順列組合せ的なゲーム」としての技法的に洗練された小説を書くことに専念する、現代の一部の前衛作家たちによる知的肥大症ぎみの作品の索漠とした世界を否応なく連想させるところがある。六七年に『アトランティック・マンスリー』誌上に発表されて大きな反響を呼んだバースの「枯渇の文学」は、批評的自覚が余りにも尖鋭で過剰すぎるために、現代小説がある種の袋小路に追いやられて、小説が順列組合せの問題に還元されてしまい、その可能性がますます縮小し、枯渇していくかに見えるこうした現代の小説状況を踏まえて書かれた一種のマニフェスト的評論にほかならない。

2

「枯渇の文学」は、たびたび話題にされる現代における小説の衰運、もしくはその死を、新しい、かなり捻りをきかせた角度から見た、はなはだ刺戟的な現代小説論である。バースは現代小説が技法的にも形式的にも深刻な行き詰りの状態に陥り、その可能性を枯渇させていく一方であると語り、ボルヘス、ベケット、そしてナボコフの文学を取り上げ、とりわけボルヘスの作品がそうした枯渇の文学の最も明白な実例であると指摘し、このアルゼンチン作家の偉大な独自性は文学の枯渇性という不利な状況を逆手に取って、それを新たな文学的主題として明確に定着させることを通じて文学の新しい可能性の地平を切りひらいたことにある、と考える。バースにとって、ボルヘスがナボコフやベケットよりも興味深い作家であるのはまさにその点にあると言ってよいが、さらに彼は、「枯渇したさまざまの可能性という迷宮的現実」のなかで不安を募らせ、何も新たに創造すべきものとて残存しないように見える現代において、新しい文学を創造するためには、「非常に特殊な才能」(傍点バース)を持つ、あの迷宮の怪物ミノタウロスを退治した「テセウス的英雄」の出現が待望される、と結んでいる。ボルヘスの基本的文学観を継承しようとする志向性を持つバースが、自分自身をこの「テセウス的英雄」の一人と見なしていることはおそらく確実だろう。

しかし、一応それはそれとして、「活字、テープ、なまの声のためのフィクション」という副題を添えられた、全部で一四篇を収めたこの精力的な作家の卓抜な短篇集に『びっくりハウスの迷子』（六八年）があるが、そのなかの「ライフ・ストーリー」で、「職業上、小説と短篇の作者」である語り手がこんなことを語る。

物語を書きはじめるというのは何とわびしいやり方なのだろうと、自作の長い導入部を読み返しながら、彼はそう独り言を言った。そこには「基本的な場面」もないばかりか、その散文の文体も重々しく、まるでトーマス・マンの英訳本のように、いささか時代遅れだし、しかもいわゆる「媒体」自体も少くともいかがわしいものなのだ。つまり自意識的で、目のくらむようなアーチ形をしており、当世風に唯我論的だが、非独創的なのだから——実際、これは二十世紀文学の慣習なのだ。またしても物語を書く作家についての物語というわけか！　またもや無限の遡及というやつか！　芸術創造自体の過程とは別の何かを少くとも公然と模倣するような芸術のほうがよい、と考えない者がいるだろうか。……共感的であるにせよ、ないにせよ、批評家たちは彼自身の作品を前衛的と評するのだが、心の奥底で、彼は、実験的で、自蔑的な、あるいはサミュエル・ベケット、メアリアン・カトラー、ホルヘ・ボルヘスのような、明白な形而上的性格の文学を嫌悪していた。ルイス・キャロルの論理学的幻想は、単純明快な冒険小説や、微妙に感傷的な伝奇小説《ロマンス》や、トルストイのような精密きわまるリアリズムよりも彼を楽しませなかった。彼のお気に入りの現代作家はジョン・アップダイク、ジョルジュ・シムノン、ニコール・リブーであった。不条理演劇も、「黒いユーモア」も、どんな形式の寓意《アレゴリー》も、芝居がかった衣装でけばけばしく飾り立てられた黙示録的なお説教も、彼には用がなかった。

「二十世紀文学の慣習」、すなわち作品を書くことについて極度に自意識的、反省的となり、そのことをほとんど唯一の主題とせざるを得ない作者の不毛な自意識の堂々めぐりを、いわゆる模倣的《ミメティック》な芸術の伝統へのいかにもむなしい、無力な郷愁を深層心理的背景として浮彫りにしていて印象深い。こういう文章を読むと、前衛作家がふと洩した本音ではないのかという思いをある程度禁じ得ないが、バースの読者ならば、彼が、伝統的な小説への郷愁と、しかし、その歴史的役割はとっくに終焉し、その手法も、小説観も、現代では手垢にまみれすぎた古めかしいものにすぎぬ、という苦い認識とのあいだの葛藤を生きていることに容易に気づくはずである。

このような葛藤は、新しい小説、新しい形式の可能性を探求する現代作家の場合、多かれ少かれ否応なく経験せざるを得ないだろうが、注目していいのは、バースがこの葛藤を、単なる情緒的・心理的反応の次元にとどめることなく、小説を書きつづけるうえでのいわば跳躍台として積極的に活用していることである。バースは三つのノヴェラ（中篇）を収めた『キマイラ』（七二年）において、『千夜一夜物語』やギリシア神話を原型に据えることにより、「語りの原初的源泉への回帰」を企図しているが、そこにはこの種の葛藤を直視することを通じて、それを新たな文学的エネルギーへと転化させようとする強い希求を見てとることができる。そのような希求をつらぬくことを通じて、バースは可能性の枯渇にあえぎ、小説の危機におびえる現代の「迷宮的現実」からの脱出を図り、怪物を退治する「テセウス的英雄」たらんと志している。そう言ってみたくなるほどの、ある意味ではドン・キホーテ的な志向性をこの作家は持ち合せているように見えるのだ。だが、これは大層貴重な志向性だと思う。とりわけ多くの作家たちがさまざまの困難に逢着するあまり、ともすれば畏縮しがちで、野放図な企図を示し得なくなっている感のある現代小説の領域において。

『キマイラ』は「ドニヤーザード姫物語」、「ペルセウス物語」と「ベレロフォン物語」で構成されている。「ドニヤーザード姫物語」とは、『千夜一夜物語』を重要な枠組にしてシヘラザードの妹ドニヤーザードを視点人物とした中篇で、ギリシア神話の英雄ペルセウスとベレロフォンを対の主人公とする後二作をあらかじめ説明するという一種予告的な役割を果しているが、この小説での作者の試みは、敢えて約言すれば、現代的な批評性と原初的な物語との共存を図る、ということに尽きると思う。「ドニヤーザード姫」で作者のペルソナとしての「魔神《ジーニー》」は、自分はいま仕事面で分岐点にさしかかっている、そこでいままでの仕事を生かしながら、過去の自分を超える途を探っているのだと述べ、「魔法の力で物語の源泉」へと立ち返ることを熱望する。魔神のこの熱望は、この小説全体をつらぬく底流となっているが、これはその全体が尖鋭な批評意識に支えられた風変りな物語論としても読めるような小説である。すなわち現代の視点から神話を語り直すということ、およびその意義を明確にするということ。そこにバースの何よりの強調が置かれていることは明らかであろう。

注目してよいのは、神話を語り直そうと試みるバースの、神話的原型に対する姿勢である。彼は神話に直接向うことによって現実世界を照し出そうとする姿勢をとる。これはジョイスが『ユリシーズ』で達成したとエリオットの言う「神話的方法」を転倒した姿勢と言ってよい。「神話的方法」とは、エリオットによれば、普遍的な神話的原型を媒介として、過去と現代とを持続の相において眺めることにより、空虚と混乱にみちた現代を秩序づけ、「意味と形」とを与える手段にほかならない、ということである。『ユリシーズ』においてエリオットの言うような機能が実際に果されているのかということには疑念を持たざるを得ないが、それはそれとして、その力点は明らかに、無定形で混沌とした現実世界を秩序化し、それを意味づけることに置かれている。しかもその場合、神話的原型が顕示されるのは、二十世紀初頭のダブリンの現実世界を書くことを通じてである。この「神話的方法」のプロセスを、バースはこの『キマイラ』において転倒させ、神話を直接語り直すことによって、現実世界を浮き上らせるという方法を原則的に用いている。この方法は『キマイラ』の前作に当る『びっくりハウスの迷子』所収の「エコー」や「メネラウス物語」などにおいてすでに実験済みであるし、バース自身もまた、あるインタヴューで、『ユリシーズ』のジョイスや『ケンタウロス』のジョン・アップダイクらは「神話をつくる魔法の杖を逆に握っている」と述べて、神話的原型に直接向うという彼自身の方法を確認している。

『びっくりハウスの迷子』や『キマイラ』以前の作品、たとえば現代世界を舞台とする『やぎ少年ジャイルズ』(六六年)では、物語の骨格がオイディプス神話とイエス神話のパロディとして形づくられていて、ジョイス＝エリオット風のいわば正統的な「神話的方法」がほぼ踏襲されている。それに比べると、『キマイラ』などにおける新しい方法の採用は、当然、この作家の新たな展開を画するものとなっていると思われる。事実そのとおりだとは思うのだが、神話をじかに扱う作者の企図が果して見事に達成されているのかということになると、必ずしも失敗作として貶すことはできないとしても、これはやはりいささかの疑義を持たざるを得ない作品ではなかろうか。最大の疑義はやはり、神話を語り直しながら神話の豊饒な実体を感じさせること少く、むしろ、錯綜した不毛な現実世界をより多く感じさせる、ということにある。しかし、これは、見方によっては、バースの意図どおりであるのかもしれない。つまり神話を語り直すことによって、古典時代の神話と同じく、日常のリアリティを指し示すことがこの前衛作家の窮極の意図なのだから。そこから、即かず離れずの饒舌がはじまっているのであろう。だが、それにしても、という、ある種のじれったさ、隔靴掻痒の感を覚えないわけにはいかないのである。

もう少し具体に即して言うと、文学の伝統とエロスの伝統を二つながら手に入れるドニヤーザードにしても、秋の夜空を彩る星となったペルセウスや、ペルセウスへの劣等感に悩みつつも、英雄たらんと欲して怪獣キマイラ退治に邁進するベレロフォンにしても、あまりにも知的に、観念的に、計算づくで処理されすぎていて、神話的人物としての単純明快な輪郭と力強さ、奥行き、驚異、一口で言えば魔術的魅力を欠いている。だから自意識過剰で輪郭の不鮮明な、だが途方もなく饒舌な、ある種の現代人を相手にしているような錯覚に時折とらわれてしまうのだ。つまり彼らは神話的人物としての拡がりや含蓄に乏しいと言わざるを得ないのである。これはそのままこの小説自体の特徴でもあって、しばしばなくもがなの脱線と註釈の泥沼のなかを転げまわる趣があって物語の感興を著しくそがれることが少くない。しかも作者自身がたびたび顔を出して、作家としての苦境や抱負や批評的意見などをとうとうとまくしたてる。その幾つかは確かに滑稽で、巧妙で、思わず耳目をそばだてさせるほど啓発的ですらある。しかし、その押しつけがましい饒舌な説明の調子は逆に「物語の源泉」から読者を遠ざけてしまう作用を持っているのではあるまいか。言葉を換えて言えば、この過度な饒舌調はヴァルター・ベンヤミンが「情報」と呼んでいるものを想起させる。ベンヤミンは「物語作者」という卓抜なエッセイで、物語るという術が現代において稀になった最大の要因は「情報」の普及であり、「情報にとって欠くべからざることは、それが饒舌にひびく」ということであると指摘して、こう語る。

> 毎朝ぼくらに世界中のニュースが伝えられる。にもかかわらず、そこで注目に値する物語はひどく乏しい。というのは、すでにそこに説明のまじっていないような出来事は、もうぼくらのもとまでこないからだ。言いかえれば、生起することはもはやほとんど何ひとつ物語の役に立たず、ほとんどすべてが情報の役に立つだけだからだ。つまり、ひとつの物語を再現しながらそれを説明からとき放って

やることは、すでにもう物語るという術のなかばなのである……異常なこと、奇蹟的なことは、最大の正確さで語られる。しかし事件の心理的な関係が読者に押しつけられることはない。理解したとおりに事態を解釈することは、まったく読者の自由にまかされていて、そのことによって、語られたことは、情報には欠けているあのひろい振幅を獲得するのである（中野孝次氏訳）。

これは十九世紀ロシア作家ニコライ・レスコフを論じたエッセイからとったものである。事実、この引用文の後半はレスコフについて述べられているが、ここにおける「物語」と「情報」との対比は、物語性の回復をもくろむ現代小説において、とりわけ含蓄に富む指摘であると思う。ベンヤミンは「情報」に左右されない原初的な物語作家としてレスコフを見ている。これは稀有なことだと、ドイツの偉大な批評家は言う。十九世紀はむろんのこと、現代において「情報」と無縁でいることはますます困難になる一方であることを少し考えただけでも、その稀有な独自性は明らかであろう。つまり少くとも文学の領域においては情報が物語を駆逐する、というような事態が恐るべき勢いで進行しつつあるのが現代なのだから。ノン・フィクションの流行はその顕著な徴候の一つである。だが、物語を希求する人間の心までも完全に駆逐できるものなのかどうか。情報量の異常な拡大がかえって原初的な物語性の回復への声を促すという、ある意味では皮肉な状況が最近生れつつあるが、これはおそらく必然の成行きである。物語るという行為は、まず一般的な次元で言っても、人間やその周囲の世界が一種の謎でなくならない限り、つねにいかなる場所でも、誘発され得るものと言ってよいからだ。決して数多くはないが、最近の一群の英米作家たちの仕事はそういう物語作者としての相貌を紛れもなく示していると思うのである。

その場合、レスコフのように「情報」から断絶するというのではなく、「情報」に関与しそれを多分に含み込んだ形で物語性の回復の実現を図るという、至極困難な営為に携っているのが、バースをはじめとする一群の作家たちである。今日、「情報」と無縁な物語作者というのは、ほとんど想像を絶する存在であるが、だからと言って、情報の無限定な流入を許してよいというわけでもなかろう。今日において、物語性の実現という行為はおおむね綱渡りにも似た危うさ、不安定性を持っていることは言うまでもないが、『キマイラ』についていささか酷な評言を書きつらねたわけというのも、その危うさ、不安定性がやはりいささか限度を越えていると感じさせるからである。しかし、急いで付け加えておかねばならないが、現代の観点から神話を語り直すというバースの目的自体は、その貴重さをいささかも減じていないと思われるのだ。

周知のごとく、エリオットやジョイスの「神話的方法」は「物語的方法」に取って代るもの、すなわち物語形式の解体を包含する方法であった。これは、古い形式の解体を通じて、新しい活力にみちた形式を復活させるという、文学史上において幾度も見出せる、すこぶる重要な認識上の変革の一つである。この場合の「物語的方法」とは、歴史的時間に縛られた十九世紀リアリズム小説の方法を指すと受取れるのだが、先の「物語」と「情報」の対比と同じく、「神話」と「物語」の対立は、モダニズム文学において、ほとんど決定的な役割を果したと言ってよいだろう。物語の季節が終焉し、神話の季節が到来することを、エリオットやジョイスは明瞭に告知していた。その後「神話的方法」が「物語的方法」を制覇した結果、終局的には、実験小説は袋小路に追いやられ、可能性の枯渇に苦慮するという皮肉な事態に立ちいたる。こうした状況にあって、モダニストたちの「神話的方法」のヴェクトルを逆転し、神話的原型に直接向おうとするバースの方法は、従って、当然のことながら、反リアリズム的な「物語的方法」をも包含することになる（彼はプロットは「音楽におけるメロディの要素に正確に相当する」と述べ、小説のプロットを好む旨を告白している）。これは神話小説の新しい可能性を約束する重要な方法ではなかろうか。この方法が新しい、実り豊かな可能性を内蔵していると思えるだけにいっそう、その期待を不十分にしか叶えてくれない『キマイラ』に不満を覚えずにはいられないのである。ともあれ、饒舌な文体がそのままポスト・モダニズム小説の困難をことさらに鮮明に浮き上らせている顕著な例の一つが、バースのこの小説であるように思われる。

3

バースは『キマイラ』において鋭い批評意識と豊饒な物語性との共存を企図していた。だが、その両者は必ずしも幸福な均衡を保つことなく、ともすれば批評性の過剰によって、物語の太い、魅惑的な糸がしばしば寸断されるような読書経験を強いられる趣がある。これを物語性と批評性との両立を目指す実験小説に絶えず付き纏うジレンマと言って片づけるのはたやすいが、しかし、この両立への希求自体は、隘路に陥った現代の実験小説の領域において、どんなに強調しても強調しすぎることのない重要な志向性ではないかと思う。ところが、こうした姿勢を顕示する作家は必ずしも多くはないのだ。『キマイラ』のほかに、『酔いどれ草の仲買人』(六〇年)や『やぎ少年ジャイルズ』などで、そうした志向性を明示しているバースは、言うまでもなくアメリカにおける第一人者と目してよいだろう。それではイギリス作家はどうかと言うと、代表として挙げたいのは次の二人である。ロレンス・ダレル、ジョン・ファウルズ。

ダレルは『アレキサンドリア四重奏』(完成は六〇年)によって、実験的な手法を操る物語作家として夙に知られるが、ここではその四部作に比べると知られることの少い『アフロディテの反逆』という総題のもとに纒められた二部作『トゥンク』(六八年)と『ヌンクァム』(七〇年)に注目してみたい。この二部作は、大胆な前衛的方法と奔放な物語的興味を緊密につなぎ合せていて、『四重奏』と共通する要素を多分に持ちながら、それとはかなり異る形でダレルの力量が遺憾なく示されている、すぐれて文明批評的な寓喩小説である。

資本とテクノロジーの威力でほとんど全世界を実質的に支配しているようなコングロマリット、マーリン社に天才的な発明家チャーロック（この小説の語り手）が入り、会社創立者の娘で、世界一金持の、だが強度の神経症に冒された金髪美人と恋愛結婚する。発明家の以前の愛人だった貧しいアテネの娼婦イオランテは世界的な人気映画スターに変身する。配下の者すべてに悪魔的な呪縛力をふるう現代のメフィストたる大企業の支配者ジュリアン。さしずめファウスト役は発明家だが、彼は巨大組織の網の目に捕えられていることを知って、そこからの脱出を図る。だが、現代資本主義文明そのものの化身とも言える大企業から逃れることなど到底できはしない。そして苦渋にみちたかずかずの経験の末、自由とは創造行為のうちでのみ相対的価値を持つにすぎないという苦い認識に支えられて、主人公は支配者に懇願されるがままに若死したイオランテとほとんどまったく等しい、超性能コンピューター装置による完璧な記憶力をそなえ性交まで可能な、生きた人形の制作に没頭する。だが、完成した人形は、やがてみずからの意志で自由に行動し、ついには支配者を殺害する。

この二部作において、ダレルの想像力は奔放不羈なまでに展開し、巨大なコンピューターが人間の女性に孕ませて生れたとされる主人公の荒唐無稽な物語『やぎ少年ジャイルズ』と同じく、SF仕立ての非現実的な物語として展開してゆく。しかし、完璧な死体防腐処置についてのエピソードだの、現代科学の最先端をいく技術による人形制作の叙述だのがいかに迫真的であるにもせよ、ダレルの目指すのは決して単なる物語性ではない。卑猥なほら話から愛や自由をめぐる高尚な議論まで、際限なく増殖していく感のあるこの大作における実に魅力的な物語性は、作者の形而上的観念を支え、肉づけし、追求していくための不可欠な装置の役割を果しているからである。金銭とテクノロジー崇拝によって動かされている現代西欧文明への激しい嫌悪と、文化の蘇生への願望が、ダレルを執拗に駆り立てている。高度に発達した管理社会の戯画とも見える巨大組織のなかで働き、失敗すれば自殺するしかない自由を奪われた社員たちと、彼らを異常な意志の力で冷酷に支配する、近親相姦の罪で去勢されて性的不能となった最高権力者。これらはダレルの見る現代文明の姿にほかならない。こうして利潤の原理によって動いている資本主義文明の痛烈な批判者ルターやシュペングラーが共感をこめて引用されることになる。

しかし作者は、われわれがそのなかで生活するこの利潤志向型の現代文明の種々相を、ただ外側から冷く諷刺しているのではない。社会や文明の現実から逃れることは到底不可能だと見さだめたうえで、良かれ悪しかれ、そのような現実を形づくっているさまざまの生き方や欲望を、苦渋と共感の入りまじった視点から眺めるのである。ダレルは詩人・批評家G・S・フレイザー（『ロレンス・ダレル研究』の著者）宛の手紙のなかで、自作について、「現代のテクノロジー文化についての批判などというふうに見ないでほしい」と述べ、「照明は実際のところ、文化というものを膠質《ゲル》化し、生存させ、存在せしめているものは一体何かという背後の観念に注がれている」旨を明らかにしている。

黒魔術と白魔術の対立を鮮明に浮彫りしていることといい、ホフマン『コッペリア』やリラダン『未来のイヴ』の流れをくむ、アフロディテになぞらえられた人工美女の創造といい、この二部作は表層的には現代版ゴシック小説としての体裁をそなえているが、しかし、この作品全体で問われているものは、作者が明言しているとおり、まさに人間の文化的営為、とりわけ創造（作）行為そのものであると思われる。だが、ダレルにとって、文化とは何か。それを探るうえで重要な手がかりを与えてくれるのは、標題に用いられたラテン語句を含む、ペトロニウスの小説『サテュリコン』の「トリマルキオの饗宴」の一節である。その箇所を、ダレルも絶讃し、名訳の誉れ高いウィリアム・アロースミスによる英訳書からの重訳で示しておく。

「言わせてもらうが、昔は事情が違っていた。女たちは晴着を着込んでいたが、丘の上の神殿まで裸足で登ったものだ。女たちの頭髪は結《ゆ》わえられてないが心は純真で、ユピテル神に雨乞いのために出かけて行ったのだ。するとどんなことが起っただろう？　その当時でなければ決して起ることはないのだが（"It was then or never" ラテン語の原文では "aut tunc aut nunquam"）、雨が激しくざあざあ降りに降って来るのがつねだったのだ。女たちは歯を見せて笑いながら、まるでびしょ濡れになった一群の鼠のように、その場にみんな立っていたものなのだ。ところが、われわれときたら、不信心になっているものだから、神々はその耳をふさいでしまわれたのだ。だから畑がからからに乾いているのだ……」

これは自由民のガニュメデスが、上流人士の奢侈な生活や道徳的頽廃、神々への不信心を憤り、昔の純真な信仰篤い人びとを引き合いに出す言葉である。ガニュメデスが慨嘆しているのは、純真な信仰篤い人びとが生き、神々の奇蹟も可能であったような時代（「その当時《トウンク》」）の崩壊、すなわち、共同体内における精神的一致の基盤の喪失による、宗教や道徳や風俗の紊《みだ》れに対してであることは明らかである。このガニュメデスの悲憤に、ダレルが、いわゆる荒地としての現代認識を重ね合せ、その克服を企図していることは、たとえば、パルテノン神殿などの古代建築を例に取って、建築の生物学的起源を解明し、古代ローマの建築家ヴィトルヴィウスに見出せる、原初的な想像力の回復を訴える建築家キャラドクの奇想天外な講演や、アルプスの雪景色を背景に、一種独特な詭弁を弄して、文化と自由と愛の三位一体的な関係についての想像力の復権を説く、ジュリアンの長い演説からも容易に知ることができよう。確かにダレルはある意味では現代版『サテュリコン』を書こうとした（結果的にはペトロニウスの作品よりも、フェリーニによって映画化された同作品のほうにより近いものが出来あがった）とも言えるが、荒廃した現代の精神風土に、そうした原初的な想像力を甦らせ、回復させるためには、文化というものが「対立物の一致」（ジュリアンの言葉）、つまり、G・S・フレイザーに寄せた自作解説の手紙のなかの作者自身の言葉を引くと、「さまざまの連想」を起動力にして成立していることを感知せねばならない、ということになる。たとえば、パルテノン神殿の建設は、その建造物と人間の肉体の各器管との緊密な照応を知覚する想像力の働きがあって初めて可能であったという具合に。

これを一口に言えば、ダレルにとって、文化とは、異質なもの同士を結びつける原始心性的、あるいはジュリアンの強調する錬金術的な万物照応の原理によって支えられたものでなければならないということになるが、そういった万物照応の原理への回帰を基点とする文化の観念を、ダレルは、『四重奏』における「相対性原理」的叙述法と同じく、みずからの創作原理として自在に操ろうとしているかのようである。そして文化的創造に携わる人間は万物照応の錬金術的美学を築き上げることによって「内的自由」を獲得し、救済される、ということが暗示される。

注目してよいのは、こうした美学を提示するのが、主人公チャーロックではなく、ほとんど全世界に等しい大企業を完全に支配する絶対者ジュリアンだということである。しかも去勢者たる彼は無から有を生じさせるという本来の創造力、生殖能力を欠いている。実物を精緻に模倣《コピー》して「紛いものを」作り出す擬似的な創造力を持つだけなのだ。こうした複製的な創造力が現代文明の支配原理と化していると、ダレルは見ている。しかし、彼は、好むと好まざるとにかかわらず、現代の文化的営為や創造行為を価値あらしめているのは、この支配原理にほかならないことを、苦渋と悲哀感をこめて明視してもいるのである。人工美女の制作がすさまじい迫力を持って描かれ、その死が本物の人間と同じ、あるいはそれ以上の哀惜を伴って表現されているのは、決してこのことと無関係ではないと思われるのだ。

この二部作では、会社がそのような支配原理に突き動かされる現代文明の象徴として提示されている。つまり、『アフロディテの反逆』において主役をつとめているのは、一つの抽象概念にほかならないのである。従ってここには、『四重奏』におけるような、登場人物の情念をしかとつなぎとめるべき風土の絆は存在しない。土地の霊を喚起させたり、華麗な風景描写を作品の本質的要素として定着させることを、作者が意図的に斥けているのはそのためだと思う。

風土の絆から切り離されるとき、当然のことながら、物語はいっそう奔放さを加え、登場人物は倒錯した情念に翻弄されるがままに、錯乱と頽廃の度をますます強めていくほかないだろう。主人公は自分の置かれている状態も、自分の眼前に立ち現れるさまざまな人間の状況も、何一つ確実にわからないし、わからないままに、しばしば放縦な拡散と分解に陥りかねないほど脈絡もなく断片を語りつづけなければならない。世界は断片の集積として眺めるしかないと、ダレルは言っているかのようである。あるいは現実崩壊の感覚をそこに認めてよいかもしれない。この作品全体をどす黒く彩っているアイロニーの調子が生ずるのは、ほかならぬこの透徹した現実認識を通じてであるし、「経験をはじめから順序だてて記録するのではなく、経験が自分にとって意味を持ちはじめた順に記録する」という、あの『四重奏』ですでにお馴染みの手帳形式も、こうした認識の所産であることは贅言を要しないであろう。しかもこういう現実認識は鋭利な批評意識と表裏一体のものなのだ。

だが、ダレルの場合、この批評意識は、『四重奏』と同じく、物語を排除するのではなく、かえって物語を活潑に誘い出す原動力となっている（それは『ムッシュー、あるいは暗黒の王子』や『リヴィア』の二作まで発表されている、彼の新たな試みである五部作においても不変である）。しかも作者はその物語世界を、抽象と具体、高雅と低俗、衒学性とセンチメンタリズムなどの相矛盾する諸要素を強引につき混ぜることによって、途方もなく拡大しようと試みている。全篇に行き渡っている、錯乱のなかの認識に由来する重苦しいアイロニーの調子がいささか強すぎるきらいはあるものの、その力強い試みは比類ない魅力を発散させている。そして古代の物語『サテュリコン』のデカダンな雰囲気を現代に甦らせているような趣がある。とりわけ批評性と物語が重なり合い、拮抗し合う濃密な空間に、強烈な現代文明批判だけではなく、人間存在自体に対する辛辣で悲痛な哄笑を鳴りひびかせ、創作行為に付随する根深い苦渋と悲哀感を滲透させている点で。

4

神話や古代の物語を現代に蘇生させる途を探る『キマイラ』や『アフロディテの反逆』とは違い、ファウルズの『フランス軍中尉の女』（六七年）は、それらよりもはるかに時間的に近い過去を扱った長篇小説である。これはいわば「ほんの百年前の物語」で、一八六七年、つまりこの小説が書かれる時点からちょうど百年隔てたヴィクトリア朝の黄金期に焦点を合せ、二人の若い男女の恋愛の経緯を描く物語のなかにその時代の風俗や慣習や歴史を濃密に溶解させた作品と言うことができる。

イギリスの南海岸の町ライム・リージスの古い突堤《コブ》の先端に佇んで荒海を凝視する一人の若い女。女の名はセアラ、時は一八六七年三月下旬。そのとき女と偶然視線を合せ、女の顔を「忘れがたい顔であり、悲劇的な顔」だと心にしかと銘記する三十二歳の古生物学者チャールズ。この長篇小説の大層印象深い幕開きである。

セアラはフランス軍中尉に捨てられ頭のおかしくなった女として町の人たちから蔑まれているが（標題はたとえば唐人お吉式の蔑称である）、従順さや羞恥心を欠く顔の表情といい、挑むような態度といい、また流行の先端をいく（従って人びとから嘲笑された）服装や髪型といい、当時の女性としてははなはだ常軌を逸している。この女に、チャールズは謎めいた不可思議な魅力を感じ、呪縛され、ついには金持の婚約者と別れ、彼女と駈け落ちしようとする。だが、迎えに行った日に、女はすでに失踪している。一年半後、チャールズは、女が「ラファエル前派」の指導者ダンテ・ゲイブリエル・ロセッティの館で助手として働き、新しい女として生れかわっていることを発見する。そして二人は……。

この作品は、確かに物語としては、一人の上流階級の紳士が謎めいた女に翻弄されて破滅するという、十九世紀小説にしばしば見られるような、いかにも常套的・通俗的な命取りの女《ファム・ファタール》の話である。だがその話は、十九世紀小説のように決してなだらかに直線的に進みはしない。この作品では気まぐれな語り手「わたし」が折にふれて顔を出し、物語の円滑な進行を抑制し、それにさまざまの註釈や意見を書き加えていく。これは批評性と物語との共生を図る現代小説ですでにお馴染みの手法だが、そうすることによってこの小説が虚構であり、作中人物も作者＝語り手の想像の所産にほかならぬことを作者は絶えず読者に意識させるのだ。つまり語り手もれっきとした登場人物の一人（彼はこの作品の最後のほうで、ロンドン行の列車の車室にチャールズの相客として、また、ロセッティの館のほうを窺っているフランス人風の伊達男としてコミカルに描かれることもある）であるということがこの小説の基調を明瞭に形づくっているが、たとえば第一三章の冒頭で語り手はこう語る。第一二章が「セアラとは何者なのか？　どのような影のなかから彼女は現れるのか?」という語り手自身の問いで終ったあと、テニスンの長詩『モード』からのエピグラフ(「創造主の意旨《みこころ》は謎めいている、ヴェールに隠されたイシスのようだ」)につづいてはじまる箇所である。

実はわたしにもわからないのだ。いま語っているこの話はすべて想像の産物である。わたしの創造になるこれらの作中人物たちはわたし自身の心以外には決して存在したことがない。わたしがこれまでわたしの人物たちの心や心の奥底の思いを知っているようなふりをしてきたとしても、その理由は(ちょうどその語彙と「声」の一部を採用してきたのと同じく)、わたしが語っている物語の時代に広く受け入れられていた文学的慣習《コンヴェンション》、すなわち小説家はほとんど神に近い存在だというコンヴェンションに則って書いているからである。小説家はすべてを知らないかもしれないが、知っているふりをしようとする。しかし、わたしはアラン・ロブ=グリエとロラン・バルトの時代に生きている。だからこれがもし小説だとしても、これはその語の近代的な意味での小説とはなり得ないのである。

『フランス軍中尉の女』はまさしく、物語の時代背景となっている時代のコンヴェンションとロブ=グリエとロラン・バルトに代表される文学についての新しい考え方との共存を図ろうとする、きわめて野心的な小説なのだ。つまりこれは、その背景となっている一八六七年という視点とそれが書かれる一九六七年という二重の視点を自在に交錯させて成立している小説なのである。小説家はほとんど神に近い存在というコンヴェンションが広く受入れられていた時代の全能の語り手を装いながらも、なおかつ自分がロブ=グリエとバルトの同時代人であることを忘れることができない。そこからこの小説のまったくユニークな語りが生ずることになる。

物語のなかで、語り手は、フロイトやヒトラー、ヘンリー・ムーアやサルトルやマクルーハン、あるいは映画、テレビ、レーダー、ジェット機、コンピューターなどをよく引き合いに出す。その効果は明らかに、この小説に精密に書き込まれたヴィクトリア朝世界が現代とはかけ離れた遠い過去に属していて、その世界との懸隔を読者に鋭く意識させると同時に、その隔りを明瞭に知覚させることによって逆にその世界の鮮明な輪郭を浮き上らせる、ということにあるように思われる。百年隔てた二重の視点がこの小説の方法として定着されているゆえんである。

ファウルズが選んだ一八六七年は、念のために言い添えると、ノーベルがダイナマイトを発明し、マルクスの『資本論』第一巻が刊行された年である。またこの年には、パリの万博が日本美術をヨーロッパに紹介し、イギリス議会が第二次選挙法改正法案を通過させ、アメリカがロシアからアラスカを購入している。これらの歴史的事件はすべてこの長篇小説のなかに何らかの形で組み込まれ、ヴィクトリア朝の黄金期に属していながらも、しかし知的にも社会的にも政治的にも地殻変動の兆しがはっきりと刻印されていた時代の変化相を示すいわば範例《パラダイム》として提示されるのである。そのことに当然関連するのだが、この作品全体には、ダーウィンやマルクスのような当時の思想上の偉大な変革者の言葉、テニスン、アーノルド、クラフ、ハーディなど、同時代の著名な詩人たちの詩句、さらには当時の民衆の生活や風俗や慣習を伝える各種の断片的資料や証言などが各章冒頭にエピグラフとして置かれたり、作品中や註のなかに巧みに織り込まれていて、それを読むわれわれのなかで共鳴して、一つの物語として、コラージュが組立てられていく。こうして作者による女主人公のイメージ生成の根源に

西のかた、海の向うに
眼を凝らし
逆風、順風の別なく
いつも彼女は立っていた
その眺めに魅せられて。
かなたの一点から
その眼差しは離れず
ほかのどこにも
魅惑されるものがないようだ。

という、この作品冒頭に掲げられた、ハーディの短詩「謎」が濃密に関与していることが明らかになる。しかもなお、物語の進展とともに、自由と解放を求めながら因襲の絆を脱することができず、破滅的な誘惑者でありながら無垢で禁欲的な女であるなどといった点が示されるにつれて、彼女はハーディの小説、と言っても『テス』よりもむしろ、『日陰者ジュード』の女主人公、スー・ブライドヘッドの系列につらなるということが判然としていく。それよりももっと重要なのは、たとえば貴族の奢侈な生活から下層民の劣悪な住宅環境まで、女性衣裳の流行から華美な室内装飾まで、「救世主の霊薬」として安価に入手可能な阿片から憂鬱症や女性の神経性ヒステリーまで、ポルノの大流行や各種避妊具や性具の発明から街娼の氾濫や少女売春まで、蒸気機関車から百貨店の出現、人相学や古生物学から精神分析学まで、選挙法改正運動から女性の参政権やフェミニズムの胎動まで、通俗家庭小説からディケンズやハーディ、あるいは約十年前にフランスで出版された『ボヴァリー夫人』をめぐる話題まで、ヘーゲルやJ・S・ミルから『種の起源』や『資本論』まで、などといった具合に、ヴィクトリア朝の黄金期がほとんど余すところなく、いわば上半身から下半身まで全体的に掬い上げられている、ということである。

こうした百年前の世界の再構成について、ファウルズ自身、それは実際のところ「サイエンス・フィクション」の手法によるものだと語っている（「未来の小説についての覚書」六九年）。未来を扱うだけでなく、過去を素材とするSFがあってよい、というのがその理由なのだが、過去を素材とするSF的小説と言えば、『フランス軍中尉の女』と同じ年（六九年）に発表されたナボコフの『アーダ』を想起させる。あの大作でも過去の現在化によって、時間が自由に遡行ないしは前進し、十九世紀後半にコカコーラを飲んだり、映画を観たり、ジョイスやプルーストの作品を論じたりすることが可能になっていた。この過去の現在化ということがファウルズの大作を支えていることは言うまでもないが、もちろんこれは因襲的な歴史小説などではない。しかし、考えられ得る「三つの結末」を持つこの小説は、虚構について、語り手について、おそろしく鋭い批評的自覚に達している現代作家が歴史に立ち向う際にとるべき一つの姿勢を明示していると言ってよいのではあるまいか。しかもファウルズは、ダレルと同じく、ロマネスクの世界が、批評意識の深化によって後退しないものであることを証明し、そうすることによって、逆説的にすこぶる魅力的な現代の歴史小説を創造することに成功したと思われるのである。

小説の死や危機をめぐって行なわれるかまびすしい論議に対してファウルズは疑義を呈し、こう述べている。「もしも小説が死んだのだとしても、その死骸はいまなお奇妙に肥沃なままである」と。この見解は注目に値する。何よりもまずこの作家の小説観の基本を端的なイメージに託して表明している点において。ファウルズはかつてロブ＝グリエの挑発的エッセイ『新しい小説のために』を現代作家にとっての必読書とたたえたことがあるが、しかし、そこに提出された重要な結論の一つ――小説が生き残るためには、新しい形式を発見しなければならない――は明らかに謬見だとして、次のように語っている。

それは小説の目的を新しい形式の発見ということに帰着させることになる。これに対して、小説の他の目的――楽しませたり、諷刺したり、新しい感受性を描いたり、人生を記録したり、人生を改良したりすることなど――も、明らかに同様に実行可能で重要なのである。しかし、新しい形式をという、彼の偏執的な訴えは、今日の作家たちの書くどのページにも一種の圧迫感《ストレス》を与えている……一八六七年について書くことはその圧迫感を弱めはしない。むしろ強めるのだ。その内容の非常に多くが歴史的性質上「伝統的なものに」ならねばならないのだから。他芸術には明らかにこれと類似のものがある。ストラヴィンスキーによる十八世紀音楽の改作、ピカソとフランシス・ベーコンによるヴェラスケスの活用。だが、このような関係において、言葉は音符や絵筆ほどにうまく扱えないのである（「未来の小説についての覚書」）。

こういう発言を読むと、現代作家の置かれた厳しい困難な状況、従ってその創作活動が苦渋にみちた冒険の仕事にならざるを得ないゆえんの一端を垣間見ることができるような気がする。ここには、好むと好まざるとにかかわらず、一種折衷主義的な見解が示されていて、才気あふれる前衛作家風の倨傲で颯爽たる姿勢などはむろん見出せない。むしろそういう姿勢の顕示に胡散臭い時代錯誤を感じ取ってしまう。ファウルズにとって、もはや前衛も伝統もそれ自体のみでは存立不可能と見なされているからだ。あるいは、前衛と伝統という古典的対立がすでに無効になったという認識。この作家のいわば折衷主義的な見解はこうした認識によって支えられているのである。

だが、これは果して単なる貶価的な意味合いを持つ折衷主義なのか。ぼくはそうは思わない。過去の小説遺産を肥沃な土壌として受けとめ、その土壌を現代の観点から再発掘すること、それは新しい形式の発見を目指すことに劣らない、果敢な小説的営為ではなかろうか。『フランス軍中尉の女』(そしてここでふれる余裕はないが、最近作『ダニエル・マーティン』は、そうした小説的営為の、ある意味では模範的な結実であり、しかも結果的に新しい小説形式を具現し得ている稀有な作品と考えられるのである。それはまず何よりも、インターテクスチュアリティの美学の閉鎖性・抽象性から作品を歴史的空間のなかに解き放つ回路を作り上げ、日常的から非日常的な事柄までさまざまな要素を混ぜ合せ、ぶち込むという、不純で雑駁なジャンルとしての小説本来の形式の回復を果している点で。これは言うまでもなく、バースやダレルとも共通する重要な特徴であるが、批評性と物語の共存を図ることによって、小説の世界を途方もなく押し拡げ、その可能性を執拗に追求しているこれら三人の作家の作品を前にすると、迂闊に小説の危機などロには出せないと思う。異論はあろうが、英米のポスト・モダニズム小説が、バース、ダレル、ファウルズにおいて一つの頂点を形づくっているのは明らかなのだから。

IV

記憶への架橋——『ロリータ』をめぐって

小さなガラス玉のなかの色鮮やかな螺旋
『記憶よ、語れ』第一四章

『ロリータ』は、言うまでもなく、表面的には十二歳の少女を追いまわす中年男の異常愛を主題とする小説である。しかしながら、「ある白人の男やもめの告白」という副題につられてこの小説をポルノグラフィックな興味から読んだり、中年男の異常な性倒錯心理のフロイト的解釈に耽っても、それほど大した益はあるまいと思われる。通常の意味では倒錯、もしくはスキャンダラスなと見えるような局面に徹底的に執着してみせることによって、ナボコフはその深層にひそむ真実をとらえようとしているからである。

ああ、ロリータよ。ヴィ〔ヴァージニア〕がポーの恋人であり、ベア〔トリーチェ〕がダンテの恋人であったように、おまえはぼくの恋人なのだ。

これが滑稽と哀切とを綯《な》いまぜにしたような詩人くずれの主人公ハンバート・ハンバートの生涯をつら

ぬく一筋の糸である。しかしそれにしても、ハンバートはどの程度まで本気でこう言っているのか。これは余りにも手垢にまみれ感傷的にすぎる表現ではないか。当人が真面目であればあるほど、読者には滑稽至極な時代錯誤《アナクロニズム》と映り、そのきざで陳腐なロマンチシズムに辟易して読書を中途で放棄させるたぐいの表現ではないのか。それともこれは、ニンフェットの神秘的な美に魅惑された主人公の誇大妄想をシニカルな調子で揶揄し、戯画化してみせたものなのか。思わずこうした猜疑の眼差しを投げかけたくなるほど、この小説は一見堕落したロマン主義小説の印象を与える。しかし、これはきわめて反ロマン主義的な小説、誤解を恐れずに言えば、反ロマン主義的な芸術家小説なのである。さしあたりこの小説に近い作品としてぼくが思い浮べるのは、ジョイスの『若い芸術家の肖像』くらいである。

この作品にせよ、この作品の原型と考えられる『暗闇のなかの笑い』(邦訳題『マルゴ』)にせよ、あるいはもっと開かれた、ひろやかな想像的空間に解き放たれ、そこで遊ぶといった趣の濃厚な大作『アーダ』にせよ、作者の頽廃への傾斜は蔽うべくもない。世紀末詩人の妖しい魅力をたたえた頽廃の世界をただちに連想させる倒錯的な性愛、異常な美への帰依も、世紀末詩人の場合がそうであったように、深い自己喪失感、孤絶感に彩られている。『ロリータ』の場合、幼い女主人公がハンバートの熱狂にほとんどまったく唱和しないことが彼の自己喪失感、孤絶感をいっそう深めていると言える。彼らの関係はむろん通常の意味での男女の愛でも、社会から疎外された男女同士の愛の情熱が、疎外感の深まりに応じてますます強く燃えあがり、灼熱の度を高めるといったたぐいのものでもない。かつては姦淫という禁忌《タブー》を犯すことが男女の相愛の絆を強め、愛をいちだんと白熱化させ、神話へ昇華させることも可能であった。しかし、ハンバートとロリータは、ドニ・ド・ルージュモンが『愛の神話』(一九六一年)のなかで指摘しているように、トリスタン伝説に見られるような「不幸な相愛」からまったく縁遠い恋人たちである。彼らには、こうしたトリスタン伝説やヴァーグナーの『トリスタンとイゾルデ』におけるような「愛死」によって一挙に恋人の魂や宇宙の本質と融合・合致せんとする衝動など微塵も認められない。彼らは恋人としては互いにまったく孤絶したままなのである。それに彼らのあいだに肉体関係があったかどうかさえもすこぶる疑わしい。一言で言うならば、ハンバートは十二歳の幼い少女への性愛と近親相姦という性的禁忌《タブー》に脅かされてロリータに手を出せない性的倒錯者なのだ。しかも、その禁忌はまったく一方的に彼のみを苦しめ罪悪感を抱かせるものであって、ついには自己の性的欲望を実体化した分身キルティを殺すという滑稽な羽目に陥るのである。ハンバートの少女に対する情熱は、初めからその禁忌によって脅かされ、脅かされることによって深く内攻しながらいよいよ激烈さの度合いを強めてゆく。みたされぬ鬱屈した情熱が捌け口を見出すのは非現実的・想像的世界である。

ぼくはいま、これまでの悲惨な記憶のページを何度も何度もめくりながら、ぼくの人生の亀裂のはじまりは、あの遠い昔の夏のまばゆい輝きのなかにあったのだろうか、あの少女に対する過度の欲望は先天的な異常性格の初期の徴候にすぎなかったのだろうかと、繰り返し自問しつづけている。だが、自分自身の欲望や動機や行動などを分析しようとすると、ぼくは際限なく二者択一の問題を分析能力に与えてくれる回顧的な想像に耽ってしまい、そのために、眼に浮んだ道筋がそれぞれ無限に二つに分岐してしまい、ついには過去がひどく複雑な様相を帯びてくるのである。しかしながら、ある魔術的な宿命的な意味において、ロリータの前身がアナベルであったということをぼくは確信する（第四章、傍点筆者）。

『ロリータ』の主題が記憶であると言ったら人はおそらく嗤うであろう。しかし、背徳漢ハンバートの手記は少年期の記憶をその基軸としながら、螺旋状に展開していくようにぼくには思われる。その手記は初恋の少女アナベルをめぐる回想を中心として旋回し、ロリータを見出すまでの「悲惨な記憶のページ」をいわばその反定立とし、ロリータ追想を彼の人生のいわば綜合として弁証法的に展開していくからである。つまり、この小説に表現されているのは、ハンバートの過去の性的‐美的体験そのものの忠実な再現ではなく、その体験を想像力（「回顧的な想像」）によって分析し、秩序化し再創造する過程、別の言葉で言えば、過去を現在化する過程であると思われる。従って、ロリータにまつわる過去のさまざまの奇怪な事件や滑稽なエピソードも、それら自体の叙述のためのみにあるのではなく、それらがキルティ殺害のため獄舎につながれた現在のハンバートにとって、いかなる意味を持つのか、いかなる形で自己のなかに現在しているのか、あるいは現在させようと意図しているかを語ることにあると言ってよい。ハンバートの長い手記の根柢にあるものは、「回顧的な想像」を基軸として精緻な技巧の限りをつくした表現行為に没入するとき、現在と過去とのあいだの同一化・重層化によって、閃光的に、戦慄的に立ち現れる堅固な実在の感触から得られる至福感への志向とでも言ったらよいであろうか。ナボコフが『ロリータ』の場合のように手記や、伝記（たとえば、『セバスチャン・ナイトの真実の生涯』）、遺稿（たとえば、『アーダ』）といった文学形式を愛用するのも、過去の現在化を作品構造の中心に据える彼の想像力の志向性と合致しているためにほかならないと思われる。

　ナボコフの作品には故国ロシアで過ごした失われた幼少年時代への執着めいた動機《モチーフ》が絶えず現れる。初恋の少女の動機《モチーフ》はその最も顕著な例の一つである。一九二六年にベルリンの亡命ロシア人の出版社から刊行された彼の処女小説『メアリー』（原題『マーシェンカ』）は、主人公ガーニンの初恋の少女メアリーへの追憶を主題としている。ガーニンは亡命ロシア人たちのたむろするベルリンの安下宿屋住まいの若いロシア人である。下宿人の一人の野卑な中年男が自分の妻が近くロシアからやって来ると嬉しそうにガーニンに語るが、見せられた写真から、ガーニンはその女性が少年時代の初恋の相手メアリーであることを知る。彼は中年男の目覚し時計をわざと狂わせ、メアリー到着の朝、彼女に会うために駅へ行こうとする。だが、駅へ向う途中、彼は真実のメアリーが自分の記憶のなかにのみ確固として存在することを悟り、彼女に会わずにベルリンを立去るべく違う駅へとタクシーを飛ばす。

みずみずしい香気を漂わせているこの素朴な中篇小説は、回想によって浮びあがるロシアの田園風景を背景とする主人公とメアリーの交渉の場面よりも、ベルリンの場末の下宿屋に出入りする人間味あふれた、チェーホフの小説に登場する人物たちを想起させるような亡命ロシア人たちを描いた部分のほうがずっと生彩に富んでいるように思えるのだが、それにもかかわらず、この小説には紛れもなくナボコフ的文学世界の核心が、少くともその萌芽があらわに見てとれる。すなわち、幻影としての現実という認識と表現行為を通じての失われた時＝記憶の回復の意志である。ガーニンは初恋の少女についての記憶はいかなる日常的現実よりもはるかに真実な、重みのある「不滅の現実《リアリティ》」であると語る。そこにはベルリンでの日常的生活を幻影と見させるほどに強烈な想像＝記憶の世界への執着が認められる。こうした現実と対立する想像的世界に優位性を認めるという志向は、表現行為によって構築した想像的世界のほうがいかなる日常的現実よりも手応えのあるリアルなものだという認識に当然のことながら行きつく。こういう認識がプルーストやジョイス以後の反十九世紀的リアリズム小説の根幹にあることは改めて指摘するまでもないが、ナボコフの場合、彼独特の私的な経験を経てそういう認識に立ちいたっている。何度も言い古されていることだが、彼がロシア革命の犠牲者であり、そのために故国を捨て亡命生活を送ることを余儀なくされたという経験である。この特殊な個人的経験が、ナボコフの文学活動の核となり得ているわけは、それが単に故国喪失ということのみにとどまらず、自己喪失への契機を孕んでいたためにほかなるまい。『メアリー』が執筆された一九二五年にナボコフは「紋章」と題する次のような短詩を書いている。

故国が海の暗闇のなかへと退くやいなや
北東の強風がまるでダイヤモンドの剣《つるぎ》のように、
ぱっと閃いて　雲間に
星の穴ぼこをあらわにする。
ぼくの憧れは疼く、ぼくはぼくの思い出を
最大の注意を払って保持する誓いをたてている。
ぼくが故国喪失の紋章を選んでからずっと。
漆黒の海原《うなばら》の上には星の剣《つるぎ》が。

闇夜のなかで閃光を発する「星の剣《つるぎ》」。周囲の闇が濃くなればなるほどいっそう鮮烈さを増してゆく過去の記憶。その閃光の存在は現在の自分が闇夜の世界で生きているという実感を否応なく強めていく。『メアリー』以後のナボコフの視線のありかは、闇夜にきらめく「星の剣」に凝結して動かぬように見える。あとはただ、自己の根柢に密着していると感じられる記憶の精髄《エッセンス》を彫琢に彫琢を重ねた緊密な文体によって喚起させ、手応えのある確固たる実在に念入りに仕立て上げていくという意志に委ねるほかはないだろう。そうした意志を貫き通すことによって、自己の生を危うくするような闇夜の世界に対峙していくと同時に、自己の生を支えている記憶の世界の確かさを反芻しつつ、両者の緊張関係が織りなす「小さなガラス玉のなかの色鮮やかな螺旋」にも似た、まるで夢のように螺旋状に旋回する文学空間の同質性をいちだんと深めてゆくということになるのだと思われる。

初恋の少女の動機《モチーフ》は、こうして、彼の拠って立つべき基盤を確かめるための基本動機の一つとなる。メアリーは作者によってさまざまの変奏を与えられながら、『記憶よ、語れ』のなかのコレット、アナベル＝ロリータ、そしてアーダへと変容していく。だが、『ロリータ』の作者は、『メアリー』の作者ほど素朴でソフィスティケーションを欠いているわけではない。それどころか、彼はしたたかな技巧家、過去の文学的遺産に対してきわめて尖鋭な意識の持主として現れるのである。

カール・Ｒ・プロファーの『ロリータへの鍵』（一九六八年）およびアルフレッド・アペル・ジュニアの『ロリータ註解』（一九七〇年）という二冊の良心的な註釈書は、ナボコフがこの小説でいかに多くの文学的引用、下敷き、パロディ、イメージ、洒落《パン》、字謎《アナグラム》などを用いているかを詳しく報告している。それらは、一九五六年の暮れに、『スペクテイター』紙上で、グレアム・グリーンが『ロリータ』の文学的価値を他の批評家に先がけて認めた文章（『ロリータ』の初版は一九五五年にパリのオリンピア・プレスから刊行されたが、『ニューヨーク・タイムズ書評紙』などは、一九五六年二月に『ロリータ』を「フランスの長篇小説」と呼んでいたほどである）のなかで、「『ユリシーズ』以来の言語的実験」と鋭く指摘した方向に沿っての一応の学問的集大成であると言えよう。彼らの研究によると、この小説全体がＥ・Ａ・ポーを筆頭にして、メリメ、シェイクスピア、ジョイスの順に、あとはプーシキン、ルイス・キャロル、シャトーブリアン、ダンテ、サド、フローベール、ゴーゴリ、キーツ、Ｔ・Ｓ・エリオット、プルースト、スウィンバーン等々といったヨーロッパ文学史上の錚々たる作家の作品への一大パロディ集だということになる。こうした文学の内部で文学を書く、あるいは過去の文学的遺産を自己の記憶の重要な局面として受けとめる姿勢は、ナボコフの場合、『ロリータ』が初めてではなく、早くはロシア語で書かれた『暗闇のなかの笑い』(一九三二年)や『賜物』(一九三八年)などにも判然と見られる特徴である。とくに、ヨーロッパ小説に伝統的な芸術家小説である『賜物』は、ジョイスの『若い芸術家の肖像』と同じく、全体が一種の詞華集のような趣を呈している長編小説である。さらに、『ロリータ』以後の作品である『青白い炎』(一九六二年)は、ポープの『人間論』とシェイクスピアの『アセンズのタイモン』、『アーダ』(一九六九年)は、シャトーブリアンの『ルネ』と詩作品、そしてトルストイの『幼年時代』『少年時代』『青年時代』およびアンナ・カレーニナ』を中心に据えた十九世紀ヨーロッパ詩・小説史への大規模なパロディ集となっている(全体のほぼ半分以上を占めるとくにその第一部において)。このような「寄せ集め細工《パッチ・ワーク》」技法、あるいは、現代イギリスの小説家・批評家ジョン・ウェインのいわゆる「編集的方法」(『ロリータ』『青白い炎』『アーダ』はそれぞれ表面的な形のうえでも故人となった主人公の遺稿を編集するという体裁をとっている)の採用は、丸谷才一氏がきわめて説得的に鋭利に分析したように、ナボコフとジョイスの血縁関係を何よりもまず明確に示していると言えるであろう(丸谷氏の二つのエッセイ「通夜へゆく道」と「故国の言葉と異国の言葉についてのノート」参照)。

プロファーやアペルが指摘しているように、ハンバートの初恋の少女アナベルは、二十四歳で薄幸の生涯を閉じた妻ヴァージニアへの愛慕をこめて作ったといわれるE・A・ポーの有名な抒情詩「アナベル・リー」と二重写しにされている。とくに抒情詩風で音楽的な文体で書かれた小説の冒頭部はポーの「アナベル・リー」を完全に下敷きにしていることは一目瞭然である。それはアナベル・リーの生れかわりとしての「ロ・リー・タ」という名の「リー」の箇所にはっきりと明示されているばかりか、全体の語句や詩的雰囲気がポーの「アナベル・リー」のそれを正確に反映しているのである。しかし、ポーの詩の反響《エコー》の詳しい具体的な検証はプロファーやアペルの註釈書に譲るとして、さしあたりぼくの注意を惹くのは冒頭部の次の文章である。

彼女（ロリータ）は誰かの生き写しではなかったか？　そう、たしかにそのとおりだ。実際、ある夏、ぼくがあの最初の少女を愛さなかったなら、ことによるとロリータは、まったく存在しなかったかもしれない。海のほとりのある公国で。ああ、あれはいつのことだったろう？

「あの最初の少女」とはもちろん、十二歳のハンバートがリヴィエラ（「海のほとりのある公国」）で知り合った同い年《どし》の初恋の少女アナベル・リー（リーの綴りはポーのリーと違うが発音は同じ）のことである。「海のほとりのある公国」とはむろんポーの「アナベル・リー」に出てくる「海のほとりのある王国」のもじりである。注目すべきは、ハンバートがロリータをアナベルの化身、「生き写し」として見たことがこの小説の以後の展開を決定づけているということである。アナベルの動機は、ポーのアナベルのイメージに重ね合せられながら、濃淡さまざまの陰翳を与えられつつ展開していく。その動機は自伝的手記を書くことによって失われた自己を回復しようとするハンバートの意志と密接に関わっている。彼はアナベルの化身としてのロリータを精緻をきわめた技巧を駆使することにより、他のいかなるものよりも堅固でリアルな、と感じられるほどの存在に仕立て上げることによって、自己喪失からの回復を目指しているからである。

そうした自己喪失からの回復への意志の歩みが、一見あまりにも文学に淫しているという印象を与えるこの小説に一種独特の倫理的な色合いを添えている。つまり、文学的な姿勢がそのまま倫理的な探求に結びつくという二重のレヴェルにおいてこの小説は書かれてゆくからだ。一見時代とはかけ離れたところで書かれたと思われるこの作品が、個人の荒廃を描くことによってその個人が生きる時代（現代アメリカ）の荒廃をも二重写しにするといった契機はおそらくここにある（そのことはロリータを連れてハンバートがアメリカ中のモーテルを泊り歩く場面に最も顕著に見出せる）。

だが、表現行為を通じて回復されるべき自己とは一体どういう自己なのか。それはノスタルジアをこめて過去を回想する際に現れる感傷に彩られた自己とはいささか異るものであろう。それは記憶のなかに結晶している自己が記憶の呪縛から解き放たれ、自由でひろやかな想像的空間へと融合した自己とでも言ったらよいだろうか。作品に即して言えば、第四章でハンバートがアナベルをロリータへ化身させることによって「アナベルの呪縛」から逃れることができたと言っているのも、彼がロリータを通じて開示する秩序ある想像的世界へと自己を確かに位置づけ、自己回復を図ろうとしたことを明らかにしていると思われる。しかし、その場合のロリータとはいかなる存在なのか。十二歳の「平凡な子供」としての日常的世界で生きる生身のロリータではむろんない。また、ハンバートを魅惑してやまない美しいニンフェット、あるいは蝶としてのロリータでもない。それはあくまでも彼の幻想や想像の世界のなかで生きるロリータにほかならないのだ。ハンバートは窓ガラス越しに、まるで「不思議の国のアリス」のようなロリータをのぞきみしながら、幻想に耽ったことを回想してこう語る。

その燃えるような幻想には、ある完全なものがあり、それがまたぼくをこのうえもなく歓喜させた。なぜなら、その幻想は、手のとどかぬところにあり、それに近づいて行って、余計な禁忌《タブー》の意識によって、それを台なしにしてしまう可能性などまったくなかったからだ。実際、ぼくにとって、未成熟が持っている魅力はまさに、純粋な若い禁じられた妖精のような少女の美の透明さにあるというよりも、むしろ、与えられた小さなものと約束された偉大なものとのあいだの空隙《ギャップ》を、永遠の完成が埋めてくれる状態の確実さにあると言ってもいいだろう（第二部二七章）。

ハンバートがまるで珍しい美しい蝶でも採集するように執拗に追い求めるのは、「禁忌の意識」から自由な彼の幻想世界のなかで生きるロリータである。彼は「妖精のような少女の美」を芸術的表現に昇華させることのみを望む。彼の目的は「与えられた小さなもの」としての日常的世界に生きる少女を「約束された偉大なもの」——つまり、芸術によって不滅性を獲得できるような存在——へと変容させることにあるからだ。そうすることによって少女の美しさを語る自己および自己の生涯を不滅化する。おおよそこのようなプラトニックな想念にハンバートが呪縛されていることは、

そしてこのこと〔芸術という逃避〕こそぼくときみが共有する唯一の不滅のものなのだ、ぼくのロリータ。

という構造的には終りがはじめになるような（この作品の最初と最後の言葉は「ロリータ」への呼びかけである）閉じた円環を形成する末尾の文章からも容易に察知できるだろう。

ここまでくれば、ハンバートのロリータに寄せる情熱も、窮極的には、彼女の形を借りた芸術への情熱そのものということになるであろう。従って、アナベルの化身としてのロリータとは、彼の芸術への情熱

の化身そのものにほかならないと思われる。彼があれほど初恋の少女のイメージに呪縛されるのも、過去の現在化を通じて彼女を芸術的表現に昇華させたロリータへと変身させ、一挙に失われた時＝自己を回復しようと企図していることに由来している。ポーの「アナベル・リー」のイメージの重ね合せも、その他数多くの言語的実験も、単なる文学的遊戯《ゲーム》というだけにとどまらず、対象を自己の世界に同化しながら、しかもなお対象本来のイメージをそこなうことなく、自己完結性をそなえた作品へと結晶化させていくためのいわば「跳躍台」の役割を果していると言えるだろう。言葉を換えて言えば、それらの遊戯は現実と虚構とのあいだの「空隙《ギャップ》」を埋めて新たなリアリティ――そのなかで自分が生きる文学空間――を作り出すための有力な武器となっているのだ。この作品中の言語的実験のかずかずが深い意味での文学的価値を持っているのはそのためである。ナボコフが巧緻な詩的文体を綿密に彫み上げていくのも、そうすることによって閃光的に、戦慄的に立ち現れる実在《リアリティ》の感触から得られる至福感、あるいはナボコフ自身の言葉を借りれば「美的至福」に恍惚とするためにほかならぬ。しかし、ナボコフはそうした恍惚感のなかへと自我を無限に拡充させ、自己陶酔に耽ってしまうにはあまりにも自意識家でありすぎる。この小説のなかに彼のプラトニックな夢と恍惚と背馳するある理智の冷たさ、静謐の感じが見出せるのは、彼の醒めた自意識家、分析家としての計算と戦略に由来しているからだと思われる。この小説のほとんど古典主義的な構成、均斉と調和の感覚、精緻な技巧のかずかずは、そうした感じをいっそう強めてもいる。自己喪失の悲しみに彩られたハンバートの生涯が、不安と恍惚、自己陶酔的な感傷とシニシズム、倒錯と頽廃などの激しい渦のなかで旋回していきながらも、動きそのものを止揚してしまったようなある静けさの感じを与えるのは、ナボコフが「回顧的な想像」によって、つまりすべてを記憶の世界に転移させることによって得られた批評的視座に立って書いているからだとぼくには思われる。彼が文学から文学を作り上げるといういわゆる「寄せ集め細工」技法に多くを負うているのも、過去の文学的遺産という記憶を自己の恣意によって変えながらそれを現在化するという彼の批評的視座に深く根ざしている。この批評的な視座、あるいは後向きになった分析の眼が、『ロリータ』だけではなく、ナボコフのほとんど全作品の構造を決定づけているといってよい。彼はあくまでも分析と総合に熱中する醒めた批評家的なプラトニストなのである。

この批評的な視座によって定着された世界はまさに自足した円環的世界と呼ぶにふさわしい閉ざされた構造をなしている。それは鏡あるいは窓ガラス越しにのぞきみした世界でもある。一九二三年にルイス・キャロルの『不思議の国のアリス』をロシア語に翻訳して以来、ナボコフはこの作品の魅力に取り憑れているようだ。『ロリータ』に限らず、『セバスチャン・ナイトの真実の生涯』『青白い炎』『アーダ』などの作品にはとりわけその影響が顕著に見てとれる。これらの作品が開示する世界は、一種異様で非現実的な「不思議《ワンダーランド》の国」としての童話的特性を何よりもそなえているからだ。ハンバートは自分が提示する「不思議《ワンダーランド》の国」をハンバーランドと呼ぶ。それは「海のほとりのある公国」あるいは「魅惑の島」「魔法の島」「恍惚たる時間の島」などとさまざまに表現される。ロリータはハンバーランドの「冷淡な王女」、ハンバートはその王女の愛を得るため彼女を追いまわす「魅惑された狩人」になぞらえられる。ハンバートがロリータと最初の夜を過ごすホテルは「魅惑された狩人」というが、その名はアナベルと過ごした「魅惑の島」を反響しているばかりか、時間の呪縛から解き放たれ、不滅性を約束されたハンバートが作り出す「文学王国」としての小宇宙をも暗示している。

ぼくの愚かな少女は、ぼくが提供する「不思議《ワンダーランド》の国」よりも、くだらない映画や、くどい甘い砂糖菓子のほうを好んだ……しかし、ぼくは自分の選んだ楽園に深く身を沈めていた。その楽園の空は地獄の業火に彩られてはいたがまぎれもなく一つの楽園であった（第二部三章）。

「地獄の業火」を背景とする「楽園」のイメージ。それはかつてそこから追放された「至福の楽園」でもなく、いわんや地獄にも似た密室的内面の世界とも違う、いわば「不思議の国」としての想像的空間である。ハンバートは自己の自閉症的内面の世界に「地獄」を見たことによって、その「地獄」を表現行為によって克服し、それを一挙に「楽園」に転化させようとする。その「楽園」こそがハンバーランドなのだ。しかし、その「楽園」もアリス的な「鏡の国」——想像力によって構築された別世界、いわば「どこにもない国」の別名にほかならぬ。このことを知悉しながらも、「どこにもない国」を追い求めてやまぬ芸術家ハンバートの熱狂や情熱にぼくたちは深い意味での哀切さを感じるのである。

その哀切な感じは他の作品にも絶えずつきまとっている。彼の中期以後の小説——とくに、『目』『絶望』『断頭台への招待』『セバスチャン・ナイトの真実の生涯』『青白い炎』など——には地獄にも似た密室的状況、彼が好んで使う言葉で言えば「鏡地獄」、あるいは「迷宮」に落ち込み、死の不安や時間の呪縛に慄きながら、そこからの脱出を夢み、苦悩するといった主人公たちがしばしば提示されている。彼らは自分たちの監禁された密室が、実は、彼らの内部にひそむ暗い深淵、彼ら自身の過剰な自意識の堂々めぐりが映し出した自閉症的・密室的内面の世界にほかならぬことを確認する。密室のなかで圧しつぶされ窒息しないために彼らに残された唯一の方途は、この暗黒の深淵に向って地獄下りを敢行するほかはない。それがたとえば『断頭台への招待』の世界である。

一九三六年にパリで発行されていた亡命ロシア人の文芸雑誌『ソヴレメンヌイエ・ザピースキ』に発表

された、明らかにロシア・フォルマリストの流れを汲むと思われる亡命ロシア人の学者P・M・ビチリイのV・シーリン（ロシア語で作品を書いていた時期のナボコフのペンネーム）論「アレゴリーの復活」のなかに次のような一節がある。

> 死は生の終りである。だが、われわれは、シンシナトゥス（『断頭台への招待』の主人公）が生きたあの状況を「生」と呼べるだろうか？　彼が斬首されたにせよ、されないにせよ、結局同じことではなかろうか？　現実の生とは、ある目標、現実の人びととの交わりや争いを通じての自己発見へと向う動きである。死は生の完成である。生は定立であり――死はその反定立である。その次に、人間の意識はある種の止揚――ある窮極的な、超時間的な、完成された生の感覚の実現――を期待する。しかし、もしも生のなかに積極的に主張できるものがなにひとつなく、生がいかなる定立も提出しないとすれば、そもそも反定立などというものがあり得ようか、また、止揚が可能だろうか？　シンシナトゥスが処刑後に期待し得ることはただ、「自分によく似た存在」が待っている場所へと赴くことだけである。これこそ『絶望』の主人公を恐懼させている「永遠の生命」――「現世」の終りなき継続――にほかならないものなのだ（『ナボコフ――批評、回想、翻訳、献辞』所収、一九七〇年）。

P・M・ビチリイは、セリーヌの『夜の果ての旅』やジッドの『ユリアンの旅』を引き合いに出しつつ、現代のアレゴリーとしての『断頭台への招待』の主題は「彷徨する魂」であり、「一種の非存在としての生」の把握であると説く。「中世末期の危機の時代」に繁栄したアレゴリーが、現代に復活したのは、既存の価値観が崩壊し、混乱と喪失感の渦巻く現代という危機の時代を表現するのに最もふさわしい芸術形式であるからとする。V・シーリンの文学は、十九世紀の偉大なリアリズム小説家（スタンダール、ディケンズ、トルストイ）と違って、「生自体のリズムの法則」——生と死の緊張関係から生じるいっさいの二元性、左右対称性——の形跡をとどめぬ文学と規定される。

ビチリイの論文は、『断頭台への招待』だけでなく、ナボコフ的文学世界の中心に位置する観念を鋭く簡潔に剔り出していて、きわめて説得的である。生なき生、死なき死、生と死の連続性の感覚などはまさにナボコフ的な観念であるからだ。また、そうした観念のとりことなることこそ、自己の内面の暗黒の深淵に向って地獄下りを試みさせる契機となるものなのだから。

『断頭台への招待』は、ただ人間であるというそれだけの罪のため巨大な牢獄にただ一人監禁され、死刑を宣告されそして断頭台へと歩んで行くまでの主人公の悪夢的な幻想を描いたカフカ的な色調の濃厚な小説である。この小説には、専制国家の暴力による犠牲者という政治的な局面と「独房監禁」の状態におかれた現代芸術家の内面の荒廃と表現行為によるその克服という芸術的な局面とが密接に絡み合っているのだが、窮極的には、後者のほうがより顕著であるように思われる。「ぼくには、全世界の沈黙に挑戦して、自分自身を表現しようとする欲望以外には何もない」と、主人公シンシナトゥスは語るが、そこには表現行為によって密室の堅牢な壁を破壊し、世界の不条理に挑戦していこうとする姿勢が明白に読みとれるだろう。このシンシナトゥスの言葉は、『絶望』を自己破壊的な衝動にみちた時代錯誤的な作品、根なし草の人間の書いた作品と非難したサルトルに対するいわば逆襲的な批評（『嘔吐』論）のなかのナボコフ自身の言葉を思い起させる。

ロカンタンが世界は実存すると結論したところで、特別に彼と論争しようという気は起きない。しかし、世界を芸術作品として実存させるという仕事は、明らかに、サルトルの力量をもってしては不可能なことである。

「世界を芸術作品として実存させるという仕事」こそナボコフの文学活動の根幹にあるものなのだ。この認識に支えられて、彼は自己完結性を持った完璧な作品と呼ばれるにふさわしいまで、主題や文体を知的に技巧的に、いささか人工的にすぎるという印象を与えるほど入念に練り上げ、彫琢を重ねてゆくのである。それゆえ、鏡や迷宮のイメージ、小説の小説、自他の区別のつけにくい分身のパターン、さまざまの文学的引喩、チェスのイメージ、パロディ、字謎、洒落などの前衛的技法のかずかずは、いわゆるナボコフ的小説世界を構築するための、あるいはそれに参加するための非常に重要な手がかりとなるのである。そこに醒めた批評家的なプラトニストたるナボコフの本領があると言えるだろう。

一五篇にあまるナボコフの小説のなかで少くとも形式上最も前衛的な作風の顕著な小説はおそらく『青白い炎』であろう。この小説は、架空の詩人ジョン・フランシス・シェイド（一八九八―一九五九）の英雄《ヒロイッ》対韻句《ク・カプレット》で書かれた九百九十九行の詩『青白い炎』を、シェイドの友人で男色者の大学教授チャールズ・キンボートが序文と長文の註釈、および詳細な索引を付すというきわめて複雑な構成になっている。ナボコフがこのような斬新な実験的形式を採用したのも、ある程度までは彼の『エヴゲーニイ・オネーギン』の英訳と註釈の仕事から派生したものと言えようが、『ロリータ』の場合と同じく、「不思議の国」としての想像的空間を構築しようとする彼の企図に深く根ざしていると思われる。

ポープの『人間論』（シェイドはポープの研究家である）の詩的形式を模倣したこの長篇詩は、ポープの詩だけでなく、さまざまの詩人たちのパロディやパスティーシュを含んでいるのだが、死と時間についての瞑想を中心とする一種の自伝的な詩となっている。シェイドは幼少年時代から死と時間の意識に呪縛され、自己の内面の暗黒の部分に絶えず脅かされてきたいきさつを語る。彼は、ビチリイの言葉を借りれば、「〈現世〉の終りなき継続」としての「永遠の生命」を恐れ、その恐怖を克服するために、記憶のなかにのみ確かに存在する幼少年時代における自然の世界との交感から得られた至福感を、詩を書くことによって甦らせ、そうする自己を永遠化しようとする。過去の現在化を表現行為によって実現し、死と時間の重圧から解き放たれようとするナボコフ的主題がここにも露呈している。

一方、キンボートの長文の註釈は、シェイドの詩のいわば「反定立」をなしていて、キンボートの幻想（彼は実は狂人である）によって徹底的に歪められ、改竄されたものである。キンボートは『青白い炎』執筆前のシェイドに対して、革命によって追放されたゼンブラ（索引によると「遠い北国」とある）の国王について情熱をこめて語り、童話的な国ゼンブラおよびその国王のことをぜひ『青白い炎』のなかに書き込んでくれと懇願していたことが彼の註釈から明らかとなる。実際、キンボートの註釈は、シェイドの詩のほとんどすべての言葉のなかにゼンブラの国王についての彼の幻想の反映を見出しているのである（ゼンブラの国王とはキンボート自身である）。キンボートはシェイドの手を借りてゼンブラの国王を詩的表現に昇華させ、不滅化しようと意図していたのだが、狂人の妄想に無関心なシェイドはそれを果さない。そこでキンボートは註釈という形を借りてその実行におよぶというのが、滑稽でグロテスクな、しかも本質的には芸術家小説であるこの作品の大体の筋書きである。

しかし、このような筋書きはこの作品にとってほとんどなんの意味も持たないであろう。この作品には通例の意味での主人公など登場しないからである。ここに主人公がいるとすれば、それは、『ロリータ』の場合と同様に、シェイドの『青白い炎』、キンボートのゼンブラという形を借りた芸術への情熱そのものにほかならないからである。シェイドの晦渋な瞑想詩とキンボートの支離滅裂な註釈は一見関連性を欠き、分裂しているように見えるが、芸術への情熱という点で互いに重なり合い、一つに収斂していく。この小説における詩と註釈との照応関係は、むろん現実と虚構のあいだのそれではなく、虚構と虚構との照応関係である。たとえて言えば、その関係は対置された二面の鏡になぞらえることができるかもしれない。この対置された鏡のなかのいろいろな虚像が融合し、合致するとき、一挙に実像へと逆転する。あるいは少くとも暗い妖しい輝きに照らされた映像へと逆転する契機を孕んでいる。その歪《いびつ》にゆがんだ鏡の世界はまさに不思議の国「ゼンブランド」と呼ぶにふさわしい閉ざされた円環的世界である。それは空が炎々と燃えさかる「地獄の業火」に彩られた「楽園」である。あるいは、それは死と時間の意識の圏外に自足する「小さなガラス玉のなかの色鮮やかな螺旋」に似ている。

『ロリータ』や『青白い炎』における芸術への熾烈な情熱は、過去の現在化を通じて開示される至福の楽園の物語『アーダ』(正式の題は『アーダ、あるいは灼熱の女、ある家族の年代記』)へと行きつく。ナボコフの一六番目の、そして最大の長さを誇るこの小説は、哲学者・心理学者兼作家である主人公ヴァン(一八七〇―　)が、彼の従妹(本当は実の妹)アーダ(一八七二―　)との生涯にわたる恋愛生活を八年の歳月を費やして一九六七年に完成した回想録として提示されている。この小説は、ナボコフの他の作品と同じく、すこぶる技巧的な文学遊戯や言語的実験にみちみちていて読み解くのに難渋する。とくに十九世紀後半のロシアの牧歌的田園風景を背景とするヴァンと彼の初恋の少女アーダとの近親相姦的な愛を中心とする全体のほぼ半分以上を占める第一部は、現実の世界とヴァンとアーダの想像的世界(「反世界《アンチテラ》」と呼ばれている)とが複雑に交錯し、難解をきわめている。「反世界《アンチテラ》」(「アーダランド」とも呼ばれている)とは、九十歳前後のヴァンとアーダ(彼らは二つ違いでヴァンは九十七歳まで生きる)が、「回顧的な想像」

によって失われた過去を呼び戻し、それをさまざまの文学的技巧を駆使して自由に改変し童話化した世界とでも言えるだろうか。「反世界《アンチテラ》」では過去の現在化によって、時間が自由に遡行または前進し、たとえば、十九世紀後半の若いヴァンとアーダが、コカコーラを飲んだり、映画を観たり、プルーストやジョイスの作品を論じたりするということが可能になる。また、空間も想像的世界のなかに自由に解き放たれ、たとえば十四世紀に大量のロシア人が北アメリカに移住し、その子孫たる現代人がアブラハム・ミルトン（楽園を統べる天使を暗示している）を統治者とする「アメロシア」（アメリカとロシアの合成語）に居住しているということにもなる。そしてこの想像的宇宙は「ログ」と呼ばれる神によって支配され、宇宙は「反世界《アンチテラ》」と「超世界《テラ》」とに分割される。「反世界《アンチテラ》」に対する「超世界《テラ》」のほうはどうも判然としないが、現実の世界ということではなく、たぶん「反世界《アンチテラ》」と対称性を有する未来の世界——たとえば、「反世界《アンチテラ》」の一八八〇年が「超世界《テラ》」の一九八〇年に当るというふうな——ではないかと推則されるが、これはおそらくナボコフのSFに対する関心から生れた発想ではないかと思われる。ただ言えることは、狂気に犯された登場人物だけがこの「超世界《テラ》」を見ることができるということだ。それはいわば狂人の未来への異常な透視力によって予知される世界であると言えるのだろう。

しかし、この小説の舞台はおおむね「反世界《アンチテラ》」に設定されていて、この「反世界《アンチテラ》」あるいは「アーダランド」は、「ハンバーランド」や「ゼンブランド」のような閉ざされた円環的世界を破壊したあとの、風通しのよい自由でひろやかな諧和の世界——童話的雰囲気がもたらす、くつろいだファンタスティックな世界——といった趣がある。そこの空はもはや「地獄の業火」に彩られてはいない。また、芸術へのすさまじい熱狂も激しく渦巻いてはいない。これはまるで日常的時間の流れの外に出たような不可思議な静謐感と宥和感の充溢した作品なのだ。そんな感じを与えられるのは、たとえば、次のような場面がこの作品の中心を占めていることに由来する。十七年間の別離ののちアーダがヴァンを長距離電話で呼び出す場面である。

その電話の声は、過去を甦らせ、過去を現在と、湖の彼方の暗闇に包まれていく石板色《スレート》がかった青色の山々と、ポプラの木を貫いて踊る夕日の金箔とを結びつけることにより、実在的時間、つまり「時間」の構造の唯一のリアリティにほかならぬ目くるめく〈いま〉についての彼の最も強烈な知覚力のなかの中心部を形づくったのである（第四部）。

長距離電話から懐しい声があらわれて、一瞬のうちに過去を甦らせ、過去と現在のあいだを架橋するというのはまさにプルースト的動機《モチーフ》ではないか。実際、この小説の第四部はプルースト的な「特権的時間」についての哲学的考察に当てられているのである。「純粋時間、知覚的時間、実在的時間、内容、脈絡、傍注から自由な時間——これがわたしの時間であり主題なのだ」（傍点作者）と、ヴァンは時間の性質の哲学的研究書『時間の構造』のなかで言うが、これは『アーダ』の中心的主題を直截に言いあらわした言葉でもある。『メアリー』以後のナボコフの文学的歩みは結局このような「純粋時間」を表現行為によって定着させるための苦渋にみちた歩みであったようにぼくは思う。そこにプルースト的な記憶の主題をジョイス的な技法を駆使して展開していったナボコフの文学世界の核心があると思われるのである。

初恋の少女の動機《モチーフ》が展開するナボコフの最も美しい小品の一つに「初恋」（「コレット」とも題される。もともとプルーストの『失われた時を求めて』式の擬自伝的作品である『記憶よ、語れ』のなかに挿入されていたものだが、小品としてしばしば独立して読まれる）がある。そのなかの最後の一節は、過去と現在の合体により、日常的時間の外に出ていわゆる「純粋時間」のなかで生きようとするナボコフの、「小さなガラス玉のなかの色鮮やかな螺旋」の輝きにも似た文学世界のいわば集約的なイメージを提示している。そこでは作者の初恋の少女コレットが、きらめく輪のようにぐるぐる旋回しながら影のなかに消えていくのだが、コレットのイメージは、メアリーやロリータやアーダのイメージと重なり合って一つに収斂していくように思われる。

彼女は輪《フープ》とそれを押しころがす短い棒きれを手にしていた。彼女はいかにも小ぎれいに、いわば秋らしいパリ風の「都会の女の子らしいドレス《ツニュ・ド・ヴィル・プール・フィエット》」を着飾っていた。彼女は女家庭教師から受取ったお別れの贈り物を、ぼくの弟の手にそっと滑りこませた。それは砂糖をまぶしたアーモンドの箱だったが、それがぼくだけのための贈り物だということがぼくにはわかっていた。それからいきなり身をひるがえし、彼女はきらめく輪《フープ》をタップ、タップという音を立ててころがしながら、光と影のなかを、ぼくがたたずんでいる近くの、枯葉に埋めつくされた泉水のまわりをぐるぐると駆けまわった。あの枯葉がぼくの記憶のなかで彼女の靴の皮革や手袋とつながり、そこから、あのときガラスのおはじきのなかの虹色の螺旋を思い起させた彼女の服装（たぶん彼女のスコットランド帽についていたリボンか、あるいはストッキングの模様だったであろう）をこまごまと思い出させる。ぼくはあの虹色の螺旋をどこに当てはめたらいいのかはっきりわからないまま、彼女がますます速くぼくのまわりを輪《フープ》をころがして走って行き、ついにはアーチを組み合せたようにつづいている低い、弓形の垣根のかたわらの砂利道に落ちたほっそりとした影のなかに、かき消すように見えなくなってしまったあとも、いまなお、それをまだ固く握りしめているような気がするのである。

同一性を求めて——『セバスチャン・ナイトの真実の生涯』論

1

ウラジーミル・ナボコフは、およそ十五年間にわたるベルリン生活を経て、一九三七年にパリへ移住してから、英語作家として一本立ちする可能性を真剣に夢見、変身への転機をつかもうと企てる。英語作家への変身ということは、このロシア生れの作家の生涯における最大の転機となった劇的事件と言ってよいが、その多言語的素養といい、ヨーロッパ文学への深い造詣といい、この作家がベルリンやパリの亡命ロシア人社会というきわめて特殊な、狭い知的共同体や生活圏内に閉じこもってそこで自足するような器でないことは明白である。国際的に通用するコスモポリタンな作家へと生れ変ること、V・シーリンからウラジーミル・ナボコフへと変身を成し遂げること。一言で言うならば、『セバスチャン・ナイトの真実の生涯』は、ロシア語での執筆を断念し英語で書きはじめることを決意したこの亡命作家がそのような変身を実現した記念すべき第一作である。すなわちアメリカへ移住する前年の一九三九年にパリで執筆完成し、四一年にニューディレクションズ社から出版された、英語作家としてのナボコフによる最初の小説なのである。

『セバスチャン・ナイトの真実の生涯』は、その手法やモチーフや主題において、『ロリータ』や『青白い炎』、さらには『アーダ』といった彼の代表的長篇小説とも密接な関連を持つ小説であると一応は言えるが、そうだからと言って、これは単に後年の作品の先駆をなす未熟で洗練さを欠いた小説などでは決してない。いわんや、未完成な習作的作品などでは断じてないのである。それどころか、これは、驚くべき完璧な形式をそなえたきわめて単純でしかも複雑な構造を持つ小説である。敢えて言えば、ここにはナボコフの本質のすべてが洩れなく凝縮していて、それ自体で完結した一つの文学的宇宙を形づくっていると言ってよい。

標題からも知られるように、この小説の表面上の枠組みは、ロシア生れの架空の英国作家セバスチャン・ナイトの生涯を書き記すという単純な設定である。セバスチャンの異母弟であるこの小説の語り手(彼の名前はVとだけしかわからない)は、夭折した兄の生涯についての断片的知識を素描していくことによって、彼の生涯を再構成しようと試みる。V(ウラジーミルの頭文字Vでもある)が書きつけていくセバスチャンの「真実の生涯」は、手短かに言うと、三つの部分から構成されているが、それらはあくまでも伝記としての体裁をととのえるための外枠にすぎない、と見ることができよう。それはまず、生活をともにした祖国ロシアにおける異母兄の幼少年時代にまつわる出来事の回想からはじまり、次にセバスチャンのかつての友人たちから得た情報や知識によって彼のケンブリッジ大学時代および最初の恋人クレアとの生活を再現し、そして最後に、彼の短い生涯の最後の数年に暗い、悲惨な翳を投げかけている謎の女性ニーナに関する記述(それはVとニーナとの遭遇に基づいたものだが)によって終っている。しかし、すぐに明らかになることだが、これは、伝記的手法の常套に従っているように見えながらも(語り手はセバスチャンの誕生から筆をおこしている)、実際には、セバスチャン・ナイトの生涯を最初から克明に辿り、それを忠実に再現してみせることに眼目がある通常の意味での伝記とはおよそ趣を異にしている。従って、セバスチャンの生涯において決定的な意味を持った、あるいは持ったであろう重要な出来事は、すべて、きわめて断片的かつ不完全にしか書き記されないのである。それゆえ、こうした伝記的記述から浮び上るセバスチャンの文学的肖像画は、語り手の事実に寄せる偏執狂的情熱にもかかわらず、すこぶる曖昧で漠然とした印象しか与えない。

この伝記的枠組みのなかに巧妙に組み込まれ、終始一貫、語り手による痛烈な諷刺の対象となっているものに、もう一つのセバスチャンの伝記——以前彼の秘書をつとめていたグッドマン氏による『セバスチャン・ナイトの悲劇』——がある。Vはグッドマン氏の著書をのちに『グッドマン氏の茶番劇』として容赦なく一蹴してしまうのだが、それは、セバスチャンの生涯についてのまったく誤ったイメージを提供しているのだから。少くともそれは、Vにとって、大変「杜撰で」「茶番めいた」敵役的作品を意味しているからである。作家の生涯を社会的環境や背景にいとも安易に結びつけ、しかも紋切型の言葉をつらねて説明するという伝記の方法（Vにとって、社会が作家に影響を与えるという考え方は途方もない間違いなのだ）は、いかにももっともらしい妥当な方法のように見えるが、グッドマン氏が真面目くさって書けば書くほど、それはきわめて滑稽でグロテスクなセバスチャンのイメージをでっちあげ、彼の「真実の生涯」からほど遠い、歪んだいびつな虚像を作り上げるのに役立つばかりだからである。実際、セバスチャンの「伝記」を書こうと企てるVの本当の敵役は、結局はグッドマン氏個人ではなく、グッドマン氏の「著書」なのだ。あるいは、グッドマン氏的な伝記の「方法」なのだ。

それでは、Vが再構成していくセバスチャンの伝記の「方法」とは一体どのようなものであるのだろうか。彼は繰り返しセバスチャンの生涯についてのある「絶対的真実」を提示し、それを読者に伝えることを望んでいるが、そのような彼の意図の根柢にあったものは、事実とは関係ない「真実」の存在に対する確固たる信念である。だが、彼は、その隠れた「真実」を第三者から得た曖昧で断片的な事実を積み重ねることを通じてしか探ることができない。事実というものの得体の知れぬ恣意性・曖昧性に対する不信感を抱きながらも、彼が「文学的探偵」よろしく（この小説は探偵小説的構造をもなしている）倦むことなく事実を収集し探索することに異常な熱意を示すのも、頼りない事実を通じて突然「絶対的真実」が啓示的に明らかになる瞬間の存在を信じているためにほかなるまい。この小説は、いわば「絶対的真実」を追求する過程について書かれた作品、別の言葉で言えば、これは、ある意味では、セバスチャン・ナイトの伝記を書くために必要なさまざまな事実を収集し探索し再構成する準備の過程そのものが小説になっているような作品とも言えるのである。Vが書きつけていく伝記の構造は、すでに述べたように、伝記的事実を踏まえた外枠の部分と、その内部に嵌め込まれたセバスチャンの小説の部分とから成り立っている。Vはあちこちかけずりまわり、多くの人たち（スイス人の女家庭教師、ケンブリッジ大学の英文学教師、グッドマン氏および彼の秘書ヘレン・プラット、ブラウベルクのホテルの支配人、ニーナ・ド・レチノイなど）から得た断片的な知識や不完全な情報をもとにして、セバスチャンの「真実の生涯」を再構成しようと企図する。だが、セバスチャンについて語れば語るほど一個の人間としてのセバスチャンの姿はますます焦点がぼやけてきて、容易に一点に収斂しようとはしない。皮肉にも、セバスチャンについての伝記的事実を探索すればするほど、Vはセバスチャンに到達できないのである。つまりこれは言葉の普通の意味におけるセバスチャン・ナイトの「真実の生涯」について書かれた本ではないのだ。語り手と作者の窮極的な意図はセバスチャンの生涯の忠実で公平な伝記を書くことにあるのではないのだから。伝記的記述はあくまでもこの小説の表面的な枠組みにとどまっているのである。注目すべきは、セバスチャンの伝記を書き上げようとする語り手の方法がゴーゴリやチェルヌイシェーフスキーの生涯を書いたナボコフ自身による伝記の方法と大変似通っているということである(『ニコライ・ゴーゴリ伝』は一九四四年に、風変りなチェルヌイシェーフスキー伝は一九三七年にロシア語で書かれ、のち一九六三年にその英訳が出版された長編小説『賜物』の第四章に挿入されている)。これら二つの伝記的作品はいずれも事実へのはなはだ厳格な学者的関心によって貫かれているばかりか、作家の生涯と作品とのあいだに截然とした区別を設けているのである。これらに共通して見られる基本的特徴は、物故した作家の生命はその作品のなかにおいてのみ不死だとする考え方である。同様に、この小説もまた「セバスチャンは五冊の書物のなかに嬉々として生きている」ということを前提にして書かれている、と見ることができよう。端的に言ってしまえば、語り手が駆使する伝記的方法とは、「五冊の書物」のなかで生きているセバスチャンをとらえ、それらの作品のなかに生き生きと脈打っている彼の魂を追跡していくことにある。そして彼のすべてを内面化することによって、アイディアリスティックな、すなわち観念論的な次元で彼に一体化していくということにあるのだ。セバスチャンの生涯に対する焦点が次第に意識的な操作によってぼやけていく一方、彼の小説の世界に対するVの関心がいよいよ募り増大していくのはそのためだし、また、セバスチャンの五冊の小説へのVの熾烈な興味と関心が、最終的には、この小説の結末部の謎めいた言葉──「従って──ぼくはセバスチャン・ナイトなのだ」──を導き出していると言えるからである。

2

このような作品の二重構造から立ち現れるこの小説の主題は、一言で言えば、現実と虚構の関係をめぐる問題に帰着できよう。すなわち文学という虚構の世界を構築すること、とりわけグッドマン氏の伝記の場合に明らかなように、芸術家に対する誤解と偏見と敵意とにみちた社会のなかで小説を「書く」という一見虚妄な営みにどのような意味があるのか、という問題である。それはVが何のためにセバスチャンの生涯を書きつけていくのかということや、そもそも「セバスチャン・ナイトとは何者なのだ」というVの再三にわたる形而上学的な問いかけと密接に絡み合った問題でもあると言える。ここで注目に値するのは、セバスチャンの五つの小説とVが書き綴っていく小説とのあいだに奇妙な照応関係が存在する、ということである。まず第一に、下宿屋で美術商G・アビソンが殺害される事件をきっかけにドタバタ喜劇調で展開するセバスチャン・ナイトの処女小説『プリズムの刃先』。これは探偵小説的な構造をそなえてはいるものの、Vも明言しているとおり、徹底した探偵小説のパロディとなっている作品である。同様のことは、腹違いの兄の生涯の裏面を追跡調査するという『セバスチャン・ナイト』の基本構造が探偵小説のそれを真似ていることから、あるいはそのパロディになっていることからも明白に知られよう。『プリズムの刃先』のとんまな探偵が、G・アビソンの殺害者を熱心に捜査するのと同じく、Vの執拗な探索も、窮極的には、セバスチャンの殺害者とも言える「謎の女性」を究明するために向けられている（実際、彼女は紛れもなく「命取りの女《ファム・ファタール》」であり、『暗闇のなかの笑い』のマルゴやロリータがより洗練された大人として登場してきたような印象を与える女性である。それは、セバスチャンの少年時代の風変りな友人でのちに自殺した詩人アレクシス・パン（彼の「馬みたいに大柄な」女房は「命取りの女」のパロディである）の唯一の傑作が、「命取りの女」の原型的作品とも言うべきキーツの詩「無情なる美女《ラ・ベル・ダーム・サン・メルシイ》」のロシア語への翻訳であることとも交響し合っているのだ）。ニーナがセバスチャンの実質的な殺害者であったからこそ、Vは彼女の田舎の別荘の庭園に「死体」が埋まっているような奇妙な印象を持つのである、少くともそのような印象を持つように描かれているのである。さらにつけ加えて言えば、セバスチャンの遺体は、ニーナの別荘からさほど遠くないサン・ダミエの「共同墓地」に埋葬されているのだ。しかし、もっと重要な照応関係は、これら二つの小説の結末部に求めなければならない。『プリズムの刃先』では、老人ノーズバッグ（Nosebag）が実は被害者G・アビソン（Abeson）にほかならず、殺害されたと思われていた本人が存命しているという種明しが行なわれて終る（Nosebag を逆から読めば G. Abeson になる）。そして『セバスチャン・ナイト』でも、自分がセバスチャンなのだというVの宣言によって、この小説はいわば三六〇度の方向転換を行ない、構造的には終りがはじめになるような閉じた円環を形成するのである。ナボコフ自身がしばしば用いる比喩を借りれば、このような現実と虚構の照応関係は対置された二面の鏡にたとえることができるかもしれない。この対置された鏡のなかの映像は互いに重なり合い、一つに収斂しようとする。鏡のなかのいろいろな映像が融合し合致するとき、セバスチャン・ナイトの「真実の生涯」が、つまりは「絶対的真実」が明らかになるのだ——これがVの考える「文学作品作成法」、あるいはこの小説の「方法」の精髄にほかならないのである。

ナボコフは短篇小説『目』（一九三〇年に執筆され、英訳発表は一九六五年）について次のように語っている。「『目』の主題は一つの調査の追跡ということであり、主人公は鏡地獄を通りぬけ、双生児のイメージへの没入をもって終る」（傍点筆者）。これは『セバスチャン・ナイト』の文学世界の構造をも直截に言いあらわした言葉でもあると思う（ついでながら、自他の区別のつけにくい分身のパターンは『目』や『セバスチャン・ナイト』ばかりではなく、『絶望』『プーニン』『ロリータ』『青白い炎』などにも繰り返し出てくるナボコフ文学の重要な主題の一つであることに注意しよう）。セバスチャンの正体を追跡するためにVが踏み込んだ世界は、一口で言えば「鏡地獄」、ナボコフ好みの言葉でさらに言い換えれば「迷宮」ということになるだろう。ここでは「迷宮」という空間が内面化されていて、Vが迷い込んだ鏡の迷宮は、「鏡地獄」という言葉が示唆しているように、V自身の過剰な自意識の堂々めぐりを、密室的・自閉症的内面の世界をそのままに映し出したものである。それはつまり彼の意識または精神の内部に張りめぐらされた鏡は、セバスチャンに関係した映像《イメージ》のみを選択し映し出す凸面鏡的構造をなしているということなのだ。従って、彼には外界および他者と正常な手応えのある関係を維持することがますます困難になっていく。彼のセバスチャンに対する関心はきわめて偏執狂的・排他的であり、さまざまな現実の出来事、たとえば魅力的な女性ニーナの誘惑に対してもほとんど無関心であり、心を開こうとはしないし、外界・他者をおのれ自身（あるいはセバスチャン自身）と同質の構造を有する迷宮的世界――鏡の迷宮――としてしかとらえることができないのである。このようなセバスチャンへの心理的固着は一方では彼を狂気へ近づけてもいる。彼が時々襲われる幻覚や幻聴（家具がまるで生き物のように動いているように見えたり、セバスチャンの名前を呼ぶ声がどこからか聞えてきたりするような）は、彼の過剰な自意識によって生じた狂気の徴候を紛れもなく示している。それは「鏡地獄」へ落ち込んだ者が否応なく背負いこまねばならぬ宿命と言ってよいであろう。彼は極度に客観的であろうとして、主観性のうちにのめりこみ、おのれの情熱に駆られるままに、意識的に形成された狂気を秘めたヴィジョンの世界のなかで生きようとする。この小説に描かれているものは、虚構をもって、客体を主体に変容させるための重要な手段とする一人の語り手の極度に主観的経験の表現なのである。従ってVは、いっさいの事物や存在をセバスチャンという鏡を通して（Vは言う、「セバスチャンの仮面《マスク》がぼくの顔にぴったりくっついて離れないのだ。彼にそっくりなその仮面を洗い落すことはできないであろう」と）、換言すれば、セバスチャンの五つの「小説」という鏡を通してしか眺めることができないという心的状態に立ちいたる。たとえば、Vがブラウベルクからむなしく引き返す途中の汽車のなかで出会うユーモラスな人物ジルバーマンは、セバスチャンの

第三作の短篇小説集『滑稽な山』所収の「月の裏側」に登場するミスタ・シラーの生き写しであり、さらに最後の作品『疑わしい不死の花』のなかにエピソード風に描かれている人たち――「チェスの名人」シュヴァルツと「孤児の少年」はVが出会う「アンクル・ブラック」とパール・レチノイの子供であり、「肥ったボヘミア女」はリディア・ボヘムスキーであり、「私服刑事」はジルバーマンのようであるし、急いでいたため水たまりに足を踏み入れた「愛らしい背の高いプリマドンナ」はヘレーネ・フォン・グラウン(彼女は素晴しいコントラルト声音を持つ歌手であるし、また、ニーナの別荘の門前でタクシーから降りる際、水たまりに足を踏み入れる)だし、喪服姿の女はヘレーネ・グリンシュタインである……。

このような照応関係はまだ幾つも見出すことができる。セバスチャンの二番目の小説『成功』は「人間の運命の方法」、つまり人間の過去の生活の軌跡を偶然性という要素を取り除いて振り返ってみれば、そこに「運命の力」が働いているかどうかを果して確認できるかという問題を扱った形而上的な作品である。この小説では二人の男女が初めて出会うまでの過程が綿密に調査され、とことんまで追跡されているが、その手法は、ブラウベルクでセバスチャンとニーナが出会うまでの過程についての叙述(セバスチャンの友人たちやパール・パーリッチ・レチノイの話によって復元されている)と照応し合っている。セバスチャンとニーナの出会いは一見偶然のように見える。また、ニーナはセバスチャンとは全然正反対の性格の持主のように見えるが、実は彼女はセバスチャンが自分の母親から受け継いだ「落着きのない」性格を分かちもった女性であって(たとえば、この二人の旅行癖を挙げることができる)、二人の出会いは単なる偶然性に支配されたものではないとされるのだ。さらに言えば、ニーナがセバスチャンの母親の生れ変りであることは、いかにもナボコフらしい遊戯なのだが、二人の名前のなかに隠されていると思われる。すなわちニーナ(Nina)はヴァージニア(Virginia)の一種の字謎《アナグラム》になっているのではあるまいか。つけ加えて言えば、ヴァージニアとニーナとによって捨てられた軽薄でお喋りな男たちの名前も字謎になっている。つまりパルチン（Palchin）はパーリッチ・レチノイ（Palich Rechnoy）のパーリッチ（Palich）の字謎であるというように。この手法によって明らかになるセバスチャンおよびVの観念の根柢にあるものは、自伝的小説である『失われた財産』のなかに手短かに要約されている。

万物は同一の事物の秩序に属している。だからこそ人間の知覚の同一性、個体の同一性、いかなる物質であれ、物質の同一性というものが存在するのだ。唯一の真実の数は一であり、残りは単に一の繰り返しにすぎない。

この形而上的命題がこの小説の人物関係を秩序だて、この物語に首尾一貫性を与えている根源にあるものである。そして終局的には、対象、背景、作中人物、舞台構成（Vは現実＝虚構の世界を「舞台」にみたてている）、それにこの小説そのものの全体が、名のない語り手V（このいわば不在の語り手という設定がカフカからベケット、ヌーヴォー・ロマンにいたる系譜につらなるものであることは明白である）の存在ばかりではなく、ある意味では自分がセバスチャン・ナイトであるという彼の根本的な固定観念（ルセール夫人はVを固定観念《イデーフイクセ》の持主だと言って非難する）をも読者の前に明らかにする手段となっているのだ。それにまた、果しない螺旋状・蛇状曲線を描いたような迷宮としての世界を辿っては、つねにVが戻って来るのは、万物の同一性という観念を許容する、あるいはそのような観念を生み出す根源となっている自我の中心にほかならない。そしてこの自我と世界との同一性の観念こそが、セバスチャンおよびVが提示しようと願っていた「絶対的真実」ではなかろうか。『疑わしい不死の花』（死の床での主人公の意識の流れを提示するという設定においてこれはベケットの『マロウンは死ぬ』につらなっていく作品だ）のなかでセバスチャンが明示しているように、万物の同一性を知覚することによって、迷宮としての世界は、極小のなかに極大が反映され、包摂されるという照応の法則に従って、象徴化されてしまう。だから、たった一つの「さくらんぼの種子」でさえ、またその種子の「ちっぽけな影」でさえも、「意味」を付与され、「一様化」されて、宇宙のすべてを内蔵する迷宮となる。そして全世界の森羅万象ことごとくを包含するものとして「書物」という迷宮が知覚される。

生と死についてのいっさいの疑問への解答、「唯一絶対の解明法」は、自分が関知していた世界中の致るところに書かれているのだ。それはちょうどこんなことを悟った旅行者に似ている。つまり、旅行者が見渡す野趣に富む田園風景も、自然現象によって偶発的に寄せ集められたものではなく、山や森や野原や川が、一つの首尾一貫した文章を構成するように配置された書物のなかのページにほかならないということを。湖の母音は歯擦音的な丘の斜面の子音と融合している。曲りくねった道路は、丸っこい筆跡でその伝言《メッセージ》を書いている。父親の筆跡と同じようにくっきりと。無言のパントマイムで言葉を交わしている木々。木々の言葉の身振りを関知している人には、その意味がわかるのだ……このように、その旅行者が風景を解読するとき、その風景の意味が明らかになるのだ。同様に、人間生活の複雑な図柄も組み合せ文字的《モノグラマティック》であることが判明する。それは組み合さった文字を解読できる内なる眼の持主には、きわめて明白なことなのだ。

この「組み合せ文字的《モノグラマティック》」な迷宮としての世界を「解きほぐす」ためには、万物が照応の法則によって、同一性の原理によって支配されているということを知覚しなければならないというのが、セバスチャンとVの形而上学である。この点において、この小説は、一つの神秘的な字母「アレフ」のなかにも全宇宙を包摂する迷宮を見たあのアルゼンチンの「迷宮の工匠」ホルヘ・ルイス・ボルヘスとの類縁性を想起させずには措かないだろう。全宇宙を書物という迷宮としてとらえ、一冊の書物のなかに全宇宙を包含するというマラルメ的な命題を追求している点で、『セバスチャン・ナイトの真実の生涯』は、さまざまな相違にもかかわらず、「アレフ」や「バベルの図書館」や「八岐の園」などの形而上的寓話で、あるいは「書物崇拝について」などの玄妙なエッセイで、書物ないしは図書館としての世界について語るボルヘスに最も接近している作品の一つだと思えるからである。奇しくもともに一八九九年生れであり、熱烈なアングロマニアでもあり、鏡、迷宮、チェス、分身、夢、円環的時間など、多くのテーマを共有するナボコフとボルヘスの文学の同質性については、いろいろな角度からさまざまな形で扱うことが可能だろうが、ここではただ、同一性の原理をめぐって両者の文学的発想の根幹に認められる同質性について簡単にふれるにとどめておきたい。

3

ボルヘスの短篇小説「タデオ・イシドーロ・クルスの生涯」に次のような一節がある。「(彼はひそかに、輝く根元的な夜を待望していた。彼がついに彼自身の顔を見る夜、ついに彼自身の名を耳にする夜を。ただしく理解されればその夜は――さらに言えばその夜の一瞬、その夜の一行為は彼の生涯の物語をすべて語りつくしている。なぜなら、すべての行為はわたしたち人間の象徴なのだから。)およそ運命というものは、それがどんなに多様であり複雑であろうとも、実際には《ただ一つの瞬間》より成っている。その瞬間において、人は永久におのれの正体を知るのである」（土岐恒二氏訳）。かくして主人公クルスは自分が過去あるいは未来あるいは夢のなかの誰かと、またはあらゆる人物たちと一体であることを知る。そして彼の行為は脱走兵マルティン・フィエロによって繰り返される。クルスがひそかに待望していた「夜」は、彼自身の「正体」を知る「夜」は、運命が実際には《ただ一つの瞬間》より成っていることが啓示的に明らかになるあのサン・ダミエ病院の「夜」へと直結してゆく。「ぼくはセバスチャンなのだ。あるいは、セバスチャンがぼくなのだ。あるいはおそらくぼくたち二人は、ぼくたちも知らない何者かなのであろう。」このVの啓示的体験は、セバスチャンの病室（実はそれは間違いであったのだが）の夜の闇のなかで起る。そしてこの夜の経験はVの人生を一変させる。彼は、クルスと同様に、おのれの正体を見出し、他者こそがおのれであることを理解するのである。いささか言辞を弄しすぎるきらいがあるかもしれぬが、夜という単語はセバスチャン・ナイトのナイトと同音異義語（Vはこのことを明確に意識している）であり、その夜《ナイト》のなかで（寝呆けた守衛の老人がナイトの名前を取り違えたために）Vはナイトの正体をしかと見定めることができたのだ。それはともかく、結末部が冒頭部につらなってゆく永劫回帰運動を示す『セバスチャン・ナイト』の世界を支配する時間形式は円環的時間である。このような文学的発想が現代文学の大きなそして重要な特徴であることはT・S・エリオットの『荒地』のモンタージュ手法を例にとってもよいだろう。

それはまたボルヘス流に言えば《不死の人》の時間形式である。「死すべき命運をもつ人間には、あらゆるものが二度と起りえないものの価値をもち、それは言ってみれば偶然的なものだ。一方、不死の人びとには、反対に、あらゆる行為（そしてあらゆる思考）は過去においてそれに先行したものの反響であるか、未来においてめくるめくほど繰り返されるものの正確な兆候である。これらの無数の鏡のあいだに、いかなる現象もひとつとして消え去りはしない。一度だってそれが成就しうるものはありえないし、またはかなく消え去るものもない」（篠田一士氏訳）。タデオ・イシドーロ・クルスの行為が脱走兵マルティン・フィエロによって繰り返されるように、セバスチャンの行為と思考はすべてVによって反復されるのである。対置された二面の鏡のあいだにあるものはことごとく合致し、一つに収斂してゆき、Vは最後にセバスチャンと合体する。まるで双生児のように。『失われた財産』のなかに書かれたセバスチャンの経験、すなわち彼の母親が死んだモンテカルロ近郊の町ロクブリュンヌを間違って訪れてしまうという経験は、終末部においてセバスチャンの病室だとすっかり思い込んでそこを間違えて訪れてしまうというVの行為のなかに反復される。しかもこれはセバスチャンとVの行為と思考の照応関係を示すごく一例にしかすぎないのである。それに前述したような照応関係もことごとくこの円環的時間に支配されたものであることは言うまでもなかろう。

だが、おそらくもっと重要なのは、ある意味では「不死の人」であるセバスチャンの名前が呼び起すさまざまな連想であろう。失敗に終ったブラウベルクのホテル訪問から引き返す途中、Vは自分の探索行為のむなしさにふと襲われ、次のようなことを書き記す。「空白のある本。未完成の絵——脇腹に矢を打ち込まれた殉教者の着色されてない手足。」セバスチャンという洗礼名が恣意的に選ばれ用いられているものでないことは明白である。引用した一節が無数の矢に射ぬかれて死んだ三世紀のローマの殉教者聖セバスチャンへの言及であることは言うまでもないからである。セバスチャン・ナイトもまたある意味では芸術への殉教者なのだ。さらに「未完成の絵——着色されてない手足」という表現に注目すれば、ミケランジェロの友人でラファエロその他に華麗な色彩描法を伝えたイタリア画家セバスティアーノ・デル・ピオンボ（一四八五—一五四七）の名前が浮んでくる。また、もう一人のセバスチャンがいる。すなわちモロッコ遠征中戦死したが、逃亡の風評から不死の伝説が起り、今世紀にいたるまでその伝説が信じられていたポルトガル王ドン・セバスチャン（一五五四―七八）である。彼の名をかたって王位を要求する本物のセバスチャンが少くとも四人は現れて、この不死のセバスチャン伝説はポルトガル植民者たちによってブラジルに伝えられ、そこで一種の宗教にまでなったのである。確かにセバスチャン・ナイトの正体は曖昧で神秘に包まれている部分が随分多いし、ある意味でVは、セバスチャンの僭称者（国王としてではなく芸術家としての）であるとも言えよう。ついでに言えば、Vが彼の部屋の肘掛け椅子のなかに発見する「ブラジル産の木の実」はこのセバスチャン伝説のことをさりげなく暗示しているのだろうか？　それはともかく、これら三人の歴史上実在したセバスチャンのうち二人（聖セバスチャンとポルトガル王セバスチャン）までが、ダヌンツィオとドライデンの手によって、文学化されている（『聖セバスチャンの殉教』と『ドン・セバスチャン』）。次に文学的連想について言えば、中世ドイツの有名な諷刺家で『愚者の船』の作者セバスティアン・ブラントの名前がまず想い起される。セバスチャン・ナイトが徹底した諷刺作家であったことはいまさら言うまでもないからである。だが、もっと適切な連想は、たぶんシェイクスピアの『十二夜』に求めるべきかもしれない。この喜劇はイタリア古喜劇的な双生児の間違い騒ぎを扱っていて、その双生児はセバスチャンとヴァイオラ（Viola）と名づけられているのだから。そしてセバスチャン・ナイトとV（ヴァイオラの頭文字のVと重なり合う）が一種の双生児であることはすでに指摘したとおりである。これらのほかにも、詳述は控えるが、ナイトという姓名がチェス遊戯に結びついていることから、さまざまなチェス遊戯への言及が認められるし、セバスチャンの歿年が一九三六年であることから、三六という数字に対する偏執も巧妙に鏤められている。そのほかにもまた、たとえばセバスチャンの書斎の本棚に並べられた、明らかにいろいろな面でこの小説と照応関係にある一群の本……だが、列挙はもうこれくらいで十分だろう。

このように数多くの歴史的・文学的連想を読み取ることのできるセバスチャンとは一体何者なのであろうか。彼が登場したのは死者としてである。だが、退場するときの彼は何者であったのだろうか。確実に言えることは、彼は過去の実在および架空のセバスチャンの単なる生れかわりではないということである。彼は変形とか変身とかいう存在形式そのものの変換によって生れた存在ではむろんない。彼はただ転位という一つの存在形式のなかで絶えず行なわれる永劫回帰運動の一齣《ひとこま》を演じていただけにすぎないように思われる(「万物は同一の事物の秩序に属している……唯一の真実の数は一であり、残りは単に一の繰り返しにすぎない」)。それゆえ、彼は結局誰でもあってしかも誰でもないのだ。彼はVということで言い換え得る何かとさえ言って差支えないのである。それは言ってみれば「不死の人」ということではないのか。そして彼の「真実の生涯」とは不死である彼の文学を指しているにほかならない。けれども、ナボコフは芸術の永遠性という陳腐な命題をこと新しく引き合いに出しているわけではない。と言うのも、セバスチャンの「真実の生涯」である文学にはもとより不死はあるが、死は存在せず、従って生もないからである。生のない不死は永遠とは関わり合いのないものだからである。それは永遠の、言い換えれば、芸術の永遠性のパロディであり、裏返しなのだ。円環形式という緊密な構成をそなえたこの小説は徹底した「小説についての小説」となっているが、それは以上のようなことを前提にしている、と見ることができよう。セバスチャンの五篇の小説の方法がそのままこの小説の方法となるという手続きを踏んで、Vは晩年のセバスチャンが計画していた「伝記」を彼に代って書き上げたのだ。そして終結部でセバスチャンと一体化することにより作品創造を決意したVの書いた小説が、すなわち、ぼくたちが読み終えたばかりの小説というわけである。

ナボコフの文学的方法の根抵に深く根づいているものはこうした発想であるとぼくは思う。つまりこの作家にとって、小説を書くということは、いわゆる現実の復元ないしは再現ではなく、文学上の約束事と絶えず関わり合い、しかもその関わり合いの度合いを強化することによって、硬直化した約束事にふたたび活力を与えることを意図した創造的営みであると言ってよい。パロディをはじめとする文学的技法に彼があれほど執着するのも、文学作品は他の文学作品を背景に持ち、それとの連想によって知覚され創造されるべきだとする彼の方法意識に由来するし、それはまた当然のことながら十九世紀的なリアリズム神話への彼なりの反撥の姿勢を明示するものでもあるだろう。客観的な現実の確固たる存在とか小説のなかに現実の反映を見出すというような、大方のリアリズム小説が当然のこととしている前提を、彼は到底受け入れがたいものとして拒否する。彼にとって、世界は客観的存在などではなく、つねに「意識によって包摂された宇宙」であり、意識が関与しない実体も真実も世界もあり得ないからである。すなわちナボコフにとって、リアリティとは、ものを書くことを通じて初めて存在するような主観的な世界、言い換えれば、さまざまな単語、句、イメージなどの緻密で複雑な組み合せ——彫琢に彫琢を重ねた一語の無駄もない緊密な美しい文体——が開示する、それ独自の秩序と規則と厳格なパターンを持つ一つの絶対的で観念的な言語的宇宙の謂と言ってよいのである。『セバスチャン・ナイトの真実の生涯』は、誤解と偏見と敵意にみちた現実の世界のなかで、こうした内的完結性をそなえた文学世界を築き上げようとする文学者の栄光と悲惨を明らさまに示しているものにほかなるまい。

そうした栄光と悲惨が、ナボコフの場合、きわめて個人的な状況と密接に関わり合っているということを、やはり見逃すべきではないと思う。亡命作家ナボコフが生涯の半ばで母国語を棄てざるを得なかったという事情である。そうしたナボコフ特有の事情を最も明確に証言しているのは例の『ロリータ』の後書きである。

ぼくの個人的な悲劇――それは誰の関心事でもあり得ないし、またそうであってはならないのだが――は、ぼくの生れながらの慣用語句《イディオム》、ぼくの自由な豊かで洗練されたロシア語を、二級品の英語――それには人を戸惑わせる鏡も、黒いビロードの背景も、含蓄のある連想も、伝統もない――と取替えねばならなかったということである。

これは『セバスチャン・ナイト』のなかに主調低音のように絶えず重く響いているトーンと同じ種類のものなのだ。ナボコフはロシア語を棄てて英語作家となった。V・シーリンからウラジーミル・ナボコフへと見事な変身を成就した。その裏返しがこの途方もなく魅力的な小説におけるセバスチャンからセヴァスチャン(ロシア語綴り)への道程であると言えるだろう。

夢の手法——ナボコフとドストエフスキー

1

ウラジーミル・ナボコフは、かなり若い頃から最近にいたるまで、ドストエフスキーに関しては余り多くを語っていない。ロシア文学の二大鼻祖、プーシキンとゴーゴリに対して、ナボコフがそれぞれ、『エヴゲーニイ・オネーギン』の画期的な翻訳と註釈、フォルマリスト的な視点を大胆に打ち出した卓抜な評論『ニコライ・ゴーゴリ』を通じて、限りない敬愛と讃辞を捧げているのと比べれば、ドストエフスキーへの彼の態度は、少くとも表面的にはきわめて冷淡なものだと言わねばなるまい。ぼくの知る限り、ドストエフスキーへの賞讃めいた評言が辛うじて見出せるのは、作品を通じての間接的な発言ではあるが、一九二三年にベルリンで発表された短詩「ドストエフスキー」と、『絶望』(一九三六年)の主人公ヘルマンがふざけ半分に、『罪と罰』を「愛するドストエフスキーの偉大な小説」と呼ぶ件りくらいである。もっとも、後年ナボコフは、あるインタヴューのなかで、『罪と罰』に「ひどく不快な」という形容辞を冠し、それを「退屈な物語」と酷評しているのだけれども。

それはともかく、数少い断片的な彼の評言を通してまず第一に窺えるのは、神秘家、ないしは予言者としてのドストエフスキーに対するほとんど憎悪に近い、容赦なき批判の口調である。かと言って、表立って作家としてのドストエフスキーを積極的に評価するというわけでもない。むしろドストエフスキーの作品についてふれることを故意に避けようとしている、あるいは時に、それに対してほとんど露骨な敵意を示しているとさえ言えるのである。その印象は最近出版されたナボコフの『ロシア文学講義録』所収の「ドストエフスキー」の章を読んでも変らない。だが、いささか誇張して言えば、V・シーリンというペンネームのもとに、もっぱらロシア語で小説を書いていた一九二〇年代後半から三〇年代にかけての時期におけるナボコフの背後には、ほとんどつねにドストエフスキーの影が存在し、その影と無言の格闘を行なっているような気配が感じられるのだ。その影に最初に気づいたのは、P・M・ビチリイ、ウラジースラフ・ホダセーヴィッチ、ニーナ・ベルベーロヴァといった亡命ロシア系の文学者たちである。たとえば、パリの亡命ロシア系新聞に、ソヴィエト国外では初めて、ユーリ・オレーシャの『羨望』を批評紹介したベルベーロヴァ女史は、ナボコフをオレーシャと比較し（ちなみに二人は同年生れである）、両者をゴーゴリの『外套』、ドストエフスキーの『地下室の手記』、アンドレイ・ベールイの『ペテルブルグ』の系譜につらなる作家としてとらえた（ベルベーロヴァ女史の回想録『イタリックスは私』一九六九年参照）。もちろん、この時期に書かれたナボコフの作品、とりわけ『ルージンの防禦』から『絶望』を経て『断頭台への招待』にいたる小説に、ドストエフスキーの影響を認めるという、亡命ロシア系の文学者たちの指摘は、きわめて断片的なものにとどまってはいるものの、その後の欧米の批評家たちがほとんど無視し、まったく手をつけていない領域だけに、ドストエフスキーを含めて十九世紀ロシア文学の伝統の恩恵を蒙っている作家としてのナボコフを考える場合、今日でもなお注目に値するかと思われる。

と言っても、ぼくはいま、ナボコフへのドストエフスキーの影響の有無というようなことを、実証的に、または比較文学的な見地から論じるつもりはない。この小論ではただ、『ロシア文学講義録』で「凡庸な作家」ときめつけたドストエフスキーの文学のどのような側面を、ナボコフは評価するのか、それを探ってみることによって逆に、ナボコフ文学の基本的な特性の幾つかを明らかにするための一つの手がかりにしてみたいと思うのである。

それにしても、否定的な口調ばかりが目につくのだが、ドストエフスキーの文学を、ナボコフはどう理解し、どのような評価を下しているのか。たとえば、数少い直接的な発言の一つなのだが、ドストエフスキーの初期の中篇小説『分身』(『二重人格』)についての意見を求められたとき、ナボコフはかつてあるインタヴューでこう答えたことがある。

ドストエフスキーの『分身』は彼の最高の作品です。もっとも、ゴーゴリの『鼻』の明からさまな、恥知らずの模倣ですが。『絶望』のフェリックスは、本当のところ偽りの分身なのです(傍点ナボコフ)。

これはおそろしく個性的なドストエフスキー評価である。ついでに挙げておくと、ナボコフにとって、ドストエフスキーの最低の作品とは、『カラマーゾフの兄弟』なのである。

これを奇矯の言、あるいは無茶な暴言として却ける人がいても、おそらくそれほど怪しむに足りないだろう。ドストエフスキー評価に関しては、ナボコフの下したのとはおよそ正反対の評価が一般的であると見るほうが理にかなっているからだ。それにまた、兄宛のある手紙のなかで、『分身』の主人公について、「ぼくが初めて発見し、ひろめた最大の、最も重要な社会的典型」と述べたドストエフスキー自身の豪語にもかかわらず、『分身』がゴーゴリの模倣のひときわ目立つ未熟な作品、E・H・カーの評言を借りれば「ほとんど完全な失敗作」というのが、大方の批評家たちのほぼ一致した見解なのだから。

『分身』を最高の作品として推し、『カラマーゾフの兄弟』を最低の作品として貶める、このはなはだ特徴的なドストエフスキー評価をナボコフにもたらしたものは一体何であろうか。

『カラマーゾフの兄弟』の場合は、神秘家、ないしは予言者としてのドストエフスキー、と言うよりもむしろ、第一次大戦前後あたりから、ベルリン在住の亡命ロシア人たちを中心にひろまった、その作品をまるで福音書のようにして読み、ドストエフスキーを熱烈に崇拝するといった(一八八一年より一九四一年にいたる、ドイツにおけるロシア人亡命者たち」という副題を持つ、ロバート・C・ウィリアムズの大著『亡命者の文化』一九七二年参照)、それを眺める角度によってはかなりいかがわしいとも見える現象に対する強い反感や嫌悪(ウィリアムズによれば、ナボコフは、ベルリンの亡命ロシア人社会でしばしば孤立した存在だった)という観点から、おおよその推測ならつけられるであろう。

しかし、ナボコフはなぜ『分身』を最高作とするのか。その点に関して『ロシア文学講義録』にこんな短い評言が見出せる。すなわち『分身』を例のごとくドストエフスキーの最高作としたあと、「それは同僚の官吏から自己同一性《アイデンティティ》を剝奪されたという観念に取り憑かれた、狂気に陥る役人についての——大層巧緻な、すばらしい、ほとんどジョイス的な細部描写(批評家ミルスキーが指摘したとおりだ)を伴って、しかも音声的にもリズム的にも濃密な表現性にひたされた文体で語られた——物語である」と述べているのである。この評言は先ほど掲げたインタヴューでの発言に比べるとやや詳しく、「ジョイス的な細部描写」を引き合いに出している点など示唆的ではあるが、それでもすこぶる断片的な意見の表明にとどまっていることは否定しがたいだろう。しかもナボコフは、『ロシア文学講義録』のなかで、『罪と罰』や

『地下室の手記』などをかなり詳しく扱いながらも、肝腎の『分身』についてこれ以上のことは口をつぐんで何も語ってはいないのだ。このような事情であってみれば、彼がなぜ『分身』を高く評価するのか、その理由を彼の作品自体に直接訊ねてみるしかやはりすべはないだろう。

2

『分身』は、言うまでもなく、『貧しい人びと』につづくドストエフスキーの第二作である。ペテルブルグの小官吏ゴリャートキンが主人公で、貧しい虐げられた小役人生活に落ち込んだ彼に、ふざけてそう名づけられているのだが、「第二の自我」とも言うべき新ゴリャートキンが出現して、彼にしつこくつきまとい、ついに彼を発狂させるまでの経緯が、ドストエフスキー一流の、執拗にたたみかけるような、きわめてドラマティックな筆致によって鮮やかに浮彫りにされている。この新ゴリャートキンは、出世を激しく望みながらもその野心を実現するだけの才覚を持ち合さぬ、小心で、引っ込み思案の内向的な性格の主人公の夢想が生み出した理想像、旧ゴリャートキンの内面生活の恐るべき矛盾や相剋に由来する純粋に主観的な幻影であることは周知のとおりである。

ナボコフの指摘を俟つまでもなく、この主人公の造型は、明らかに、ゴーゴリの『鼻』の主人公ゴヴァリョーフの模倣である。その最も顕著な例を一つだけ挙げれば、自分の鼻が国事参事官（五等文官）の制服を着ているので、それよりも官位の低い八等文官のゴヴァリョーフ少佐は、おのれの分身を前にして畏縮し、どうにも手が出せない。それと同じく、ゴリャートキンも、九等文官の自分よりも、あらゆる面ですぐれ、役所のなかで大成功を収める新ゴリャートキンによって完全に翻弄され、ことごとになぶり者にされてひどい恐慌状態に陥り、自分の分身との対面にすっかり怖気づく。このような滑稽とも、不条理とも言える状況を開発し、そこに小説的展開の豊かな可能性を見て取ったのが、ゴーゴリであり、ゴーゴリの影響を強く受けた初期のドストエフスキーということになろうが、この二つの小説の醸し出す雰囲気は夢のそれに似ているように思われる。と言っても、必ずしも夢そのものを直接の素材として用い、記述しているわけではなく、人物の描き方、対象をとらえる視点の設定が、いわば夢の手法によって貫かれているということである。

　夢のなかに出てくる人物が確かに自分であるとわかっていながら、同時に誰か他の人物の外形を取っていたり、あるいはほとんど外形を欠いていたりすることが余り気にならない、といった奇妙な事態は夢のなかではしばしば起きる。しかも、その人物に近づくことがなんとなくためらわれたり、恐怖や不安を不意に呼び醒まされたり、あるいは近づこうと頑張っても身体がいうことを聞かず、どうにも近づけないという不思議な疎外の状態を経験することが時にある。譬えて言うならば、『鼻』と『分身』における主人公と分身との関係は、この夢のような疎外の状態を言葉によって定着させているような印象を抱かされるのである。

　もちろん、夢の手法を意識的に操り、それに多く依拠しているシュールレアリスム風の幻想小説、たとえば『鼻』や『外套』、それに『分身』のパロディ小説としての特徴を著しく示す詩人オシップ・マンデリシュタームの『エジプトのスタンプ』におけるように、めまぐるしく移り変り、転換するイメージの変幻自在な飛躍とか、前後の脈絡や一貫性のはなはだしい欠如とかが、そこに見出せるというわけではない。むしろ夢のなかのある場面、せいぜい二、三の光景に視線を固定させ、それに能う限りの写実的な肉づけと扮飾を施して成立しているのが、手短かに言えば、『鼻』や『分身』の世界と思われる。ただ、その世界には、主人公たちを圧し拉ぎ、威圧する背景が存在することを確かに感じさせながらも、とくに『分身』の場合に目立つのだが、語り手が極端に見通しのきかない視点、すなわち語り手が余りにも主人公や事件に接近し、密着した視点から叙述するために、背景は、ちょうどゴリャートキンが初めて自分の分身と出会う、あの大層印象的なペテルブルグの吹雪の夜のように、ほとんど闇に覆われ、不透明なヴェールに包まれていて、その鮮明な輪郭を読者の目にあらわに見せるということはないのである。このような背景の叙述によって、大都会ペテルブルグの奇怪な、得体の知れぬ雰囲気や悪夢にも似た無気味さが、並みの精密一点ばりの写実によるよりもはるかにリアルに伝えられていると思うのだが、こうしたほとんど遠景を欠いた描写法によって浮び上る奇妙な世界は、何よりもまず夢のそれとの類推を呼び起さずにはいないであろうし、そこにこそペテルブルグを舞台とする『鼻』や「ペテルブルグ史詩」という副題を持つ『分身』の幻想小説、あるいは都市小説としての独自性があるようにぼくは思う。ナボコフが例によってひどく無愛想な口調で、『鼻』をただ「悪夢」と形容した理由もおそらくこのあたりにひそんでいるのではなかろうか。

　ドストエフスキーは「われわれはみなゴーゴリの『外套』から出てきた」と言ったと伝えられているが、『分身』についてさらに考察を進めるとき、『鼻』の姉妹篇とも言うべき『外套』を挙げねばたぶん片手落ちの誹りを免れないだろう。新ゴリャートキンは旧ゴリャートキンの「鼻」であると同時に「外套」でもあるからだ。『ニコライ・ゴーゴリ』の第五章で、『外套』の主人公アカーキー・アカーキエヴィッチについて、ナボコフがこんなことを言っている。

> それではこの奇妙な世界、見かけは無害な文章の隙間からわれわれが絶えず垣間見る奇妙な世界とは何であろうか。それはある意味ではリアルな世界であるが、これをさえぎる舞台装置に見慣れているわれわれには、ひどく不条理なものに見える。『外套』の主人公である慎しい小官吏が形成されるの

は、こうした瞥見を通じてであり、それゆえ彼はゴーゴリの文体を突き破って迸る、あの内密の、だがリアルな世界の精神を体現しているのである。彼、この慎しい小官吏とは、たまたま小役人の仮装を身に纏うにいたった、どこか悲劇的な深みからやって来た一個の幽霊であり、訪問者なのだ。ロシアの進歩的な批評家たちは、彼のなかに敗残者のイメージを読み取り、物語全体は彼らの目に社会的抗議と映った。しかし、問題はそんなことよりもはるかに複雑なのである。ゴーゴリの文体という織物の隙間と黒い裂け目は、生それ自体の織物のひび割れを意味している。何かが途方もなく狂っており、すべての人間は軽い精神異常者であって、彼らの目に大層重要と映る事柄の追求に余念がないし、一方馬鹿馬鹿しいほど論理的なある力が彼らを下らない仕事に縛りつづけている。これがこの物語の本当の「メッセージ」なのだ。完全な下らなさの支配するこの世界、下らない卑下や下らない優越感のはびこるこの世界にあって、情熱、欲望、創造的衝動の達成し得る最高段階は、一枚の新しい外套であり、仕立屋も客もこれを跪拝するのである(傍点ナボコフ)。

ここでナボコフの言う「リアルな世界」とは、一口で言えば、醜悪な、偽りの価値しか持たぬ現実、彼が『死せる魂』を論じながら効果的に用いたロシア語で言えば「ポーシュロスチ」と拮抗して作られた、夢想や幻想の世界、その最高の象徴が「外套」ということになるであろう。しかもその場合、日常茶飯の俗悪な現実、きわめて見慣れた世界から、その偽りのヴェールを剝ぎ取り、非日常的な、普通の表面的な意識ではとらえることができないようなある見慣れぬ形象を指し示すこと、つまりシクロフスキーの造語を借りれば、日常的に見慣れた事物を奇異なものとして表現する方法である「非日常化」(オストラネーニエ)の概念によって照射されるようなリアリティの存在を表現を通じて保証すること、これこそがナボコフが『外套』のなかに、ひいては『死せる魂』や『検察官』、『狂人日記』や『鼻』などのゴーゴリの主要作品のなかに読み取ったものと言ってよいであろう。

ナボコフのこのゴーゴリ論は、ベリンスキーやチェルヌイシェーフスキー以来、この特異な天才作家に貼りつけられてきた「ロシア・リアリズムの父」とか「諷刺作家」というレッテルをあっさりと引き剝がして見せ、ゴーゴリの作品を十九世紀ロシアの特殊な社会状況に密着した局面でとらえることを徹底して斥け、あくまでも具体的な作品に即しつつ、表面的な筋の展開や、一見何気ない、写実的とも見える文章の背後にひそむ、この作家の非日常性への著しい傾斜、夢想や幻想の世界に優位性を認めようとする志向を、鮮やかな文体分析を通じて鋭くえぐり出し、そこに現代的な不条理にも通ずるゴーゴリ文学の特性があることを明らかにしていて異彩を放っている。夢想や幻想の作り出す一種グロテスクな、異様な光芒に包まれた非日常的な世界を、いかなる日常的現実よりも手応えのあるリアルなものだとするこうした認識が、すこぶるナボコフ的な発想に基づくものであることはいまさら言うまでもないが、彼が『外套』ばかりでなく、『分身』のなかに見て取ったものは、このようなゴーゴリ的な特性ではなかったのか。もちろん、新ゴリャートキンは、アカーキー・アカーキェヴィッチの外套のような普遍的イメージとしての持続性を獲得するだけの底知れぬ潜勢力を欠いてはいるが、それでもやはりその分身は、ゴリャートキンの夢想の窮極的な形象化であり、彼にとってのゴーゴリ的な「外套」にほかならぬという事情には変りがないと思えるのだから。

さらに敢えて言えば、正気と狂気の境界状態を彷徨するゴリャートキンは、ゴヴァリョーフやアカーキー・アカーキェヴィッチ、それに『狂人日記』の主人公ポプリシチンに近いと同時に、自意識の極度の分裂に虐げられる病的な人物といい、錯綜した異常心理の持主といい、彼は、たとえば『絶望』の主人公ヘルマンにも接近した人物という印象を与える。その印象の依ってきたるゆえんを反省し分析してみるとき、主人公の描き方、あるいは主人公をとらえる視点の設定という手法上の問題にまずぶつからざるを得ない。

『分身』では、悪夢にも似たさまざまの奇怪な事件や出来事が、ゴリャートキンの屈折した自意識というフィルターを通して描写され、それらがすべて彼の自意識の枠を超えることなく、その枠内で処理されていることは、いま改めて指摘するまでもなかろう。従ってゴリャートキンとその分身との関係は、彼の自意識のドラマティックな危機として、『分身』における対話的手法を分析したバフチーンの評言（『ドストエフスキー論』）をそのまま借りると、「ドラマ化された告白」として展開していく（『分身』は初め『告白』と題されていた）。ただし、「告白」と言っても、表向きは三人称スタイルで書かれている『分身』の場合、一人称スタイルによる単なるモノローグ形式による告白とは随分趣が異り、バフチーンの指摘するとおり、三つの声、つまり主人公自身の声、主人公が他者の代行をする第二の声、そして純然たる他者の声による対話のドラマ化という形式を採用している。バフチーンはこうした主人公の自意識内における対話のドラマ化という手法を、『罪と罰』から『カラマーゾフの兄弟』にいたるドストエフスキーの長篇小説の重要な特性の一つとして挙げ、その最初の例を『分身』に求めているのだが、この特性こそが、かずかずの類似性にもかかわらず、ドストエフスキーをゴーゴリから峻別しているものではなかろうか。そして単なるモノローグ形式ではない、他者の反応を絶えず意識し、時にはそれに強く影響されながら進行していくこの屈折した内面の対話化という告白形式は、ドストエフスキーを一歩ナボコフに近づけていくものである。

3

『絶望』は分身フェリックスを殺害する主人公ヘルマンの告白調の手記という体裁を取っているが、彼はその手記の完成後に、それをあるロシア人作家に贈呈するつもりだと語り、そのロシア人作家をこんな具合に規定して見せている。

ほら……ぼくはいま、ぼくの最初の読者であるあなた、かずかずの心理小説の有名な著者であるあなたのことを言ったのだ。ぼくはあなたの心理小説を読んでみて、結構巧みに構成してはあるけれども、中味は大層人工的だと思わざるを得なかった。作者であり読者であるあなたは、では、ぼくのこの物語を読んで、何を感じるだろうか？　楽しさだろうか？　羨望だろうか？　それとも……そう、知れたものじゃない……ひょっとするとあなたは、ぼくの無期限の逃避行をいいことにして、ぼくのこの原稿をあなたの実に巧妙な……そう、その点はぼくも認めよう……あなたの実に巧妙な、老練な想像力の産物として、世間に発表するかもしれない。ぼくという著者などまるで無視してね。

ここで呼びかけられている「ロシア人作家」とは誰のことだろうか。それが誰を指すのか、ヘルマンは何も明言してはいないけれども、「作者であり読者であるあなた」などの表現からも容易に察せられるように、まず第一義的には、『絶望』の作者ナボコフに対して呼びかけられていると考えるのが妥当だろう。だが、それだけだろうか。ナボコフに対する呼びかけに重ね合せて、それはドストエフスキーへの呼びかけをも同時に低くひびかせているように思われるのだが、どうだろうか。と言うのも、「かずかずの心理小説の有名な著者」という言及からして、それはナボコフよりもむしろドストエフスキーによりふさわしい限定辞だし、主人公は絶えず自分自身とドストエフスキーとの位置関係を測定し、この小説全体には『分身』をはじめとする彼の作品のパロディとして展開していく局面がかなりしばしば見出せるからである。たとえば、この小説の最終章に、自分の手記にまだ標題をつけていないことに気づき、どんな題名をつけたらよいか、ヘルマンがあれこれと思案する場面がある。そのなかにこんな一節がある。

それじゃ、どんな標題にしたらよいだろうか?『分身』とでもしようか? しかし、それはすでにロシア文学のなかにある。

断るまでもないが、これはドストエフスキーの『分身』への言及である。この箇所に限らず、『絶望』は、ドストエフスキーの名や彼に関連する事柄が、ナボコフの全作品中でおそらく最も頻繁に現れる小説である。たとえばその一例。

「靄。水蒸気……靄のなかの、震えている弦」いや、これは詩じゃない。愛するドストエフスキーの偉大な小説『クライム・アンド・スライム(罪と堕落)』から取ったものだ。おっと失礼、『シュルト・ウント・ズューネ(罪と贖罪)』からだ(こいつはドイツ語版だな)。

これはドストエフスキーに対するヘルマンのはなはだ屈折した心理に、パロディ風の照明を当てて見せた、『絶望』における最も典型的な一節である。実際、この小説では、その全体にわたって、敢えて言うならば、主人公が絶えずドストエフスキーに呼びかけ、内なる対話を通じて彼とひそかに結びついているようにすら感じられるのである。

それはひとまず措くとして、『絶望』は、表面的には主人公と妻、およびその情夫との三角関係という、ごくありふれたテーマを扱った小説である。ドストエフスキーの初期の作品に引きつけて言えば、この小説は、若い妻が浮気をしているという錯覚にとらわれ、滑稽な醜態を演じる嫉妬深い男の悲喜劇を描いた短篇「他人の妻とベッドの下の夫」や、その習作の延長上に位置する同じく嫉妬をテーマとした、夫と妻の情夫とのあいだにかわされる心理的決闘の一部始終を、恐るべき精緻さをもって描き出した、「万年寝とられ男」というおどけたニュアンスをその題名に含ませていると言われる中篇小説『永遠の夫』と、少くともその基本的なテーマ設定の面で類縁性を持つ作品だと一応は言えるだろう。

性不能者の主人公ヘルマンは、妻の浮気の事実を知りながらも、自分の無力のため妻や情夫に復讐することができない。それどころか彼は、妻や情夫を心の底では激しく憎悪しつつも、二人の不倫な関係を見て見ぬふりをし、同時にまたそうしたきわめて不甲斐ない、弱々しい自分をなんとか抹殺したいという願望をひそかに抱く。しかし、自殺するだけの勇気を欠くヘルマンは、自分とそっくりな人物、つまり自分の分身を探し出して来て、その分身を殺すことによって無力な自分を抹殺し、ひいては新しい自己に生れ変ろうと無謀にも企てる。だが、その願望も愚かな自己錯誤、あるいは迷妄でしかなく、結局ぶざまな醜態を曝すだけで自分自身から逃れることなど到底できないというのが、滑稽でグロテスクなこの小説の粗筋である。

このように自分が落ち込んだいわば出口なしの密室的状況、ナボコフ好みの言葉で言えば「鏡地獄」のなかで苦悩し、そこからの脱出を夢見るといった主人公たちが、この小説に限らず、『断頭台への招待』

や『セバスチャン・ナイトの真実の生涯』から『ロリータ』や『透明な事物』にいたるまで、彼の作品中に繰り返し現れることは言うまでもない。彼らは自分たちが落ち込んだ密室が、実は、彼らの内部にひそむ暗い深淵、彼ら自身の過剰な自意識の堂々めぐりを映し出した無限の鏡面にも似た自閉症的・密室的内面の世界にほかならぬことを確認する。この「鏡地獄」的な自意識の無限の照らし合いのなかで窒息し圧しつぶされないために、彼らに残された唯一の方途は、この暗黒の深淵に向って地獄下りを敢行することと、すなわち徹底した意識の意識化を企てるほかはない。そうすることによって、つまり意識それ自体の働きへの呵責なき反省作用を通じて、本来それがとらわれていた対象から解放される。おおよそこういったきわめて批評的な視座が、彼のほとんど全作品の基底部に横たわり、その基本構造を決定していると見ることができる。

この観点から眺めるとき、『絶望』は嫉妬をテーマとする単なる心理小説という枠をはみ出し、新たな様相を呈しはじめる。ロレンス・ダレルは啓発的な詩論『現代詩の鍵』(一九五二年)のなかで、十九世紀文学における分身のテーマに対する興味の増大について語りながら、ある重要な指摘を行なっている。彼によれば、ほとんどどの作品の場合でも、そこに登場する二重人格者は聖人であるか、犯罪者であるか、あるいは怪物であるかすると言うのである。この見解はもちろん、十九世紀市民社会における余計者、つまりその関心が向けられる対象が聖なるものであれ、悪徳であれ、通常の市民的道徳や規範を逸脱した場所での生存権を強く主張する異質の人間を危険視してこれを社会から遠ざけたという状況があってこそ初めて、たとえばポーの「ウィリアム・ウィルソン」やスティーヴンソンの『ジキル博士とハイド氏』のような、いかにも十九世紀的な二重人格者をテーマとする作品が生れたと言い換えることもできるだろう。だが、一応それはそれとして、二十世紀文学、とりわけナボコフ文学における分身のテーマについて考えるとき、ダレルの掲げた余計者のリストにさらに芸術家を加えねばなるまい。十九世紀文学においてほとんど使い古され、ある意味では陳腐ともなったこのテーマに、ナボコフがいささかの新風を吹き込んだのは、芸術家が自分の芸術に対して持つ自意識の問題と密接に関連させてこれをとらえたためだと思われるからだ。事実、ナボコフの小説の主人公たちは、その本業が何であるにせよ、ほとんど例外なく芸術家としての尖鋭な意識の持主として立ち現れる。しかも、『絶望』や『ロリータ』の場合、主人公は芸術家であると同時に犯罪者でもあるという二重の役割を担わされている。この設定はやはり注目に値するとぼくは思う。と言うのも、分身の殺害計画を慎重に練り、その実行に及ぶまでの過程は、芸術制作の過程とほぼ正確に一致しているからだ。あるいは、ヘルマン自身が豪語するように、ドイルとか、ドストエフスキーとか、ルブランとか、ウォーレスとかいった「頭のいい犯罪者を描いた偉大な小説家たち」をはるかに凌ぐ、「芸術としての犯罪」計画こそ芸術制作の別称にほかならないからである。では、芸術としての犯罪とは何か。それは絶対勝てるトランプ遊びのようなものだと彼は言う。さらにつづけて彼はこんな意見を得々として開陳する。

おびただしい数にのぼる先駆者たちが犯した誤りは、彼らが犯罪行為そのものを主として強調し、事後に、行為の痕跡をことごとくなくすことをより重視した点だった。彼らは相手をごく自然に、ほかならぬその行為のほうへと徐々に引き寄せる方法など碌に考えもしなかった。だが、実際そうした行為は、鎖のなかの一つの輪、一冊の書物のなかの一つの細部、あるいはそのなかの一行にあたるものであって、すでに起ったすべての出来事から論理的に引き出さねばならないものなのだ。つまり、それこそがあらゆる芸術の本質にほかならないのである。もしもその行為が正しく計画され、実行されるならば、たとえその翌朝犯人が自首したとしても、誰一人として彼の言葉を信じないほど、独創的な芸術の発揮する力は大きいのである。芸術が作り出すものは、生の現実よりも、はるかに本質的な真実を含んでいるのだから。

これは「芸術としての殺人」を著したド・クインシー風の殺人美学の披瀝であるばかりでなく、芸術家としてのヘルマンのマニフェストでもある。この独特なマニフェストの方向に沿って、彼は分身殺害計画を着々と実行に移していくのだが、彼にとって分身フェリックスとは、ゴリャートキンの分身の場合にそうであったような、自意識のドラマティックな危機からいわば自然発生的に生じた純然たる主観的な幻影、ないしは彼自身が言うような「鏡像」であるだけではなく、日常の現実における無力な自分を抹殺し、芸術家として再生しようとする彼の願望を実現するための一種の道具にすぎないとも見ることができる。言い換えれば、フェリックスを殺害するまでの過程を、精緻の限りをつくした技巧を駆使して芸術化することを通じて、それを行なう自分を犯罪者から一挙に芸術家へと転化させ、芸術作品のなかで自己を不滅化することを企図するということになるが、その場合フェリックスは、「生の現実よりもはるかに本質的な真実」を含んだ独創的な芸術を生み出すためのいわば触媒的な存在、あるいは跳躍台の役割を果していると言ってもよいであろう。こうしてこの小説は、芸術に対する熾烈な情熱によって貫かれたいかにもナボコフ的な芸術家小説としての相貌を呈しはじめるのである。

なるほど、自分が落ち込んだ密室的状況のなかで苦悩し、正気と狂気の微妙に区別しがたい一種異様で、悪夢的な鏡地獄を思わせる自意識の無限回路が執拗に、眩暈的に提示されているという点で、『絶望』は、他のどんな作家の作品よりも『分身』に接近していると思えるのだが、完膚なきまでに分身にひきずられ、翻弄されて、ついには完全な自己破壊をきたしてしまうゴリャートキンと比べるならば、ヘルマンは、そうした悪夢にも似た状況を逆手に取り、そこから脱出するための方策として、ある意味では分身を創造し、そうすることによって、芸術家としての自己同一性を保持しようとする特徴を著しく示している。ドストエフスキー的な分身のテーマをパロディ化しているにもかかわらず、ナボコフを『分身』の作者から隔て峻別している特性はおそらくここにあるかと思われる。分身をテーマとする数多くの作品を書いた、しばしばナボコフと併称されるボルヘス（『幻獣辞典』）によると、スコットランドの迷信では、分身はそれが住みつこうとする人間を「呼び寄せる」習性があるという。これに倣って言えば、分身に呼び寄せられて自滅するゴリャートキンに対して、ヘルマンは逆に分身を意識的、計画的に呼び寄せることによって、芸術家としてはともかく、生活者としては破滅するということになると言ってもよかろう。このように、分身のテーマ一つを取ってみても、ごくありふれた常套的なテーマの著しい逆転・転倒によって、そこから新しい文学的趣向を生み出すというのが、ナボコフのナボコフたるゆえんであることはいま改めて確認するまでもあるまい。先に引用文を掲げた『分身』評のなかで彼が、フェリックスを「偽りの分身」と呼んだ理由もここに発していると思われる。

4

一人称の語り手による告白形式をナボコフが用いたのは、少くとも長篇小説では、『絶望』が最初である。必ずしもこの小説のみに限らないのだが、とりわけナボコフの長篇小説の多くが、一人称の語り手による告白という形式を採用していることは周知のとおりである。その場合、『絶望』や『ロリータ』のように手記、『セバスチャン・ナイトの真実の生涯』のように伝記、『アーダ』のように遺稿といった、それぞれに異る体裁を取っているにしても、それらの根抵にあるものはやはり、一人称による告白調の物語形式である。たとえばその例を『絶望』に求めるならば、そこでは極度に屈折し、錯綜した自意識内における対話、すなわち告白と言っても、単に個人的なモノローグ一色に塗りつぶされているわけではなく、場合に応じて予想される他者の反応を鋭く意識し、その他者との内なる対話を通じて物語が進行していく、ということである。

その小説においてひときわ目立つのは、主人公が自分の創造する芸術に対して持つきわめて尖鋭な自意識であり、ほとんどすべての文章がそれをなんらかの形で反映したものとなっていて、そこで試みられる『トリストラム・シャンディ』式の読者へのふざけた頓呼法や気まぐれな脱線にしても、スウィンバーンの詩やドストエフスキーの小説のパロディにしても、他者に呼びかけ、他者との内なる対話を通じて、他者をときにシニカル、ときにコミカルな調子で対象化し、そうすることによって他者の意識の支配から解放され、彼独自の文学世界を築き上げようとする志向をかなりあらわに示していると思われる。犯罪者にして芸術家という主人公の造型といい、分身のテーマといい、あるいは芸術家小説といい、『絶望』と多くの点で類縁性を示す『ロリータ』の場合により鮮明に見られるのだが、その他者とは、過去の文学的遺産のほとんど別名に等しくなるのである。

もちろん、こうした志向が、ナボコフ一人のみにとどまらず、「侯爵夫人は五時にでかけた」式の十九世紀リアリズム小説における叙述法の常套を無邪気に踏襲することを拒否する、現代作家に多かれ少かれ見出せる特徴であることは、すでに周知の事実である。ただナボコフにあっては、芸術に対する厳しい反省、または執拗きわまりない、自意識化といったきわめて現代的な志向性が、かなり古風とも時代遅れとも見える告白小説的な趣向や形式のなかに収められているという、いささか奇妙な事実を指摘しておきたいのである。

現代的な小説認識とはいろんな意味で異質なこの形式に、ナボコフはなぜなみなみならぬ関心を寄せ、それに執着するのか。それを考える手がかりとなるものはやはり、ドストエフスキーの作品、『絶望』との関連のうえで言えば、『分身』および『分身』につづく彼の重要な小説『地下室の手記』であると思われる。

一九三六に出版された当時より、『絶望』は、亡命ロシア系の批評家からサルトルにいたる幾人かの批評家たちによって、『地下室の手記』の影響下に書かれた作品という指摘が断片的になされてきた。『地下室の手記』を「ロシア文学の最高傑作」とするベルベーロヴァ女史や、その作品をカフカからヌーヴォー・ロマンにいたる現代小説の「出発点」と考えるサロート女史の意見（『不信の時代』）に代表されるように、この特異な小説が、広汎な影響をその後の文学に対して及ぼしていることはしばしば注目されてきたが、『絶望』にしても、もちろんそうした影響の歴史の一齣として、もっと広いコンテクストのなかで眺め、そのなかに位置づけることも十分可能だし、場合によってはそれなりの必然性もあることだろう。しかしここでは、『地下室の手記』と『絶望』、それに『ロリータ』とのあいだに見られる幾つかの類似性と差異について考えるのみにとどめておこうと思う。

表題にも明示されているとおり、言うまでもなく『地下室の手記』は、『絶望』や『ロリータ』と同様、一人称の語り手による手記という形式で書かれている。『分身』にもまして、その小説では、いわゆる「ドラマ化された告白」としての傾向がいちだんと強まり、飽くことない意識の自転運動、主人公の言葉を借りれば、「意識は病いである」という基本命題が、屈折に富んだ文体によって鮮やかに浮び上ってくる。バフチーンが鋭く分析して見せたように、主人公の告白には、他者を、そして他者の意識という鏡に映った自己を意識していないような文章は、おそらく一つとしてないであろう。対置された二面の鏡に映る無限の虚像の列のように妖しくゆらめきながら、こうしてこの小説中では、はてしない意識の自転運動が不毛に繰り返されてゆく。

この何一つ寄りすがるものとてない完全な空無のなかでの、不毛な自意識の空転状態を表現として定着させるために、ドストエフスキーが、ルソー以来の告白小説的なモノローグ形式の慣例を破って、それを極度に屈折した内面の対話化という新しい武器に転化させたことは、やはり注目に値する。なぜなら、それは、ほとんど脱出不可能とも思える「鏡地獄」のなかに落ち込んだ人間の絶望を分析する形式であるとともに、他者と連帯し、他者との人間的接触を熱烈に求めようとする作者の不安な欲望や感情を盛るための形式とも化しているからだ。『地下室の手記』のなかに活潑にうごめく一種異様な熱気や興奮は、その作品を通じてまるで導線のように張りめぐらされているこの熱烈な接触欲から発するものだと思われるのだが、一方ナボコフの場合、彼がその作品において、ドストエフスキー的な内面の対話化という手法を頻繁に用いながらも、劇作家的なドストエフスキーとは対照的に、どことなく冷やりとした、知的な感触をあくまでもただよわせていることはやはり否めないであろう。それと言うのも、ナボコフにあっては、接触し、連帯を求めるべき他者とは、窮極的には、生身の人間ではなく、芸術作品という虚構にほかならないからである。彼がこの手法に対して強い執着を示し、ドストエフスキー的な「内面の地下室」を持つ人間の苦悩や絶望を描くのも、一面ではゴーゴリやドストエフスキーの系譜を引く文学伝統につらなろうとする志向の現れとも解されようが、またその反面では、そういった伝統をいわば一種の跳躍台として用いることによって、あるいはそれに対する反動を通じて、彼独自の虚構世界を構築しようとしたためとも受取れるのではなかろうか。

そうしたナボコフ文学の局面を探るためさらにもう一つだけ例を挙げておきたい。それは文学的な喧嘩、ないしは決闘ということである。

専門外の領域からロシア文学を眺めるとき、とりわけ強く印象づけられることの一つは、プーシキンからチェーホフまで、決闘が作品の展開上しばしば重要な役割を担わされているということである。決闘があれほど頻繁に文学作品に描かれているのは、おそらく十九世紀ロシア文学を措いてほかにはないであろう。しかしここで述べる決闘とは、文字どおり文学的決闘であって、むろん通常の意味での決闘ではない。では、文学的決闘とは何か。それは侮辱された仕返しに、ピストルではなく、本格的な作法に則り、筆《ペン》を用いて復讐することである。

たとえば、『地下室の手記』のなかにこんなエピソードが描かれている。主人公はある安料理屋で、二メートルも背丈のある大男の将校に侮辱される。まるで蠅同然の扱いを受けた彼は、屈辱感に打ちのめされるが、将校に対して決闘を申込むだけの勇気はない。そこで彼は、この将校をさんざんに中傷した戯画的な暴露小説を書いて、それをある雑誌に投稿するが没になる。また、決闘を申込んだ美文調の手紙も書くが、結局これも投函せずに終る。主人公はこうした復讐行為を文学的な喧嘩ないしは決闘と呼ぶのである。

このエピソードは『ロリータ』のなかのある有名な場面、すなわち主人公ハンバートが分身キルティを殺す全篇のクライマックス場面をぼくに想い起させる。と言うのも、その殺害場面は明らかに文学的決闘、あるいはその変奏と呼ぶにふさわしい性質をそなえているからである。ハンバートはキルティを殺す前に、彼を本格的な作法にかなった「詩的裁判」にかけようとする。

ぼくはピストルを点検し――汗のために、どこかいたんでいはすまいかと思ったからだ――そして、呼吸を整えてから、プログラムの重要箇条に進んだ。ぼくはまず、中間休止を埋めるために、彼が自分自身に対する判決文を読み上げることを提案した――ぼくはそれを詩の形式で書いておいたのである。「詩的裁判」という言葉が、この場面に一番ぴったりくるように思えたからだ。ぼくは、きちんとタイプで打ったその判決文を彼に手渡した。

「なるほど」と彼が言った。「すばらしいアイデアだ。ちょっと眼鏡を取りに行ってこよう」(彼は腰を上げようとした)。

「だめだ」

「そうか。声を出して読むわけだね?」

「そうだ」

「じゃ、はじめよう。これは詩じゃないか」

　きみはある罪人の弱味につけこんだから

ある罪人の弱味に

つけこんだから

　きみはぼくの弱味につけこんだから……

「うまい。なかなかうまいじゃないか」

　このようにして、きわめて入念に準備され、一定の遊戯の作法に従った夢幻的「詩的裁判」が延々と繰りひろげられるのだが、むろんこれは、『不思議の国のアリス』の裁判の場面へのパロディとしての局面を一方では示しているものの、と同時に、ドストエフスキー的な文学的決闘の一つの変奏としても読めるのではないかと思われる。引用文中における、ハンバート作になる珍妙な詩は、言うまでもなく、T・S・

エリオット『聖灰水曜日』の冒頭の一節の明らさまなパロディである。このパロディ化によって、ハンバートは、キルティに対する内面の葛藤や軋轢をコミカルに対象化して見せ、そこに滑稽ともグロテスクとも呼べる独特の世界を作り上げて見せている。それはいかなる意味においても日常の現実とは関わり合いのない、それのみで自律性をそなえた非現実的な世界であるが、しかしそれを提示する鮮やかな表現の力によって、日常におけるそれとは明らかに異った手応えあるリアリティを持つにいたっている。ハンバートによるキルティ殺害にせよ、あるいはヘルマンによるフェリックス殺害にせよ、それらの場面が夢幻的な雰囲気を醸し出し、まさにその夢幻性において、それ独自のリアリティを帯びていることに注意を促されるが、それはそこに描かれているのが窮極のところ、夢のなかの世界そのものでは必ずしもないとしても、それとほとんど等価な世界にほかならぬためだと考えられる。

ナボコフは、プーシキンの『エヴゲーニイ・オネーギン』に付した詳細きわまる註釈のなかで、レンスキーとの決闘を前にしたオネーギンについてこんな指摘をしている。

彼の行動はうす気味悪い、夢幻的な性質を帯びていて、まるですぐ前に描かれたタチヤーナの悪夢に染まってしまったかのようだ……レンスキーが倒れるとき、われわれはほとんど、オネーギンが目を覚まし（ちょうどタチヤーナのように）、これはすべて夢だったと知るのではないかと思う。

ジョン・ベイリーは、『トルストイと小説』のなかで同じ一節を引き、「この夢のような疎外の状態、日常の道徳的習慣の過程のこの一時的停止」を、ドストエフスキーがいわゆる「余計者」の特徴としてとらえ、そこに小説的展開の豊かな可能性を見て取ったと述べている。要約的に言えば、これはそのまま、

「もとロシア作家であったアメリカ作家」と自己規定したナボコフの小説世界、ヘルマンやハンバートのような、ドストエフスキー的な「余計者」たちの奇怪な悪によって染め上げられた彼の小説の基本的特徴をも、ほとんど言いつくしているようにぼくには思われる。

註釈と脱線——ナボコフからスウィフトへ

1

洋の東西を問わず、註釈という作業が、もっぱら学問の領域に属していることは言うまでもない。吉川幸次郎氏の孔子や杜甫、渡辺一夫氏のラブレー、あるいはJ・ドーヴァー・ウィルソンのシェイクスピアといった超弩級の註釈の仕事を引き合いに出すまでもなく、註釈が現代の実証的学問の重要な一部門を占めていることは明らかである。

ことさらに学問などと言わないでも、頭註、脚註、後註、さらに傍註や割註をも広い意味での註釈の一部に付け加えるならば、古典的作品は言うに及ばず、とりわけわが国では、たとえば卑近な例を挙げると、外国の現代作家の作品でも、その邦訳書における割註や後註、ないしは大学生用として広く流布している、その教科書本における脚註や後註などという具合に、さまざまの形で、いろいろな用途に応じて、現代ほど註釈の氾濫している時代はないだろう。

どのような形をとるにもせよ、註釈を施すという作業はもちろん、多くの場合、それを施される当の作品から、われわれが時間的にも空間的にも、またはそのいずれかにおいて遠ざかり、離脱していることを機縁にして行なわれる。従って註釈の第一の目的は、その懸隔を可能な限り埋めようとする試みを通じて、作品全体の理解を少しでも容易にし、作品との親密な関係をより堅固なものにすることにあると言っていいだろう。作品を身近かに引き寄せ、いかにたどたどしかろうとも、それと親しく対話を交わしたいという根源的な欲求に促されて初めて、本来この作業は成立するはずのものだからである。

いま作品を身近かに引き寄せると書いたが、註釈という煩雑な作業に対して良心的であればあるほど、遠くにある作品をただ単に機械的に運んで来る、などということはあり得ない。この作業は本質的に翻訳のそれと似通っているところもあるのだが、少くとも心を惹かれ、大きな魅力を感じている作品が註釈や翻訳の対象であるとき、それが遠くにあると同時に近い存在でもあることは、いまさら念を押すまでもない周知の事柄だと思う。つまり近くにありながら容易にとらえがたいとか、観念的にはともかく生命的な繋がりや一体感がどうも乏しいとかいった不安定性が、作品に一種蜃気楼めいた性質をつねにもたらし、たとえ完全な理解など蜃気楼や幻影じみた錯覚にすぎないということを知悉しながらも、より親密で、より確固とした把握を求めて註釈や翻訳へと人びとを駆り立てるのだと思われる。遠くにあって近い、しかも近くにあって遠いという、こうした逆説的関係がどれくらい自覚され、意識化されているかによって、それが目につきにくい深部で、すぐれた註釈や翻訳の作業に微妙かつ重要な影響を及ぼしているかは想像に難くないし、それを探ることはおそらく実りの多い試みとなるだろう。

だが、それはそれとして、完全な翻訳というものが理論的にも実践的にも到底不可能であるのと同様に、完全な註釈というものもおよそ考えられないことである。けれども、翻訳と註釈とでは明らかに、それぞれの理想的形態の模索の過程において、かなり異った様相を呈している。それを簡単に言うならば、翻訳が自国語という媒体を通じて原作の忠実な再現とか、いわば一種の合せ鏡的な世界の実現（その最も目立つ可視的な形式は対訳本だろう）に向うと一応は言い得るのに比して、註釈はどちらかと言えばある種の言い替え、すなわち原作の文章や単語などのなかに含蓄された言語学的、文学的、歴史的、文化的等にわたるさまざまな層の意味合いを探りあてることによって、それらを取り巻く環境を明示する方向へと向い、本文自体、もしくはそのコンテクストから逸脱し、それ独自の存在価値を主張する傾向を本来的にそなえているということである。要するに原作に対して、翻訳は求心的、註釈は遠心的な対応や働きかけを要請されるという仕組みになっているのだが、翻訳はともあれ、脚註や後註などをも含めた意味での註釈の場合、本文を基点として眺めたならば、それはしばしば本文からの大幅な逸脱、ないしは脱線としてとらえることが可能な特徴を持っていると考えられる。

たとえば、ある文章中にたまたまリチャード・サヴェッジという人名が出て来たとする。それに註解を付す者なら誰しも、この十八世紀イギリスの薄幸無頼な小詩人の経歴を手短かに書き添えることだろう。たとえば、おそらく下層の出であろうが、みずからはリヴァース伯リチャード・サヴェッジの子であると称したとか、サミュエル・ジョンソン博士の友人で、博士は彼の伝記を例の『詩人伝』のなかに収めているとか、放埒な生活を送り、ある旗亭で人を殺害したために死刑を宣告されたが、危うく刑を免れ、のち桂冠詩人たらんことを望んだが果さず、最後には窮死したとかいった、彼の経歴についてよく知られている基本的事実が簡明に語られることだろう。

そういう註解なり註釈なりに目を走らせるとき、われわれは言うまでもなく本文を読み進めることを一時中断している。だが、その種の註釈の内容自体は必ずしも本文、あるいはとくにそのコンテクストと格別緊密な関連の紐帯で結ばれているわけではない。両者は紛れもなく空間的には不連続の関係にあるのだが、そしてその点で両者のあいだには一種奇妙な、いわば近くて遠い関係（不連続の連続）が成立しているのだが、もちろん最終的にはブーメランのように本文に立ち返るとしても、註釈の内容自体は、多かれ少かれ、それを施される対象から少くとも本文のコンテクストにおいて、ずれを生じたり、逸脱したり、極端な場合には、それとは直接的にほとんど無関係な脱線の方向へと逸れてしまう傾向を持っていると言ってよいだろう。註釈（脚註や後註など）が本文のコンテクストからほぼ独立して、それのみで一つの纏まった自律的な小世界をしばしば形成するにいたるのはおそらくそこに由来する。

註釈という作業に本来的にそなわっているそうした顕著な特性に着目し、それを極端な脱線の方向へと大胆不敵にも押し進め、註釈の部分が作品の本体を形づくるという、まことに奇妙で風変りな小説を書いたのが、ほかでもない、『青白い炎』（一九六二年）のウラジーミル・ナボコフである。

2

『青白い炎』は、ナボコフの数ある小説のなかでも『アーダ』についで難解な作品という世評が一般的であるが、とにかくまったく読者の意表を衝くその斬新な実験的形式には思わず目を見張らされる。たとえばその作品に付された「目次」を試みにのぞいてみよう。街で猫を無差別に撃ち殺す若い狂人の挿話を述べた、ジェイムズ・ボズウェルの『サミュエル・ジョンソン伝』からの一節を引いたエピグラフのあとに、「目次」と題して次のように書き記されている。

改めて指摘するまでもなく、これはきわめて典型的な註釈書、しかも学問的なそれの目次である。ナボコフが作家であるという事実を知らぬ読者なら（あるいは、彼の小説にかなり親しんでいる読者でも）、その目次を最初に一瞥した際に、この作品を学問的註釈書の類と咄差に受取ったとしてもそれほど異様なことではあるまい（実際、そういう単純かつ滑稽な間違いが初版刊行当時のアメリカで見れらたそうである。何しろ『ロリータ』人気に助けられて、その話題作につづくこの作品は、一時ベストセラー入りすら果したほどなのだから、いかにもありそうな話である）。しかし、目次の体裁はともかく、『青白い炎』は紛れもない一個の小説作品である。

それにしても、このような目次を持つ小説が書かれたのは、おそらくヨーロッパ小説史上前代未聞のことではあるまいか。確かに現代小説の領域においては、ことさらに人目を引き、ともすれば心ない揶揄の種になるような前衛的、実験的な試みはそれこそ枚挙にいとまがないほどである。なかでも巨大な実験作『フィネガンズ・ウェイク』以後、各自の流儀で、それを積極的に継承していこうとする姿勢をとる前衛作家たちのさまざまな試みがそうである。たとえば、一ページ全部を黒く塗りつぶしたり、あるページの下段を切り抜いてそのページの文章を後続のページの文章と強引に連結したり（B・S・ジョンソン『アルベルト・アンジェロ』）、単語や文章を巧妙に分解してそれらを一種の図形のように扱い、活字印刷上の工夫を凝らしてもっぱら視覚的な効果を狙ったり（クリスティン・ブルック＝ローズ『スルー』）、目ざわりな書き込みや訂正などがそのまま記載されている未完成の修正タイプ原稿そっくりなテクストを本体にして、その左欄にはE・A・ポーの作品への言及やしばしばそれからの短い抜粋が配置され、右欄には傍註の形で語り手の断片的な思索や註釈などが雑然と書き記されていたり（アルノー・シュミット『ツェテルの夢』）とかいったような、時代の最先端を行く、いかにも前衛色の濃い、すこぶる過激な技法上の実験がたびたび見出せるのであるが、明らかに学問的註釈書に擬装した、『青白い炎』の斬新きわまる構成は、その種の才気煥発な前衛的実験の一つと見なすべきなのだろうか。

誇らしげに、と言うよりもむしろ、いささかいまいましげに、『フィネガンズ・ウェイク』を結局最後まで読み通したと語っているナボコフではあるが、この大層気むずかし屋で孤高の多言語作家が、諸国語間を縦横無尽に駆けめぐって構築された前人未踏の巨大な多言語空間たる『フィネガン』に対して、尋常ならざる興味を示していることは、『ユリシーズ』を今世紀ヨーロッパ小説の最高傑作の一つに数えることの作家として、ある意味では当然のこととして受取ることもできよう。事実、『ロリータ』や『青白い炎』では多くの、『アーダ』ではさらに多くの借財を、ナボコフがジョイスの最後の大作に負うていることはほぼ確実であるが、だからと言って彼の創作活動は、『フィネガン』のあとを追随することに余念のない現代の一群の、破壊と攪乱をこととする尖鋭な前衛作家たちのそれと必ずしも正確に対応しているわけではない。ナボコフのモダニズム嫌いは周知のとおりだし、そもそも前衛派とか、実験作家とかいうふうな便宜的なレッテルを貼られることを彼が何よりも警戒し、執拗に拒否しているわけは、少なくとも彼の意識において、過去の文学的遺産の現在化をつねに目指す一種独特の批評的な視座、あるいは後向きの分析の眼によって定着させた自作を、単に通常の意味での前衛的とか実験作とかいうような呼称で呼ぶのは、どうもおよそ似つかわしくない感触や異和感しか与えぬからである。それに第一、彼はそういう呼称にとかくつきものの、優美や洗練さを欠いた、これ見よがしの新奇さとか、流行の意匠への追随とか、ぎらぎらした文学的野望の露骨な誇示などとはほとんどまったく無縁な作家と言ってよいからだ。

それでは、『青白い炎』におけるはなはだ特徴的な構成はどういう企図から生れたのだろうか。まず何よりも、学者の註釈書のパロディということが考えられる。この作品に頻出することからも知られるように、シェイクスピアからポープやワーズワスにいたる、学問的ないわゆる「集註版」のことがナボコフの念頭に絶えずあったことは疑うべくもないところなのだから。だが、この点でむしろ注目すべきなのは、出版は二年のち(一九六四年)になったものの、『青白い炎』よりも以前に事実上すでに完成していた、全四巻より成るプーシキンの『エヴゲーニイ・オネーギン』の英訳と厖大な註釈の仕事である。

『青白い炎』が、『オネーギン』の英訳と註釈という、その専門分野におけるほとんど画期的と言ってもい い学問的労作を書き進めていく過程で着想され、少くともその基本的構成や形式において、それから派生した作品であることは容易に推察し得るが、まったくあからさまに学問的註釈書を巧みに装ったこの小説は、その意味で、『オネーギン』に付せられたナボコフ自身による真に学問的な註釈書へのパロディとしての特性を持っている、と見ることもできる。主要な小説を通じて頻繁に見出せる、作者ナボコフが何気なく自分自身をパロディの好対象にするという、悪戯とも真面目ともつかぬある種の文学的遊戯がここにも明瞭に見て取れると言ってよかろう。

このパロディが最も鮮やかに、唖然とするほど見事に機能しているのは、もちろん、この小説らしからぬ小説の本体を占める註釈の部分である。先に述べたような、註釈という作業に本来的にそなわっている逸脱や脱線の方向へと遠心的に向う特性をふんだんに活用し、驚くべきことに、註釈の部分をそれのみで完結した独自の世界である脱線の場へと質的に転換し、註釈とはつまり逸脱や脱線の別名にほかならぬことを明示しているからである。

3

私の著作は、脱線的にしてしかも前進的……脱線は、争う余地もなく、日光です。――読書の生命、真髄は、脱線です。

小説における逸脱や脱線の効用が讃美をこめて説かれ、多くの脱線文学が輩出したのは、周知のように十八世紀イギリス小説の分野である。十八世紀はまさに脱線の世紀であったと言ってよいが、なかでも脱線また脱線の連続するロレンス・スターンの奇妙奇天烈な長篇小説『トリストラム・シャンディ』(一七六七年)は、脱線文学の最高峰として、いまなおきわめて多くの問題を孕んだ刺戟的な古典たりつづけている。引用したのは小説史上屈指の奇作と言うべきその作品の第一巻二二章(訳文は朱牟田夏雄氏)。『トリストラム・シャンディ』全巻を通じてこの種の脱線論議がおびただしく挿入されているのだが、この引用部分は、実は、『オネーギン』第一章五二に付せられたナボコフ自身の註釈のなかにも引用されている。すなわち、ウォルター・スコットだけではなく、スターンからの影響もしたたかに蒙っている韻文小説『オネーギン』における「脱線の精神」を指摘し、その言及を補強する目的で引例されているのだが、ある学者批評家が二十世紀ヨーロッパ小説中の八大傑作の一つに名指した、『青白い炎』という奇態な小説のいびつにくびれた胴体をつらぬいてそれを力強く支えているのも、この脱線の精神を措いてほかにはないのである。

この小説は、架空のアメリカ詩人ジョン・フランシス・シェイド(一八九八―一九五九)の英雄対韻句《ヒロイック・カプレット》で書かれた九百九十九行の晦渋な瞑想詩「青白い炎」を、その詩人の隣人で、ある大学のロシア語科の教師チャールズ・キンボートが、すでに目次を掲げたので知られるとおり、前書きと長文の註釈、および詳細な索引を付すという、随分奇妙な構成になっている。誤って射殺されるシェイドの遺作となった長詩「青白い炎」は、十八世紀前半の、いわゆるオーガスタン時代の詩壇に君臨し、スウィフトの友人でもあったポープの詩『人間論』の詩的形式に倣って書かれてはいるものの、その内容は古典主義風の鋭い警句、痛烈な諷刺、潑剌たる機智、才気溢れる箴言などとはほとんど無縁な、死と時間と自然についての重苦しい瞑想を中心に据えた一種の自伝的な詩となっている。一口で言えば、ワーズワスとフロストを突き混ぜたような詩風が特徴的なのだが、この長詩は、何よりも、十四歳のときに私家版の詩集をペテルブルグで発表して以来、ロシア語と英語ですこぶる伝統的な詩を折にふれては書きつづけていたナボコフ自身の詩的経歴の頂点に位置する傑作として、註釈者キンボートとはまた異った視点からその魅力を掘り起すに足る価値を持っていると思われる。

この長詩の原稿を整理してその決定版を作成するのがほかならぬキンボートなのであるが、彼が施す長文の註釈は、その学問的意図を再三にわたり明言しているにもかかわらず、シェイドの詩自体から大幅に逸脱・脱線し、彼の奇怪な幻想（彼は実は狂人である）によって徹底的に歪められ、改竄されたものである。その註釈から明らかになるのだが、キンボートは「青白い炎」執筆前のシェイドに向って、巻末の詳細な索引にはただ「遠い北国」としか記されていないゼンブラから、革命によって追放された国王およびその国のことをぜひ新作の長篇詩のなかに書き込んでほしいと懇願していた。つまりキンボートは、シェイドの手を借りて、ゼンブラの国王（これはキンボート自身である）を詩的表現に昇華させ、不滅化しようと意図していたのだが、狂人の妄想に無関心な詩人はそれを果さない。そこでキンボートは註釈という形を借りて、シェイドの詩のほとんどすべての言葉のなかにゼンブラの国王とその国についての彼の幻想の反映を見出そうとするのである。

このいわば註釈としての小説の基本的な仕組みはおおよそのようになっているのだが、滑稽でグロテスクな、しかも本質的にはいかにもナボコフらしい芸術家小説であるこの作品の標題は、シェイクスピアの『アセンズのタイモン』四幕三場よりとられている。さらにアリス的な不思議の国である「ゼンブラ」の出典は、ポープの『人間論』第二書簡と、まだ誰も指摘していないようだが、スウィフトの『書物合戦』である。またシェイドはポープ学者ともされていて、『人間論』第二書簡に典拠を持つ『無上の至福』と題するポープ研究の著者でもある。これらの事例からも端的に窺い知れるように、『青白い炎』にはイギリス文学への言及が少くない。むしろそれを基軸にして展開していくという局面をしばしば顕示するのだが、その点でこの小説は、ボルヘスと並んで端倪すべからざるアングロ・マニアであるナボコフが、イギリス文学の伝統のなかに自分を同化し位置づけようとした、あるいはもっと露骨な言葉で言えば、イギリス文学との情事を扱った作品と見なしても差支えないほどである。ちょうど『賜物』がロシア文学との、『ロリータ』がアメリカ文学との情事の成果を語っているように。

『フィネガン』全篇を通じての守護聖人はスウィフトとスターンであると指摘したのはアメリカの学者批評家ヒュー・ケナー(『ストイックな喜劇役者たち――フローベール、ジョイス、ベケット』)だが、それに倣って言うならば、『青白い炎』の守護聖人はポープとスウィフト、それにシェイクスピアということになる。あの脱線につぐ脱線讃美の奇書『桶物語』に別段あやかったわけでもないのだが、ここでやっとスウィフトの名を、当面の問題に引きつけてはっきりと挙げることができた。ジョナサン・スウィフト。ステラとヴァネッサという二人の若い愛人を巧妙に操り、生涯狂気を恐れ、晩年はその発作に悩んでいたダブリンの聖パトリック大聖堂の首席司祭。

それにしてもスウィフトとナボコフ、いやキンボートを結びつけている一本の赤い糸は何だろうか。確かにナボコフには、たとえばイェイツのように、「スウィフトがわたしに付きまとっている。彼はいつもすぐ間近かにいるのだ」(『窓ガラスに刻まれた言葉』への序文)というような、アイルランドの同国人としてのスウィフトへの濃い血縁意識(その点ではジョイスやベケットもほぼ同じ)など、当然のことながら微塵も窺えない。土着性や風土性の呪縛を断ち切った、と言うよりもむしろ、断ち切ることを余儀なくさせられた、きわめて不安定な場所にみずから身を置いているこの亡命作家にとって、いかなる国(故国ロシアでさえも)の文学も、その土着性や風土性を捨象し気化した観点から眺められ、観察されているからだ。『フィネガン』を「フォークロアに傾きすぎた、あまりにも地方的《プロヴィンシャル》な作品」とこの作家が手厳しく批判するのも、亡命者として異国を放浪しながら、終生アイルランドの民族性に固執しつづけたジョイスに対する、この亡命作家の、そのような文学的姿勢からの当然の反撥に違いあるまい。彼が「ゼンブランド」のような閉ざされた円環的な夢の空間、日常的現実の痕跡をとどめぬ一種のアルカディアとしての文学王国(『青白い炎』では **Et in Arcadia ego**〔われ、また、アルカディアにありき〕というラテン語句が重要な役割を担っている)を構築することに、さながら青白い炎のような、およそ激情とは縁遠い、醒めた情熱をひたすらそそぐのも、フィリップ・ラーヴが「ナボコフの清めの儀式」(「近代の例証としてのゴーゴリ」)と論駁した、彼の抽象衝動に深く根ざしたコスモポリタニズムの所為にほかなるまいと思う。

そのようなナボコフであってみれば、激烈な調子につらぬかれた奇怪な自作の墓碑銘のなかに、**saeva indignatio**(激しい怒り)なる一句を書き添えている政治的人間としてのスウィフトに、とりわけ彼のアイルランド人的な特性に、イェイツやジョイスのような関心の眼差しを向けるはずもないだろう。それでは何に関心を向けるのか。何よりもまず、二人の若い愛人との肉体的な愛の成就を拒否し嫌悪した強烈なナルシストとしてのスウィフトに対してである。ちょうど『ロリータ』の場合、美少女ロリータに対して非性的な情熱を執拗に燃やしつづけた主人公ハンバート・ハンバートに、幼い従妹ヴァージニア・クレムと結婚したE・A・ポーや、アリス・リデルに偏執的な鬱屈した愛情をそそいでいたルイス・キャロルという、性倒錯的なナルシストの類型的イメージが重ね合されていたように、キンボートにも不毛な反エロスの徒スウィフトの影がほとんどつねに付きまとっているからである。

4

わたしはわたしの註釈の幾つかにスウィフトの臭いがすることに気づいている。わたしもまた生れつきふさぎ屋で、精神が不安定で、気むずかしく、しかも疑い深い人間なのだ。もっとも、わたしでも時には快活だったり、馬鹿笑い《フ・リール》をすることがあるのだけれども。

通常の意味での註釈という観点から眺めるならば、およそエキセントリックとしか言いようのないキンボートの註釈の一節である。これはシェイドの長詩「青白い炎」の詩章第二篇二七〇行

真紅の縞模様のある、黒色のわがヴァネッサ蝶よ
わが祝福せし、見事な蝶よ！

のなかの「黒色のわがヴァネッサ蝶よ」に付せられた註釈の末尾の一節である。狂気に冒されたこの註釈者は、「ヴァネッサ蝶」、すなわちタテハ蝶科アカタテハを、二十四歳年下のスウィフトの愛人エスター・

ヴァノムリー（彼女の愛称ヴァネッサ Vanessa は、キンボートが明示するように、本名 Vanhomrigh, Esther の下線部に隠れている）と結びつけるのだが、その連想は実は彼自身の記憶にこびりついていたある詩の一節ですでにスウィフト自身が用いていたのである。

そのとき、見よ！　花も盛りのヴァネッサが
アタランタの星のように歩みを進めたではないか
（傍点スウィフト）

キンボートはこの出典を突きとめられないと語っているが（註釈者や翻訳者を煙に巻き、出典探しに奔走させるナボコフの常套手段の一つだ）、これは、ヴァネッサとのあいだの非性的な奇妙な感情的葛藤の経緯を牧歌調で唱ったスウィフトの物語詩『カディーナスとヴァネッサ』（一七二六年）の一節である。「カディーナス」とは、この物語詩の執筆当時（発表されたのはヴァネッサの死後）、英本土に首席司祭の地位を求めたが得られず、不本意ながら何とか手に入れたダブリンの聖パトリック大聖堂の首席司祭《ディーン》のラテン語名ディーカナスの字謎であるが、傍点を施されたヴァネッサ・アタランタがアカタテハの学名であり（アタランタはアルカディアの住人でもある）、スウィフトがヴァネッサにその美しい蝶のイメージを二重写しにしていることは明らかだろう。蝶を媒介にしてスウィフトと結びつくというのは、鱗翅類の専門家でもあり、二十数篇に及ぶその分野での研究論文を発表しているナボコフにいかにもふさわしい選択ではないか。

ヴァネッサの名は、スウィフトの場合、当然のことながら、もう一人の愛人ステラの名を呼び起す。二

十歳のスウィフトと知り合ったときまだ八歳だったこの女性は、若い恋敵ヴァネッサよりもはるかに長期にわたってこの特異な作家とははなはだ奇妙な恋愛関係をつづけ、確証はないが彼とひそかに結婚したとも伝えられる（結核に罹っていたヴァネッサの死は、この結婚によっていっそう早まったとも推測されている）。ステラという名は、コウルリッジが看破したように（『卓上談』）、この女性との「不可解で両性的な関係」を示すためにスウィフトが付けた「女性形語尾付きの男性名」であるが、本名はエスター・ジョンソンという。ヴァネッサのファーストネームもエスターだから、スウィフトは奇しくも二人のエスターに恋い慕われたわけだが、事実、この二人の薄幸な女性を彼が少年のように、あるいは両性具有者《ヘルマフロデイトス》のように扱っていたことは周知のとおりである。この奇怪な三角関係は、スウィフトの生涯における最大の謎の一つとして伝記作者たちのあいだでもいまだに決着がついていないけれども、彼が女性との肉体的、性的な接触を極度に嫌悪し、忌避していたことはまず疑問の余地がないであろう。

スウィフトの霊を呼び寄せるアイルランドの降霊会を舞台にした、イェイツ晩年の戯曲『窓ガラスに刻まれた言葉』（一九三四年）のなかで、スウィフトの霊は、五世紀初め頃のコンスタンチノープルの総大司教聖ヨハネ、すなわちクリソストモスの言葉を引きながら、「魂に従って愛した女性、つまり聖者が愛するように愛した女性は、肉体に従って愛した女性よりも長いあいだ美しさを保ち、またより大きな幸福を得る」と語るが、確かにイェイツが洞察したように、スウィフトは紛れもなく非肉体的・非性的な、敢えて言うなら同性愛的な嗜好を持つ知性主義者であったと思われる。その戯曲の登場人物の一人が「スウィフトは気が狂っていたのか？　それとも狂っていたのは知性そのものだったのか？」という問いを投げかけるが、それは取りも直さずキンボートの場合にもあてはまる問いにほかなるまい。

スウィフトと二人のエスターとの奇怪な関係は、たとえば『フィネガン』の冒頭部、その巨大な怪物的作品に関心を持つ者ならおそらく誰しも目を通すであろう冒頭部に、いささか揶揄的に提示されているが、この類型的関係の変奏はむろん『青白い炎』にも認められる。つまりゼンブラの国王チャールズ二世（聖寵王チャールズ）ことキンボートと二人の女性フルールとディサとの非性的な奇妙な関係のうちに。注目すべきは、スウィフトと同じく、キンボートがこの二人の女性を少年、ないしは両性具有者のように眺め、扱っていることである。

フルールとはキンボートがまだ若い王子であった頃の宮廷の侍女で、彼女は王子の母親である女王の命令に従って毎晩夜伽を務めるのだが、「ボタンもついていない、袖なしの一種のパジャマ風の被い」しか身に着けていない彼女の「むき出しの四本の手足や毛の生えている三つの痣」を見ただけで、王子はひどく苛立ち、彼女に手を触れようともしない。それも道理で彼は先祖から受け継いだ同性愛の性向の持主なのである。女王がフルールに夜伽の役目を押し付けたのも、父親譲りの王子の同性愛的性向を矯正するためなのだ。それでも王子はこの少年のような若い女性が「妹のように」気に入り、「より男性的な快楽」を求める彼から結局捨てられる羽目になるときも、彼女は別にそれを気にかける様子も見せない、と註釈に書かれている。

この二人の兄妹のような不思議な関係は、キンボートが十三歳年下の貴族の娘ディサと「世継ぎ」を得るために結婚してからもつづく。三十二歳のキンボートが十九歳のディサと初めて出会うのは、彼の伯父の宏壮な館で催された仮面舞踏会の折であるが、そのとき彼女は「チロルの少年のような男装」をしており、キンボートが魅惑されるのは、言うまでもなく、そのような男装の麗人（両性具有者）としてのディサである。つまり、彼女は、同性愛者のいわば同性愛的な幻想世界のなかでのみ熱愛され、崇拝されるのである。そしてほぼ二年間もぐずぐず引き延したあと、「非人間的な、口先きのうまい助言者」の懇願に負けて、王子は渋々彼女と結婚する。しかし、この「悲惨な結婚生活」は彼の同性愛的性向や性的不能をいよいよあからさまに、そして笑止なほどグロテスクに露呈させるばかりである。

この二人の女性との非肉体的・非性的な、しかもなお親密な関係の提示からも明らかなように、『青白い炎』は、『ロリータ』と並んで、主人公の抑圧された不毛な性への固執を基本的主題の一つとする作品である。同性愛的な熱情に呪縛され、二人の女性との肉体的接触を極度に忌避し、その罪責感から強度の不眠症に陥り、ついには狂気の徴候を呈するにいたるこの倒錯的なナルシシスト。その反エロスの徒には、同類の人間スウィフトの影がほとんどつねに揺曳していると思われるのだが（代表的な『青白い炎』論の筆者たち、メアリー・マッカシーもアンドリュー・フィールドもニーナ・ベルベーロヴァもこの点にはふれていない）、それにしてもナボコフはなぜそういう主人公をこの作品に提示したのだろうか。

一般にナボコフの小説の主人公たちには性的倒錯者が少くない。ハンバート・ハンバートはもとより、『絶望』のヘルマンも、『ベンド・シニスター』のバドゥクも、『アーダ』のヴァンも、それぞれに性的倒錯者である。その要因をナボコフ自身の性的倒錯に帰する見解もないわけではないが、彼はもちろん、個人的にはスウィフトのような倒錯的性向の持主ではない。少くともスウィフトのように自分を恋慕する若い情熱的な愛人に向って、『カディーナスとヴァネッサ』のなかで、愛情よりも友情のほうが大切だ、などと、きわめて残酷なことを優美に、しかも臆面もなく説いたりはしていない。まだ決定的な伝記が未公刊（一九七七年にアンドリュー・フィールドによる伝記『ナボコフ――生涯の一部』が出たが、これは決定的な伝記とは言いかねる）なのでむろんナボコフの生涯には曖昧な部分も少くないが、スウィフトにおけるステラやヴァネッサのような、長期にわたって親密な間柄を保ちつづけていた愛人がいないことだけはおそらく確実であろう。何しろ彼の女性関係について知られている事実と言えば、少年時代の初恋の少女と、五十年以上も連れ添っていた彼の妻のことだけなのだから。

倒錯の主題に関して、それは彼が人間の奇矯な性質を、科学者的な冷静さと好奇心をもって観察し、ちょうど蝶の屍体をピンで標本箱にまとめるような具合に、その観察の結果に文学的な技巧を凝らした表現を与えたにすぎない、という見解がしばしば見受けられる。たとえば、すぐれた『青白い炎』論を書いたメアリー・マッカシーは、

人間の奇癖、奇態な人間、「逸脱した」者に対するナボコフの優しさは一つには、珍奇なものに寄せる博物学者的な嗜好のせいである。


と述べているが、確かに新種の蝶や蛾を十数種も発見した優秀な鱗翅類学者でもあるこの作家の基本的特性を見事に衝いていると言うべきだろう。ナボコフの「博物学者的な嗜好」は、医学や生物学に通暁していたチェーホフから受け継いだという見方（サイモン・カーリンスキー「ナボコフとチェーホフ」）や犯罪学や異常心理学や神経症の新研究（とくにハヴェロック・エリスのもの）に精通していた法学者でもあった父親譲りのものであるという説（フィールド『ナボコフ―生涯の一部』）もあるが、それはそれとして、人間の倒錯性のみならず、自然観察や風俗描写や心理解剖などのうちに、異様なほどカデンツァに凝るこの作家の自然科学者的な眼を感じ取ることは比較的容易であろう。

倒錯の主題についてもう一つ言い添えておきたいことは、倒錯が単なる倒錯のための倒錯としてではなく、それが社会における芸術家の孤立というか、少数派たる芸術家の特異な地位を暗示する一種の隠喩として提示されている、ということである。ハンバート・ハンバートの少女愛でも、キンボートの同性愛で

も、社会から最も苛烈な反撥や敵意を蒙りやすい彼らの反道徳的、反良俗的な姿勢の保持を通じて、芸術家としての彼らの社会的な孤立や隔絶の状態を浮彫りにしているだけではない。そこには明らかに、芸術創造という行為は社会から逸脱した場所においてのみ可能であるという、従って芸術家は社会的な逸脱者であることを余儀なくされるという、その意味では十九世紀象徴主義者の系譜を引く芸術家としてのナボコフ自身の確固たる信念の表明を汲み取ることも可能である。性的倒錯はそのようなナボコフの信念を比喩的に提示するための有力な媒体の一つになっている。彼が当初から一貫して芸術家小説の創作に熱意を傾け、それに拘泥するのも、そこに由来すると言ってよいし、性的倒錯者をも含めた弱者に寄せる彼の熾烈な関心も、窮極的には、亡命作家としてはなはだ不安定な位置に絶えず置かれている自分自身を、それにつねに重ね合せて眺めていることから生じるのではなかろうか。

5

弱者と言えば、狂人がその最右翼に属する人間の一人であることは言うまでもない。実際、ナボコフの小説の主人公たちの多くは、性的倒錯者であるばかりでなく、狂人、もしくはそれに近い、大層奇態な人間である。しかし、性的倒錯者・狂人・芸術家という、いわば三位一体的な関係を、キンボートほど完璧に具現化した主人公はほかにはいないだろう。しかも、その三位一体的な関係はもちろんスウィフトの属性でもある。ナボコフがキンボートをスウィフトになぞらえて造型していることはすでに述べたとおりだが、さらに付け加えて言えば、彼自身があるインタヴューのなかで語っているように、『青白い炎』の主人公が自殺した日（十月十九日）は、プーシキンが通学していた学習院《リセウム》の開校記念日であるだけでなく、「哀れな老人スウィフトの命日」でもあるのである。

性的倒錯がスウィフトの類型的な例に倣って提示されているように、キンボートの狂気もまた、多かれ少かれ、スウィフトのそれに従って表現を与えられているのだが、狂気の作者を主人公、と言うよりもむしろ語り手としている点で、『青白い炎』との類縁性が見出せるスウィフトの作品は、むろん『ガリヴァー旅行記』ではなく、近年とみに注目を集めている彼の初期の奇作『桶物語』である。

『桶物語』はまことに奇作と呼ばれるにふさわしい構成を持つ作品である。これはスウィフトの他の作品と異る「一風変った特殊様式の作品であり、まったく別箇に切り離して考えねばならぬ」と夙に指摘したのはジョンソン博士(『詩人伝』中の「スウィフト」)だが、全十一章のうち六章までもが脱線に当てられていて、「批評家についての脱線」とか、「近代的脱線」とか、「脱線讃美の脱線」とか、「狂気についての脱線」とかいうような章名が付せられている。文学的脱線、あるいは修辞的工夫としての脱線がすでに中世文学において盛んに用いられ、「特別に優美なもの」と見なされていたことは知られているが(E・R・クルチウス『ヨーロッパ文学とラテン的中世』)、それがさまざまの文学ジャンルで本格的に活用されはじめたのはやはり中世以後に属すると言ってよかろう。モア『ユートピア』、エラスムス『痴愚神礼讃』、ラブレー『ガルガンチュワとパンタグリュエル物語』、バートン『憂鬱の解剖』、モンテーニュ『エセー』といった脱線文学の大傑作が書かれたのはルネサンス時代であるが、『桶物語』は、『トリストラム・シャンディ』とともに、明らかにこの脱線文学の伝統につらなる作品である。

そういう一連の作品の形式上の際立った特徴を一言で言うならば、事実上ほとんど何でも寄せ集め、まるで種々雑多な異物を乱雑に詰め込んだ巨大な合切袋のような趣を呈していることにあると言ってよいだろう。そのような形式を背後で支えている精神は、言うまでもなく、逆説《パラドックス》の精神である。生の現実を単眼で眺めるのではなく複眼で眺めること、それを整然たる観念的秩序や統一の枠内に閉じ込めるのではなく、その豊かで多義的な重層性、複相性を可能な限り包括的に、総体的に知覚し認識すること。この逆説の精神を、かつてオールダス・ハクスリーは、「全体的真実」の把握に向う精神の様式と呼び、碩学ロザリー・コリーは、それをルネサンス文学の基底に横たわる普遍的な精神形態としてあざやかに剔出して見せたが、その精神を識別するための明白な標識の一つは、思考の直線的進行を嗤い、思考の蛇状曲線的・螺旋状的進行を賞揚したことに認められるだろう。『トリストラム・シャンディ』の語り手が述べるように、まさに脱線なき書物は「各ページ各ページを支配する一つづきの冷い永遠の冬」であり、脱線こそが「日光」であり「太陽」なのだという脱線讃美に、窮極のところ、逆説の精神は帰趨するからである。

『桶物語』の脱線も、オーガスタン時代の宗教界や学界や文壇や出版界への辛辣な諷刺や、ラテン語の引用や、その他に由来する果しない饒舌の渦を積み重ねてゆく逆説の精神によって明確に支えられている。物語の本筋としては、聖書解釈をめぐって起ったキリスト教諸宗派間の紛争の歴史が寓意的、諷喩的に扱われている全十一章中の五章の部分が一応それに該当するが、この作品の魅力は、歴史的・神学的背景や知識が十分にないと興味が半減するそういう部分にあるのではなく、「まるで入れこ式の重箱のように脱線に脱線を重ねる著者が世間にいることを知っているものだから、脱線の途中でさらにこれ以上脱線するのはやめておこう」(「近代的脱線」)と揚言した舌の根も乾かぬうちに、またぞろ脱線をはじめるその独特な語り口にあると言ってよい。物語の語り手は「ベドラマイト」、すなわち狂人としかわからぬ無名の三文文士であるが、スウィフトの意図は明らかに、狂人というペルソナを借りて、狂気の状態にあるのは無名の三文文士ではなく、実は当時の社会の頽廃そのものにあることを容赦なく暴露することにあった。

近代人が狂気という言葉で意味するものが、下等な諸能力から生ずるある種の蒸気の力によって頭脳が攪乱し変形することにほかならないとすれば、この狂気こそが帝国や、哲学や、宗教に起った、すべての大変動の生みの親であったのである。

（「狂気についての脱線」傍点スウィフト）

『桶物語』は、言うなればスウィフト版『愚物列伝』であるが、ウェルギリウスなどの古典の引用をふんだんに利用して、堂々と相手を名指し戦いを挑みながら、愚物攻撃に嬉々として興じているポープの諷刺詩の傑作とは異り、この奇矯な作品では、攻撃目標に対する鬱屈し抑圧された嫌悪や反撥を、すこぶる陰微な屈折した形で表現しているという印象を免れがたい。そこに後年の作品、とりわけ『ガリヴァー旅行記』における厭人思想へと直接つらなっていくような、いかにも逆説家スウィフトらしい特質が認められるのだが、ここでは『桶物語』論を展開するつもりはないので一応それはそれとして、脱線に関連する事柄でもう一つだけ注目すべきことがある。それは『桶物語』にスウィフト自身が付した脚註である。

『桶物語』（それに『書物合戦』）には、スウィフトによるかなり多くの自註が脚註形式で添えられているが、もちろんそれは、人名やら事項やらのごく簡単な説明から、本文からの大幅な逸脱・脱線の方向に向っているものまで、その種類は必ずしも少くない。『荒地』の巻末に添付されたエリオットの高名な自註の場合と同様に、われわれはそれを作品の一部として、あるいは作品全体の効果をより完璧なものとするための工夫としてまず受取らねばならないが、前述したように、それは紛れもなく本文と空間的に不連続の関係にある。つまりそれのみで独立したある種の小王国を形成しているのだが、本文と脚註という、いわば二つの声を同時に駆使して作品をつくり上げている点で、脚註はある意味で作者の腹話術的な工夫としての性格を著しく帯びている。この腹話術的な工夫がいつ頃より用いられはじめたのか、その起源は、たとえばヘルムート・プレッサー『書物の本』や、寿岳文章氏『書物の道』や『書物の本』を読んでも詳らかではないが、おおよそのところ、マーシャル・マクルーハンが『グーテンベルグ銀河系』で強調するような、活字印刷上の新機軸の続出による出版文化の飛躍的な発展を見た十七世紀末から十八世紀前半にかけて、すなわちスウィフトとポープの時代であったと推測される。事実、最終的な版本となった『集註版愚物列伝』には、マルティヌス・スクリブレルスなる匿名の人物が厖大な脚註を付しており、散文形式の註釈を通じて、詩の本文の諷刺を補強したり、それ独自の諷刺的見解を脱線的に披瀝して見せている。スクリブレルスが単独の人物ではなく、複数の人物であることは古くから指摘されているとおりだが、先にその名を挙げた小詩人リチャード・サヴェッジが中心的役割を果したことは確たる事実だし、さらにまたスウィフト自身が加っていたことも種々の証拠からおそらく確実とされている。『集註版愚物列伝』で最も大がかりに行なわれた脚註作業は、匿名の人物にそれを施させるという巧妙な仕組みを通じて、『桶物語』の作者自註のような腹話術的性格を持つにいたっているが、その作業が本来的に本文からの逸脱を、好むと好まざるとにかかわらず押し進めていることは疑うべくもないだろう。とりわけ奇想にみち、脱線また脱線のつづく『桶物語』では、脚註ばかりでなく、仰々しい「献辞」とか、すこぶる勿体ぶった「序論」とか、それに何よりも「脱線」自体が、首尾一貫した物語の連続性を意図的に断ち切っていて、一見すると一冊の書物としての存立すらをも危うくするように見えながら、しかもなお一冊の書物でありつづけているという逆説を読者の前に明らかにしているのである。そういう周到な工夫を慎重に積み重ねることを通じて、スウィフトは、およそ結語ともつかぬその作品への奇妙な「結語」で述べているように、「近代作者のお得意芸、すなわち、筆のから廻り、書くことがなくなった後もなお筆だけは動かしている」三文文士や学者や批評家たちの横行していた十八世紀初頭のイギリスの出版界を痛烈に諷刺する目的で、気が狂った無名の三文文士という仮面をかぶって、その連中の愚書をパロディの対象にすると同時に、書物を書くという行為自体をパロディ化した書物を書くという、いわば書物としての書物のパロディをやってのけているのである。

その見事な手口には驚嘆するほかないが、それはまた、註釈の脱線的性質に着目し、註釈の部分を作品の本体に据えることによって、凡百の学問的註釈書をパロディ化するのみならず、小説というジャンルに根強く纏いついているもろもろの固陋な通念に真っ向うから挑むことを通じて、反小説的な小説、あるいは反小説としての小説のパロディを書き上げた『青白い炎』のさまざまな工夫と共通するところが多分に認められると思われる。さらにまた、ポープに倣って英雄対韻句を用いた長詩「青白い炎」を書き、あまつさえポープ学者でもあった詩人シェイドの註釈者としての狂人キンボートに、ポープの註釈者としてのスウィフトが投影されていることはもはや贅言を要しないであろう。

それにしても、『桶物語』はどのような文学的範疇に入れるべき作品だろうか。範疇などというものはそれだけでどうなるという代物でもないし、そんなことは分類好きの学者にでもまかせてしまえばよいのだが、ひとつここでこういう質問を投げかけてみよう。この作品は小説なのかと。『桶物語』が、ごく大まかに言って、モア、エラスムス、ラブレー、バートン、モンテーニュたちの脱線文学の系列につらなる作品であるということはすでに述べたが、これらのルネサンスの巨人たちの作品が、通常の意味での小説、すなわちエリオットの言うように、フローベールとヘンリー・ジェイムズで絶頂期を迎えた近代リアリズム小説と比べてまったく異質なことは誰の目にも明らかな事実であろう。そこには疑いもなく、近代小説があれほど重視した秩序と統一を志向する形式への熱意が、少くとも近代小説的な観点から眺めるならば決定的に欠けている。それでは脱線文学の大傑作は秩序と統一を欠いた、まったくの混沌の世界なのか。そうではあるまい。もしもそこにある種の形態的秩序や統一が見出されるとすれば、それは近代小説的な原理とは別箇の尺度を通して測られ得るものに相違ない。大方の批評家たちの見解に反して、モンテーニュの『エセー』を「動く織物」と見なし、そこにこの文人の「並みはずれた構成的才能」を発見したのはビュトールであるが、そのような発見を彼に可能にさせたのは、この俊敏な小説家兼批評家が、モンテーニュ自身による『エセー』の定義、「寄せ集め」ということに忠実に即して、小説とか、詩とか、批評とかいった従来の文学ジャンルの境界を取り払い、近代文学を支配する形式の原理から自由な立場から『エセー』を読み直しているためにほかなるまい。そのような柔軟な読み直しの作業から、『エセー』を、近代小説とは違った意味でのある種の小説と見る見方が生じてくるのだが、近代小説の観点からすれば反小説ということになるそのような見方は、近代リアリズム小説の祖『ロビンソン・クルーソー』よりも二十年以前に書かれ、大方の批評家や学者たちが小説の歴史から除外している『桶物語』の場合にもあてはまるのではなかろうか。そして『青白い炎』が、近代文学的なジャンルの境界がますます不明確になりつつある現代文学の領域において、ヌーヴォー・ロマンなどとはまた別な意味での、きわめて反小説的な特徴を持つ小説作品であることは言うまでもない。

反小説としての『桶物語』の特性は、また、その文体に注目することによっても明らかになろう。『桶物語』の文体は、ジョンソン博士の時代から夙に指摘されているように、スウィフトとしてはかなり異色のものである。『憂鬱の解剖』の文体の影響がしばしば言及されるが、それをマニエリスム的文体と呼ぼうと、バロック的文体と呼ぼうと、あるいは何と呼ぼうとも、『憂鬱の解剖』や『桶物語』のような作品の文体に接するとき、ぼくはいつも、いまは忘れ去られたある批評家の評言を思い起す。エリオットがかつて、「死化した作品から生きている文体を探り出す才能」の持主という丁重な讃辞を捧げたことのあるその批評家チャールズ・ウィブリーが、バートンやスウィフトの精神的血縁者と言ってよい、ラブレーの英訳者として高名な十七世紀の怪人物サー・トマス・アーカートの文体について、「彼は英語を外国語のように書いた」（『率直さの研究』一九一〇年）と評したことを、である。英語を外国語のように書く。これこそバートンやスウィフト、さらには『トリストラム・シャンディ』の献辞の部分をジョンソン博士に読んできかせて、「英語になっていない」と軽くいなされたスターンをつらぬく、文体面での重要な特徴なのではあるまいか。

そしてこのような文体の系譜が、『ユリシーズ』や『フィネガン』のジョイスを頂点として、現代にめざましく復活していることは、たとえばロレンス・ダレルやフラン・オブライエンやジョン・バースなどの小説の文体を眺めただけでも容易に知られよう。ロシア生れながら、『青白い炎』という稀有な傑作を英語で書いたナボコフは、言うまでもなく、そうした文体を駆使する第一人者である。

虚構のトポス——ナボコフとボルヘス

1

　ナボコフとボルヘス——この二人ほど、現代文学の領域において、さまざまの点で、パラレルな関係にある作家は稀だろう。ともに一八九九年に、ペテルブルグとブエノスアイレスという、ヨーロッパ文化圏の中心から遠く外れた周縁部の都市に生れ、イギリス贔屓の富裕な家庭に育ち、一九二〇年代中頃より頭角をあらわしはじめ、三〇年代、四〇年代を通じて旺盛な執筆活動を行ないながら、長期にわたりごく一部の限られた読者にしかほとんど注目されず、国際的名声をついに掌中におさめるのは、五〇年代後半以降であるという、きわめて大まかな作家歴を一瞥しただけでも、あるいは鏡、迷宮、夢、分身、ゲーム等々といった文学的モチーフに寄せる関心の深さから言っても、さらに熱烈なアングロ・マニアである点でも、この二人の、ポスト・モダニズムを代表する作家の不思議な親近性に気づくのはかなり容易であると思う。

　と言っても、両者のあいだに直接の影響関係が認められるというわけではない。ボルヘスのナボコフ評についてはこ寡聞にして知らないが（もっとも、かつてフランスの文芸誌『ラルク』のナボコフ特集号に寄稿する予定であったが、結局取りやめになったという）、ナボコフはボルヘスの愛読者であることを何度か公言しているし、また『アーダ』のなかで、このアルゼンチン作家を、『ロリータ』風の小説の作者オズバーグ（Osberg はむろん Borges の字謎）として登場させ、主人公の作家ヴァンへの影響などについて戯画化して描いて見せてもいる。そういう断片的事実は確かに知られているにもせよ、両作家は五〇年代後半まで、すなわち各自の文学世界をすでに実質上構築し終えていた時期までは互いの存在について知ることはほとんど皆無であったと推測される。それゆえ、両者のあいだには、たとえばハロルド・ブルームが『影響の不安』や『誤読の地図』で明らかにした影響の概念、つまり先人や同時代人を創造的に誤読することを通じて強い詩人は自己を確立するにいたるという、部分的にはボルヘスの「カフカとその先駆者たち」によって触発されて生れた理論に見出せるような熱い関係など当然のことながらまったく窺えない。そのことを最初にまず確認しておかねばならないが、ナボコフとボルヘスはそれぞれ独自の文学的道程を辿ってまさに文学的宇宙と呼ぶにふさわしい世界を形成した結果、駆使する言語は異るにしても、発想やモチーフ、形式や構造などの面で、かなり顕著な類縁性を露呈させていると考えられる。しかもその類縁性を探ることがそのまま両者の異質性を照し出すことにも結びついていくのではないか、と思うのである。

同一性の探求ということをめぐって、両作家に見られる文学的同質性については、すでに、『セバスチャン・ナイトの真実の生涯』論のなかで簡単に述べた。従ってここでは、各自の作品の形式や構造を最終的に決定づけているだけではなく、両者の作品が本質的な類縁性の絆で強く結ばれていることを示す最も目につくモチーフの一つを取り上げてみようと思う。すなわち「孤立」のモチーフである。

ボルヘスの場合、そのモチーフは、短篇「お預けをくった魔術師」(『汚辱の世界史』所収、一九三五年)が典型的に明示するように、「隔離した場所」と密接に関わり合っている。しかもその『アラビアン・ナイト』風な綺譚が明らかにするとおり、「隔離した場所」とは「魔術」が学ばれ駆使される場所でもある。つまりボルヘスにあっては、「孤立」「隔離した場所」、それに「魔術」が、いわば三位一体的な関係を形づくり、多くの作品の基本構図を型取っているのだ。そしてこの場合の「魔術」が、虚構としての文学作品を生み出す想像力の別名であることは言うまでもなかろう。「隔離した場所」は、「ホテル」や迷宮風の「館」(「死とコンパス」)とか、「崔奔《サイパン》の庭」(「八岐の園」)とか、「療養所」(「南部」)とか、「部屋」(「待つ」)とか、「寝台」(「結末」)とかいったように、作品によってそれぞれ異るが、短篇「内緒の奇蹟」(『工匠集』所収、一九四四年)が提示するのは、そのような「孤立」の原型イメージとも言うべき独房監禁の状態に置かれた、あるユダヤ人の物語である。

プラハに住む文学者ヤロミール・フラディークは、ナチスによって銃殺刑を宣告され、独房に監禁される。刑の執行まであとわずか十日間しか残っていない。差し迫る死によって想像力を異常なほど激しく掻き立てられ、自分が処刑される恐るべき情況を、彼は繰り返し、飽くことなく心に描きつづける。描きつづけるたびにそうしたおぞましい情況の細部は微妙に異って映るが、それはまるで自分の死をあらかじめ「辻褄の合わない論理」の助けを借りて想像することにより、死の現実を呼び起すかのようである。あるいは、考え得るありとあらゆる死の可能性を、いわば順列組合せ的に創造するという「心細い魔術」に忠実に従いながら、それが現実に起るのを阻もうとしているかのようである。しかし、そのうち、当然のことながら、この「心細い魔術」は効力を失い、彼は「空しい想像の強迫」に日夜責め苛まれることになる。それでも、全三幕のうち第二幕の大半を書き残している韻文形式による未完の悲劇『敵』を、処刑前夜に思い起すことを通じて、彼はそうした強迫観念から辛うじて脱することができる。そしてその詩劇完成のために、あと一年の延命を神に祈願するが、もとより奇蹟などの起り得るはずもない。奇蹟が起るのは、翌朝九時にナチスの銃殺隊の銃口が一斉にフラディークに向けられたときである。彼の周囲の「物理的な世界」――兵士たち、命令を与える軍曹、中庭の敷石の上の一匹の蜂、風、雨の重い滴、投げ捨てた煙草の煙――のすべてが、不意に、まるで「麻痺」したかのように静止し、不動の状態に陥ってしまうからだ。彼の肉体も同様に麻痺するが、精神は束縛されることなく自在に生き生きと活動をつづける。彼はふたたび独房に監禁されていたときと同じ状態に置かれ、周囲の動きを止めた活人画風の世界からまったく孤立したまま、魔術を行使する。つまり射撃の命令とその実行とのあいだのほんのわずかな瞬間に、彼は自作の悲劇のまだ残っている第二幕を書き足し、それを完成するのである。

彼は自分の記憶以外に、なんらの記憶ももち合せなかった。彼が一行一行を思いだしながら、付け加えてゆくとき、六韻脚を覚えたことが、曖昧で消えやすい章句をすぐ忘れてしまう素人には想像もつかない一種の幸運な訓練を彼に課していたのだった。彼は後代のために仕事をしたのではなかった。神のためでさえもなかった。神の文学上の好みについては彼はほとんど知らなかったのだから。彼は、細かく心をくだき、不動のまま、ひそかに、時間のなかに、その壮大な見えない迷宮を想いみたのである。彼は第三幕を二度作った。いくつかの、あまり見えすいた象徴をとり除いた。くりかえされる時計のうつ音や音楽も除いた。彼を束縛する環境はなにもなかった。彼は除外し、凝縮し、増幅した。ときには初稿のほうをえらんだ。彼はしだいに中庭や兵舎を愛するようになった。はてしなく彼と向き合っている顔のひとつが、レーメルシュタットの性格をめぐる彼の着想を修正させた。彼は、あれほどフローベールを悩ませた辛い不協和音は、ほんの視覚的な迷信にすぎないことを発見した。書かれた言葉の衰弱と不快さであって、響きと音の言葉のそれではないのだ……。彼はその劇を結末までもって行った。あとはただひとつの形容詞を残すのみであった。彼はそれを見出した。たちまち水滴が彼の頬をすべりおちた。彼はわめきはじめ、顔をそむけた。四発の発射が彼をうちたおした。
ヤロミール・フラディークは三月二十九日午前九時二分に死んだ（篠田一士氏訳、以下同じ）。

こうしてフラディークは、記憶を唯一の拠り所とし、また、周囲のスナップ写真的な静止した光景や人物を即興的に取り入れながら、脳髄の世界のなかで、悲劇『敵』を完成する。それでは『敵』とはいかなる作品なのか。

三一致の法則を厳格に守り、観客にその「非現実性」（傍点筆者）を忘れさせぬために韻文形式を採用したこの作品の主人公はレーメルシュタット男爵で、ドラマは「十九世紀の最後の夜」に男爵の図書室で起る。その夜、一人の、つづいて他の訪問客たちが男爵のところへやって来て彼におもねるが、彼はその連中を「前にどこかで、たぶん夢のなかで見たという不快な印象をもつ。」そして客たちが「彼を殺すことを誓った秘密の敵であることは――最初は劇の観客に、次には男爵自身に――明らかとなる。」だが、レーメルシュタットは彼らの「複雑な陰謀」を巧みに出しぬく。そして彼の婚約者を一時追いまわしていた、気が狂い、自分がレーメルシュタットだと思っているクービンの話が紹介される。男爵は第二幕の終りでついに陰謀者の一人を殺す羽目になるが、終幕である第三幕では、第一幕とまったく同じことが繰り返され、レーメルシュタットが「十九世紀の最後の夜」に図書室で客を迎えている。しかし、第一幕と第三幕のあいだには完全な逆転関係が生じているのだ。つまり「観客は、レーメルシュタットがみじめなヤロスラフ・クービンであることを諒解する。ドラマは起らなかったのだ。それはクービンがはてもなく生き、また、生きかえっている、循環する妄想なのである。」

フラディークはこの詩劇を書くことによって、「自分の不安定なつまらない過去」から脱却することを夢見るが、彼がこうした筋立てを作り上げるのは、それが自分の「人生の根本的な意味を（象徴的に）回復する可能性をはらんでいる」と直観したためにほかならない。ボルヘスの短篇は、どのような単純な筋立てを持つものでも、ほとんど例外なくその背後に作者の形而上学を何らかの形で内蔵させているが、その意味で彼の短篇はすこぶる観念論的・唯心論的であり、また、その観念論性・唯心論的特性を知的に感得し、それを解きほぐすことを読者に否応なく促すという特徴を著しく呈している、と言ってよい。彼の短篇の魅力は、結局のところ、ナボコフが『マーシェンカ』に寄せた自解の言葉を借りるならば、「人間的な湿潤」さを可能な限り遠ざけ、排除した場所に、それのみで完全に自足した言語的小宇宙を築き上げているところにあると思われるが、「内緒の奇蹟」においても、死を宣告された男を主人公としているにもかかわらず、なまなましい死の感情よりも白熱的な観念性が全篇を通じて優位を占めていて、その作品は窮極的には現実と虚構の関係をめぐる問題への、作者による形而上的考察といった性質を顕示するのである。ボルヘスがフラディークを独房監禁の状態に置いたのも、極限状況のなかでその問題を論理的に考察するというよりもむしろ、虚構の世界を構築するという文学者の一見虚妄な営みは、突きつめて言うなら、本質的にそのような極限状況をつねに内在させているというこの作家の根本認識に由来するのではないかと思う。そこには、当然のことながら、どれほど苛烈な現実世界のなかで生き、自由を奪われようとも、精神の自由や想像力への人間的希求を完全に圧殺することなどおよそ不可能だとする、文学者としてのボルヘスの毅然たる倫理的姿勢を垣間見ることもできよう。

しかし、この作品から明瞭に汲み取ることができるのは、そうした倫理的姿勢であるよりも、むしろ、虚構の世界を構築し、現実と拮抗するだけのリアリティをそれに付与するためには、人間的な湿潤や偶然性や混沌にみちみちた現実から離脱し、現実との直接的な関わり合いを拒否すべきだという、徹底した観念論者的な作者の姿勢である。そこには明らかに、彼自身折にふれて言及しているように、物質的世界の客観的実在性を否定し、世界は個人の主観の観念、ないしは意識内の表象だと見なす、バークレーやショーペンハウアーの観念論哲学の痕跡が明瞭に認められる。「内緒の奇蹟」に即して言うなら、「物理的な世界」が突然静止するという奇蹟が起るのは、あるいは少くとも奇蹟が起るように提示されるのは、たとえば「彼を束縛する環境はなにもなかった」という、奇蹟の主人公についての記述が明示するように、虚構を作り上げる想像力というものは、外的現実の無法な侵入をいっさい排除した、ある種の真空地帯的なトポス——記憶や重層的な時間と密接に結びついた特定の、あるいは限定された空間——においてのみ十全に機能し得る、ということを意味するものとして受取れるのではあるまいか。別の言葉で言えば、ボルヘスにとって、リアリティとは自己の存在の根拠となっているだけではなく、身体的にも、象徴的にも、そこを基盤にして世界と関係し結びついている孤立した場所(トポス)と深く関わり、その関わり合いのなかから生れるものだということである。従ってそれは、個人の主観や意識から切り離されていない世界を言語化することによって初めて生じると言ってよい。悲劇『敵』の主人公レーメルシュタットがみじめなクービンにほかならず、「クービンがはてもなく生き、また、生きかえっている、循環する妄想」なのだというドラマの結末は、ナボコフとも共通する、形而上的探偵小説を好むいかにもボルヘスらしいどんでん返しであるが、そこには紛れもなく、夢とか、記憶とか、妄想とか、幻想といった心的現象の言語化こそが文学のリアリティを確実に保証するものだとする、このアルゼンチン作家の形而上学の精髄が刻み込まれていると言っても過言ではない。この悲劇が作品全体のなかにあって、ある意味ではその註解の役割を果していることは言うまでもないが、その観点から見るとき、レーメルシュタットの図書室に押しかけ、彼におもねるが、実は彼を殺すことを誓った秘密の敵である客たちとは、ちょうど「〈現実〉は召使いの形をとって室内に入って来た」というワイルドの『ドリアン・グレイの画像』の一節と同じく、客という形をとって侵入した外的現実の表象なのではないか、と思わせさえするのである。つまり標題の『敵』とは、文学者につねに媚び、おもねり、とり入ろうとする陰謀を企て、非現実性を基盤とする虚構の世界をなしくずし的に破壊しようとする外的現実の謂として読めるのではあるまいか。

2

「内緒の奇蹟」にいささかこだわりすぎたようだが、それは、ほかでもない、この短篇が、現実と虚構をめぐる問題にきわめてボルヘス的な照明を当てていて、彼の基本的文学観の一端を明瞭に知り得るとともに、それが通常ナボコフの政治小説とも諷刺小説とも呼ばれる『断頭台への招待』(一九三八年)へのまるで註解のように見えるという印象すら与えるからである。ウェーバーの名曲『舞踏への招待』をもじった標題を持つ『断頭台への招待』は、「内緒の奇蹟」とは違って、背景や場所もいっこうに定かではない現代の架空の専制国家が舞台で、自由と夢への熱烈な願望を抱く人間という以外には、その罪名すらもおよそ判然としない理由のために死刑を宣告されて投獄され断頭台へと向うまでの孤独者の悪夢的な幻想世界を描いた小説である。この架空の全体主義国家が、スターリン体制下のソビエトやヒトラー支配下のナチス・ドイツをある程度想起させることは確かだとしても、もちろん、ナボコフの意図としては、そのようなある特定の全体主義国家による非人間的な恐怖政治の実態を、リアリズムの手法を用いて浮彫りにすることにあるのではない。深刻になろうと思えばいくらでも深刻になれそうな題材を扱いながらも、「内緒の奇蹟」の場合と同様に、そういった恐怖政治に対する激しい憎悪や抗議を直接的に、あからさまに表明することを主たる目的とした作品でないことは言うまでもないからだ。そういうきわめてなまなましい感情は努めて抑制され、表現の内部に重く沈澱することによって、いわば裏面から間接的に読者にそれを感得させるという手法が駆使されているからである。

ナボコフ自身この作品を自作のうちで一番高く評価しており、また、それだけの自己評価に十分見合うだけのすぐれた出来ばえを示していると思われるのに、『断頭台への招待』は、同じく架空の専制国家の理不尽な暴力に虐げられる悲劇的主人公を扱った姉妹作『ベンド・シニスター』(四七年)とともに、この作家の作品系列上で、ともすれば異色扱いにされてあまり問題視されてはいない。確かにこの小説は、『ベンド・シニスター』や「独裁者殺し」をはじめとする幾つかの短篇と同様に、ナボコフには珍しく、政治的、諷刺的な局面のいささか目につく作品である。しかし、だからと言って、これを、ナボコフ的でない作品として等閑視することは、やはり、ふさわしくないだろう。ナボコフ的でないというのは、この作品の政治的、諷刺的な局面にのみもっぱら関心が集中していることに起因するのだが、そのような局面は、実は、作品全体の表層部分にすぎないのであって、『断頭台への招待』の根本主題は、外的現実のさまざまな圧力に抗して、自己の内部の世界、あるいは夢や想像力の世界をいかにして保持するか、ということにあるからだ。たとえば、第八章で主人公シンシナトゥスはこんなことを書き記す。

ぼくはある誤ちを犯したためにここにいるのだ——とくにこの監獄というわけではなく——このまったく恐ろしい、囚人服を着せられた世界に。一見素人の作り上げたものにしてはそう悪くはないと見えるが、実際は災厄、恐怖、狂気、罪過にほかならぬ世界に――しかも見よ、骨董品が観光客を圧倒し、巨大な熊の彫刻がその木槌をぼくの頭上に振り降ろそうとしているではないか。けれども、ごく幼い頃からずっと、ぼくはいろんな夢を持っていた……夢のなかで世界は高められ、霊化されていた。覚醒状態ではひどく恐れていた人びとが、そこでは淡い光の屈折作用のなかに現れたのだから。あたかも焼けつくように暑い天気のとき、事物の輪郭そのものに生命を吹き込むあの光の波動を染み込まされ、それに包み込まれたかのように。人びとの声、足音、眼や衣服さえもの表情が――わくわくさせられるような意味を獲得したのである。もっと簡単に言うなら、ぼくの夢のなかで、世界は生き生きとして来るし、はなはだ魅惑的で荘厳となり、自由で霊妙なものとなるので、夢のあとでこの虚飾に彩られた生活の塵を吸うことはうっとうしくなるのだった。だがその後、ぼくは、われわれが夢と呼んでいるものが、半分のリアリティ、リアリティを約束するもの、リアリティをあらかじめ瞥見させてその匂いを嗅がせてくれるもの、という考えに長いあいだ慣れっこになってしまったのだ。すなわち、夢は、きわめて朦朧とした、淡々しい状態において、われわれの誇る覚醒時の生活よりも真正なリアリティを含んでおり、覚醒時の生活は、逆に、半睡状態であり、そのなかにグロテスクな仮装をして現実世界の音や光景が滲透し、精神の円周を越えて流れ出る邪悪な居眠りにほかならないのだから。

夢の世界のほうが覚醒時の生活よりも「真正なリアリティを含んでおり」、その意味で真の覚醒状態にあるのは夢の世界であって、覚醒時の生活は「半睡状態」であり、「邪悪な居眠り」ということになる。つまり『断頭台への招待』は結局のところ、こうした逆説関係、あるいはヨーロッパ文学において伝統的な「生は夢」という中心的モチーフを基軸として展開し、生の彼方にある夢でない世界、つまり真のリアリティの世界を表現行為を通じて獲得しようとするプラトニスト的な主人公の苦闘の記録ともなっている小説である。ここには疑いもなく、日常の現実世界は実在の世界ではなく、むしろ仮象の世界であって、その仮象の世界の背後にひそむ実在の世界、つまり真のリアリティの世界を探るためには、夢や想像力に依拠しながら、人間と世界を類型化、様式化して表現することを通じて、という、ナボコフのほとんど全作品に通底する根本認識が明示されている。日常的現実が卑小で愚劣で幻影にみちたものとされ、その虚妄性がしばしば強調されるのもそうした認識に由来すると思うが、『断頭台への招待』においても、『敵』と同じように、日常的現実の世界は、独房監禁の状態に置かれた主人公のもとへ、「客」として侵入して来る。同じ死刑囚と偽って主人公を改心させるために隣りの独房に入る独裁者をはじめとして、ローレルとハーディやマルクス兄弟などのサイレント時代やトーキー時代のドタバタ喜劇映画役者たちを想起させる監獄長と弁護士のコンビ、家具や日用道具などを持参して囚人に面会にやって来る主人公の不貞の妻やその実家の家族たち、ロリータの妹と言ってもいいような監獄長の幼い娘たちなどが次々に独房のなかへ入って来て、現実の世界が発散する偽りの価値や魅力で主人公をしきりに誘惑するのだが、面白いのは、彼らの動作や身振りが、ドタバタ喜劇映画役者風な滑稽さとほとんどナンセンスに近い荒唐無稽な筆致でとらえられていることである。赤い顎髭の看守は囚人と廊下でワルツを踊るし、監獄長は逆立ちしたまま独房に入って来る。死刑囚に扮装した独裁者はいかさまトランプに凝っているし、処刑の前夜に、死刑囚と死刑執行人（つまり独裁者）は市のお歴々から豪華な晩餐会に招待されて過ごす。それは言うまでもなく、全体主義国家の指導者や官僚たち、さらには彼らに唯々諾々と屈従している人間たちの愚劣で滑稽きわまる特性をくっきりと浮彫りすることに奉仕しているのだが、ここで注意を促されるのは、犠牲者と加害者、個人と集団、善と悪、生と死、さらには虚構と現実の対立のすべてが、さながら中世の寓意劇を思わせるような、すこぶる類型化され、様式化されて表現された孤独者と独裁者の対立のなかに集約され、凝縮されることによって、この現実世界が提示する偽りの価値や魅力(ナボコフのいわゆる「ポーシュロスチ」)に欺かれ、一見野蛮な悪の力に翻弄され、押しつぶされたかに見える主人公の生が、夢の力を信じ、虚構の世界の構築に自分のすべてを賭けることを通じて、窮極的な勝利を保証されるという構造を、この作品が露呈させていることである。

ナボコフにとって、現実は偽りの価値や魅力の充満する、一見本物と見分けがつかぬために人びとを容易に欺き、その虜としてしまう「ポーシュロスチ」の世界ということになるが、その点で、全体主義は政治的な「ポーシュロスチ」であり、また、さらに言うならば、写実主義的な芸術や文学は、全体主義国家の必然的な産物ということになる。シンシナトゥスが監獄の図書室から借り出す、三千ページにも達する部厚い長篇小説『樫の木《クエルクス》』は、紛れもなくそのようなポーシュロスチとしての書物にほかなるまい。

その小説における思想は、現代思想の絶頂を示すものと考えられていた。(その河床で水が騒がしい音を立てることを決してやめぬある峡谷の縁《ふち》で、孤独に力強く成長する)その木のゆるやかな成長を追いながら、著者は、樫の木がきっと目撃したに違いないすべての歴史的事件——あるいは、事件の影——を繰り拡げて見せるのである。ある時には、その堂々たる群葉の涼しげな天井張りの下で休息するために軍馬——一方は斑色の、他方は焦茶色の——から降りた二人の兵士のあいだで交わされる対話があり、またある時には、そこに立寄った追いはぎと乱れ髪の放浪の乙女の歌があるという具合なのだ。嵐の青光りする稲妻の下を、国王の激怒から逃れる貴族のあわただしい通過があるかと思えば、葉の影の震動と一緒にまだかすかに動いている、拡げられたマントの上の死体や、村人たちの生活上の短い劇的事件があるといった具合なのだ。一ページ半にわたって、そのなかのすべての言葉が「P」ではじまっている一節もあった（第一一章）。

ここに言及されている「P」とは、独裁者ムッシュー・ピエールの頭文字である。シンシナトゥスはこの小説を彼の時代が生んだ最高傑作であることは一応認めるが、ページを繰るたびに憂鬱な感情に襲われ、「よそよそしく、欺瞞的で、生気のない」その作品に対する激しい嫌悪感に次第に圧倒されて途中で放り出してしまう。「まるで著者がカメラを持って、樫の木の頂上の大枝のどこかに腰をおろし、こっそり見張りながら獲物を撮影しているように見える」この長篇小説の写実主義的手法では、対象の描写がいかに精緻をきわめ科学的に正確であろうとも、対象をつかむ人間の精神が不在で、機械化しており、自由な想像力や夢や幻想の入り込む余地などまったくなく、従って、目に見える対象を通してその背後にひそむリアリティの世界を追求し、それに肉迫するということがおよそ不可能になるからである。この書物と明らかに対になっているのが自分自身をいつも芸術家になぞらえているムッシュ・ピエールが発明した機械「フォトホロスコープ」である。それは一枚の写真さえあればその人間の誕生から死までの、生涯のすべての時期における外的特徴のみを正確無比に再現して見せた写真をたちどころに合成できる機械である。シンシナトゥスはこれを、『樫の木』と同じく、人間の内面の領域の底知れぬ神秘や謎を少しも明らかにすることがないだけでなく、その尊厳を汚して偽りにみちた、俗悪な芸術を本物と思わせる危険なまやかし物として断固斥ける。要するに、ここでナボコフは、シンシナトゥスを通じて、ソビエト文学的なリアリズム、ないしは一般の写実主義的な芸術やその手法上の原理の欠陥や誤謬を戯画的に指摘して見せているといってよかろう。『樫の木』も「フォトホロスコープ」もともに、全体主義的な世界を反映しているという点で、最も完璧な比類ない表現形式となっているからである。シンシナトゥスはそうした文学的・芸術的な「ポーシュロスチ」を徹底的に斥け、個人の主観や意識に基盤を置いた虚構世界の構築を目指すという志向性を明示してゆく。『断頭台への招待』が、しばしば性急にそう規定されるような、単なる政治的寓意小説では必ずしもない理由の根源は、窮極的には、この小説がそのような志向性に基づいて書かれていることに由来するし、また、それゆえにこそ、この小説において、現実と虚構とのあいだに生ずる激しい緊張関係に豊かな形象を与え得たと思われるのである。

そのことに当然関連するのだが、『断頭台への招待』の土台にあってそれを根柢から支えていると思われるのは、亡命作家ナボコフ自身による、ソビエトやドイツの全体主義国家に対する激しい憎悪感情である。戯曲『ワルツの発明』（三八年）に寄せた序文中に次のような言葉が見出せる。

思うに、わたしほどに、戦争を含めた流血を憎悪することは困難でしょう。しかし、大量殺戮が単なる官僚主義的な瑣末事にしかすぎないような、全体主義国家の性質そのものに対するわたしの憎悪を凌ぐことはもっと困難でありましょう。

何も付け加えることはあるまい。『断頭台への招待』や『ベンド・シニスター』の根幹に存在するのは、こうしたきわめて人間的な感情であり声である。しかもそうした感情や声が表現によって抑制し、内に籠ることによって、両作品の持つ寓意性、敢えて言うならば童話性が鮮やかに浮彫りにされ、奇妙に整然と幾何学的に配列された図柄（とくに『ベンド・シニスター』は幾何学的イメージで統一されている）を通して、悪夢的な全体主義国家の暗い牢獄にも似た異様な形姿がくっきりと浮び上り、単なる写実的な現実の再現以上に、無気味なほど現実的な、強いて言うならカフカ的な不条理の色調を帯びて、政治主義や官僚制度に随伴する悪の孕むすさまじい、破壊的な生の力を、なまなましくとらえ得ているのだと思う。

3

これまで見てきたとおり、シンシナトゥスとフラディークはともに、独房監禁の境遇に置かれていた。ここで注目に値するのは、その監獄のイメージがすこぶる内面化してとらえられ、社会的に孤立化し、独房監禁の状態に置かれたある種の現代文学者の密室的・迷宮的内面世界をも同時に指し示していることである。シンシナトゥスもフラディークも、内面の荒廃や自滅や死をもたらす、そのような悲惨な閉塞状態を呪咀し、表現行為を通じて、その状態の克服を企図するが、しかし、それにつけても、彼らをひたすら虚構の構築へと駆り立てるものは一体何であろうか。その点ではなはだ示唆的であり、興味深いのは、一九五二年に発表されて大評判になったイギリスの銀行家クリストファー・バーニーの『独房監禁』である。

これは、一九四二年にゲシュタポに逮捕され、以後十八カ月間、ナチス占領下のパリ郊外の刑務所の独房に収容されていたときの体験を精密に記述したドキュメンタリーである。バーニーは、厳しい寒さと飢えに苦しみ、死と拷問に始終怯えながらも、ほとんど唯一の自由と言ってよい、考えることに取り憑かれていく。つまり自分の置かれた苦境を理解する、少くとも自分自身に対して何とか説明したいとする激しい欲求にとらえられるのだ。そして自分の心の貧しさに否応なく向い合ざるを得なくなるが、それでも、逆説的だが、刑務所内において、かつて味わったことのないような自由を見出すことになる。その自由は自分の心の貧しさをあるがままに受容することを通じて得られるのだが、そのときの心の状態を、バーニーは第二版（六一年）への「序文」のなかでこう書いている。「わたしのささやかな直接的経験はリアリティ（現実）について不明瞭にしたままであるし、こうした経験のすべてが無意味《ノンセンス》であることを確信させただけであった。根本では、生は心に取り憑いた恋愛感情的なものとなり、リアリティはいつまでも神秘的に愛されるものとなったのである。」

　外界との接触を断たれたバーニーにとって、当然のことながら、独房内での直接的経験とは看守や役人などとのきまりきった日常的な接触から得られるものに限られてしまう。こうして彼は同国人の囚人と言葉を交わすことさえも避け、独房内に閉じ籠って、自分の心が次々に生み出す閉ざされた世界にのみ唯一の親密なリアリティを感じるにいたるのだが、自分の置かれた苦境と心の貧しさを克服する方途として彼が発見するのは、記憶をもとにして虚構《フィクション》の世界を作り上げるということである。そしていざ発見してみると、それは、彼の言葉に従えば、「食べることと同じくらい自然な」人間的欲求であることがわかる。その理由は、われわれの内部には「ある空白、ある完全な秘密」があって、それをみたしたり解き明かしたりするように想像力が働きかけてくるからだと、体験的に説明されるのだ。

　ここでは虚構を作り上げるという、すなわち孤独と自由のなかで通常の生活では達成できなかったような客観的で秩序ある世界を作り出すという人間的行為が、いわばその純粋形態、原型的形態においてとらえられている。「虚構の理論の研究」という副題を持つ野心的評論『終末の感覚』（六七年）の最終章「独房監禁」において、フランク・カーモードは、バーニーのこの著書を、「もっと一般的な独房監禁のモデルとして、〈時間を変形し〉（バーニーの言葉）、終末と調和を想像する人間が作り上げるさまざまな虚構解釈のモデルとして考える」ことを試みている。そしてバーニーがその著書にエピグラフとして掲げているシェイクスピアの『リチャード二世』(「牢獄の内部から世界を再創造するリチャード二世」)からワーズワス、ド・クインシーを経て、プルースト、ヘンリー・ジェイムズ、ジョイスなどにおける超越的時間への志向性と虚構との関連について巨視的な考察を行なっている。この考察が興味深いのは、ある特別な恩恵によって、失われた時のなかに自分自身を見出すという虚構の創造に執着しつづけてきたロマン派以後の自意識過剰の文学が、その過程で、文学者の孤立性をいっそう深め、独房監禁の状態を増大させているまさにその根源に鮮やかな照明を当てて見せているからである。これは孤立した芸術家が最終的な勝利をおさめるのは「イメージ」(つまりは虚構作品)の創造によって、ということをロマン派・象徴主義から現代にいたる詩人たち(とくにW・B・イェイツ)に照して説得的に論証して見せたこの異彩を放つ学者批評家の、いまでは現代批評の古典に属すると言ってよい『ロマン派のイメージ』(五七年)と密接に関わり合った考察であることは言うまでもなかろうが、そのことをも含めたうえで、ぼくにとって大層示唆的であるのは、「独房監禁」の章における、たとえば次のような指摘である。

ロマン派や、象徴派や、象徴派以後の批評においてたびたび耳にする、形式の自律性ということはおそらく、監禁状態のもう一つの名残りなのである。

この場合の「形式」とはむろん文学形式のことであり、これは詩、小説、演劇、批評などを総括する作品という言葉で言い換えてしかるべきものであろう。形式、あるいは作品の自律性ということは、ロマン派以後の文学のいわば大前提であるが、とりわけ現代文学の領域において、それは、過去の文学の極度の意識化、反省化という作業に集中する傾向を生み出している。形式の自律性の探求がしばしば小説の小説、詩についての詩というい わゆるメタ文学の氾濫を生じさせているゆえんであるが、こうした支配的傾向は、「おそらく独房のなかに深くはまり込んで影のみを相手にしているのだというわれわれの意識を反映し」たものだと、カーモードは言う。

バーニーの著書が、社会から孤立し、日常的現実から隔絶した、ある種の現代文学者の内面の密室化・迷宮化の構造を解き明すためのモデルと見なされるのはそのためだが、ひるがえって、シンシナトゥスやフラディークの場合を考えてみると、孤立無援の苦境を創造行為の場へと否応なく転換し、そこに精神的自由と啓示を見出している点で、彼らもまた、『独房監禁』の著者の体験の過程と共通する局面を多分に示していると言えるのではあるまいか。つまりナボコフとボルヘスは、彼らの主人公たちを造型するにあたって、独房監禁という極限状況において提示すると同時に、それを逆手にとって、そのような極限状況こそが、虚構の構築を企図する文学者にとって、本来的なありようではないかということを告知するのである。こうして独房監禁の状態は文字通りにも比喩的にも虚構のトポスとして掌握されていくのだが、そこには明らかに、反市民社会的、反俗衆的なモダニスト的姿勢を堅持する彼らの文学の本質的な貴族性が刻印されていると見ることもできよう。それはまた、もっと視野を拡げて眺めるならば、監獄を、恐怖と苦悩と圧迫だけではなく、日常的現実の世界では容易に得られぬ精神的自由や啓示やエクスタシーをもたらす場所《トポス》の隠喩として、つまり抑圧と自由への夢とのあいだの弁証法的な緊張を当初から顕在化させていたロマン派的ないわゆる「幸福な獄舎」の観念、遠くグノーシス派やネオ・プラトニストたちにまで遡ることのできる観念の伝統につらなる局面を一面では明示していると言ってもよかろう。しかし、ナチスの強制収容所の出現をみた現代において、ロマン派的な「幸福な獄舎」の夢を抱くことは言うまでもなくもはやはなはだ困難である。バーニーの『独房監禁』と同じく、『断頭台への招待』および「内緒の奇蹟」

は、虚構の構築を通じて苛烈きわまる外界の圧力に抗し、そうすることによって独房監禁の状態を「幸福な獄舎」へと徐々に変容していくのである。シンシナトゥスもフラディークも処刑されるが、それは虚構と現実の拮抗が解消されたことの比喩として、すなわち虚構が現実に対して最終的な勝利を収めるためには窮極的には死を免れ得ないということの比喩として受取れるのではなかろうか。それゆえにこそ、監獄は、自由と束縛、夢と悪夢、生と死、ひいては虚構と現実のあいだの緊張関係を生み出す場として表象化されねばならないのである。もちろんそれは「隔離した場所」の極限的なイメージにほかならないが、そこで創造行為や瞑想に耽り、魔術を駆使する場として、とりわけボルヘスが愛用するのは、言うまでもなく「図書館」のイメージである。

……彼は図書館がばらばらでなく総体であって、その本棚は二十あまりの字形のあらゆる可能な組み合せ(その数は厖大ではあるが無限ではない)を蔵していると推論した。言い換えれば、あらゆる言語で、およそ表現しうるものはすべてである。そこにはあらゆるものがある。未来の細密な歴史、大天使の自伝、図書館の信ずべきカタログ、何千という偽のカタログ、これらのカタログの虚偽性の論証、真実のカタログの虚偽性の論証、王たちのグノーシス派の福音書、この福音書の註解、この福音書の註解の註解、きみの死の真実の記述、それぞれの本のすべての言語による翻訳、すべての本のなかでのあらゆる本の書きかえ。

「バベルの図書館」の一節である。ここにもまた、「トレーン、ウクバール、オルビス・テルティウス」、『ドン・キホーテ』の著者ピエール・メナール」、「不死の人」などをはじめとする、エッセイを装った他の多くの作品で繰り返し説かれている、ボルヘスの基本的文学観が明示されている。それを簡潔に言えば、すべての文学は文学の文学であり、先行する文学作品の書き換え、註解、組合せによって創造される、ということである。つまり文学の創造とは、要するに、過去の文学作品を、自分に適合するように改変し、翻訳することにほかならない、ということになる。従って過去の文学者の言葉を反復し、引用するとき、時間の枠という呪縛から解放されて、たとえばシェイクスピアを引用する者はシェイクスピアとなり、セルバンテスを引用する者はセルバンテスになるという、きわめてラディカルな逆説が、彼の文学の重要主題として定着されることにもなる。「作家はめいめい自らの先駆者を〈創り出す〉」（「カフカとその先駆者たち」）とか、「言語は引用の体系《システム》である」（「疲れた男のユートピア」『砂の本』所収）とか、ピエール・メナールやセザール・パラディオンのように、そのなかに「自分自身のまったき表現を見出した」（「セザール・パラディオンへのオマージュ」『ブストス・ドメックの記録』所収）他人の著書を、ピリオドやコンマにいたるまで一つとして付加ないしは削除することなく、自分の名前を冠して、自著として出版するとかいったように、ボルヘスはロマン主義的な独創性の神話を、その独特の逆説的表現を駆使して徹底的にくつがえし、文学的コンヴェンションの模倣を基盤とするすこぶる古典主義的な「創造者《エル・ハセドール》」の概念を措定するのである。

『敵』の主人公レーメルシュタットが「図書室」にこもり、外的現実の法外な侵入を撃退するように、ボルヘスもまた、ヨーロッパ文学の伝統という「図書館」を魅惑的な場所と明確に定め、言葉と書物を唯一の現実としながら、一種不可思議で謎めいた形而上的小宇宙を構築していく。「彼（ボルヘス）はすべてにおいてヨーロッパ人である。ただし、ヨーロッパ文明を、本質的に奇異なものとして——遺物の堆積、中心的な手がかりを欠いた書物の宇宙として——眺めている、その距離を置いた姿勢を除けば」と指摘したのは、ボルヘス論「図書館員としての著者」のジョン・アップダイクである。ボルヘスの文学的コスモポリタン性は、やはりヨーロッパ文学の伝統を、自分たちの創造行為の中枢に据えた二人のアメリカ人、エリオットとパウンドのそれとも多分に共通する、ある意味では不安定の安定、普遍的な観念性に支えられていると言ってよいが、同様のことは、「ロシア生まれのアメリカ作家」と自己定義したナボコフについても言い得よう。

ボルヘスのように、理論的、体系的に、文学的創造の意味合いを考察してはいないけれども、その基本的文学観において、ナボコフがこのアルゼンチン作家にきわめて近い位置にいることは、その反リアリズム的傾向、夢や幻想の世界への著しい傾斜、文学から文学を創り上げるといういわゆる「編集的方法」の重視、リアリティとは精神のリアリティにほかならぬというその観念論哲学的な文学思想、表現行為とは自己表現や自己発見の衝動に促されるものではなく、世界や自己創造への道を拓くものであるという創作方法などなど、さまざまな局面から立証することが可能だろうが、その場合、当然のことながら忘れてはならないことは、両作家を峻別している特性は何か、ということである。

ナボコフは何よりもまず長篇作家である。これに対してボルヘスは短篇作家であるとおうむ返しに答えるのはあまりにも常識事項に属するかもしれないが、しかし、長篇、短篇いずれであれ、小説というジャンルに対する両作家の態度は根本的に異っていると思われる。つまり一言で言えば、ボルヘスは、その長い作家歴において、小説を書いているという意識を持ったことはほとんど一度もないのではあるまいか。彼の場合、一口に短篇と言っても、それはあくまでも虚構作品《フィクション》であって、いわゆる短篇小説ではないからだ。彼の短篇の多くは、迷路、鏡、分身、夢、ゲームなどを有力なモチーフとしながら、しばしば形而上的推理小説風の展開と枠組に支えられて、観念的、形而上的な世界の構図を、小さな球体にも似た文学空間に収め込んでいるが、それらの短篇の一つ一つが数珠状につらなって、現実から隔絶した、いわば虚空に凝結する不動の小宇宙が形成されるのである。その点で彼の形而上的な短篇の多くは、現実世界の断片像を提示するたぐいのそれとはおよそ性質を異にしていて、その一種異様な非現実性、あるいはキュービスト風の知的に乾いた抽象性や白熱的な冷光を発散させているという印象が深い。

ボルヘスは長篇小説を過去の遺物としてほとんどまったく黙殺しているが、これに反して、ナボコフは、生涯を通じて、現実から離脱する過程でその変容を目指す長篇小説の形式に執着し、さまざまの文学的コンヴェンションの変容やパロディを通じて、その可能性を追求した作家である。彼はおそらく終生、小説に対する信頼感を失わなかったと想像されるが、それは彼がプルーストやジョイスやベールイの開拓したモダニズム小説(ボルヘスがモダニズム文学についてほとんど発言していないことは注目すべきであろう)の伝統を継承する意向を作家歴の最初から固め、それを創作活動の中心にはっきりと据えていることに大いに関係しているだろう。外的現実から隔絶した場所で、魔術を行使することによって虚構世界を創造するという基本的パターンを共有しながらも、人間や自然や土地や文明や風俗などに寄せる関心の様態が、魔術師としての両作家においてほとんど対蹠的であるのは、やはり、小説に対するこうした根本的姿勢の差異によるところが大きいと言わなければならない。そしてその差異はまた、ナボコフの場合、彼が亡命作家であるという事実と深く関わっていると思われる。つまりナボコフは、亡命作家として生きることを否応なしに強いられ、亡命作家としてのきわめて不安定な立場を、自己の拠って立つべき場として選ばざるを得なかったからだ。この私的な経験がナボコフにあって中枢的な役割を果していると見てよいのは、それが故国での失われた幼少年時代に深く根ざしている記憶や想像の世界に日常の偽りの現実よりも優位性を認めるという、五十年以上に及ぶ長い多彩な彼の文学歴において一貫して変ることなく見出される基本的志向を形成するうえで、その強力な地盤とも支柱ともなっているからである。こうしてナボコフの数多くの長篇小説には、絶えず自己喪失の危機に曝され、表現行為によってその克服を企てようとする亡命者が繰り返し主人公として登場する。しかもその主人公は、ロマン派以後の孤独者、疎外者としての芸術家という普遍的イメージをもつねに影のように引きずっているという二重性のうちにとらえられている。シンシナトゥスは、厳密に言えば亡命者ではなく、いわば体制内亡命者と言ってよい主人公だが、彼もまたそうした二重性のうちにとらえられていることはいまさら念を押すまでもないだろう。また、この二重性が矛盾や不調和の印象をもたらすことなく、一方が他方をおのずから呼び寄せ、自然に喚起するとき、ナボコフの表現の稀有な魅力が生じると言ってよい。そのときとりわけ類型化されて提示された主人公を通じて、しばしば、奇妙に哀切で滑稽な、だがいっさいの安易な感傷化を許さぬような、なまなましい亡命ロシア人のイメージをおのずからにじみ出させもするのである。それは二十世紀の激動の時代、彼自身の言葉を借りて言えば「亡命者の世紀」を表象する最も代表的なイメージとしてわれわれの心をうつのである。

ナボコフは『ゴーゴリ論』のなかで、『死せる魂』の冒頭部で二人の百姓がホテルに着いたチチコフの馬車を眺めながら、それがどこまで行き着けるかを論じる場面について、こんな印象的な評言を書きとめている。「彼らは虚空に働きかけるという、ロシア人が持つ注目すべき創造力、ゴーゴリがその霊感によって見事に暴き出して見せた創造力を体現しているのだ」と。この「虚空に働きかけるという創造力」が、ゴーゴリのものであるとともに、何よりもまずナボコフのものでもあることは、反リアリズム的な前衛的技法のかずかずを駆使して、全体主義体制に必然的に内在している芸術的な「ポーシュロスチ」と拮抗して創られた、一種異様な夢想や幻想の空間、すなわちいわゆるナボコフ・ランドが、窮極的には失われた故国という虚空に働きかけることによって生れた文学空間であるという刻印を明確に刻み込んでいるためにほかならないのだと思う。ナボコフ・ランドの一つ、『青白い炎』の童話的な国「ゼンブラ」は後の詳細な索引によるとただ **'a distant northern land'**（遠い北国）とのみ記されているが、それは、遠い異国に追放された亡命作家ナボコフの「虚空に働きかけるという創造力」によって創り出された文学空間の、最も凝縮的なイメージを指し示しているように思われる。

あとがき

もう随分以前になるが、『オックスフォード英語大辞典』で「風景」(Landscape)の項を引いて、その初出例が十七世紀と記されているのを発見し軽い驚きを味わうとともに、それまで頭のなかでもやもやしていた考えに、かすかながらある種の方向づけを与えられたような気がしたことがある。風景が文学のなかに積極的に取り込まれるのは、イギリスでは、たかだかこの三世紀ほどのあいだ、つまり近代以降のことにすぎないのだ。とすれば、風景志向に着目することによって、とりわけロマン主義以後のイギリス文学の展開に内在するさまざまな問題に接近していけるのではないか。そんなことを漠然と考えていたのだが、生来の気の多さもあって、なかなかまとまったことができない。それでもいろいろ読みあさるうちに、風景の問題が単なる花鳥風月的なものにとどまらず、近代文学における自我や記憶や言語や時間や空間などへの独特な関心とほとんど分ちがたく結びついていることに気づくようになる。しかもそうした問題はきわめて現代的な問題でもある。今日風景論は学際的検討を加えられている領域でもあるのである。

文学における風景と言うと、わが国ではともすれば閑談調の文学散歩や名所案内の類が連想される。しかし、文学が言葉によって風景を形づくり、創造せねばならぬという宿命を負っている限り、文学のなかの風景と現実の風景がぴったり重なり合うということはあり得ない。すぐれた文学者であればあるほど、言葉と風景とのずれについて深い認識を持っているもので、そうしたずれを可能な限り埋めようとする、あるいはずれをずれとして認めたうえで、外界の事物の存在感を文学に定着させようとする志向性が、リアリズムから反リアリズムにいたるかずかずの文学的手法を開発させた、と見ることもできよう。そこにロマン主義以後に風景の詩学が成立し得る認識論的な場が存在すると思うのである。

ともあれ、この本は、ロマン主義以後における風景志向、ないしはそれと緊密に関連する現実と虚構をめぐる問題への、ぼくなりの一貫した持続的な関心を反映した文章を主に集めている。その関心のありかは、とくに旧稿「時間のなかの風景」(『ユリイカ』一九七三年八月号)の一部を利用して新しく書きおろした標題エッセイに多少とも現れているはずである。七三年発表のエッセイでは実はワーズワス論を書きたかったのだが、入口をのぞいただけで挫折してしまった。とにかく最初に感動して読んだイギリス詩人がワーズワスで、以前から妙に心にかかっていたのだが、今度の本づくりが、このイギリス・ロマン派を代表する詩人について論じる絶好の機会を与えてくれることになった。また、ペイター論も本書のために新しく書きおろしたものである。その他の、この十数年翻訳などを通じて縁の深かったナボコフをめぐる文章をはじめとする現代英米文学論は雑誌等に発表したものにかなり大幅な加筆と修正(改題も含む)をそれぞれ施してあるが、この本全体として、自分にとって、何が魅力的なのかということを、可能な限り具体に即して直截に語ろうとする姿勢だけは保持したつもりである。

最後になったが、三浦雅士氏や小野好恵氏など後記の初出掲載誌の編集者の方々、とりわけこの本づくりの企画から校正にいたるまで長いあいだ献身的なお骨折りをいただいた白水社編集部の山本康氏に心からの感謝を捧げたい。

一九八二年師走

著者

復刊にあたって

このたび復刊されることになった本書は、著者の最初の本であり、何がしかの感慨に誘われずにはいない。ただ刊行後、二十年以上を経た現在の時点に立ってみると、研究の発展や著者自身の考え方の変化もあって、内容の不十分な点、表現の不備、不正確など、気になることも少なくない。しかし原則として、訂正なしで進めるという編集部の方針に従って、明白な誤植についてのみ訂正したが、基本的な叙述、論旨については全く変更していない。ご了承を請う次第である。ただし著者としては、表題作「風景の詩学」のいわば続編ともいうべき論考を、ターナーとラスキンに即していずれ書いてみたいと念じているところである。

いずれにせよ、『風景の詩学』をかつて読んだことがあるという読者が、いまだにごく少数ながら存在することに、正直なところ、著者としては少なからず力づけられているのである。復刊にあたりお世話になった白水社編集部の方々に感謝申し上げる。

富士川義之

二〇〇四年四月

初出一覧

コラージュの風景　『季刊英文学』一九七四年十月
音楽と神話　『現代思想』一九七九年六月臨時増刊号
言葉と物　『ユリイカ』一九八〇年六月臨時増刊号
モナ・リザのあと　『現代詩手帖』一九七九年七月号
極限のトポグラフィ　『ユリイカ』一九八二年十一月号
批評性と物語　『カイエ』一九七八年創刊号
記憶への架橋　『ユリイカ』一九七一年八月号
同一性を求めて　ナボコフ『セバスチャン・ナイトの真実の生涯』解説　講談社一九七〇年六月
夢の手法　『ユリイカ』一九七四年六月号
註釈と脱線　『ユリイカ』一九七七年六月号
虚構のトポス　『カイエ』一九七八年十一月号

本書の初版は1983年に小社より刊行された

風景の詩学《新装復刊》

二〇〇四年六月一日印刷
二〇〇四年六月一五日発行

著者© 富《ふ》士《じ》川《かわ》義《よし》之《ゆき》
発行者 川村雅之
印刷所 株式会社三陽社
発行所 株式会社白水社
東京都千代田区神田小川町三の二四
電話 営業部〇三(三二九一)七八一一
編集部〇三(三二九一)七八二一
振替 〇〇一九〇－五－三三二二八
郵便番号一〇一－〇〇五二
http://www.hakusuisha.co.jp
乱丁・落丁本は、送料当社負担にてお取り替えいたします。

松岳社(株)青木製本所

ISBN4-560-04994-7
Printed in Japan

小説の技巧

デイヴィッド・ロッジ著
柴田元幸・斎藤兆史訳

オースティン、ジョイスからサリンジャー、オースターまで古今の名作を素材に、小説の書き出し方、登場人物の命名法、文章反復の効果等作家の妙技を解明し、小説味読の楽しみを倍加させる。

◇四六判　334頁　定価2520円（本体2400円）

英国文学史――古典主義時代

イポリット・テーヌ著
手塚リリ子・手塚喬介訳

ドライデン、アディスン、スウィフトなどの文学を通して、王政復古（一六六〇年）後の約百年間のイギリス文学の支配的な特性を見事に剔出した古典的著作。テーヌの芸術哲学の精華。

◇A5判　800頁＋別刷写真16頁　定価13650円（本体13000円）

ヨーロッパ小説論

R・P・ブラックマー著
篠田一士監訳

『アンナ・カレーニナ』『ユリシーズ』『ボヴァリー夫人』『魔の山』『ファウスト博士』『罪と罰』『白痴』『悪霊』『カラマーゾフの兄弟』を読みとく、ニュー・クリティシズムの驍将による小説批評。

◇四六判　362頁　定価4410円（本体4200円）

フランス小説の扉

野崎　歓著

19世紀の極めつきの名作から現代の知られざる逸品まで、小説の読みどころ、味わい方を陶然と語る。トゥーサンやジャン・ルノワールの名翻訳家による「フランス小説美味礼賛」。

◇四六判　254頁　定価2310円（本体2200円）

重版にあたり価格が変更になることがありますので，ご了承下さい．　（2004年5月現在）